女王不低头

[上]

毒蛋糕 著

中国致公出版社

图书在版编目（CIP）数据

女王不低头：全二册 / 毒蛋糕著. -- 北京：中国致公出版社，2019

ISBN 978-7-5145-1074-4

Ⅰ．①女… Ⅱ．①毒… Ⅲ．①长篇小说—中国—当代 Ⅳ．① I247.5

中国版本图书馆CIP数据核字（2018）第147896号

女王不低头：全二册

毒蛋糕　著

责任编辑：张洪雪　梁玉刚
责任印制：岳　珍

出版发行　中国致公出版社
地　　址　北京市海淀区翠微路2号院科贸楼
邮　　编　100036
电　　话　010-85869872（发行部）
经　　销　全国新华书店
印　　刷　三河市华润印刷有限公司
开　　本　880mm×1230mm　　1/32
印　　张　15.5
字　　数　317千字
版　　次　2019年3月第1版　　2019年3月第1次印刷

定　　价　59.80元

版权所有，未经书面许可，不得转载、复制、翻印，违者必究。

目录
contents

第一章 破釜沉舟 ~ 001

第二章 初见成效 ~ 021

第三章 以恶制恶 ~ 045

第四章 志在女配 ~ 067

第五章 往事难言 ~ 087

第六章 坦白心意 ~ 107

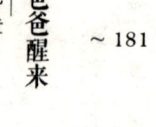

第七章 孤身筹谋 ~ 129

第八章 予以反击 ~ 153

第九章 爸爸醒来 ~ 181

第十章 扑朔迷离 ~ 211

第一章 破釜沉舟

公主不低头

安心如在父母的病危通知书上签字时接到电话，得知张少澜住在金茂酒店，并且只住一天。机不可失，时不再来。抿了抿嘴，在一大群亲戚诧异的眼神里，安心如签完字把单子交给医生，轻轻说了句"您费心了"，便转身离去。走廊里"哄"的一声炸了，"不孝女"的斥骂声不绝于耳。连医生也有些发蒙，这么不把父母安危和亲戚的非议放在眼里，连面部表情都丝毫不为所动的病人女儿，他也是第一次见到。

安心如像没事人一样，边走边掏出口红，拿手机当镜子，给自己涂了一个烈焰红唇。一个尖厉的声音从后面传过来："你站住！你爸妈要没了，他们欠我的钱怎么算？"安心如停住脚步，回头时一双眸子像是结了冰："赌债也算债？您找公安局，他们让还我就还。"

"我不管，反正你今天不能走，先把钱的事儿说清楚！"刚刚出声的中年男人快步走上前，抓住安心如的肩膀不松开。

安心如的脸一点儿一点儿冷下去，盯着中年男人一笑，眼睛一眯，媚眼如丝："舅舅，我可听说您前几个月去了一趟泰国，带的是舅妈店里二十出头的小姑娘。您说舅妈要是知道了，您这点儿零花钱……"

"你……你胡说！"中年男子神情一滞，面目变得更加狰狞。

"前几天您带个小姑娘去医院打胎，总不是我胡说的吧？要不要我找朋友把监控调出来，送给舅妈观赏观赏？那恩爱呀……"

"你敢！"中年男子急得汗都流下来了。

第一章 破釜沉舟

"我的脾气你不是不知道,把我逼急了,我什么都敢做!"安心如猛然沉下脸,"舅舅"都没叫,冷声说道。中年男人顿了一下,想了想,慢慢松开了手。安心如活动了一下肩膀,嫌恶地拍了拍被碰过的地方,然后看着他淡淡一笑:"这才像一家人嘛,我的亲舅舅。"说完,她转身大步走远,高跟鞋踩在地上,发出"噔噔噔噔"的声音,十分有力。

"谁是你亲舅舅!你简直是个妖孽,当初就不该把你领回家!"中年男人恶狠狠地瞪着她的背影骂道。安心如听到背后的骂声,撇撇嘴,毫不在意,只是眼神变得深了些,走得更急了。出了医院,安心如径直走近路边一辆看着像是十八手车的本田汽车,并坐了上去,冲着驾驶座上的胖女人笑笑,接着补妆。胖女人皱了皱眉:"你爹妈还在抢救,你确定要去?"

"你是我的经纪人,我的状况你最清楚。我不去拼一把,谁给他们付钱,怎么给他们还那一堆债?"安心如依旧冷冰冰地说。胖女人摇了摇头:"你也是倒霉,摊上这样的爹妈,除了伸手要钱,就是给你惹祸,要换我,早跑了!"

"谁让他们把我养大呢?"安心如耸耸肩,一脸的无所谓,"虱子多了不痒,现在隔三岔五没点儿刺激,我都活得没劲。"胖女人叹了口气,转头看向前方:"狗仔都安排好了,这可是唯一的机会,你一定要把握好!"安心如点点头:"放心吧,伊娜,不就是不要脸豁出去嘛,从小我就精于此道。"

伊娜又叹了口气,踩着油门往前开,在早高峰的车流中,还时不时地瞥安心如一眼，媚眼如丝，红唇欲滴，身边这个妖娆妩媚、风情万种的女子，怎么看都不像才二十三岁。以安心如的相貌，若是愿意接受某些规则，可能在娱乐圈早就混出头了，可她从不对此动心，甘心在十八线艺人的位置上做个小演员，连带着自己这个同样身处十八线的经纪人也无法跟着获利。

要不是安心如的父母欠下一堆债，在扔下她逃跑的路上出了车祸，可能安心如现在都不会下定决心用这种捷径出名获利。可这个风险冒得也是够大的，谁都知道张少澜戒备心很重，不近女色。如果安心如这次成功了，就会一夜成名；否则，可能安心如和自己都要消失于娱乐圈了……

伊娜忐忑地又看了安心如一眼。这丫头够野的，碰瓷这种方式她也敢答应，不怕被张少澜这个事业正如日中天的全民偶像弄死。安心如倒没感觉到伊娜的忐忑。她专心地看着前方，看着金茂酒店越来越近。又过了几分钟，终于到了。安心如提着她万年舍不得用的高仿爱马仕包，看了看自己身上咬牙让人代购的香奈儿小黑裙和脚上的吉米周鞋。小黑裙上有线头冒了出来，安心如一把扯掉，暗暗骂了句"奸商"，怎么也花了小两千，却连基本做工都不能保证。她整理好裙角，稍微定了定神，这身打扮起码不会被顶层的保安赶出去。

她撩了撩乌黑的长发，开门下车，关车门前，回头对伊娜轻轻一笑："祝我碰瓷成功，一夜爆红。"说完，她关上车门，转身"噔噔"地走进金茂酒店的旋转门，慢慢消失在伊娜的视线中。

第一章 破釜沉舟

安心如一路走,一路抬起手腕,闻了闻腕上不起眼的柏木手串。柏木的清香让她定下心神,淡定自若地走进电梯,按下顶层键,不一会儿,顶层到了。

安心如整理裙装,对着电梯里的镜子照了照,慢悠悠地走出去,同时看了眼腕表——时间与约定的刚刚好。她不疾不徐地走到走廊尽头的房间门口,从包里拿出酒店西餐厅服务人员的帽子戴上,低下头用帽顶对着猫眼,抬手轻轻敲门:"先生,送餐服务。"张少澜喜欢吃这家酒店的西点,每次入住,都要在上午的时候叫一些西点当茶点。这时候,按照他的习惯,他应该是独自一人在房间里。脚步声传来,一个温润的声音随之响起:"请稍等。"脚步在门前停留片刻,微微拉开了一条缝,安心如抬头瞥了一眼,是张少澜。

这是最好的机会,也是最后的机会。

安心如用力推开门,一闪身进入房间里,随手将头上的帽子摘下,紧紧地抱住穿着浴袍的张少澜往前冲,顺便在他身上蹭掉自己的一条裙带。张少澜一惊,冷不防往后一个踉跄,被她推倒在了沙发边。他马上反应过来,伸手就要推开安心如,一脸惊怒。安心如瞥了一眼拉开的窗帘,很好,视野非常开阔。她娇媚地一笑,将张少澜死死搂住,身子紧贴在他身上,鲜红欲滴的双唇张开,深情地望着眼前那张温润如玉的脸,轻轻启齿:"好久不见。"

张少澜立时愣住,忘记推开她,任由她黏在自己身上,阴沉着脸,眉头紧皱,仔仔细细地看着那张妖媚的脸,过了半天才震惊地开口:"是你……"安心如看了眼窗外,似笑非笑:"你没想到,过了十几年,我还是寻来了吧?"张少澜面色阴晴不定,眼中全是震惊。一时间,两人相拥而立,相对而望,男人穿着浴袍,女人衣冠不整,一幅旖旎景象。安心如松了口气——进门了,任务就算完成了一半。

她看着眼前那张熟悉又陌生的俊脸,愉快地展颜一笑:"我惦记了你十几年啊。"

"不愧是最当红的偶像,这张脸从哪里都找不出缺点来。"安心如抬起手,轻轻抚摸眼前这张美得雌雄莫辨的脸。她笑着看看窗外,不经意间把自己的裙角再提得高些,让大腿再多露出来一点儿:"小时候你就跟我比谁更好看,现在我觉得我应该认输,你比我更好看,小圆子。"眼前的男人,眼眸越来越深邃,唇角微抽,深深地凝视着她:"你还是那么记仇。"

"现在你如日中天,我混得不成样子,你说,我该原谅你吗,我的弟弟?"安心如一眯眼,自带万种风情,大概谁也看不出来她眼中一闪而过的冷意。张少澜却感觉到了,他盯着安心如,仔仔细细地打量着她,一分一毫都不放过,半晌笑了:"你这是求人的态度吗?"他反手拥住安心如,嘴角的笑有些邪气,一点儿都不像电视里那个纯洁无害的优质偶像。他将安心如拥到卧室床上,一把将她推倒,整个身子压上去,和安心如对视,意味不明地笑:"做戏就要做全套,知道吗?"

安心如眼中乍现一丝慌乱,刚要挣扎,突然看到张少澜嘲讽的眼神。她平静下来,将裙子蹭得更往上,躺在床上妖娆地看他:"不知道,你教我?"张少澜看着她妩媚的神色愣了愣,突然有了怒气:"你从哪儿学来的这一套!以前你不是这样的,这些年你都在做什么?"安心如也收起了笑容,狠狠地望着他:"我在孤儿院里拼命保护你,不让人欺负你,你却偷走了我改变命运的机会。我摸爬滚打的时候,你吃香喝辣,现在你觍着脸问我!"张少澜张了张嘴,垂下眼皮,神色不明地问道:"所以你恨了我十几年,特意来报复?"

"不是报复,是报恩。"安心如唇角微挑,手又抚上张少澜的面庞,眼神迷离。若有旁观者,定会觉得他们浓情蜜意,极致销魂。她轻轻开口:"送我些知名度,带我向上一层,你的粉丝那么死忠,不会在乎的。"张少澜默默不语,只是俯下身紧紧抱着安心如,在她耳边轻声喟叹:"我只是想离开那个地方,姐姐。"安心如在他身下,坚硬的心仿佛被触碰了一下,许久以前的记忆浮现出来。

"姐姐,我们什么时候能不再受冻挨饿,什么时候那些孩子能不骂我长得像个女人?他们欺负我,你一保护我就弄一身伤,我真的好难过……"漂亮得像女孩的小男孩缩在她怀里,哭得瑟瑟发抖。"快了,院长说,漂亮的孩子容易遇上贵人,我们很快就会出去的!你记住,不管谁出去,都要把另一个带出去!"安心如伸出伤痕累累的胳膊紧紧地抱住他。"姐姐,我刚才跑去院长办公室窗外,听见他们说,有个贵人点名要找我们俩!"小男孩站起来看着她,眼中闪烁的光芒意味不明。"太好了,是不是因为我们俩是院里最漂亮的？那我们一定要好好表现，不管哪个出去了，都别忘了另一个！"安心如开心地抓着小男孩的手叮嘱道。

这时，不远处，传来了一阵惊呼声："不好了！档案室着火了！"一片黑烟冒起，安心如赶紧拉着小男孩躲避，他却低着头不言不语。突然，他抬起头来，目光灼灼地看着安心如："姐姐，好像贵人不喜欢太大的孩子，我听院长说，让咱们把岁数报小些！""嗯！"安心如郑重地点点头。

半个小时后，安心如单独站在中年男人面前，将自己的生日往后推了三个月。中年男人叫院长进来带她出去，又唤了小男孩进来。不一会儿，小男孩被中年男人领着，笑得甜甜地走了出来，他被领养了。安心如开心地要上前抱他，却惊讶地发现他躲开了，低着头，像是害怕她似的，看都不敢看她。

小男孩走的第二天，院长看着安心如自言自语："我明明记得小圆子比心如小三个月啊，怎么他们俩的月份报得反过来了？档案室偏偏还着火了，没法查。难道是我岁数大了？"安心如感觉全身一凉，突然发现，一向跟在她身后的那个小男孩可能远没有自己想得那么弱小，她也远没有自己想得那么强大聪明。

当年的小男孩如今长大了，就在她身上，跟她几乎面贴面。安心如笑得灿烂如花，眼神却一点儿一点儿地冷了下来："你只是偷了我的人生。"说着，她猛地推开张少澜，下了床，转身走向门口。她回头向张少澜嘟嘴飞吻："谢啦！哦，对了，你一直以来自称是美籍华裔、贵公子，想必你的粉丝一定不愿意接受其实贵公子只是孤儿院被领养的孩子吧。"张少澜浴袍半解，露出结实的胸膛，眼神晦暗，默默地看着安心如开门离开。

安心如边走边呼出一口气，今天过后，应该能入账些钱吧。爹妈害她不浅，屁股后头还有一堆高利贷等她还，入行这两年的积蓄现在已经没剩多少了。她走到电梯口，看到电梯正要关，忙上前闪身进去，正要为自己的唐突说声抱歉，一看电梯里的人，心里惊了一惊。那人身形高大，黑色衬衣配着黑西裤，浓眉下凤目微挑，高鼻薄唇，一脸生人勿近的冷漠。

这是她的顶头上司，耀庆娱乐的老板王耀庆。不过他高高在上，应该认不出安心如这个小透明艺人。王耀庆冷冷地看了她一眼，不掩鄙视之意。安心如顺着他的视线一看，自己裙子缩到腿根，肩带滑下一边，十足的不良妇女。管他呢，没认出自己就好。

安心如目视前方，毫不在意，等到了一楼，抢先一步出了电梯，穿过大堂走出酒店，低头钻进伊娜车里："成了，钱没白花。"伊娜的脸一下子煞白："得，跟着你这个姑奶奶，没有安稳日子过。这下咱要不上云端，等张少澜一怒，粉丝该让咱下地狱了。"

"他不会生气的。"安心如戴上墨镜，透过半黑的镜片看着自己大红的指甲。

"你怎么从开始到现在一直这么笃定？你不会认识他吧？"伊娜皱眉，有些困惑。

"我们两小无猜，你信吗？"安心如嬉笑着从伊娜包里掏出手机递给她。

"我信你个大头鬼。"伊娜嘟囔着，拨出电话，恢复平时的雷厉风行，"卓先生，完事了。"那边不知说了什么，伊娜仍旧苦着脸，"这是铤而走险啊，但愿是福不是祸。"安心如在一边闲闲地说："让卓先生放心发，张少澜那边绝对不会有任何意见。"伊娜半信半疑地凝视着安心如，脸上的忐忑一直持续到第二天，全网都被同一个新闻炸开了锅：当红小生、全民偶像、最强流量担当张少澜先生晨会十八线小艺人，二人衣衫不整，床上搂抱，深情对视。

几张图片如深水炸弹，将媒体和自媒体们炸得手忙脚乱。很快，安心如的名字、经纪公司、演过的几部不知名的雷剧、拍过的微商广告全被翻了出来。伊娜的手机几乎被打爆，都是以前求爷爷告奶奶都排不上的娱乐名记们要求采访。还有各个公关公司和营销大号打来电话要求合作营销。她忙得头昏脑涨，兴奋得双眸发红："咱们好像要红了，姐们儿！"

安心如淡淡一笑，看着手机新闻上那几张图片。男人面白如玉、淡眉美目，目光急切地看着女人；女人青发如瀑、红唇惊艳，娇笑着与男人对视。怎么看，都看不出当时剑拔弩张的场面，谁也想不到她是去要债的。他被领养后就出国了，她万万没想到，在最无助的时候，他恰恰成名回国来还债……

手机突然响了，安心如漫不经心地接起电话："哪位？"

"王耀庆。你到我办公室来一趟。"那边的声音冷酷无情。

"张少澜在之后半个小时就要见导演，以他的性格绝不会趁这个时间偷腥。"王耀庆靠在真皮靠背上，修长的双腿交叠，浓眉锁起，一双深邃的眸子带着寒光。

"确实是他叫我们去的……"伊娜稍稍往安心如身前一站，挡住王耀庆射向她的冰冷目光。

"他不是耀庆娱乐的人，不代表我不了解他。娱乐圈都是互通的。"王耀庆漠然地打断了伊娜，眼睛仍然扫向安心如。这个女人妖媚得有些像狐狸，镇定自若地站在那里，虽然垂着头，但王耀庆就是能感觉出来，她并不害怕。他锁起眉头，不知道害怕的艺人往往都会闯出大祸来。

"我记得你，在电梯里。张少澜如果找出证据，证明你是自己送上门的，业内会怎么看我王某，指使旗下艺人玩下三烂涨知名度？"王耀庆的口气冷得不像话，伊娜倒抽一口凉气，这话已经开始人身攻击了吧？她担心地看看安心如。

谁知安心如反而抬起头，笑得一脸灿烂，对王耀庆话中的鄙视毫不在意："张少澜不愿帮我炒，那当然我是下三烂。要是他愿意呢？"王耀庆从没见过不把他的怒气当回事的艺人，不管是自己旗下的，还是别人旗下的。毕竟娱乐圈资源、艺人、资金、项目都经常互通有无，山不转水转，得罪大佬是极不划算的事。但这个女人，红唇艳得让人无法不注意，媚气的双眼中对他有丝怒气，甚至挑衅……挑衅？

王耀庆怒极反笑："张少澜就是靠少女粉丝火起来的，你让他顶着众怒帮你炒？"伊娜大气都不敢出，看安心如的下巴不自觉地抬起，知道她的倔脾气又犯了，就偷偷戳戳她。王耀庆翻脸时冷酷无情、六亲不认，业内可有不少人领教过，她就害怕安心如跟他杠上。

安心如突然抿了抿唇角，轻轻一笑，眼波流转："老板，不如我们打个赌？"王耀庆的脸彻底沉了下来，伊娜已经不怕他看见，使劲扯安心如的袖子。安心如轻轻挣开，一口气说道："张少澜不帮我炒，我丢了老板您的面子，认打认罚；张少澜要是帮忙，那我很快就会知名度暴涨，老板愿不愿意把公司资源分我一些？"

王耀庆愣了愣，这个女人是在跟他讨价还价吗？他突然有些佩服她的勇气，但更多的却是被冒犯的愤怒："每年靠炒作昙花一现的人太多了，我凭什么帮你？"安心如仿佛丝毫看不出他的怒火，仍自顾自地说："现在公司艺人有清纯的、中性的、甜美的，却独缺性感的，公司因为这个，失去了好几个大片的角色。而我恰恰擅长出演性感的角色。"说完，她就那么静静站着，和王耀庆直直对视，嘴角带着淡淡的微笑。两人的视线相对，谁都不愿意退让，直到王耀庆的秘书敲门进来："老板，张少澜那边仍未给出回应。"

王耀庆的眼神变得深邃了些。眼前这个女人，眼波如丝，红唇微启，要笑不笑，仿佛随时都在挑逗人。这种人，公司一线里确实不多，如果张少澜愿意帮她炒作的话，绯闻出身也容易走性感路线，只是走得远不远就看她的造化了。走远了，公司可以在圈内新立项的不少影视计划中掺一脚，她也可以更上一层楼；走不远，公司没什么损失,她却免不了跟之前很多网红一样,昙花一现,怎么也不亏。更何况,这女人说是走性感路线,行事作风却带着一股倔劲,让他觉得有趣。

"好,我跟你打赌。"王耀庆收回自己带着威严的目光,淡淡地说。他就当图个乐子。安心如微微一笑,冲着王耀庆眨眨眼:"你不会后悔的。"她转身出门,王耀庆的视线跟着她轻轻摆动的纤细腰肢,一直到她从视线里消失。

旁观整件事的伊娜,直到坐进车里,才惊魂未定地松了口气:"姑奶奶,你知不知道你老板一年雪藏多少艺人啊?你差点儿也是其中一员了知道吗?"安心如看着满头大汗的伊娜,"扑哧"笑了:"看你那傻样。现在咱俩的状态跟雪藏区别大吗?不如赌一把,万一真雪藏了,我去歌厅驻唱养活你。"

"就你这破锣嗓子,得了吧。"伊娜翻了个白眼,发动车子汇入车流。她接着看后视镜,顺便瞄了安心如一眼,"我说你怎么敢就这么找上张少澜,他还真的保持沉默帮你炒作啊。你说,他凭什么帮你?"

"凭我的美色。"安心如一本正经地撩了撩头发。

"得了吧,只要张少澜想要,美女无数。你虽美,也没有美到让张少澜开罪粉丝的地步。"伊娜嗤之以鼻。

"知道是假话,你还拆穿?看不出来本姑娘无可奉告?"

安心如靠在车门上,一副疲惫的样子:"今天不能回家住,也不能去医院,那帮放高利贷的人还追着我呢,去你那凑合一宿。"伊娜叹了口气:"你突然跟个赌徒似的,就是为了还债吧?"安心如看着窗外的车川流不息,仿佛在自言自语:"也是,也不是。"

"那还有什么能让你这么不择手段?"伊娜随口问道。"我想找到我的亲生父母,问问他们为什么不要我。可世界太大,人太多,我只能尽我所能往灯光亮的高处站,让他们能看见我。"安心如仿佛叹了口气。伊娜沉默,被那么一对夫妇领养,从小生活在吃喝嫖赌、男盗女娼、鸡飞狗跳的环境中,也难怪她想质问亲生父母。

一时间,车中没人说话,只有广播电台的声音孤独地响起:"当红小生张少澜依然没有回应与安心如的事情,已经有粉丝举牌到女方经纪公司楼下抗议。安心如是耀庆娱乐的艺人,今年二十三岁……"之后是DJ和一众嘉宾的热烈讨论:这件事如果是真的,艺人谈恋爱,粉丝该不该反应激烈;如果是假的,如何唤起媒体良知,不要报道炒作事件……

伊娜轻轻开口:"你火了。"安心如摇摇头,继续看向窗外:"这只是一个开始。"

距离事件发生将近二十四小时,张少澜在网上公开了手写信件:"作为一名艺人,我的责任是唱好歌、拍好戏。至于工作之外的任何事情,我都不会回应。也请粉丝们相信,我会好好工作,回报大家。"

扑朔迷离的回应,将事件再次推向高潮。媒体陷入了集体狂欢,坐实了之前的绯闻是真实的。一张时间表在网上广为流传,上面详细列出了二人近两年的时间、地点交叉点，最后得出结论：张少澜刚回国在机场转机时，偶遇安心如，两人在半小时的候机时间里勾搭上了，保持联系一直到现在。粉丝坚持认为一定是安心如心怀不轨上前勾引，而理智派则认为那时候张少澜刚回国进入演艺圈，安心如根本无法判断其今后走势，也许是张少澜主动。网上吵成一团，所有能看见中文的地方，都有安心如的名字。

她从前演过的作品也被拉出来回放，她的照片更是打开任何一个手机客户端都能看到。伊娜的电话几乎要被打爆，手机已经开始发烫。安心如倒还算清静，正在听伊娜回绝那些记者的采访要求。这是她吩咐伊娜的，不给他们任何采访机会，饿着他们。她在等，等王耀庆看到现在的局势，分一些资源给她。天知道她急用钱急成什么样了，每个记者开出的采访金、每个公关公司的合作方案都让她心动。安心如想，如果王耀庆再没动作，她可能要忍不住为了钱自己去运作了。

就在这时，她的电话响了。

"哪位？"安心如一贯的语气慵懒。"安小姐，我是你的债主。"那边的声音自带一股阴鸷。

安心如的眉头皱了起来："严格说，你是我父母的债主，他们的债务我是义务偿还，其实跟我无关。"

"但你还是要还，否则你的父母就没那么好命继续躺在医院里了。"那边阴阳怪气地笑。安心如的眉毛竖了起来："你敢！我报警，你信不信？"

"你可以报警啊,但明枪易躲,暗箭难防。更何况,安小姐似乎对你家祖屋感情很深,抵死不同意我们走法律程序没收房产。"那边轻笑。安心如沉默了。住在祖屋时,安家家底尚且丰厚,祖父母也还活着,他们在那里将她一手带大,那是她关于亲情唯一的记忆。为了那套祖屋,在高利贷那边得知她身处演艺圈,随意加高利息时,她也只得忍受。安心如不耐烦地说:"我的积蓄都给你们了,我人也没跑,又不是欠债不还了。"

"我们倒不是怕你跑,是安小姐现在红透半边天,我们想了个还款方案给安小姐。"那边的语气温和下来。安心如不说话,等着他所谓的还款方案。"安小姐现在这么红,本身就很有价值,只要你给我们拍一套片子,加一套写真,我们可以考虑放弃债务。"那边语气突然诚恳起来,仿佛他们是银行职员,而不是高利贷催债的。"我们不会逼安小姐做你不愿意做的事情,和日本那种不一样,算是一种艺术片,将来也要卖到国外市场,安小姐考虑考虑?"他接着说。"我要是不拍呢?"安心如把嘴唇咬青,才忍住愤怒,低声说。"那我们就走法律程序收回您家祖屋。"那边笑了笑说。

安心如用手扶额,使劲揉了揉发疼的太阳穴,从没有这么恨过此时还躺在医院的父母:"不拍片,也不给祖屋,利息再加一倍如何?"

"我们怕您还不起,不能再往上加了。"那边犹豫了一下,说道。"我现在的知名度连你们都知道了,只要运作一下,上位不成问题,赚钱也是很快的事。你们也是为财,总不能跟钱过不去吧?"

安心如狠狠地咬了下舌头，真疼。

她继续说："给你们拍片，把我名声毁了，我要是豁出去报警，我想你们也知道娱乐圈明星往往很有关注度，最后只会是两败俱伤。给我一段时间，我两倍利息还你们钱。你们拿钱，我无债一身轻，我们双赢。"那边想了一会儿，又拿着电话不知道去请示了谁，最后笑着说："我们老板说他很欣赏安小姐的江湖气和赌徒风范，可以宽限安小姐一段时间，但利息得翻倍。"

"可以。"安心如没好气地说完，直接挂了电话。伊娜此时也接完了又一个公关公司的合作电话，坐到安心如身边："要债的？"安心如揉着太阳穴点点头，问道："耀庆娱乐那边没来电话？"伊娜摇了摇头："可能还在静观事态发展。"安心如的脸冷了一冷："想占便宜又不伤羽毛，真是商人，算盘打得啪啪响。"她站起身来，走到梳妆台前，给脸上搽粉底，边搽边说，"我还有点儿钱，找外包公司合作推我。"

"可老板最讨厌找外包公司……"伊娜有些踌躇。"我更讨厌被人追债和雪藏。"安心如丢了一句话给她，成功地让她边抱怨当初不该给安心如当经纪人，边乖乖打电话去了。

不得不说，专业的公关公司，速度就是快。安心如打款后十个小时左右，知名娱乐大号做了一个盘点，细数这两年和张少澜有过绯闻的女星。从长相身材，到咖位演技，再到暧昧程度，最后胜出的是两位女星：一个是金茜莎，她和张少澜同时归国，并且他们是发小，回来后金茜莎走玉女路线，和张少澜私交甚笃，经常一起吃饭；另一个就是安心如，身材火爆，长相妩媚，和张少澜有实打实的亲密照片，张少澜出面解释又语焉不详。

这份盘点被十几个大号转载，又被传上各大新闻娱乐版。很快，又有人揭秘安心如勾引张少澜上钩的手段。从她的相貌、身材说起，到之前拍过的内衣广告，再到在参演的电视剧里都是扮演歌姬、舞娘之类的角色，最后总结出来，偶像小生也抵不住女人味的诱惑，字里行间，将安心如捧得俨然是新生代性感女星代表。几天之内，网上闹得沸沸扬扬，每个网站都有安心如的名字和她内衣广告的照片。

男人们开始争论她和由艳星转为演技派的李渔期谁更性感，女人们从她五官里挑剔她哪里长得水性杨花。加之张少澜那边即使粉丝声嘶力竭，也没有做出任何回应，等于默认，更坐实了二人的关系。

在安心如把银行存款花到连一百块钱都取不出来的时候，耀庆娱乐来电话了："公司要为你开记者发布会，你过来准备一下。"安心如一下子瘫坐在床上，深深呼出一口气，几天来一直悬着的心放了下来。再不来电话，安心如可能会急火攻心、心焦肺裂。

而另一边，王耀庆看着网上沸沸扬扬的盘点，心里越来越疑惑。这女人是真的不知道"怕"字怎么写吗，怎么感觉她像个亡命赌徒，用全部演艺生涯去赌名利？而真正打动他，让他不再静观其变，决定出手的，也正是这个女人偏执的劲头，像是那天站在他办公桌前，她眼中藏不住的锋芒。莫名地，王耀庆想给她一个舞台，来试试她那股锋芒能带着她走到哪一步。

很快,安心如开了记者发布会。能来的大网站记者、名娱记者都来了。安心如一身黑裙,头发盘起,雪白皮肤映衬着朱红的双唇,开口的时候眼神娇羞妩媚:"我和张先生的事情,请让我们自己去解决,谢谢大家关心;还请大家将更多的注意力放在我接下来的作品上。"伊娜差点被口水噎着——她也真敢说,接下来除了讨债人邀请她拍一部不可描述的片子,和城乡接合部色眯眯的民企老板请她剪彩,哪里有邀约?

但安心如就是敢直视镜头,说得一本正经,黑漆漆的眼瞳仿佛能看穿镜头。至少拿着手机的张少澜看着此时的安心如,就有这种感觉。那女人显然在撒谎,却丝毫没有愧意。她变了,不再是当年那个好骗的小女孩了。那时候,他可以几句话骗得她团团转,为他出头打架,把自己的零食给他,抱着他为他取暖。现在她似乎和他成了相同的一种人——戴着假面的狐狸。

张少澜意兴阑珊地盯着发布会上那个撩着头发、装作不经意地对着镜头放电的女人,突然很怀念当初的那个傻妞。那时候她多好骗啊,他一喊冷,她就搂他入怀,浑然不知他是故意钻进她怀里,气死那帮集体觊觎她的浑小子。她的怀抱是不是还那么暖,他那天震惊仓促下,竟然没有注意。她一直怨恨自己骗了她,可她不知道,16岁的时候,夜夜愧疚不已的他回来过一次,专门为了寻找她。

院长说几年前她被另一户有钱人家领养了,领养人很是和蔼。谁知如今再见,她成了这副模样。工作人员去她家附近打听,据说她父母吃、喝、嫖、赌、抽、坑、蒙、拐、骗、偷十项全能，败光了家底，气死了养她长大的祖父母。张少澜深深地盯着镜头前那张眯眼媚笑的脸，叹了口气。她那么记仇，如果知道他还有更深的秘密瞒着她，会气成什么样子呢？算了，还是让秘密就在这里打住，帮她上位算是还债吧。

第二章 初见成效

发布会算是耀庆娱乐对安心如的一个态度，但这显然得罪了张少澜的东家番茄文化公司。网上开始流传安心如在耀庆娱乐授意下陷害张少澜，却没掀起什么风浪，最后不了了之。耀庆娱乐在舆论主导上是业内翘楚，专注偶像打造的番茄文化并不是其对手。加上公司一哥张少澜强硬要求沉默，任番茄文化高层怎么游说都不为所动，甚至搬出番茄文化两大女星金茜莎和李渔期来劝说，也不管用。番茄文化只能放弃舆论这一阵地，把咬碎的牙咽到肚子里，在别的领域和耀庆竞争。"神仙打架，凡人遭殃"，两家公司作对起来，让各自旗下艺人丢了不少资源，少了不少机会。

耀庆娱乐内部人员对安心如充满怨气，一个十八线艺人能掀起这么大的风波，如今还有老板支持，嫉妒的人肯定少不了。一时间，伊娜也跟着成了耀庆娱乐内部的过街老鼠，灰溜溜的。安心如却毫不在乎。按她的话说，存款就剩四十多块钱了，提都提不出来，哪还有心情在乎这个。她比较在乎眼下冒出来的一块大肥肉。

国内新近冒头、口碑和销量颇好、隐隐有抗衡欧美品牌趋势的化妆品"SN"，原代言人合约到期，据说要寻找新的代言人。SN还没有强大到可以邀约国际大牌明星代言的地步，只能在新近当红的女星中寻找。安心如自从知道消息，就死盯着SN，但央求伊娜找出八百年不联系的关系，也找不到一点儿突破口。她叹了口气，从床上爬起来，走进浴室洗澡，出来化好妆，坐着伊娜的车直奔公司。王耀庆正好在公司，安心如在办公室外等了几乎有三个小时，大忙人老板才有空见见她。其实王耀庆还有个会要开，只剩半个小时，但他真的好奇这个不走寻常路的女人又要玩什么花样。

安心如今天穿着鱼尾裙，鱼尾裙将她的臀腿紧包起来，令她曲线毕现，实为尤物。她进来微微一笑，对着王耀庆直截了当："老板，我们的赌约成立了吗？"王耀庆一滞，没想到她会直接问出来，点了点头，沉声说："成立。"

"那我是不是能让公司帮我争取些机会了？毕竟那时候我们是这么说好的。"安心如眯眼一笑，像只小狐狸。"你直接说。"王耀庆一贯态度冷漠。"是这样的，我听说SN要寻找新的代言人了。"安心如双眼放光，带着一股势在必得的气势。"代言是要讲商业效果和粉丝的，你有吗？"王耀庆讲话直接，丝毫不留情面。

"第一，我有知名度；第二，张少澜并不是全国唯一的偶像明星，和他有竞争关系的多得是。粉丝为了偶像互相争吵由来已久，敌人的敌人就是朋友，张少澜的粉丝讨厌我，那别人的粉丝为了旧怨，也许会支持我呢？"安心如一口气说完，从包里拿出一瓶水并拧开瓶盖，"咕嘟咕嘟"一口气喝完，接着说，"我可以先惹张少澜的粉丝讨厌，然后找水军在别家粉丝那里拉好感，就算只是一时，只要其余偶像明星的粉丝有十分之二三为了旧怨而支持我，就足够我拿下代言了。"

王耀庆不由凝视安心如，这些平时不能说出来的手段，她居然说得大大方方。"你经常使用阴谋？"王耀庆轻轻问，表情像是在琢磨什么。"我经常使用阳谋。"安心如咧嘴一笑。王耀庆的眼中带了些探究和好奇，他自己都没注意到，只听他说："回去等我消息。"

安心如一不多言，二不多留，点头道谢后便要走人。能说的、能做的，都说了、做了，接下来就听天由命了，多说反而招人厌烦。王耀庆突然叫住了她："给你换个人脉广些的经纪人怎么样，省得你明星、经纪一肩挑。"安心如摇了摇头，笑道："我这个经纪人很好，我也喜欢，不过谢谢你费心。"王耀庆点点头，并不多说，让安心如离去，盯着她窈窕的背影不语。

几天后，不知道自己差点被炒的伊娜接到了电话，通知安心如陪老板去和 SN 的董事长吃顿饭。伊娜激动得差点蹦起来："你这算是熬出头了！SN 少女粉丝巨多！"安心如笑笑，仍自顾自地看着手机。她在王耀庆的办公室只是嘴上说说，其实她现在已经没有钱再请公关公司或枪手水军了。没想到，这几天形势突变，张少澜的蓝粉和其他几家偶像明星的粉丝频起冲突，大多是别家粉丝嘲讽张少澜绯闻，引起互相疯狂爆吧的事。

安心如却渔翁得利。作为蓝粉最讨厌的女人之一，其他几家的粉丝为了激怒蓝粉，有不少成了安心如的粉丝。这次的水军明显很强，多是各个粉丝群隐藏多年的老号，带节奏带得不露痕迹，任谁都想不到是她安心如。安心如不由感叹，大公司大手笔，耀庆娱乐一出手，果然强。

加之这几天安心如也开了社交媒体账号，时不时在上面发些"别低头，王冠会掉""我的地盘，我就是王""左右不了世界，至少

第二章 初见成效

别让世界左右自己"之类少女喜爱的心灵鸡汤。她将自己定位为风情妩媚、攻气十足的女王人设，配合粉丝战争，竟然真的收获了不少粉丝。这些少女甚至已经给她成立了后援会，名叫"心家婆"。这些从别家吸引来的粉丝都是有经验的老粉，战斗力也强悍，这几天南征北战，到处给她做宣传，又拉来了不少崇拜女王的少女粉。蓝粉在网上不断哀号，一个出卖色相、靠踩男人上位的女人眼看就要洗白了，只是声势渐微，毕竟还有好几家明星粉丝等着看热闹。在这番推波助澜下，安心如的粉丝量涨势喜人。

王耀庆打电话亲自夸奖了伊娜一番，说她们很聪明，配合公司造势配得很好。伊娜乐得差点儿上了天，直冒粉色泡泡。王耀庆若不是冷冰冰、不好接近，其实一双凤眼、薄唇高鼻，不比电视上的明星差。公司里暗恋他的职员不知凡几。安心如倒没多惊喜，但她总算是知名度和粉丝都有了。她心里有了些底气，开始找衣服，为晚上的饭局做准备。伊娜给她拿来米色碎花长裙，配蜜色开衫、平底鞋："今天打扮得清纯些，毕竟 SN 是少女品牌。"安心如接过来换上，伊娜乐得直拍手："你也有纯情的一面啊，真是想不到，看着就像个学生！"安心如瞥她一眼，揽镜自照。伊娜说得没错，她素颜时确实有学生模样。她皱了皱眉，并不满意，坐在床边，突然开始沉思，嘴里念念有词："她们想要的是什么呢？"

伊娜早就习惯了安心如把自己关在自己的世界里，自言自语，不知道想什么的样子，自去忙自己的。安心如想了一会儿，突然跳起来，从衣柜里拿出从前买的衣服，一件件挑拣，直到最后，选定了黑色紧身的深 V 领 T 恤、高腰修身牛仔和一双黑色高跟鞋。她拿卷发棒为自己烫出波浪来,搽粉上妆,红唇娇艳,简单又紧贴的衣服展现出她姣好的身体曲线。最后套上小绵羊皮的机车服,随手拎个松松垮垮的帆布包。这身装扮把刚从厨房里出来的伊娜震了一下,接着她就气得一佛出世二佛升天:"你知道你要代言的是少女品牌吗?"

"知道啊!"安心如点了点头,"就因为知道,我才这么穿啊!"伊娜闭眼扶额:"我为什么会带你这么有个性的艺人?"安心如笑笑不说话,任由伊娜一路念叨,直到进入饭店包房。一进包房,伊娜彻底绝望了。包房里坐着三个人,老板、在新闻上见过的 SN 老板,还有一个淡施脂粉、长发长裙的纯真女生——网传很有可能代言 SN 的金茜莎。

这顿饭吃得伊娜坐立难安。她们一进去,王耀庆就面色难看地站起来介绍:"这是 SN 的老板吴立群。"伊娜看看金茜莎,面色有些变化。安心如倒是一贯的八风吹不动,娇笑着道歉:"实在抱歉,我们来晚了。"其实安心如已经早到了半小时,谁知其他人比她还先到。

"没关系,是我和吴总约好提前到,叙叙旧。"王耀庆示意她挨他坐下,淡淡地说。王耀庆也是一肚子火。说好和吴立群提前单独谈谈,他跟吴立群有些私交,想趁机推荐安心如一番,谁知吴立群带着番茄文化的金茜莎而来,张口就说金茜莎是他认的干女儿。金茜莎一口一个干爹地叫着,王耀庆在旁边实在没法提安心如的事,

第二章 ✦ 初见成效

窝了一肚子火。

伊娜抿着嘴坐在安心如旁边,偷偷看了眼对面的金茜莎,淡妆、披肩发、白色长裙及踝,仿佛从偶像剧里走出来的少女;再看看自己身边这位,不羁不良的装扮,妆容化得性感无比,怎么看怎么跟"少女"两个字不搭。伊娜再看看王耀庆,老板对她的装束也是满脸的不满。伊娜想哭的心都有了。这还谈什么代言,吃点儿喝点儿打包点儿,回家得了。

这些眼波暗涌仿佛不关安心如的事。她边寒暄边坐下,还客客气气地跟金茜莎打了个招呼。二人握手的时候,安心如简直是在映衬金茜莎的纯情,让伊娜更加欲哭无泪。死了心的伊娜默默吃饭,有一句没一句地听着席间谈话,一点儿精神都打不起来。不知是谁提起来的,SN要找新代言人。吴立群满意地摸摸金茜莎的头发:"我这个干女儿啊,我很满意,你看她多纯情,多招人喜欢。下一个代言人就是她了!"

王耀庆笑了笑,突然问金茜莎:"金小姐的少男粉丝不少,不知有没有想过平衡一下,在少女粉丝上发下力?""我正在努力,谢谢王总关心。"金茜莎微笑着,声音温润。"我可以和你交流一下经验,我这几天少女粉丝涨了十几万。"安心如使劲咽下嘴里的食物,喝了一大口水。"哦?我听莎莎说,安小姐的出名方式很特别啊,这样也能有粉丝?"吴立群倒是被勾起了兴趣。

安心如笑了笑,有些时候不适合自吹自擂,她扫了眼伊娜,发现伊娜好像进入了精神病状态,带着怨念的眼神发呆,无声地自言自语。安心如气得在桌子底下狠狠拧了伊娜一把,成功让她回神,看着安心如呆呆地说了一句:"啊?"安心如眯眼一笑:"快跟吴总介绍下咱们的粉丝啊,吴总是做少女生意的,对咱们的少女粉很感兴趣。""对对对,我们那个自媒体号啊,每天发一些八卦新闻,几个月了,也只有五万多粉丝。你们这是怎么积累的?"吴立群的眼睛越来越亮。伊娜一看,吴立群不像她们刚进来时那样爱搭不理,而是一副饶有兴趣的样子,机灵劲儿也回来了:"首先,我们家心如自带话题度,而且话题火爆,这是一般女星没有、也不敢有的。"

金茜莎闻言笑笑:"是啊,我是真不敢闹出这么一桩绯闻,艺人要是失了形象,简直愧对粉丝的厚爱。""对,你那都是男粉丝居多,少男和少女的想法南辕北辙,你还真的不能冒险。"安心如一边夹菜,一边正经说道。金茜莎顿了顿,脸色有些不好看地望着吴立群。可吴立群完全被这么短时间内聚集的十几万少女粉给吸引了,眼睛都快绿了,催着伊娜开口说下去。

"我们被张少澜的粉丝狂骂,引来了其他家粉丝为我们打抱不平。深入了解之下,她们发现我们心如不仅性感,性格还强势,按时下流行的话,叫'攻气十足',满足了她们的幻想和少女心。心如现在被粉丝称作'女王'。"伊娜介绍得不无得意,安心如在一边喝水,对这些不用自己说出来的自吹自擂的话感到欣慰,也庆幸伊娜挺会给她涨身价的。王耀庆看吴立群正在思索什么,瞄了眼金茜莎晦暗的脸色,又淡淡地加了一句:"我们打算从代言开始,集中精力让心如吸纳少女粉丝。"

吴立群笑了笑，没说话。金茜莎突然开口："说起代言人，干爹公司一向会挑，每回都是清清爽爽的女孩，没有什么负面新闻，口碑一向很好。""口碑是不错，可销量都两年没有大的增长了吧。"安心如拿着水杯，慢条斯理地说。吴立群正要得意地微笑，却被安心如一句话说得喉咙一滞，脱口而出："你怎么知道？"安心如笑笑："我闲着没事干，也爱看点儿商界报道。对于SN这个品牌，我不仅试用过，还研究了很久，"她指指自己，"吴总，您看，我今天用的就是全套的SN，效果不错吧？"

对自己的产品，吴立群还是颇为骄傲的，他一看安心如妆容干净、颜色鲜亮，不禁得意起来："我们的质量是很过硬的。""可路线有点儿问题。"安心如严肃地说。吴立群眉头皱了起来，颇有些不满："路线是我亲自制定的，能有什么问题？"金茜莎也在旁边睁大眼睛："国货能做到和欧美抗衡，已经很厉害了呀！"

安心如低头从包里拿出几张杂志内页的大片来，把伊娜看得一愣一愣，她都不知道安心如是什么时候准备的。安心如将大片靠近自己的脸，对吴立群淡淡地说："吴总，您看，这是您的代言广告，我是您的用户，我和广告，哪个更能体现彩妆的多样性？"吴立群一看，大片上一个清纯甜美的女生，妆容浅淡，披着长发灿烂地笑，看着很是顺眼；可安心如，妆容凛冽，却让人不由得去注意她的红唇和烟熏妆，配色得当，化得精致。要说顺眼，是广告；可要说哪个能让人注意到妆容，还得说是安心如。吴立群眨了眨眼,没有说话。

安心如将杂志内页放下,身子前倾,诚恳地看着吴立群:"吴总,您做的是少女生意,最应该知道少女在想什么。"她语气越发真诚,"要是早个十年,您请的代言人简直太完美了。可放到现在……"安心如慢慢拿起水杯喝了口水,吴立群只把话听了半截,不由得问道:"现在怎么了?"

"现在我建议您做个调查。据我所知,现在的少女都喜欢个性十足、气场强大的女人,俗称女王,那是她们刚从家庭走出来接触世界,对自己内心的不安的一种投射。乖乖女早就不再受欢迎了。"安心如轻轻说道。看到吴立群眉头越锁越紧,她又再接再厉:"再说,千帆过尽的熟女也许渴望返璞归真,但刚开始有两性特征的少女,无不想让自己性感。哪个少女小时候不偷用妈妈的化妆品呢?哪个不把自己化成大人的艳丽模样?您找甜美纯真的少女代言,能让用户有代入感,这没错,可只是不功不过。如果您能引发出少女内心对性感和强大的渴望,作为第一个指导她们如何将自己变得性感强大的品牌,您给她们的就不是代入,而是带领了。"

"代入和带领……"吴立群喃喃地重复着这两个词。"代入带来的是消费者,带领却能带来死忠粉和口口相传。"王耀庆在旁边听了半天,搞清了安心如的思路,帮她来了句助攻。他心中是有些震惊的,这个女人不光泼辣,敢于卖性感人设,而且对娱乐这个市场摸得太透了,或者说,她对人心摸得太透了。

王耀庆眯起眼睛打量着安心如,究竟,她还会有多少出人意料

第二章 初见成效

的举动呢？

剩下的时间，都在吴立群和安心如、王耀庆探讨粉丝经济中度过。虽然公司有专人做调查，可吴立群第一次发现，粉丝这个群体是这么难以掌握。少女心不再是找个玉女就能得到的了。现在市场早已多样化，不是专心做质量就能称霸的时代了。席间，伊娜有时候还能插上一两句嘴，可作为新一代小玉女，金茜莎一句话都说不上。

饭局结束，吴立群意犹未尽地握着安心如的手："改天我要让公司做宣传的那几个小孩好好跟安小姐学学，你是我的一饭之师啊！"安心如连忙寒暄，王耀庆在旁边看到她眼中泛着狡黠的精光，仿佛一只狐狸。

吴立群和王耀庆边聊边在前面走。金茜莎来到安心如身边，笑得没有温度："听说你和张少澜关系不错？""我们啊，认识啊，很久以前的朋友。"安心如笑笑，说得云淡风轻。"一定没有我早。"金茜莎抿嘴一笑，"我们在国外就是好朋友，一起长大的青梅竹马。""那你一定很了解他了。"安心如笑得意味深长。金茜莎也甜甜一笑："他很温和，又体贴，懂得照顾人，十分绅士，简直是个完美的人。""你很幸运，看见的是这么美好的他。"安心如又不明所以地一笑。

金茜莎总觉得安心如的笑不像嫉妒，也不像羡慕，倒有些奚落之意。她盯着安心如，却从她脸上看不出任何情绪，只有一张精致

031

性感的笑脸。金茜莎正要开口试探,却已经到了楼下。安心如笑靥如花地跟吴立群寒暄道别。王耀庆坐在一旁的宾利车里,招呼安心如上车。金茜莎婉拒了吴立群送她回家的客套话,看向路边。

一辆黑色的兰博基尼停在路边,张少澜身着黑色T恤、牛仔长裤从里面下来,个子高挑,面庞俊美。他走到金茜莎跟前:"我顺路,送你回去。"说完,他突然扫到旁边的安心如。后者眼睛一眯,笑盈盈地看着他:"又见面了。"张少澜再一扫旁边,白色宾利车里,一个神色冰冷、五官如刀刻斧凿的男人正看向安心如,那是王耀庆。他冲王耀庆点了个头,算作打招呼,然后转过身看着安心如,语气有些讽刺有些冰冷:"看来我的忙没白帮。我记得以前王耀庆甚至不知道你。"

"是呀,拜你所赐,我还真的翻身了。"安心如还是笑眯眯的,冲他抛了个媚眼,转身上了王耀庆的车。张少澜看着安心如的背影,心里一阵烦乱。记忆中那个扎辫子、挽袖子,为了他冲上去和男孩们厮打的野丫头,现在风情万种,却让他打心眼里感到不舒服。金茜莎在旁边看着张少澜,眼中有了惊疑。张少澜面对任何人都是云淡风轻、温和礼貌,从不会对人冷语相向。认识这么多年,他这是第一次因为一个人,情绪起了波澜。

金茜莎咬咬牙,走上前挽住张少澜的胳膊,将他的视线扯回来:"少澜哥,我有点儿冷,早点儿走吧。"张少澜这才看向金茜莎,又换上温暖的笑容:"好。"走了几步,他不由得回头看看安心如。她坐在车里,正对着王耀庆娇笑。他小时候从没见她这么笑过。张少澜狠狠回头,不知道自己心里的烦躁从哪里来。大概是自己骗了她,偷了她的人生,看到她卖笑于心不忍吧。张少澜对自己解释。

而车里,安心如不经意间扫了已经走远的张少澜一眼,笑得有些冷。瞧他一脸愤愤的样子,不知道的,还以为是自己怎么对不起他了。王耀庆咳嗽了一声,将安心如的心神拉了回来:"你们不是很熟吗?""他只是帮我个忙,我们以前有过一面之缘。"安心如轻轻遮掩,又问王耀庆,"您这是有事跟我说?"王耀庆语滞。他总不能说其实没什么事,就是对她好奇到忍不住。他看了看又回过头来的张少澜,将好奇压在心中,问安心如:"你的未来,怎么规划的?"

"现在的形象,我觉得很好,容易吸引少女粉,这是最喜欢掏钱和最能造势的一批粉丝。我觉得接下来除了广告,我还能演电视剧,现在网剧和网综很火,也是吸粉利器,所以特别想要得到公司的支持。"一说起职业规划,安心如不由得目光炯炯。王耀庆看着安心如眼中明亮的光,终于知道自己为什么对她有这么大的好奇心了。当初的他也是一样的有野心,这么一步步不惜背上骂名挣扎过来的。只是当初他是为了一个女人,而眼前的安心如又是为了什么呢?

"为什么?"他不由得问了出来。"什么?"安心如有些困惑地看着他。"为什么这么拼?"王耀庆低沉的嗓音有些喑哑,黑眸深邃,仿佛盛满了故事。"生活所迫啊!"安心如耸耸肩膀,平时端着的性感架子不见了,有些俏皮,丝毫不见苦闷。"真话。"王耀庆阅人无数，很轻易地看穿她的敷衍。"我想站得高高的，让所有灯光照亮我，那样，我要寻找的人就会看见我。"安心如沉默了一会儿，微笑着说。

王耀庆死死压住想询问她要寻找的人是不是她的恋人的冲动。他看了看等在一边的伊娜，察觉出自己今天太放任情绪了，就恢复了公事公办的语气："先从这个广告做起。我能看出来，吴总对你留了心。我回头再用网上的数据和言论说服他。"安心如点了点头，冲着王耀庆感激地一笑："谢谢老板。"王耀庆挥挥手："回去吧。记住，这条路不好走，踏上来就要做好不断冲锋、不断警戒，直至隐退的准备。"

安心如一脸了然："放心，我已经连皮带骨都准备献给这条路了……"回去的路上，伊娜兴奋莫名："老板跟你说什么了？他不会看上你了吧？""你嫉妒啊？"安心如眯眼笑。"废话，老板要长相有长相，要身材有身材，冷面冰山熟男型，公司哪个女的不想他……"伊娜眼中泛起星星。"擦擦口水，别跟个食人族似的。"安心如失笑，接着又一本正经地说，"我们这回应该要发达了，SN 的广告很可能成，就算不成，公司应该也会给我们新的活干。可在这之前，我得郑重地告诉你一件事。""什么事？老板不会是看我人脉窄，想炒了我给你换人吧？"伊娜有些忐忑地问。"想象力真丰富，可惜不是。"安心如清清嗓子，"你能不能借我两千块钱？我卡里仅剩的四十块钱也被我刷卡花完了。""装神弄鬼的！"伊娜横了她一眼，努努嘴，"喏，钱包在包里，随便拿。"

安心如笑弯了眼,看着前方的一路星光,难得心情好了起来。手机适时响起,安心如接了,那边却不说话。安心如不耐烦道:"再不说话我挂了啊!"那边突然有了动静:"我在从前我们偷跑去玩的那个溪边,你来不来?"是张少澜的声音。

安心如挂了电话,不动声色地看着伊娜:"快回家吧,我困死了。"到了家,安心如卸了妆,换了睡衣,又和伊娜想象了半天今后的日子,直到伊娜困得不行,沉沉睡去。安心如泡了杯茶,站在窗边,看着外面的星光,陷入了沉思。这时手机又响了,安心如看了一眼,还是刚才那个号码,但不是刚才那般温雅的声音:"我在你家楼下,你赶紧给我下来!"

安心如看了看楼下,"扑哧"笑出了声。张少澜站在他那辆拉风的兰博基尼旁,抽着一支烟,正朝上望。安心如在睡衣外加了件毛衫,过了一会儿,才闲闲地开门下楼。夜深风大,张少澜脸上的温和早已没了踪影,看到安心如,他眼中闪着怒意。

"为什么放我鸽子?"张少澜将烟头踩灭,声音中透着危险气息。"我没有答应过你要去,也不知道你用从前的记忆引诱我想做什么。"安心如耸了耸肩,一脸无辜。张少澜的眼神变深:"你很恨我吗?"安心如点点头:"是啊,你也不是第一天知道。"张少澜看着安心如不施脂粉的样子,黑发包裹着巴掌大的脸,小时候的倔强依稀还在脸上。他深吸了一口气:"我已经弥补你了。"

"你欠了我的钱,害我变成穷光蛋,后来你还上了,我就能不怨你?"安心如慢悠悠地道。张少澜张了张嘴,没说话,那张俊脸上阴晴不定。"打听出我的电话和住处,要越过大半个娱乐圈了吧?"安心如慢条斯理地道,语带奚落。张少澜点点头:"惊动了整个番茄文化的经纪人。""这么想见我,你不会是想我了吧?"安心如上前一步,贴在张少澜身上。

张少澜不动,任由安心如贴上,也不否认。半晌,他突然伸手拥住了她:"我冷。"安心如一怔,脸埋在张少澜怀里,笑得有些寒凉。她伸手,拥住张少澜,像是在念咒语,带着诱惑:"抱住姐姐就不会冷了。"张少澜紧紧拥住她:"我说我回国,进入娱乐圈,就是想找到你,你信吗?"安心如毫不犹豫地摇头:"不信。"张少澜深深叹气:"我被领养后,每天都过得战战兢兢,怕被送回去,只有在你身边的那段日子,我才是放松的。"安心如一愣,问道:"你在怕什么?"

张少澜身体一僵,没有说话,转而说:"你一向要强,从小就是。跟你对上了,哪怕你伤痕累累,也不会让对手好过。"安心如没有说话,埋在张少澜胸膛的脸转向一边,看着远处。张少澜接着说:"茜莎不懂事,还是个小孩子,你别为难她,她没你那么聪明。"

沉默,还是沉默。

张少澜觉出不对,低头看去。安心如正看着他,眼中带着几分讥诮。张少澜也发觉自己失言,正想开口补救。"吻我。"安心如突兀地开口。张少澜一愣,安心如的声音又像咒语般传来,仿佛催眠一般:"这些年,我身在水深火热中,无时无刻不在想你,想跟你在一起过无忧无虑的日子。"她的眼睛微眯,眼尾上挑,像只猫一般,"吻我。我跟你一笔勾销,也不跟金茜莎争广告了,不为难她,放过她……"张少澜像被下了蛊,低头朝微微张开的双唇吻去,刚触碰到那丝温热,安心如突然伸手,冷冷地将他一把推开:"你不觉得对不起你的小情人吗?""你说什么?"张少澜有些发蒙。

"跑到我们小时候常去的地方怀旧,又来这里勾起我的回忆,不过就是为了你小情人的一个广告。小圆子,你可真够痴情啊!可惜,我被你骗过一次就够了,终生铭记。"

安心如冷冷地笑着,夜风吹开她的头发,那双眼睛里的恨意全部迸发出来。"你对我恨得这么深!"张少澜惊呆了。那双眼睛像湖,里面盛满了巨大的恨意和哀伤。"被父母每天家暴时,我恨你;钱被父母全部卷跑,祖父母没钱治病时,我恨你;一个人埋葬祖父母,在祖屋搭灵堂时,我恨你;边上学边去歌厅驻唱,给父母赚钱时,我恨你;被顾客揩油、差点被强奸时,我恨你;现在我父母生死难料,但这两个混蛋是我最后的亲人,我既想他们死又想他们活时,我更恨你!如果是公平竞争,你被领走,我也开心,可你偷走了我的人生!"

安心如一口气说出了这些话,罕见的眼泪顺着眼角流下来。张少澜突然感觉心里一恸。曾经的她为了救他,被打得蹲在角落站不起来,都没有流过一滴眼泪,只是狠狠地盯着那些男孩。他从不知道,她也会流泪。他抬起手,轻轻拂去安心如的泪水,不知说什么好,半响,才轻轻地说了句:"对不起,这一切我都不知道。"安心如突然微微笑起来:"即便你知道了,当时你还是会骗我。"她后退两步，笑容越来越冷，让张少澜感觉到了一丝危险，本能地，他也往后退去："你要做什么？""你的直觉还是像小时候一样敏锐，所以你很少挨打，都是我替你挨。"安心如赞许地笑笑，仿佛刚才恨意暴涨的那个人不是她。

她转身上楼，冷冷丢下了一句话："如果你不让我看出来，你是为了小情人骗我，我真的会收手放过你的。"她上楼后，张少澜依然站在车前，烟抽了一根又一根。"他是有做偶像明星的本钱，这种时候看着，还是很俊美。"安心如披上披肩，还是觉得很冷。过了一会儿，张少澜上车，安心如的电话响了。她接起来，张少澜的声音平静无波，甚至带着一丝笑意："我今晚说的都是真的，可惜你再也不会听到。"

他笑起来："要斗，就斗个彻底。""这才像当年那个小恶魔。"安心如嘻嘻笑着回答，随后挂了电话。看着窗外的夜空，浓得化不开的黑，点点星光都被遮挡住了，她突然看痴了，呆呆站着直到快天明。

第二天，网上再度爆出重大新闻：张少澜和安心如拥抱接吻，安心如眼中含泪，张少澜伸手擦拭。如果在第一次照片曝光时，还有人认为是安心如在碰瓷，在使心机蹭张少澜的关注度，那这一次，所有看到爆料的人都能看出来张少澜眼中的柔情，眼神是骗不了人的。

番茄文化启动紧急预案，找公关去撤销照片，但已经来不及了。

他们试图发枪手文,从安心如入行开始杜撰,想证明她是有前科的,可安心如之前连一点儿绯闻都没有,根本无从写起。番茄文化实在无奈,又想要兵行险招,先让张少澜承认恋情,两人在一起几个月,平息舆论后再说。不料安心如已经在自己的账号上先行发文:"感情最怕纠结。当他爱上别人时,大方送上祝福,为自己留一丝自尊。和尊严相比,任何爱情都不值一提。"配图是安心如红肿着眼睛,站在窗边看着窗外的鱼肚白。一向艳光四射的她,一身格子睡衣,头发披散,脂粉不施,突然显现出小女生的脆弱。

心家婆们四处转发这段话,用来佐证女王就是女王,即便心痛,也拿得起放得下。网上纷纷猜测,安心如是张少澜的地下女友,恋情暴露,被张少澜甩掉。一时之间,张少澜掉粉不少,忠心的蓝粉四处辟谣,却根本没人相信。张少澜依然保持安静,只在相熟记者的追问下,才悠悠说了句:"我永远怀念从前的她。"这句话更是坐实两人曾经有过一段恋情,连蓝粉都回天乏力。

娱乐圈的人既怕得罪番茄文化,又怕得罪耀庆娱乐,都对这件事三缄其口。只有金茜莎接受采访时,假装心直口快,脱口而出:"有些女人像是牛皮糖,粘上了就甩不掉。"说完了,她捂嘴红了脸,一副小女人的样子。安心如的粉丝们却开始躁动,不依不饶。蓝粉们也气恼金茜莎再一次证明张少澜和安心如的关系。一时之间,两家粉丝突然调转矛头,都对准金茜莎,一顿穷追猛打。在这场沸沸扬扬中,安心如第一次接到了时尚杂志的专访邀请。

《EF》是一流的时尚杂志,唯一能与之抗衡的只有《RL》。

安心如接受《EF》专访，其实是捡了个大便宜。首先是前几天张少澜突然在网上发布视频，言辞恳切地解释，自己也是底层奋斗上来的，只是同情安心如在娱乐圈打拼的辛苦，初衷只是安慰她，之后受了她的蛊惑，才有了那些照片，并向粉丝们真诚道歉。张少澜的眼睛很美，看着就显得无辜，再加上如玉容颜，让粉丝们心生怜爱，蓝粉们痛哭流涕地表示原谅他。这证明了心理学上的一个说法：长得美的人总是容易获得原谅。

番茄文化此时又安排他带着金茜莎上《RL》拍了组封面，杂志未出，样片先出，一时间，张少澜和金茜莎青梅竹马的传闻又甚嚣尘上，淹没了他和安心如的绯闻。预估《RL》这期销量要大增，《EF》启动紧急预案，总编苏桥和王耀庆通了很长时间的电话，临时拍板，要安心如来拍封面。安心如和伊娜此时就走在《EF》的走廊上。

时尚圈个个都是人精、拜高踩低小能手。走廊上每一个人都对她们报以友善的笑，眼神却四处乱飞，意味深长。伊娜像竖起了刺的刺猬，全身进入警戒状态。安心如却像对那些眼神毫无所察，悠闲得如同散步。安心如走到指定的房间，敲门进去，一个30多岁的女人站起身，温和地向她和伊娜打招呼："早上好，我是采访部副主任米唐。"寒暄后，安心如和伊娜落座。米唐拿出录音笔，说道："我们随便聊聊，先熟悉熟悉吧，安小姐在访谈中有什么禁忌吗？""没有任何禁忌。"安心如微微一笑。

米唐端起咖啡，抿了一口后放下，打开录音笔问："听说安小姐的父母尚在医院？""是的，仍在昏迷当中。"安心如点头。"可安小姐仍然衣着光鲜地出现在各种娱乐八卦中？"米唐又问。伊娜皱眉想开口，被安心如制止："我必须工作，才能支付昂贵的医疗费用，而艺人工作的最低标准就是衣着光鲜。""可据说，安小姐都不怎么探望二老？"米唐更进一步，眼中的鄙视清晰可见。伊娜已经想起身，被安心如强按住，安心如淡淡开口："此时他们在昏迷，要醒来只能靠他们自己。他们是战士，战场是身体，而我最需要做的是拼命工作，来保证优良的医疗条件不要断。我的不陪伴，是为了提供粮草供给战场。"

说完，她突然伸手夺走米唐的录音笔："现在，我们要说说你的事了。""你干什么？"米唐愣了一下，站起来喊。安心如不回答，转身开门出去，伊娜跟在她身后，用肥肥的身子阻挡试图拦路的米唐。刚才上来的时候，安心如就记住了总编办公室的所在。此时她径直走去，敲了敲门，一个干练的女声应道："进来。"安心如推门进去，窗边办公桌后，坐着一个短发白肤的中年女人。她就是苏桥。看她进来，苏桥眼神一闪，瞄到了安心如身后正在拉扯的米唐和伊娜。

苏桥不动声色地看着安心如，用眼神询问她的来意。安心如笑了笑，开口说道："苏总给我机会，应该是上封面和《RL》打擂台吧？"苏桥点点头，不说话。"那我就不知道，把我这个世人眼中的坏女人写得再坏，有什么意义。你在杂志上告诉别人世人皆知的事情，谁会因为好奇去买？"安心如撇撇嘴，"我是不会对一本在封面上告诉我'1+1=2'的书感兴趣的,除非它告诉我其实等于3。""我和安小姐的想法一样,而且你的老板和我是多年的朋友,他极力推荐了你,说你是不一样的。是哪个环节出问题了吗?"苏桥语气依旧温和,仿佛没看到门口伊娜和米唐的拉扯。安心如放开录音:"我只是不明白,为什么米副主任的访问角度这么刁钻。"苏桥听完,微微皱起眉头:"米唐,你来解释。"

米唐面色灰白,停止和伊娜的拉扯,看了看身后聚拢了一堆的同事,心里无比后悔。她会觉得网红都是没有智商的,从而小看她们?其实她只是想给这种网红一个下马威,接着再好好采访的。她强自镇定:"我是想另辟蹊径,写出一个不一样的网红。""我家心如在出名前就已经签约耀庆娱乐,有不少作品,她不是网红,谢谢。"伊娜冷冰冰地说。"是不是网红无所谓,我只是觉得这个采访方向有些偏,来提个意见而已。米唐小姐,我们一会儿可以继续的。"安心如对着米唐眨眨眼。米唐鼻子快要气歪了——只是提意见,那你还抢我录音笔,穿过大半个走廊来找总编,并且不关门让我同事都听见?可她偏偏什么都说不出口,只能白着一张脸站在门口,咬紧牙关。

"米唐,我要看到一份专业、负责任的稿件,至于这次的事,等你采访完再说,明白吗?"苏桥直视着米唐的眼睛,语气带着少见的严厉。米唐默默点头。总编的说话方式她很了解,主编这是在告诉她,如果采访不好,自己绝对没有好果子吃。安心如向苏桥道了谢,然后走上前将录音笔递给米唐,笑嘻嘻地问:"那我们回去继续喽?"她的笑容此刻在米唐看来无比刺目,如同恶魔,但米唐只能忍着,回道:"好的,安小姐您先走。"

安心如要出门时,苏桥突然出声喊住了她:"安小姐!"安心如回头,看着苏桥温和的笑和真诚的眼睛,苏桥说,"我力排众议叫你来,是因为你老板对你评价十分高,说你很独特,潜力十足。现在,你让我觉得我的决定是正确的。"安心如回之一笑,跟刚才的笑容截然不同,这次带了点儿温暖和稚气:"我会尽全力让你觉得你正确。"点头致意后,她转身走出来,米唐跟在她身后。走廊上的人让开道路,再看着她的时候,没有眼神乱飞,也没有意味深长的笑。

杂志很快面市,本来应该排在内页的安心如,被安排到了封面上。封面上的她,皮肤雪白,嘴唇殷红,头发飘扬,一袭黑色裹身裙,扬着下巴俯视镜头。性感从她全身每个毛孔里显现出来。这期的采访题目是《我的好坏,自己明白,不需任何人评说》。

在因为绯闻而在网上走红的女星中,她是第一个登上《EF》封面的,因此引起大幅报道。有好事者把《EF》和《RL》的杂志摆在一起。金茜莎笑得甜美;张少澜西装马甲一派绅士风格,少见地冷着一张脸,眼眸深邃,不知在盘算什么,看着不再是美少年,而是阳刚气十足的男人,只是和金茜莎气场违和,倒是和安心如的女王姿态放在一起比较和谐。安心如再度火了起来,粉丝翻着倍地增长。

上过《EF》后,开始有品牌方过来找她谈街拍和合作。这是新近蹿红的一个潮牌，设计师在时尚圈的地位不低。安心如穿着它家衣服的一组街拍流出，配色大胆、图案出位的几件T恤和棒球衫、磨旧的牛仔裤、平底球鞋一下在网上热销，甚至出现了"安心如同款"。品牌方很满意这次的宣传效果，并有了长期合作的意向。安心如也很满意，从绯闻出现开始算起，现在她终于有钱进账，不用再借钱了。最重要的是，她可以还一笔高利贷了。日子眼看慢慢舒心起来，安心如也开始着手准备接些电视剧角色巩固人气。就在这时，她那个难缠的舅舅突然出现了。

第三章 以恶制恶

"有人的地方就有江湖。"这句话在安心如的生命里,可以改为"有亲戚的地方就有江湖"。尤其是她的舅舅,那是搅浑水的一把好手。当年就是舅舅输得没钱了,将她父母带进沟里,使她父母逐渐沉迷赌博的。从那以后,安心如祖父母积攒下的丰厚家业开始一点儿一点儿被耗光,两个老人最后被生生气死。现在她父母还欠了舅舅的赌债没还。据舅舅说,有大几百万,安心如听了只是笑笑。他早就吃了上顿没下顿了,哪来几百万借给别人。反正人在医院昏迷不醒,随他狮子大开口。现在看安心如火了,舅舅一个电话打来,又红口白牙地要钱。

安心如当时只有一句话:"谁欠的,你找谁要。"说完,她就挂了电话,把舅舅电话拉入黑名单。过了一会儿,一个陌生号码发来短信:"我给你一个星期,把我的债还了,要不我就找记者闹你!"安心如手里捏着手机,攥得死紧,用力咬着牙。没一会儿手机又响了,安心如接起来,却是伊娜狂喜的声音:"心如,SN 的代言谈下来了!全线代言!"安心如松了一口气:"哎呀,还完债我又不剩多少钱了,这是久旱逢甘霖啊。"

"你爸妈到底欠了多少债啊?"伊娜有些无奈地问。"我家本来是大富之家,能把那么厚的底子败光了,你说他们得多豪迈?他们借起钱来也一样豪迈,别人都以为他们家里还有底子,敢借给他们,一来二去,利息滚得我都不想说,说了肝疼……"安心如难得吐一次苦水。伊娜叹了口气:"那这次代言费估计你也就是过个手。""所以我还得找你蹭吃蹭喝借钱呢。"安心如苦笑。"那没事儿，你最多一次也就借两千，姐还供得起你。"伊娜乐了，"人家都以为咱们靠绯闻赚了多少钱了，谁知道咱俩还是这副德行呢。""唉，你带我也是倒霉，这几年就没翻过身。"安心如就在伊娜面前可以放松。"这不是越来越好了吗？债总有还完的一天，以你的条件和做事的狠劲儿，你还能往上爬。"伊娜满怀信心地安慰她。"但愿吧，我是真想爬到高处，让人看见。"安心如的情绪低落下来。伊娜知道她又想起自己被抛弃的事，叹了口气，也是沉默。

安心如和SN的合作谈得很愉快，她是唯一代言人。SN的广告投放一向采用密集模式，尤其是近几年崛起成为国内龙头后，视频网站、电视、杂志，甚至连一线城市的公交站牌都少不了它的影子。安心如的曝光率会随着广告铺放不断提高，百利无一害。可安心如从来不觉得老天爷会对自己这么宽容，越是日子过得顺当，她越是提着一颗心。果然，王耀庆的秘书打来电话，要安心如到公司见王耀庆。最近安心如蹿红太快，秘书对她们的态度发生了微妙的变化，跟伊娜说话的次数明显增多。这次她就偷偷提醒伊娜，老板语气不好。

安心如坐着伊娜的车前往公司。伊娜一路上都在忐忑地猜测她们最近哪件事没做好，惹老板生气了。安心如看着窗外，淡淡地说："演艺圈每天大事小事无数，捧你的、爱你的、害你的数不胜数，你想得过来吗？到了再说吧。"伊娜闭上嘴，但内心依然忐忑。等到公司，她们直接去了王耀庆的办公室。他今天穿了件黑色T恤，常年健身练成的肌肉线条若隐若现，一条旧牛仔裤包裹着长腿，显得整个人不再老成,年轻多了。只是那张凤眼高鼻的脸上,表情不怎么好看。

他抽了口雪茄,喷出淡淡烟草香,飘到安心如鼻尖,声音一贯的低沉暗哑:"你这么聪明,为什么不处理好家事?"安心如愣了一下,和伊娜对视了一眼。突然之间,她想到前几天发短信威胁她的舅舅,试探着问:"陈金水?"王耀庆点了点头,看着她不语。安心如气极反笑,这个不成器的舅舅现在长能耐了,说找事就找事,很好,知道说话要算话了。她沉下心来问:"他做了什么?""上网发帖,曝光你欠债不还,不管父母死活,要求网友出头为他讨回公道。"王耀庆冷冷地说。"没有闹大,是老板压下去了?"安心如的眉头微微皱了一下。"花钱删帖了。"王耀庆的口气依然不好,"发现及时,他说话又颠三倒四,没有造成大范围的影响。"

他看着安心如,这个女人滚刀肉一样的性格,想也知道不是温室里培养出来的。安心如咬了咬下唇:"我会处理好家事的,给您添麻烦了。"王耀庆没回应,身子往椅背上一靠,又说出一件糟心事:"吴立群打电话来,说要分两条产品线,你和金茜莎各代言一条。""不是说好让心如一个人代言吗?"伊娜一听着了急。"你也知道金茜莎叫他干爹,不能白叫。"王耀庆淡淡地说。他抬起头看看面前的安心如:"能接受吗?这相当于和金茜莎拼影响力。如果不能就推了吧,反正上了《EF》,还会有代言。"

安心如心里突然一阵烦乱。医药费、高利贷,像麻烦精一样的父母家人,总觉得像是永动机一样缠着她,让她永世不得翻身。她

第三章 ✦ 以恶制恶

笑得有些狠戾："拼就拼吧，输了也死不了。"王耀庆没说话，也没动，又看了她一会儿，然后突然站起身，拍了拍她的肩膀："公司会支持你。"伊娜在一旁看得有些惊讶，王耀庆这个人谁都知道，离他两米开外就好像闯入了他的地盘，不管是谁都不会给面子的。这是她第一次见他跟谁有肢体接触。

安心如显然没顾上觉得荣幸。她勉强笑了笑，突然有点儿头晕。王耀庆看她脸色苍白，转头跟伊娜叮嘱了句："好好照顾她，多为她动动脑筋分担点儿。"他踌躇了下，又加了一句，"是她力挺你做她经纪人，不接受人事变动的。"伊娜睁大眼睛，咽了口口水，偷偷看看一脸木然的安心如，又看看直勾勾盯着安心如的王耀庆，决定自己要回去好好想想，是不是有什么不知道的事情发生过。

回去的路上，安心如仍然一脸苍白。这样的她，伊娜从没见过，于是有些担心地问："你要不要去医院？""要去，我也该见见那帮亲戚了。"安心如铁青着脸。她掏出手机，正想打电话，手机新闻自动跳出提示，标题是《金茜莎确认成为 SN 的最新代言人，同时代言人或有绯闻三角恋主角安心如》。安心如打开新闻一看图片，金茜莎在张少澜身边安静地站着，依旧笑容甜美。张少澜接受采访说："对于利用我们蹭关注度的，我早已习惯，但这个世界是靠实力说话的，还请某些人自重，让自身实力提高才是正道。"

安心如看着看着，突然笑了出来。正好红灯，伊娜转过头看了一眼，也是嗤笑："咱是蹭关注度，她是靠干爹，谁比谁干净到哪儿去？"她看看安心如苍白的脸色，想了想，又问，"要不，咱把代言推了？以后有的是机会跟她比试。"安心如摇摇头，"扑哧"一声笑了，仿佛刚才白着脸咬着牙的那个人不是她："我缺钱啊，大姐。别说她了，就是跟鬼合作，我也得硬着头皮上啊。"说着，她低头拨通了号码，等到对方接通，她淡淡地说："我马上要代言产品，又能还一部分钱。"咬了咬牙，她又开口，"能不能帮我个忙？我另外付钱。"

安心如这几天的知名度进一步上涨，上涨得让她和伊娜很烦躁。不得不说，金茜莎还是很有号召力的。安心如和金茜莎即将一起代言 SN 的消息放出来后，金茜莎的粉丝集体骚动了。不断有人在网上联名请愿，不希望好好一个玉女和这么一个靠不良绯闻走红的女人一起代言。SN 的态度本就不太坚定，此时在粉丝鼓动下，更是摇摆。

安心如还没想好对策的时候，更大的灾难来临了。她那个舅舅不知被谁挖了出来，网上到处都有他的身影，和耀庆娱乐没有深交的媒体基本都采访过他了，由他亲自演绎的不孝女扔下病床上的父母，躲掉一堆债务，自顾自走红的故事，以不同的形式在网上流传。安心如从来不知道，自己的舅舅还有做演员的天赋，他在镜头前面红着眼圈、一脸沉痛、欲说还休的样子，绝对胜过科班出身的演员。

"你舅舅演技真不错，有这才华，还赌什么博，演电影多好。"伊娜嘴里叼着根冰棍，斜眼看着手机屏幕里的陈金水说。"由此可见，金钱能把一个人最大的潜能激发出来。"安心如淡淡地说，"你有没有好机会，给我舅舅介绍一下，说不定他能演技爆发拿个影帝。""不行，我知道的剧组都容不下这种奥斯卡级别的。"伊娜摇摇头讥诮道。她眨巴眨巴眼，看看安心如："你不想知道你舅舅为什么突然蹦出来，而且还蹦得这么欢畅吗？""管他什么原因呢！"安心如起身去冰箱里拿出一根冰棍吃起来。"你想想，最近谁跟你有竞争。""你是说，金茜莎？"安心如舔了一口冰棍，若有所思。伊娜把安心如嘴里的冰棍一把抢走："都这么腹背受敌了，你还不注意形象管理，真当自己天生丽质难自弃啊？""我压力这么大，就吃一根不行吗？"安心如一把抢回来，"为什么说是她？""她跟你在广告上有竞争，又都是张少澜的绯闻对象啊。"伊娜耸耸肩。

安心如拿起手机，嘴里叼着冰棍，拍了张自拍照发到自己的社交平台账号上，回头斜了伊娜一眼："你就不能再有创意一些？""我倒是想有创意，你一个十八线刚刚爬上三线的艺人，就是想得罪大咖，人家给你机会吗？"伊娜嗤笑一声，突然反应过来，"没化妆，嘴里还叼着冰棍，大姐你把这照片发上去干吗，还嫌麻烦不够？"安心如在手机上不知在写什么，边写边躲过伊娜抢手机的手："你觉得金茜莎聪明吗？"伊娜偏着脑袋想了想："就我的感觉来说，她不是很聪明。"

安心如将手机收起，缓缓地说："金茜莎还没有聪明到从网上早就删了的帖子里找到蛛丝马迹，挖到我舅舅。她的段位顶多是去找她干爹闹一闹。""那是谁在整你？我不相信你舅舅这么熟悉网上造势的手段。"伊娜开始冥思苦想。"我跟谁有仇，跟谁是竞争关系，你难道就没想过？"安心如无奈地看着一头雾水的伊娜。

伊娜抱怨道："最近张少澜明显是跟你杠上了。你也是，这种如日中天的偶像明星，你消费一次就行了，干吗在楼下消费第二次？引起他报复了吧！据说最近有好几个机会，都被他从中搅和黄了。"她又想了想，"可就算有仇，他跟你也没有竞争关系啊。""演艺圈跟我走同样路线，最近经常出现的女星有几个啊，我的大姐？"安心如大大地叹了口气，毫不掩饰对伊娜反应迟钝的鄙夷。"还有个李渔期，番茄文化的……你是说，是番茄文化在整你？你哪有那么大的影响力啊！"伊娜大呼小叫道。

"李渔期和我的形象相撞，我又年轻，最近势头还不错，她怎么就不能把我看作对手了？"安心如不满地说。"那是李渔期策反了你舅舅？"伊娜皱起眉头。要真是那个成名多年的李渔期，那还挺棘手的。对方的人脉资历远非她们可及。"不是她，是张少澜。"安心如笃定地说。

她太了解张少澜了，釜底抽薪这一招，他在孤儿院就经常使。更何况，她接到的那个电话告诉她，陈金水最近频繁地上一辆车牌尾号为0985的车。而那辆车在张少澜的楼下停留过半小时，里面下来一个齐刘海红头发的女人。她把这些情况一一讲给伊娜听，最后慢悠悠地说："张少澜经纪人的助手，恰巧有一个是齐刘海红头发的，你说巧不巧？""对呀！张少澜在番茄文化有股份，你动了金茜莎的利益，又和李渔期的路线相冲突，将来未必没有竞争。为了利益，他也得出手。"伊娜终于明白过来了。"更何况他一向不吃亏，怎么能容忍我再三挑衅利用？"安心如在心里默默补了一句。"这可怎么办？我们告诉老板？"伊娜着急了。张少澜虽然年轻，在圈里说话还是很有分量的，这是不争的事实。

安心如却笑眯眯地将手机拿给伊娜看："效果怎么样？""你有病吧！"伊娜尖叫起来。手机上，没有修图的照片里，安心如素面朝天，头发随意扎了个丸子头，脸上晒出来的小斑点清晰可见。她嘴里叼着一根冰棍，笑得傻兮兮的，底下还配着一行文字："吃货和减肥，中间横亘着一个太平洋。""你是不是生怕你的形象太好了，让人没法攻击？你看看人家金茜莎，什么时候都漂漂亮亮的，你再看看你，你不知道网上有多少闲得发慌的网友吗？"伊娜几乎气得快晕厥了。

安心如却哼着歌站起身来，去厨房洗手做饭。伊娜呆呆地看着安心如，张着嘴不知说什么好。半晌，她才哀叹一声："为什么老娘不是金茜莎的经纪人，却带了你这么个状况不断的定时炸弹？""因为我们前世有缘，五百年前你要饭，我给了你一个馒头。"安心如大笑着在厨房回答。"那我宁肯饿死！"伊娜哀号道。安心如不答话，很快做好了一盘红烧肉，端上桌来："吃吧！""你怎么不吃！"伊娜没好气地说，"不知道我减肥吗？""你真想让我吃成胖子，咱俩没有工作，彻底饿死？"安心如笑笑，拿过手机开始打电话。

电话半天才接通，安心如淡淡地说："你们工作效率不太高，给我造成了影响。""安小姐你承诺的金额太少，只够我们跟踪，并不值得我们冒风险干预。毕竟陈金水背后有明星在支持,你也知道。"那边的声音很平稳。"你们是怕我光打欠条还不了是吧?"安心如笑笑,"我只要有工作,还钱一向爽快,你们是知道的。""可自从上一笔后,你再没有接到工作。"那边也笑着回答。"这样,你们再帮我个忙,我保证,接到工作以后可以还的钱会翻倍。"安心如抚了抚头发,看着窗外熙熙攘攘的人流,"如果还不上,我就去演你们的片子。""你疯了吧?"伊娜被她吓得目瞪口呆。

"你知不知道最近好几个机会都被你舅舅搅和没了?"王耀庆坐在办公桌后,手里拿着笔在文件上签字,头也不抬,声音是一贯的冷酷。"可你也没有出手。"安心如语气也不怎么热情。"我可以一时帮你删帖,却不能囚禁你舅舅一世。"王耀庆从一堆文件中抬起头来,声音不带一丝温度。"三天,给我三天时间,我会把所有的损失都弥补回来。"安心如轻轻笑着,伸出三根手指。"好。"王耀庆答应得异常爽快。"你弥补了损失,公司会继续捧你。"他合上文件,身子往后一靠,看着安心如说道。"弥补不上,我就没有好果子吃是吗?"安心如笑了。"你造成了耀庆娱乐和番茄文化竞争白热化的局面,也让公司有蒙受损失的风险。"王耀庆提醒安心如,她并不无辜。"我明白,公司帮我是情分,不帮是本分。不过,王总在这场竞争中并没有输,反而抢得了不少机会。"安心如抿嘴一笑,唇红齿白,"番茄文化打不过你,业内都心知肚明。"

王耀庆勾起唇角,露出罕见的笑容,打量着安心如。黑发白面,唇似烈焰，这个女人一如既往的妖艳。谁都以为陈金水事件出现后，安心如的应对必然是上网哭诉扮无辜，谁知安心如仿佛不是事件当事人，在一片声讨和质疑中，云淡风轻。就连她的粉丝流失，她都没有做出任何补救。互联网时代，艺人不再高高在上，粉丝才是幕后的王者，这个道理他想安心如比谁都清楚。只要能赢得粉丝，艺人甚至可以赴汤蹈火。

安心如登上《EF》封面那次，杂志销量那么大，粉丝功不可没。粉丝每天在网上各种造势，帮助艺人提高知名度，甚至在各大社交网站控制舆论，都是必做的功课。对于新生代艺人来说，没有作品、没有观众都无所谓，但不能没有粉丝。王耀庆很好奇安心如接下来会如何自救。她鬼点子实在太多，所以王耀庆给安心如三天时间去处理，而不是自己出手，直接让陈金水不敢再说话。莫名其妙地，王耀庆对安心如已有了信心，相信她可以化险为夷，甚至可以借势更进一步。他自己都不知道，为什么对安心如这么好奇，宁可让事件持续发酵，也不插手，想等着看看她如何处理。

"去解决吧，我很期待你的应对之法。"王耀庆看着安心如的眼神温和起来，看得旁边的伊娜眼睛发直。直到走出王耀庆的办公室，伊娜还在眼冒星星："你看到了吗？老板刚才好帅啊！简直不比张少澜差！"安心如停住脚步，纳闷地问伊娜："张少澜帅吗？""大姐，张少澜那都不能叫帅了，叫俊美，而且是娱乐圈第一俊美。我都不知道你怎么能忍得下心陷害他，那么完美的一张脸……"伊娜显然陷在美色中，有些亢奋。"你如果继续花痴，我不介意在车里等你。"安心如鄙夷地瞪了她一眼,"我可不想让别人觉得我认识你,还有,把你的口水擦擦。"

伊娜撇撇嘴,继续往前走,还捅捅安心如:"老板喜欢你。"安心如没反应,走在前面看着手里的手机。伊娜追上去又捅捅安心如:"老板肯定喜欢你。"安心如低着头,仍然盯着手机。伊娜好奇地探头一看,呆了,连声惊呼:"你什么时候涨了这么多粉丝,我怎么不知道?""等你知道,黄花菜都凉了。"安心如翻了个白眼。伊娜不说话,一把抢过安心如的手机看。这几天,安心如没事就做大鱼大肉,边做边拍照,都传到了网上;每一张都配着安心如不施脂粉的脸和各种吃货宣言。伊娜本来以为安心如是闲着没事抽风,可现在一看,安心如发的每一张图片下面,粉丝评论都很多。

安心如在红烧肉那张照片下,给自己起了个外号叫"胖如"。现在这成了粉丝对她的昵称。安心如每到深夜必然发放美食,不少人都在猜测她今天又该放些什么。有粉丝评论:"以前看你总是很艳丽的样子,真的很不爽。最近才知道,你也是吃货国的,哈哈,同好!"还有这条评论下的回复:"细看安心如,确实脸蛋有些圆啊。果然是胖如……"还有粉丝说,胖如这个称呼比安心如本名更亲切。更多的人在期待她的深夜放毒,每到安心如放出美食图片的时候,底下就一片鬼哭狼嚎,粉丝和路人在图片下面插科打诨,气氛欢乐。安心如把每道美食的做法步骤都拍了下来,虽然都是些家常菜,但加了滤镜后,看着就可口起来。其实那些菜伊娜都尝过,没有一道能吃的,安心如连一口都不会碰。

不知怎么的，安心如在网上成了吃货的代表。在她发的内容下面，极少有讨论安心如不孝、欠债不还这些事的。即便有来声讨的，也很快被一堆吃货的言论淹没下去了。而明明不胖的安心如却成为粉丝和路人口中的胖如、肥如、圆如……俨然成了资深胖子。伊娜有些哭笑不得。

这个安心如，出招真是没有章法。网上把她声讨得沸沸扬扬，她却不声不响给自己改了个人设，开始专走朴素接地气的吃货路线。这条另辟的蹊径竟然让她的粉丝又涨了回来，并且隐隐有超过原来数量的趋势。虽说网上声讨依旧，但逆势而为，也能涨粉这么多，伊娜这颗一直悬着的心稍稍往下放了放。"你事先怎么不跟我商量？"伊娜有些不开心。自己是安心如的经纪人，可安心如却干什么都不跟自己商量。"我倒想跟你商量，可你天天愁得像是天要塌了，我再告诉你我要临时转换下人设，你不得跳起来把我捆住不让我改啊。"安心如瞥了伊娜一眼。伊娜讪讪地张了张嘴，没有说话。也是，自己的心理素质远没有安心如强，如果她提前说要把她自己在大众眼里的印象变成一个吃货，自己是绝对不会同意的。

出了公司大楼，伊娜开车要往家走。最近没有工作，她和安心如天天在家里待着，大眼瞪小眼，都不敢出门。出门就要花钱，俩穷光蛋连门都出不起。今天要不是王耀庆来电，她们估计还是在家里待着。伊娜叹了口气，盘算着怎么走省油，心里不止一遍地抱怨，怎么混到了这步田地。安心如拍了拍伊娜的手："先不回去。我要去医院。""你明知道陈金水每天在医院演好弟弟，怎么还上赶着去给他制造话题?"伊娜瞪圆了眼睛。安心如没说话,只是指着医院的方向笑着看她。

伊娜叹了口气,继续那个万年不变的话题:"我怎么会是你的经纪人!"安心如抿嘴笑笑,又低头鼓捣手机。伊娜凑过头去看:"你又要干什么?""看菜谱。"安心如低头认真地研究着网站上的美食。"看菜谱干什么?"伊娜一时没反应过来。这会儿安心如不是应该想想怎么应付陈金水吗?"我一共就会那么几道菜,都做完了,不看菜谱,晚上发什么?"安心如慢吞吞地边选美食边回答。"我真是服你了!"伊娜此刻对安心如的不靠谱佩服得五体投地,欲哭无泪。这时手机响了,安心如接了,那边还是那个平静的声音:"安小姐,老板答应了,你可以去医院了。"

医院里,陈金水在储物间里瑟瑟发抖。他不知道自己的外甥女怎么会认识这些人,他们看上去并不凶神恶煞,可嘴里说出的话却让人肝胆俱裂!他每天从早起到晚上,做的每一件事,哪怕是中午在厕所多蹲了一会儿,都被说得清清楚楚。连叫的外卖是什么,他们都了如指掌。最可怕的是,今早起来,他看到家里茶几上放着半杯茶。家里除了他,没人喝茶,可陈金水怎么都想不起来自己什么时候起来泡过茶。而那些人张口第一句话就是:"你家的茶叶不太好,我喝了一半喝不进去了。"陈金水发现自己招惹上不该招惹的人。"你们想让我干什么?"陈金水哑着嗓子,颤抖着问。他的胃很痛,实在没办法中气十足地说话。

第三章 ♦ 以恶制恶

一开始他没有这么听话的时候,按那些人的说法,他们给了他点儿小教训,直接让他闭了嘴。那个红发女人明明说万无一失,自己不会遭到报复的,可现在他她的电话都打不通!不对,自从昨天他想再要一笔钱的时候,他就打不通电话了。而他连去哪里找她都不知道。很明显,他被人利用完甩了……"想好了吗,陈先生?"门外传来温和的声音。这种时候,越温和,陈金水越害怕,甚至感到膀胱都有一阵被压迫的刺痛,好像马上就要憋不住了……"他们比赌场里那些打手都可怕。"这是陈金水的直觉。"好了好了,求你们放我出来吧!"活下去的渴望大过了贪念。陈金水现在后悔不迭,早知道安心如有这么可怕的后盾,他就不该招惹她的……

安心如此时已经到了医院走廊。伊娜一头雾水地跟着她,心里琢磨她刚刚说的话:"一会儿我和陈金水对峙时,记得拿手机偷录。不要求画面稳定,哪怕不清楚也行,只要能让人看出来我和陈金水都是谁,说了什么就行。"看安心如这么胸有成竹,伊娜也只能相信自己这个艺人又开始不走寻常路了。

陈金水面如死灰地站在走廊上,看着一步步走近的安心如,压迫感越来越大。安心如走到跟前时,他才看见,从不流泪的她现在已经泪流满面。她清了清嗓子,对伊娜眨了眨眼睛,开始面对陈金水说话。"舅舅,我怎么都想不到,你会为了那么一点儿钱就陷害我。"她指了指病房门口,"我爸妈现在生死未卜,我为了给他们筹钱累得半死,可你却在这个节骨眼想让我身败名裂!难道钱就那么重要吗?"

眼泪不断地流淌出来，让安心如的妆花得一塌糊涂："你当初欠了一屁股赌债，我妈不断地给你还债，我没怪过你，因为你是我舅舅；后来她不愿意给你还了，你就引诱我爸赌博，我没怪过你，因为你是我舅舅；你哄骗我爸妈把家底输光，借了一屁股高利贷，我还是没怪你，因为你是我舅舅……可你呢，从我爸妈身上捞不到钱了，我爸妈还昏迷不醒，你就狮子大开口，让我还那些莫须有的赌债。你明明知道我所有的钱都要给爸妈治病，要是还你钱，我爸妈就没钱看病！这时候我还是没怪过你啊，因为你是我亲舅舅，我的亲人真的不多了。可我真没想到，你为了那么一点儿钱，竟然帮着我的对手来陷害我。你是我舅舅啊！"

最后一句话，安心如喊得撕心裂肺，走廊上几个老太太已经抹起了眼泪。伊娜拿着手机的手有些颤抖。她太了解安心如了，所以能比别人更清楚地分辨出来安心如的眼泪是真是假。而此刻，撕心裂肺的那个安心如是真的。没有一点儿伪装，她是真的歇斯底里，控制不住自己了。

伊娜的眼睛有点儿湿。她突然想起来，这个腹背受敌却只能一个人咬牙往上爬的女孩，其实才二十三岁。她并不赞成安心如找那些人帮忙，这无异于引火烧身。可此刻，她无法指责安心如的冲动。这女孩单薄的肩膀上背负的东西太重，没有彻底崩溃就算不错了。

陈金水站在安心如对面，腿一直发抖。他很想给安心如一巴掌，把她伪装的眼泪打回去。谁都知道，安心如不喜欢流眼泪。可他的眼角余光一扫到旁边那个其貌不扬的中年男人，就动都动不了了。

恐惧支配了他的身体。他慢慢开口，像个傀儡，每一句话都仿佛被人遥控："对不起，我被猪油蒙了心，光想着捞点儿钱了。对不起，舅舅错了……"走廊上响起低低的惊呼。围观的人们以为陈金水怎么都会辩解一两句，没想到，他直接就承认了。这个女孩的控诉都是真的！顿时，所有人看陈金水的眼神都充满了鄙夷，一道道目光让陈金水光站在那里都得鼓起全部的勇气。

互联网时代，不，应该说手机端时代，是信息传播最容易的时代。很快，这段视频像长了翅膀一样，在每个人的手机里传送。视频拍摄的品质不高，还有些摇晃，不过这不妨碍围观群众看到安心如喊到最后花了妆、扭曲到变形的脸。不美，一点儿都不美，却让看到的人都感觉揪心。这是多深的痛苦啊，仿佛能化为实物，可以触摸。

而陈金水彻底成了"过街老鼠，人人喊打"。人们都在猜测是谁花钱雇他抹黑安心如，猜来猜去，对象也只有金茜莎一个。除了她，没人能这么完美地把锅背起来。安心如在网上风头更劲，俨然成为第一网红。得益于她前段时间的人设改造，她现在几乎成为吃货眼里最亲切的艺人。而素面朝天、贪嘴爱吃的形象也让许多觉得她艳丽形象太有攻击性的路人改变了印象，更别提她在视频中哭花了脸，眼线和睫毛膏混合眼泪化成黑水，冲开了粉底，简直像小丑一样。最后的那帧图像被好事者做成表情包，流传得全网都是，莫名地让本主安心如也自带了几分喜感。

一个安心如的新粉写文说了为什么会成为安心如的粉丝。这篇长文被粉丝们到处转载，尤其是最后一句话，得到很多人的认同：

"我每天要用她的表情包十几次,看到她就觉得亲切,粉上她是再自然不过的事啊!""这个年代流行卖丑、自黑,不染尘埃的玉女已经成为过去式了。"伊娜想起安心如说过的一句话。事实证明,安心如的翻身仗总算是打赢了。

金茜莎在网上被骂得头都不敢抬,骂金茜莎几乎成为一种时尚了。这种玉女人设最不讨好的就是,一旦有什么过错,就会引起无数人的唾骂。毕竟你是担着玉女的名头行走江湖啊。慢慢减分的过程是最要命的。而安心如一开始是不讨女粉丝喜欢的性感人设,加上舅舅出面指责她不孝,更加让人不喜,她一步步过渡到吃货代言人,而舅舅又被发现是收钱陷害亲外甥女,到后来她哭花脸的截图成为全民表情包,安心如就慢慢走在了一条加分的路上。

对安心如的这场翻身仗,王耀庆很满意。当然,他也不相信陈金水乖乖地低头认错,原因真如安心如所说是良心发现。但安心如既然这么说了,他也就没有追问背后真正的原因。毕竟每个人都得有个撒手锏不是?现在网上风头一转,SN临时决定,把作为畅销保障的子品牌交给安心如代言,而新创品牌给金茜莎代言。两者代言费也是不一样的,安心如的代言费提高了一大截。另外有个网剧也找上了门,指名要安心如出演。

伊娜正在沙发上捧着剧本逐字逐句地研究,看里面有没有什么剧情会让安心如在观众眼中的好感度降低。安心如熟练地用手机把代言费打到那个熟悉的卡号上。不一会儿,手机响了。安心如接了

第三章 以恶制恶

起来,那边温和的声音响起:"这次的事情办得怎么样,安小姐?""我的打款速度就代表了我的满意度。"安心如勾起一抹笑容。"既然安小姐满意,可不可以请您赏光跟我们老板吃个饭呢?我们老板和你可是老朋友了。"那边不温不火地抛出一记重磅炸弹。

安心如挂掉电话没多久,张少澜的电话就打了过来。"好手段。"张少澜带着笑意。"过奖,比起你来还差点。"安心如笑着回答。"这事并没完。"张少澜的声音温润如初。"当然,就算你想让它过去,也得看我答不答应。"安心如低头看着自己莹白的手指,漫不经心地道。

挂了电话,伊娜已经读完了剧本,跑到安心如身边:"心如,这个剧本不错啊!难得有来找你演第一女主角的,角色设置也很好,活泼俏皮的修仙少女,现在不都流行这种玄幻题材吗?"安心如微微一笑,接过剧本假装阅读,用面无表情来掩盖心里的惊涛骇浪。

在张少澜之前的那个电话,让她到现在心里都在翻江倒海。他们的老板是穆先生。会是那个穆先生吗?不可能是巧合吧?安心如对着剧本,连一个字都没看进去。她借口最近繁忙,拒绝了对方的邀约。那边没说什么,只是笑笑便挂了电话。过了一会儿,来了一条短信:"山不转水转,我们早晚会见面的。以后如果有用得到我们的地方,还请尽管说。"

好不容易能演第一女主角了,安心如却一副心不在焉的样子,伊娜有些生气。但想想刚才安心如和张少澜通的电话,她撇了撇嘴:"也难怪你分神,要是我被张少澜威胁,我也得头疼。""你要是

063

知道在张少澜之前跟我通话的是谁，恐怕你就不只会头疼，而是要炸裂了。"安心如叹了口气，在心中暗想。

不管怎样，事业还是要前进的。看完整个剧本，安心如还是挺满意的。用伊娜的话说，不满意都不行啊，好不容易有人找安心如演第一女主角了，而且还是根据网络小说改编的网剧。原著《永夜记事》现在在网络文学圈可谓大红大紫，书迷群庞大。这么有潜力的网剧之所以能轮到安心如来演第一女主角，完全是她瞎猫碰上了死耗子。

原著《永夜记事》刚连载没多久的时候，就被一个小影视公司土豆影视看上了，觉得这书大有潜力，趁它还没火就果断买下了影视版权。等到火的时候，土豆影视想着把它拍成精品在各大卫视播出，可惜国内几家大卫视都看土豆影视规模小，借自家势大强迫土豆影视合作拍摄，并且准备强行在里面植入一堆乱七八糟的广告。偏偏土豆影视的负责人一直以来的梦想就是自己出品的影视全是精品，自然不接受各大资本的植入广告和乱塞关系户。所以，《永夜记事》就只能拍成低成本网剧，并且找片酬不高且自带话题度的演员来演了。

说实话，安心如也觉得这个机会纯属天上掉馅饼。以她的资历，再混个五六年都未必能有机会演这种大女主戏。凡是大女主戏，都是给娱乐圈一线年轻女演员准备的。可现在土豆影视规模小，没有年轻女演员看好，更别提自降片酬出演了。在这种情况下，"咣当"一声，红得发紫的小说大女主成了安心如。这个机会要再不抓住，安心如以后就什么都不用干了。

"接吧？"伊娜象征性地问了一句。"接啊，不接等菜呢？"安心如一锤定音。趁现在别的竞争者还没回过味儿来，赶紧接下来。就算最后没拍好，好歹消息放出去了，能涨点关注度，起码在《永夜记事》的书迷那里能混个脸熟。"那就明天去试戏吧。"伊娜打开手机，翻看安心如的社交账号，"你这帮粉丝还等着你放毒呢。"安心如的肩膀立刻垮了下来："咱俩都不是手巧的人，能做那么几道菜都是我的极限了。""谁让你随随便便改人设的。"伊娜给了安心如一个白眼，"现在就硬着头皮干吧。不行我给你报个蓝翔技校烹饪培训，你去学学？"安心如撇撇嘴："我要有去蓝翔的天分，还在这么糟心的演艺圈待着干什么？早进某家米其林饭店了。"

说归说，她还是认命地走进厨房，拿出事先在网上买的低筋面粉、奶油、鸡蛋等食材，按照食谱开始鼓捣。伊娜在她身后，托腮看着安心如，脑子里构想着满大街都是安心如的广告，那部玄幻剧上社交平台热搜，安心如跃入一线年轻女演员之列，而她的身价也跟着水涨船高的情景。想着想着，伊娜忍不住傻笑了起来。直到安心如把做好的蛋糕端上来，伊娜的傻笑才停止。她指着那一盘黑乎乎的东西，惊叫道："你不是打算给我吃这个吧？""我还不想你死。"安心如淡定地拍照。"这东西你想发到网上？你的人设是吃货，可不是投毒杀手啊！"伊娜咽了口口水，但不是被所谓的蛋糕馋的，而是被吓的。"我的人设也不是饭店大厨啊。"安心如无所谓地回答，在图片下配文字："第一次做蛋糕，猛然获得了黑暗料理技能。"

　　这一天的粉丝评论是最热烈的。安心如继表情包之后，又一次让人觉得亲民起来。毕竟，不是每个明星都会把自己做得黑乎乎的一团东西拍照放到网上。她的粉丝喜滋滋地黑自家偶像为"厨房杀手""黑暗料理之王"，把她的作品转发得到处都是。恰逢最近演艺圈没什么大事，许多营销大号抓不住热点，急得抓耳挠腮，安心如的黑暗料理技能就成了他们救急的内容。在段子手们发挥特长，把这盘黑乎乎的蛋糕三百六十度无死角地各种搞笑评论一番后，这盘蛋糕竟然也成为表情包，而且隐隐有表情包界老大的架势。伊娜看着安心如，内心一阵感慨：瞎猫逮着死耗子这种事，别人可能一辈子遇上一两次就算幸运了，可安心如竟然连着撞大运！直到睡觉前，她还在羡慕安心如的狗屎运，并盘算要不要和安心如合伙买彩票……

第四章 志在女配

第二天，安心如如约去试戏。土豆影视和番茄文化在同一栋写字楼里。安心如早早到了写字楼前，看到张少澜那辆醒目的兰博基尼就在楼下停着。"张少澜在公司啊。"伊娜跟在安心如身边，悄悄地说。"在就在呗，咱去三楼，又碰不到。"安心如耸耸肩。"你不知道咱这已经是深入虎穴，进了敌军大本营吗？"伊娜嘟囔着，左右顾盼警戒着，一路跟安心如坐电梯到了三楼。

制片人和导演也刚到。导演王诺本身是土豆影视的股东，《永夜记事》就是他看好买下的，也是他坚持要拍成精品的。安心如进去的时候，他正在打电话，余音未消："当初你们怎么拒绝我们的，现在知道这本书粉丝多了，就想拿第一女主角？做梦去吧！"伊娜顿时紧张起来，想起之前王耀庆特意打电话叮嘱她的话："王诺脾气有点儿偏，到时候顺毛捋就没事了。"

安心如倒是神色如常，对王诺笑笑，坐在那里不说话。王诺挂了电话，对安心如回以笑容，问了几个常规问题，便和旁边的几个人交头接耳起来。伊娜越来越紧张。应该提前跟土豆影视的人吃顿饭来着，可那时候她以为安心如这种自带话题和流量的艺人是土豆影视在这种情况下的最佳选择了。不知道刚才王诺在跟谁打电话，又是哪个程咬金杀出来了呢？！伊娜越想越不安，又不方便跟安心如咬耳朵，便用手机给她发短信："你准备好了吗？""原著看了三遍，剧本看了三遍，主要人物的小传都写了，你说准备好了吗？"安心如反问她。

伊娜想到安心如早起时的黑眼圈，用了不少遮瑕膏才盖住，不

第四章 志在女配

禁放下心来。自己手下这个艺人，这一点倒是很好，什么时候都能把准备工作做得足足的。她松了口气，又看向王诺。王诺的眉头越皱越紧，和旁边的制片人、土豆影视的几个创始人不停地交头接耳。过了一会儿，响起了敲门声，王诺过去开门，然后一闪身出去了。从门缝里，伊娜仿佛看见了张少澜那张俊美的脸，和他冷冷盯着安心如的眼神。

王诺几乎是硬着头皮回来的。当初没有人来演第一女主角的时候，是安心如答应出演的，可现在却……唉，流量时代，品质的重要性早就大不如前了啊。只要张少澜来客串，这部剧就会关注度大增，这是个无法拒绝的诱惑啊，毕竟投资也是要回报的……王诺再看向安心如的时候，简直无法与之直视。他深感在演艺圈，承诺就是一张可以随便涂抹的白纸。

"是这样的，安小姐，因为某些变动，可能第一女主角要换人演了。"王诺深吸一口气，艰难地说。"你们这不是欺负人吗？没人演的时候，是我们出手帮忙，现在你们要踢开我们？当我们耀庆娱乐好欺负是吗？"果然，不好的预感成真，伊娜当时就瞪着眼站起来了。王诺的头皮都发麻了。刚才一时激动于张少澜的客串，现在他才想起来，据说最近王耀庆对安心如颇为照顾。王耀庆真不是好惹的人啊。他开始觉得头大，旁边的几个人也白着脸，边安抚伊娜，边交头接耳地商议。

现在已经答应张少澜了，如果出尔反尔，丢了关注度不说，还要得罪如日中天的偶像明星。张少澜的为人，可不像他表面上那么温润，而是出了名的睚眦必报。可得罪王耀庆是更恐怖的一件事啊！王耀庆不发火则已，一发火绝对是无差别、毁灭式的打击啊。他在圈里也是资深的投资人，要是得罪他，以后很多项目可能都要被搅和泡汤啊，土豆影视甚至都会有倒闭的危险。王诺抱着脑袋，欲哭无泪。

"不演第一女主角的话，其他角色我可以随便挑选吗？"安心如轻轻开口。她的声音此刻在王诺听来，简直如天籁一般。"可以可以，本来就是我们不对在先，当然可以。"王诺连连点头。"我可以适当地改动一下剧本吗？"安心如又问。"什么？"王诺心里有些不愿意了。她不会是想改动剧本，把第二女主角改成第一女主角吧？"不会改动基本主线，出场时间、结局也不改动，单单给第二女主角改一下命运。"安心如笑着说。

"剧本不是那么轻易改的。"制片人沉着脸说。安心如不慌不忙地从双肩包里掏出四五个笔记本，放到制片人面前，个个都被她记得满满的。"这是我对这部剧的主旨和每一个人物的理解，请您过目。"安心如轻轻地说。为自己参演的剧做功课，是很多演员的基本功，没有什么稀奇的，但放在安心如这个一看就是常年混迹教室后三排的学渣、靠着相貌和小聪明闯荡演艺圈的艺人身上，就有些稀奇了。

王诺拿起一本翻阅，脸上的表情从一开始的好奇，到慢慢严肃，最后激动起来。他的眼中闪着兴奋的光，抬起头来看着安心如："谁教你的？"安心如撇撇嘴："就不能是我自己琢磨的吗？"这时制片人凑了过来:"这小丫头的分析能力不错!我看了,把第一女主角分析得头头是道。""那你是还没看这本。"王诺把手上的本子递给制片人,回头对安心如说,"第二女主角就是你的了!"他目光灼灼:"我会把这个改动告诉原作者,他一定也会同意你这样做!"

"那第二女主角……"安心如问道。"谁来客串都不改了,就是你了!"制片人和王诺对视一下,回答道。这部剧因为不接受乱七八糟的塞人和植入,外部投资很少,基本都是他们几个把家底拿出来做的,所以他们的话语权很大。此刻,他们看向安心如的眼神除了探究,还加上了感激。没想到安心如就这么决定要演第二女主角了,这相当于给他们解围了,不然,王耀庆的怒火也不是那么好承受的。王诺站起身来,主动向安心如伸出手:"感谢你的理解。"不只感谢安心如的识趣,还因为她给了这部剧一个更精彩的可能。

安心如笑着握手,心里已经有了考量:是张少澜要客串啊,难怪呢,哪个剧组都拒绝不了这个流量巨星的诱惑,尤其是网播剧。走出写字楼的时候,安心如一脸淡定,伊娜却始终愤愤不平:"你怎么这么没出息,说让步就让步啊!"安心如笑笑不说话,径直在前面走。伊娜跟在她身后,一直碎碎念,直到进了停车场,看到张少澜,才停下来。张少澜靠在车上,直直地看着安心如,脸上的笑容依旧俊美。此刻,伊娜看着那笑容,却觉得无比刺眼。

"谈得怎么样了?"张少澜走到安心如面前,淡淡地问。

"你不要欺人太甚,先是陈金水,后是这部剧,你怎么这么爱玩阴的？"伊娜的声音冷了下来。张少澜却置若罔闻，只看着安心如。她依旧艳若桃李，一脸淡定。张少澜突然很想把安心如那淡定的面具扯下来，让她生气，让她惊慌失措，让她哭，让她骂。可惜，安心如的淡定像是长在了脸上："胜负未分，不用这么急着炫耀。"她的表情不变，绕过张少澜往前走。张少澜猛地抓住安心如的胳膊，牢牢盯着安心如："知道我为什么要接二连三地针对你吗？"

伊娜抢先开口："放开我的艺人！还有，你的睚眦必报，业内都知道。"张少澜仍旧盯着安心如不放："你为了进娱乐圈，竟然什么事都干得出来。我很生气。""你生气我的做事方法？"安心如挑眉。张少澜点点头："我要让你退出娱乐圈。""然后呢？你养我？"安心如笑了，好像在听什么笑话。张少澜一怔，没有说话。安心如将他的手狠狠甩开："我的一切都是拜你所赐。你要是记性不好，就把这句话刻在身上。"

张少澜怔怔地站在原地，看着安心如上车走人，才像下定决心一样发了条短信："有何不可？！"安心如看完短信，面无表情地把手机收了起来。伊娜坐在驾驶座上，不时瞄安心如一眼，直到五分钟后，安心如终于忍无可忍地问道："有话直说。""张少澜说的是什么意思？你的过去是什么？你们到底是什么关系？你要演第二女主角，是不是因为要让着他？"伊娜一口气把疑惑都问出来，感觉心里舒畅了许多。

"我只能回答你最后一个问题：我一开始就是奔着第二女主角去的。"安心如翻开笔记本，上面密密麻麻地写满了不同颜色的字。

"为什么?"伊娜有些惊讶地问。"你小时候有没有看过电视剧,看到坏人死了,反而难过得流泪,一直想如果当初没有那些磨难,坏人也就不会是坏人了?"安心如一边看笔记,一边问。"是啊,很多时候主角太伟大、太阳光、太正直了,弄得我多年以后记得的只有坏人。有好几个坏人,我到现在想起来心里都替他们难受呢。"伊娜边回想边说。

"这部剧的第一女主角太顺风顺水了,没意思。"安心如抬起头来,看着窗外说,"要演,我就演个让人念念不忘的角色,哪怕是坏到让人念念不忘。""这么干,能行吗?"伊娜还是有些忐忑。"先干了再说,反正现在机会多。"安心如笑笑,不再说话。

王耀庆的电话打了过来:"你完全可以坚持演第一女主角,剩下的事情我来解决。"他的语气含着一些怒意。"演第二女主角,也一样出风头。"安心如笑着说。"你来公司吧,该给他们个教训了。"王耀庆淡淡地说。

在王耀庆的办公室,他将烟熄灭在烟灰缸里,看看安心如:"你确定不想演第一女主角?"安心如笑着摇摇头:"第一女主角不好玩,第二女主角好玩。"

王耀庆皱皱眉,许久没有在圈里发火,大概人们都忘了,他当年的脾气不是那么好的。第一女主角本来已经内定给安心如了,现在又临时换人,同时伤了安心如和他的面子。王诺那个愣头青除了拍戏,其他人际关系一概拎不清。下半年的投资计划,土豆影视算是在王耀庆的计划里除名了。"顶替你演第一女主角的,是金茜莎。"王耀庆习惯性地往椅背上一靠,淡淡地说,"她现在有点狗急跳墙了,想借跟你同组造话题,试图翻身。""她也没倒啊。"安心如眯眼笑道。"快了。她全靠公司捧、张少澜帮,自己没有什么能力。现在番茄文化全力为李渔期的新戏造势,顾不上她。"王耀庆回答道。

他看着眼前这个美得有些狂野的女人,心里再比比金茜莎,后者的形象苍白单薄。现在安心如隐隐对上了金茜莎,虽然她们的路线不同,不知道怎么阴差阳错对上的,但比起金茜莎,王耀庆对安心如更有信心。不是谁都有这么强大的生命力。王耀庆越来越想在安心如的身后给她加一把力,看看这个女人最后能走多远,走到哪一步。"老板,咱们不能总被番茄文化那边压着走啊!这金茜莎一次两次的还能忍,给他们惯得没完没了,我们怎么忍啊?"伊娜皱着眉大声说。王耀庆看了看伊娜,想了想,伸手招呼她过去。伊娜一头雾水地走过去,按王耀庆的示意,看向他的手机。

金茜莎和SN老板吴立群手挽手逛街,吴立群手里提了一大堆奢侈品;金茜莎和吴立群在泰国游玩,水中的金茜莎穿着比基尼和吴立群相拥;金茜莎和吴立群在韩国街头接吻,两人嬉闹不断,吴立群像个毛头小子一样一脸亢奋……伊娜越看,嘴张得越大,最后简直能放下一个鸡蛋。"老板,你这些照片……这……简直是核弹啊!这么一来,金茜莎还有什么脸面演那个纯情女主角!"伊娜兴奋得脸蛋通红。

王耀庆淡淡地看她一眼:"这些手段都学着点儿,毕竟安心如是艺人,她要专攻另一条路,而你才是应该运筹帷幄的那个。"伊娜的脸腾地一红。安心如一路走到现在,多少是靠她自己,多少是靠伊娜,在场的三人都很清楚。有时候伊娜自己都觉得不称职,所有的事情都让安心如自己解决了。可她天生不懂这些弯弯绕绕,她也没办法啊。

伊娜讪讪地看看安心如。后者正在对她笑,眼神里全是促狭,仿佛看她出丑很开心。看到安心如一如平常的眼神,伊娜放了心。她家艺人又没嫌弃她,怕什么,不会就学呗,谁也不是天生什么都会的。王耀庆看伊娜半天不回话,抬头看她一眼,却惊奇地发现,伊娜一梗脖子,毫不在意,那个浑不憷的劲儿跟安心如如出一辙。他低头轻笑,"滚刀肉"这个特性原来也能传染。王耀庆修长的手指轻敲桌面,慢慢说道:"金茜莎和吴立群的照片,你准备怎么处理?"

伊娜的兴奋劲儿又回来了:"当然是传给熟悉的狗仔,让金茜莎演不了第一女主角啦!"王耀庆摇摇头:"你知道为什么金茜莎的代言一日三变,心如都快开拍广告了,金茜莎的广告线还一缩再缩吗?"伊娜懵懂地摇摇头。王耀庆又看着安心如,这个女人一向喜欢提前做功课,王耀庆很想知道她能不能看出点儿端倪。事实上安心如对这事也很疑惑,以吴立群对金茜莎的喜爱劲儿,不至于出点儿什么事就把她的代言缩减了啊。现在王耀庆一问,安心如开动脑筋思考起来。吴立群和SN一切可以查找的资料,她都看过,此刻她开始不断地回想。

突然，安心如想起曾经看过的几篇报道，想到了一个可能性。她犹豫着说："因为吴立群的夫人？"商界八卦上有过几篇不起眼的爆料，说吴立群是靠妻族起家的，而他夫人背后的家族很不一般。安心如记得自己还看过吴立群携夫人参加慈善晚宴的视频，这夫妻俩互动间，吴立群似乎对夫人的脸色非常看重，俨然上下级的关系。也许在SN的决策上，一向不怎么露面的吴夫人反而有着举足轻重的影响力。

王耀庆看向安心如的眼神又多了一些欣赏。吴立群怕老婆，是没多少人知道的秘密，但要是有心探知的话，还是可以发现蛛丝马迹的。安心如的观察力让王耀庆很满意。他浅笑着说："如果你的猜测是对的，你打算怎么做？"安心如知道王耀庆在考验她，她也不吝于让王耀庆知道，她是有能力在娱乐圈生存的。给王耀庆信心，她才能求得更多的助力。"把这组照片先匿名发给吴夫人，把金茜莎代言的事能搅多浑就搅多浑。"安心如想了想，说道。"直接发出来搅黄金茜莎的女主角多好！"伊娜有些不解。

"现在发太早了。第一女主角在宅男书迷眼中，俨然圣女一样。现在发，顶多是让金茜莎失去机会，得罪不了这些活在二次元的书迷。"她侧着头，一手托腮，慢慢说道，"但是等到金茜莎演完第一女主角，书迷都把她当成书里那个圣女的代言人时，猛地爆出这些照片，那就不一样了。"她转而向伊娜笑眯眯地说，"你最珍爱的东西，你想想，是险些被人玷污让你愤怒，还是已经被人玷污更让你愤怒？更何况……""更何况这样还能给片子造势，提高片子

第四章 ♦ 志在女配

的知名度，引起路人注意，无形中给心如也增加了关注度。"王耀庆微笑着接话。

伊娜看看安心如，又看看王耀庆，仿佛看见了两只狐狸在对视微笑。她烦躁地挠了挠头："你们看吧，反正你们的世界我不懂。"王耀庆久久地凝视着安心如："我听说你要把第二女主角的戏改一改？""保证比第一女主角出彩。"安心如眨了眨眼睛。"这个艳光四射的女人究竟还有多少奇招没出？"王耀庆默默想着，发现自己的注意力简直无法从安心如身上移开。

安心如坐在那里，坦然地迎接王耀庆的凝视。阳光从王耀庆身后的落地窗射进来，逆着光的安心如眯起了眼睛，感觉王耀庆的五官更加立体，那双眼睛中有些光彩闪烁不定……

三天后，安心如在 SN 的广告拍摄现场得到了消息，金茜莎的代言被取消了。SN 的广告由安心如全线代言，如同一开始说好的那样。网上自然少不了沸沸扬扬的讨论，有好几次，网友都快扯出金茜莎有个干爹的事了，却总有人轻而易举地把话题岔开。这背后的水军较量，让安心如在拍摄闲暇时看得津津有味。

金茜莎方面赶在剧组宣传之前，在全网放出新闻通稿，宣称电视剧《永夜记事》的第一女主角由金茜莎来演。据说导演王诺和原著作者对金茜莎非常满意，说书中百年难得一遇的纯情圣女只能由金茜莎担当。金茜莎的粉丝本有点儿垂头丧气，这时候又活过来，一片欢呼声。《永夜记事》的广大书迷也对金茜莎产生兴趣，一时间，各大论坛都在讨论金茜莎，倒给她增加了不少的知名度。

安心如安安静静地拍着广告，看着金茜莎的粉丝和水军在网上拼命造势，企图掩盖丢掉代言的窘境。伊娜急得团团转，奇怪为什么安心如还能坐得住，这时候她不是应该把自己的新闻通稿也放出去，不要让金茜莎一家独大吗？可安心如坚持再等两天，伊娜也没了主意。什么时候放新闻通稿，什么时候搞宣传，王耀庆全部放权给了安心如，公司只管配合就行。安心如不动声色地又等了两天，直到番茄文化把张少澜要客串《永夜记事》的消息放了出来，网上一片欢腾。有人提前把非官方定妆照都做出来了，传得到处都是。安心如拿着手机看了半天，觉得电视剧《永夜记事》的网络讨论度已经达到了最高。

《安心如和金茜莎第一女主角之争，安心如落败》

《恋情、广告、网剧第一女主角，安金之战何时休？》

《金茜莎稳压安心如，网剧第一女主角尘埃落定》

…………

这几天，各大报道的主题都是《金茜莎碾压安心如》。伊娜等绿灯的间隙，看着路边大楼的广告位上，安心如明艳动人、吸人眼球，伊娜却丝毫没有感到高兴。她越来越看不懂自家艺人了。没有铺天盖地的新闻通稿，安心如只是自己在社交账号上放出消息，表示《永夜记事》的女配角由自己出演。安心如没有利用任何公司的宣传，连剧组宣传也都敷衍了事。她全靠粉丝和书迷来转发自己

第四章 志在女配

出演电视剧《永夜记事》的消息。

反观金茜莎那边,在安心如刚放出消息的时候,对方的新闻通稿就全网覆盖,贬低安心如,捧高金茜莎,一时间倒安捧金的言论甚嚣尘上。安心如仿若未觉,丝毫不听伊娜的建议,只是专心地把广告拍完,天天在家捧着原著和剧本逐字阅读,仿佛网上被贬低的人不是她似的。实在被伊娜逼急了,安心如就无奈地把剧本放下,慢条斯理地说:"你看过《倚天屠龙记》吗?"伊娜不明所以地点点头。

安心如接着说:"里面有句话叫'他强由他强,清风拂山岗;他横由他横,明月照大江',听过吗?""想不起来了。"伊娜甩甩头,不明白安心如跟她说这个干什么,"这跟现在这件事有什么关系?""我也不知道有什么关系,就是想逗你玩。"安心如抿嘴一笑,接着低头看剧本。"安心如!我警告你,你的钱全用来还债了,我可是你的饭票!咱俩吃喝拉撒全指着我呢!你要再涮着我玩,我就扣你饭钱!"伊娜叉腰瞪眼,气得不轻。"是是是,饭票大人,让我安静地看会儿剧本,真正的战场又不在网上。"安心如抬头讨饶。

看伊娜还是不依不饶,安心如扶额叹气:"站得越高,摔得越狠,你不知道吗?她乐意往高处站是她的事情,我还是稳当点儿好。"话虽如此,她还是在社交账号上发了一张自己看剧本的照片——密密麻麻的笔记、厚厚的台词本,安心如正戴着黑框眼镜埋首奋战。王诺在底下点赞、评论并转发,评论写道:"心如饰演若男,是我做过最正确的决定。"

　　第二女主角命运线的改动已经传给了王诺，改动的地方不多，只是给第二女主角加了些小故事——本来在原著中从小生长在魔教、被教得心狠手辣的第二女主角，多了幼时从魔教出逃寻找亲生父母、舍命救了被魔教追杀的第一女主角这个小桥段。当魔教出动抓回第二女主角时，第一女主角的父母为了保住女儿，对刚刚救了女儿的恩人见死不救，导致第二女主角被抓回魔教，受到非人的折磨。当男主角被魔教追杀时，安心如又加了第二女主角不愿滥杀无辜，放走男主的桥段。结果男主角的部下为了掩盖男主角的行踪，再一次将第二女主角推出来，害得第二女主角差点儿丧命。之后在一男二女的爱恨纠缠中，安心如加了第二女主角因为出身魔教，自卑退让，不敢示爱，暗中照拂男主角的心理戏。而第二女主角最终决定诱惑男主角，是被第一女主角下属冷嘲热讽刺激所致。第二女主角原本在最后是被围攻致死的，安心如却改成了在男主角面前拔剑自刎。在她临死前加了一场回放，把她一步步被迫走上不归路和男主角对她不多的几次关怀一一再现。原著大体结局未改，只是给第二女主角加了小传，这个人物形象便饱满了。

　　王诺和原著作者对安心如的改动非常满意。在王诺点赞转发后，原著作者也转发了安心如的照片，并加以评论，对安心如给第二女主角加的情节大加赞赏，称安心如给了第二女主角灵魂，一时引起了书迷的广泛关注，大家纷纷讨论起安心如到底对第二女主角做了什么改动。

第四章 ♦ 志在女配

这就显得金茜莎有些尴尬了。她的新闻通稿满天飞，左一个力压，右一个碾压，剧组不为所动，没有跟她有任何互动。结果安心如发了张照片，剧组导演和原著作者又是点赞又是褒扬。不少娱乐号都开始用看好戏的口吻扒这件事，金茜莎的新闻通稿慢慢变得有些像笑话。此时，安心如已经不再像从前那样，只有不到 20 万粉丝了。

SN 的广告已经铺到了所有渠道，大街小巷、商场专柜、视频网站、杂志内页……到处都能看到安心如性感的红唇。她的少女粉蓦然多了起来，猛涨了十几倍有余。之前跟安心如合作的潮牌 Catu 又找上门来，带着摄影团队给安心如拍了好几组街拍。很快，安心如的街拍上了不少时尚博主的评点贴，有两次还被评为最佳造型。这得益于 Catu 用色大胆，款式充满设计感，团队后期修图修得也好。再加上 Catu 的宣传有力度，很快，安心如也一跃成为带货女王。

已经有几家轻奢品牌的品牌方找上门谈合作了，先不管效果如何，起码衣服是够穿了。安心如柜子里的高仿终于可以彻底扔掉了。伊娜乐得屁颠屁颠地去找了个相熟的品牌公关，想谈谈看能不能让安心如代言他们其中的一条产品线。理想很丰满，现实很骨感，对方十分惋惜地表示，合作推广品牌可以，但要说代言……并且笑得有些意味不明："安小姐起码得有一个有力度的代表作出来啊。"伊娜碰了一鼻子灰，郁郁寡欢地回来，开始不断给安心如洗脑，让她发力闯进电影圈。

众所周知，电影演员地位高于电视演员，电视演员地位又高于

081

网剧演员和综艺艺人。此刻就是如此。伊娜又开始念叨让安心如去找王耀庆，下一步弄个电影角色演，努力挤进电影圈。安心如按了按头疼的太阳穴，看着像打了鸡血一样的伊娜，想想自己可能躲不开她的精神摧残，只能叹口气跟她讲道理。

"你自己看看，电影圈哪里还有我的容身之地？走性感路线的女演员本来就在电影市场中占的比例少，不多的机会还要让十几个同样路线的大花旦瓜分。"她低下头继续写笔记，"现在电视圈里走我这样路线的不多，顶多有个李渔期，而且她还在拼命往电影圈挤。更何况，眼下的行情，电视剧片酬不比电影少多少，还容易积累粉丝，我干吗要去走那一条独木桥？""可上次那个代言，人家最后选的就是电影圈的人，长得还没你好看呢！"伊娜还是不甘心。"大姐，这个圈子从来不是长得好看就能笑到最后的，得用这里！"安心如指指脑袋，"再说了，你老是说不甘心，我都不知道你凭仗的是什么。就凭咱们现在的成绩，人家拒绝是正常的。要是不拒绝，我还会怀疑是不是有什么猫腻。"

她低头在一句台词下面画线，边写心得边说："你有那个时间做无用功，还不如去温习温习那些大花旦的成名史，哪个不是拍电视剧起家的？不会走就想飞，你也不怕摔死。"伊娜不说话了，乖乖走到厨房去给安心如熬汤。

安心如最近熬夜熬得太狠，她就负责了安心如的营养均衡问题。安心如瞅瞅伊娜忙碌的背影，无奈地摇了摇头。伊娜什么都好，就是做事不喜欢过脑子。幸亏她是自己的经纪人，要是换了别的艺人，

第四章 ♦ 志在女配

恐怕她早被这个圈子里的人吃得骨头都不剩了。可安心如却从来没有过换她的想法。这个世道，老实人简直比恐龙化石还少见。有伊娜在，她才能相信这世界上还有"人性"这种东西。安心如看看伊娜肥胖而又落寞的背影，刚想说个笑话让她高兴起来，门铃响了。她摘下眼镜去开门，张少澜那张俊美的脸露了出来。他一脸寒霜，看见安心如就劈头盖脸地说："穆先生的事，我知道了。"

安心如滞了一滞，看了看丝毫未觉察的伊娜，把门带上，在门外对张少澜压低声音说："你知道什么了就跑来'审讯'我？"张少澜的脸铁青："我以为你只是表面爱耍小聪明，骨子里还是当年那个你，没想到，你刚进圈子就开始不自爱，我真是错看了你！""哈！"安心如怒极反笑，"谁让你看了？你错看就别看呀！"

她上上下下打量张少澜那张轮廓分明的脸，嘴角分明挂着一丝嘲讽："你长得这么温良，看着人畜无害，玩起阴的来不也一套一套的吗？"张少澜正要说什么，安心如抢先张口，堵住他的话，"我说过，不管我变成什么样，你就记住四个字：拜你所赐。"她紧紧盯着张少澜的眼睛，声音慢慢冷了下来，"看来你的记性不太好。"

"这么做，值得吗？"张少澜不复刚才的怒形于色，淡淡地说。可安心如分明在他眼中看到了更盛的怒意。"值不值得不用你来发问。"安心如向前一步，扬起下巴迎着张少澜，毫不退让地与之对峙。张少澜眉头锁紧，凝视安心如半晌，突然伸手轻轻一推，将安心如整个身子抵在门上。他欺身上前，双手抵门，将她困在自己的臂弯与门之间，低头瞅着安心如。

安心如第一次发现，张少澜胳膊上的肌肉那么结实，她根本不可能挣脱出去。从前那个小小的孩童是真的长成男人了。"不就是几个钱嘛，我给你。"张少澜在安心如耳边低语，温热的气息让她不觉起了一身鸡皮疙瘩。"你退出，我养你。"他淡淡地说，仿佛是在跟安心如谈论明天的天气。

"养我？好啊！"安心如咬了咬下唇，缓解张少澜给她带来的压迫感，慢慢勾起唇角笑了，"昭告所有人，安心如退出娱乐圈是因为你张少澜，从此以后我的衣食住行和下半辈子由你负责。你做到了，我立刻退出。"张少澜怔了一下，低头深深地看着安心如，半晌，才开口说道："你知道，这是不可能的。""噗。"安心如笑了。

她轻推张少澜，笑得畅快："那就离我远点儿。另外，别用刚才那种质问的眼神看着我。我是做过秀空的模特，可那又怎么样？我又没犯法。""穆先生……"张少澜审视着安心如的眼睛，沉吟道。"我跟他没什么，你爱信不信。"安心如有些不耐烦，手紧紧握成拳头。"你为什么要去秀空那种地方？"张少澜眉头依旧紧锁。"你为什么要骗我，抢了我的机会？"安心如反问道。张少澜张了张嘴，没有说话。

安心如摊手："不都是为了活得好一些吗？"她转身开始敲门，拳头砸在门上，声音传得楼道里回声不断。仿佛泄愤一般，安心如的声音有些失控："你愿意对外宣扬就去吧，我无所谓。但是你记住,别再在我面前提起这些过去,不然我会止不住地恨你。"伊娜闻声赶过来,惊讶得嘴张成一个"O"形。"你……你怎么来了?"伊娜刚刚问了一句话,安心如就闪身进去,当着张少澜的面,狠狠地将门摔上。

还没等伊娜问出第二句话,安心如快步走回卧室,将门反锁,声音闷闷的:"别叫我,我睡会儿。"伊娜试探着轻敲了几下卧室门,丝毫没有动静。她将耳朵贴在门上,听到了一阵哭声。伊娜的心"咯噔"一下。那哭声被刻意压低,低得不像哭声,倒像是在号,声音粗哑,一点儿都不动听,让伊娜心酸不已。那哪里是一个女人在哭,简直是一头被打伤的小兽在嚎叫。无助而愤怒,狂乱却无处发泄,声音里的痛苦简直像浪头一样直冲听者打来。

伊娜低下头,慢慢走到门口,拉开门,张少澜依旧在门口呆立。"我不知道你跟她说了什么,但你让她失控了,"伊娜面无表情,语气毫无波澜,却能让人察觉到暗自压抑的狂怒,"我只见她失控过一次,那次她吃了安眠药,并且喝了酒。"伊娜的声音微微发抖,"安眠药加酒,大罗神仙也难救。我想你知道这一点。""那是什么时候?"张少澜的身子猛地一震。"我刚当上她的经纪人,她爹妈欠了一屁股债,讨债者第一次找到她的时候。她看着电视,突然就失控了。"伊娜盯着张少澜的眼睛。

"当时她痛苦的神情不像个小女孩,倒像个饱受病痛折磨的老人。"伊娜顿了顿,声音颤抖,"当时我就发誓,我不会再让这个小姑娘露出那种神情了,可你破坏了我的誓言。""我不想伤害她……"张少澜迈步想往里走,却被伊娜挡在门口。"我不知道你对她说了什么,但你要记住,这些导致她崩溃的话,如果你再对她说一次,就算你事业如日中天,我也会想尽办法把你拉下来,让你摔断骨头!"说完,伊娜狠狠地关上门,靠在紧闭的房门上,闭上了眼睛。

第五章 往事难言

女王不低头

王耀庆给安心如打了好几个电话,都没打通。他皱着眉头叫来秘书:"给我打伊娜的电话,问她安心如怎么不接电话。"秘书点头出去,不一会儿,又敲门进来:"老板,伊娜说安心如昨晚看剧本看到深夜,累得睡着了。"王耀庆不满地点点头,转过身看着楼下,楼下车辆川流不息,张少澜的话还在耳边回响:"无论任何条件,只要我能掏得起。"他的语气带着一种势在必得,"我想要安心如解约。"张少澜的俊美容颜浮现在王耀庆的脑海中。但王耀庆依然清楚地记得安心如是如何走红的。

这两个人真的是情人关系吗?王耀庆摇了摇头,发现自己并不喜欢这种猜想。安心如艳丽的容颜浮现在他眼前。那个女人好像让他动心了。他舍不得她,很舍不得。王耀庆拨通了安心如的号码,这一次,等了一会儿,安心如接了。"赏光跟我吃个饭,怎么样?"王耀庆清了清嗓子问道。"老板请客,当然要去。"安心如带着笑意说道,只是她的鼻音很重。王耀庆眉头轻皱,问道:"怎么了?""熬夜导致感冒了。"安心如的鼻音更重了,"老板在哪里请客啊?我和伊娜先饿一顿,去了铆足劲儿吃。"

"哦……"王耀庆没想到安心如还要带着伊娜,一时语塞。"要不,老板微服私访,体察下民情,就来我和伊娜这里,我们吃火锅?"安心如见王耀庆迟迟未说话,笑盈盈地说。"那……行吧。"王耀庆点点头,"就晚上吧。"挂了电话,王耀庆莫名有些受挫感。本来不应该是自己和安心如单独吃饭吗,怎么变成了三个人在家吃火锅?自己请吃饭,艺人擅自安排地点,这还是第一次。安心如是不

第五章 往事难言

知道自己的意思,还是故意躲闪?王耀庆拿出香烟点燃,抽了一口,看着自己吐出来的烟雾,发现自己心绪有点乱。

心绪乱的不止他一个。安心如坐在地板上,头发凌乱,眼睛通红,呆呆地望着前方。她很久没有这么哭过了。安心如张了张嘴,发现自己的嗓子肿了,一发出声音就疼。上次这样是什么时候,安心如已经想不起来了。事实上,自从那一晚之后,她的记忆就开始衰退,很多事情,都在慢慢忘却。唯独那一晚,她的惊惧、屈辱让她刻骨铭心,可能永远都忘不了。

"老板,你来了。"伊娜开门的表情有些迟钝。王耀庆皱皱眉头没说话,径直走进去,看到安心如正呆呆地站在窗前,连他进来都不知道。"你怎么了?"王耀庆走到安心如跟前低声问道。这样的安心如,他从未见过。头发凌乱,脸色煞白,眼圈微红,手微微发抖,最重要的是她眼中的锋芒退去,只剩下惶惑和无助,仿佛被猎人追赶得无处逃避的小兽。"啊,老板,你来了?"安心如一惊,转头看看王耀庆,迅速换上了一副笑脸。

王耀庆盯着安心如看了片刻,然后抿了抿嘴,问道:"在我面前不用掩饰,你到底怎么了?"安心如摇了摇头,快步走到餐桌边说:"菜和肉都切好了,老板你吃不吃辣?""别叫我老板,叫耀庆。"王耀庆凝视安心如片刻,"我擅长解决麻烦,这点你知道吧?"

安心如点点头,看了看王耀庆,张了张嘴,却终究什么都没说。伊娜上来打圆场:"快吃吧,汤都快熬干了。"王耀庆脱下外套,解开衬衫领口的扣子,坐在安心如对面,深深地看着她,眉头越皱越紧。这女人一定是遇到了大麻烦。不然她不会一脸疲惫、眼神呆滞。这完全不像是平时那个所向披靡的她。沉吟了一会儿,王耀庆慢慢开口:"以前让你自己解决的都是小麻烦,轮不到我出手,"他看看安心如慢慢抬起的头,"但我不建议你自己解决大麻烦。有些事情你是解决不了的,而我也许可以。"

安心如垂目想了想,最终还是微笑着摇头:"没什么麻烦,老板放心。"

王耀庆又看了看安心如,什么都没说。这一顿饭吃得和王耀庆想象中的一点儿都不一样。伊娜笑得干巴巴的,安心如总是走神,王耀庆原本因为想要表明态度而雀跃起来的心情也因此变得消沉。他看看伊娜,想了想,沉声开口:"她不说,就你来说。到底出了什么事?"

伊娜看看王耀庆严肃的脸,又转头看到安心如在轻轻摇头,一时两难,说不出话来。"你替她瞒着,如果出事了,你负责吗?"王耀庆不赞同地看看安心如,又转头跟伊娜说,"有些事情,自己扛是扛不住的。"伊娜想了想,咬了咬牙,偏过头对安心如视而不见,直瞅着王耀庆说:"老板,今天张少澜来了一趟,不知道对心如说了什么,心如就哭成这样了。"

王耀庆的脸蓦地沉下来了。他心里不知为何起了一股无名火,从小火苗开始,越烧越旺。王耀庆控制着情绪,转身看着安心如那张惨白的脸,慢慢地问:"你和张少澜是情人吧?"安心如一愣,旋即笑了:"我和他到海枯石烂那一天也成不了情人。"她咬着牙一字一顿道,"我们是仇人。""他威胁你了?"王耀庆的表情更加难看。"不足挂齿。老板,你就别担心了。"安心如淡淡一笑,说道。"叫我耀庆。"王耀庆又强调了一遍,"我回去以后,要跟张少澜好好聊聊天了。"他也淡淡地说。

伊娜看看王耀庆,又看看安心如,突然后知后觉地发现自家老板看安心如的眼神好像不一样了……

《永夜记事》经历了网上一波讨论关注之后,终于准备开机了。剧组所有工作人员在这一天都聚集在大福盛酒店,开了好几桌酒席,借吃饭来互相熟悉。安心如最近一直情绪不佳,穿着白衬衫、牛仔裤便来到大福盛酒店。主创人员都坐在一桌。安心如和王诺挨着,对面坐着金茜莎和张少澜。

谁都没想到张少澜也会过来。剧组的新演员一看张少澜走进来,一阵惊呼。张少澜穿着白T恤、牛仔裤,打扮得清清爽爽,吸引着众人的目光。而挂在他胳膊上的金茜莎,依旧长裙黑发,看着清纯无害。伊娜看见张少澜时就进入了备战状态,恨不得上前把他推出去。安心如好说歹说,才让伊娜在经纪人那一桌坐下来吃饭。不然她怕伊娜紧张得心脏病都犯了。

张少澜看着对面的安心如,板着脸不说话。除了有人敬酒,其他时候,他都直勾勾地看着安心如,视旁人为无物。气氛被他弄得很尴尬。王诺有些紧张,看看张少澜,又看看安心如,心里跟擂鼓一般,生怕这两个关系不明的人在酒席上打起来。张少澜举起酒杯,走到安心如旁边，拿了张椅子坐下，像是没看见金茜莎黑了脸。

"不错，有王耀庆给你撑腰。"张少澜一勾唇角，笑得有些邪气。"他是我老板，我是他旗下的艺人，应该的。"安心如不看他，夹着菜放到嘴里，说话都淡淡的。"老板给艺人撑腰，能撑到威胁我如果再冒犯你，就让我在娱乐圈销声匿迹？"张少澜笑得有些阴森。"他这么跟你说的？"安心如惊诧地看看张少澜，慢慢绽开笑颜。"很高兴是吗？你不想知道我是怎么回答的？"张少澜看着安心如的笑容，觉得刺眼无比。"不想知道。"安心如转过头继续夹菜。"我说，如果他对你有什么非分之想，我就让他销声匿迹。"张少澜轻轻在安心如耳边说话，引起桌上一阵窃窃私语，大家不约而同地想起了令安心如出名的那几张照片。

如今照片中的男女主角紧挨着坐着，咬着耳朵，让大家再次相信这两位是真有关系。安心如往旁边挪了挪，然后睨了张少澜一眼，脸上笑得明媚："你凭什么跟他这么说，你是我什么人？""他又是你的什么人？"张少澜的眉头拧了起来。"你管不着。"安心如继续吃饭，仿佛张少澜不在旁边。"我可以管得着。"张少澜盯着安心如，一字一顿道，嘴唇摩擦着她的耳垂，"你不是说，只要我昭告天下，你就退出娱乐圈让我养吗？我无所谓。"

安心如的脸渐渐冷了下来，她转头看着张少澜，眉眼间含着了一丝犀利："你无所谓，我有！张少澜，我不知道你在乱吃什么醋，也不知道你是不是偶像剧演多了，以为看哪个女人一眼，她就是你的了。"她声音也冷了下来，"可我对你没兴趣。我就算是跟我老

第五章 ✦ 往事难言

板有什么关系,也不是你管得着的。"张少澜的脸彻底黑了下来:"安心如,看来你还是把刚入圈那一套玩得挺熟啊。王耀庆是另一个穆老板吗?"

"啪!"清脆的一声响,张少澜的脸上多了五个手指印。"张少澜,别得寸进尺。你就算知道又如何?你乐意昭告天下你就去,我不在乎。我能爬起来第一次,就能爬起来第二次!"安心如的眼中仿佛要喷出火来,丝毫没意识到她打的是谁。房间里一时鸦雀无声,所有人都看着安心如和张少澜,不言不语,呆在原地。

"心如,我们走。"伊娜一看门口有记者,后背直冒冷汗,心里有些疑惑,张少澜到底知道什么事情,把安心如的理智都赶走了。这要是明天上了新闻,张少澜的粉丝不把安心如撕了才怪。张少澜抚着脸,轻轻笑了,仿佛挨打的不是他:"安心如,你把我的耐心全部耗尽了。"安心如不答话,冷着脸拿起包,和王诺打了声招呼,就跟伊娜往门口走。门口记者们窃喜的神情和蜂拥上来的问话,她仿佛没看到,也没听到,带着豁出去的表情走到停车场,上了车。伊娜叫来保安,把记者赶走,然后脚踩油门急急地驶离。

安心如拿出手机,想了又想,终于还是把号码拨了出去:"穆先生,我是安心如。"

"山水有相逢,咱俩又碰到一起了。"对方声音低哑,含有一丝阴鸷。安心如咽了口口水,脸上罕见地出现了一丝无措:"穆先生,我们说好永不相见的。""是你说永不相见,我从来没答应过。"电话那头的男人低笑了起来,"再说,你确实得感谢你的父母,是他们给了我们重逢的机会。"

安心如沉默了片刻,手微微发抖,让伊娜纳闷不已。再棘手的情况,她都没见过安心如如此不知所措。伊娜也顾不上好好开车了,差点儿撞上前一辆车。所幸一脚急刹车后,正遇上红灯。伊娜踩住刹车,诧异地看着安心如越来越白的脸色,心里的忐忑怎么都压不住。电话那端的声音她隐约能听到,那个声音并不难听,甚至可以说在最挑剔的声控那里也能拿高分,可那种阴鸷让人不寒而栗。伊娜不知不觉间已经起了满胳膊的鸡皮疙瘩。安心如的下一句话更是让伊娜全身都起满了鸡皮疙瘩:"我要做些什么,才能让您不再暴露我的过去?"

此刻绿灯亮了,后面的车不耐烦地鸣起了喇叭,伊娜却浑然未觉,眼睛瞪得像铜铃一样,使劲看着安心如,甚至顾不得擦拭额头滚落的汗珠。安心如的声音就在她耳边回响,却仿佛从很远的地方传来:"违法乱纪我不能做,拍那种片子肯定不行,我知道我的筹码很少,但还是想试试,看能不能让您帮我保守秘密。"那边的声音竟然有些轻快:"钱你还得断断续续,祖宅你又不卖,让你拍片子你不拍,你说说,你还能做什么?"安心如一时无言,愣了片刻才说话:"作为红的速度并不慢的艺人,我总还有什么价值是您想利用的吧?"

"呵呵。"那边淡淡一笑,"女明星对于我的价值,你是再清楚不过的。你是在提醒我把那天的事情做完?"安心如神情一滞,伊娜的嘴唇也开始发干。大家都是成年人,没有人会觉得那天的事情指的是促膝长谈、交流观念。伊娜现在最想做的事情就是把手机夺过来，问清楚这到底是怎么回事。后面的车按了不知多少声喇叭，伊娜才回过神来。她猛踩油门，车突然向前蹿去，将安心如带得晃了一下。安心如的额头也在冒汗，她转头看了伊娜一眼。

伊娜又是一惊。安心如眼中的锋芒尽散，不再淡定。此刻的她不知所措，像是被无形的手绑架的孩子，一脸的惶然。刚才那一瞬间，伊娜其实想了很多。如果事情真的像她猜想的那样，那么拥有如此背景和过去的艺人，绝对不能再运作下去，这是个大麻烦，也是个无底洞。伊娜的职业生涯还很长，一旦在这事儿上栽了，那她就成了同流合污者。也许一个不小心，她的职业生涯就会从此终结。她和安心如关系是很好，可真的好到甘愿为她冒如此风险的地步了吗？可当安心如转过脸的刹那，伊娜在心里暗暗叹了口气——她无法对着安心如这样的眼神说出"放弃"两个字。

她们从十八线一起摸爬滚打，没钱的时候，拿电饭锅吃火锅；有钱的时候，一起研究哪个高仿产品能让镜头拍不出是假的，一起侃大山，一起畅想将来站在演艺圈最高点的情景。这些都历历在目，她根本无法放弃她。伊娜咬了咬牙，一把抢过手机，单手握着方向盘，厉声道："我是安心如的经纪人。我不管你是谁，也不管你和安心如有什么样的过去，只是想警告你，耀庆娱乐不是好惹的，安心如是我们老板最喜欢的艺人，你想干什么之前先掂量掂量。"

"呵呵，王耀庆确实是个人物，我很欣赏他。"那边的声音平静，仿佛刚听了一段无关紧要的路况报告，"你能有这样的魄力，让我很吃惊。"那个声音停了片刻,不紧不慢地说,声音里含着笑意,"伊娜,本名欧一宁,老艺术家欧怀的私生女。""你怎么知道?"一瞬间,伊娜的脸色变得比安心如还白,差点儿手一抖让手机掉下去。"我手下有个私家侦探公司,相信我,打探隐私,我们是专业的。"那边笑了,"不要威胁我,我最讨厌被威胁。"

伊娜的手抖得像筛糠。她把车停在路边,好半天才憋出一句话:"你到底想干什么?""我想干什么?就凭安心如父母欠我的钱,我早该把她心爱的祖宅收走了。"神秘的穆先生呵呵一笑,"但我很讨厌别人威胁我,这点请你记住。"伊娜一时被震得不敢说话。曾经以为这一生都不会有人再翻出来的陈年旧事,他竟然随随便便就说了出来。伊娜感到巨大的恐惧。她强打精神,看看同样雪白着脸的安心如,稳下心神说:"那么穆先生,咱们开诚布公地谈,你想要什么,我们来看看我们是否给得起。"

"我还没想好。"穆先生轻笑,"但我对你的艺人很感兴趣,而且我们认识的时间绝对比你早。所以,你最好对我客气一些。"伊娜不敢再说话。那边的笑声像一条冰冷潮湿的蛇紧紧缠绕着她和安心如,让她们俩惊慌不已。她索性挂断电话,和安心如一起沉默地坐着。偶尔手机铃声响起,她们看一眼来电显示,有剧组打来的,有记者打来的,也有公关公司打来的。两人谁都没接,目光空洞地望着前方。

半晌,伊娜先开口:"我们坦白吧。你之前到底发生了什么?"安心如看着前方不说话。等了一会儿,伊娜又说:"你本该把所有事情都告诉我的。""你不是也没有告诉我吗?"安心如笑了笑,笑容有些干巴巴的。"我有苦衷。"伊娜低声说道。"谁又没有呢。"安心如很少这么针锋相对地跟伊娜说话,这让伊娜的火气起来了。

"我是艺人吗?我需要面对狗仔和粉丝吗?我的从前重要吗?"伊娜的语气很不好。"我的从前很不堪,这就是你想听的话吧?"安心如回了一句,"我曾是秀空的模特,穆先生是秀空的大股东,他曾经试图侵犯我,你明白了吗?"

"怎么会这样?"伊娜惊叫出声。

"那天,我去找穆老板借钱,遭到他的侵犯,要不是我苦苦哀求,让他心软,放过了我,我都不知道自己现在成了什么样子。后来他答应借钱给我,条件是我不许将那天的事情泄露出去。那时候是我最缺钱的时候。钱啊,大姐,一文钱逼死英雄汉,更何况我这种草根出身的戏子!所以,即便遭受到了那样的屈辱,我依然答应了他。"安心如情绪激动,连声音都变了。

"你怎么会去秀空那种风评如此之差的地方做模特!"伊娜一想到安心如有那样的过去,而且已经被张少澜知道,随时都有可能在人前暴露,她就无法再抑制自己的怒气。安心如走的路线原本就容易让人想歪,即便她并没有做过出格的事,但如果被网友得知她做过秀空模特,一样会对她的职业生涯造成影响。"我那时候太缺钱了,顾不了那么多了。"安心如的语气突然冷淡了下来。她别过头看着窗外,声音冷冷的。"这件事情我做不了主,我要告诉老板。"伊娜的语气也平缓下来,但也不比安心如更有温度。她掏出手机,按下了王耀庆的号码。

安心如淡然地看着伊娜拨打电话,没有说话。电话刚响了一声,伊娜犹豫地看着安心如那双失神的眼睛,总觉得有什么东西揪住了她的心,让她无法打出这个电话。一旦老板知道这些事,还会这么捧安心如吗?如果失去耀庆娱乐的支持,安心如能承受张少澜的报复吗?伊娜甚至感觉,今天是她有生以来最艰难的一天。她又看了安心如一眼,深吸了一口气,颓然地挂断了电话。安心如的眼神闪了一下,望着伊娜扔下手机的手,抿了抿嘴,想说什么,最终却没有说。

伊娜先开了口:"你之前遇到那些糟心事的时候,我并不认识你。我认识的只是跟我借钱买高仿、蹭吃蹭喝蹭住的你。"她叹了口气,眼神扫过安心如,又望向前方,木木地说,"我们都开诚布公些吧,省得以后留下隔阂。我是欧怀的女儿。"安心如神色一动,看着伊娜。欧怀,三届影帝,两届视帝,德艺双馨,在演艺圈的地位无人能及。他有一个正在国外上学的女儿。任谁都无法把欧怀和伊娜联系起来。

"我妈是他在乡下的时候娶的。那时候在村里办个流水席就算是扯证了。大家都是那么过完一生的。谁也没想到村里出了个金凤凰。"伊娜扯起唇角苦笑道,"欧怀考上歌舞团后就盯上了电影厂领导的女儿,把我和我妈忘到了脑后。"伊娜仿佛在述说别人的事情,"欧怀娶了领导的女儿以后,一路走到现在的位置,但我和我妈彻底被他遗弃。我妈看他一直不回家,带着我去找他,他连认都不认。我妈是被他活活气死的。"

"那时候网络不发达,他事业如日中天,你都没法揭穿他。"安心如想想就知道为什么这么劲爆的新闻却一直隐于人后。"我妈找过他的领导和记者。有个小报记者曾经帮我们报道过,却在我们要求做亲子鉴定的时候被开除了。我们被不三不四的人威胁,我妈还被打了。"伊娜的牙关紧咬,她突然转头看着安心如,说道,"知道我为什么在一开始毫无希望时也从没想过放弃你吗?"安心如不说话,只是静静地看着伊娜,伊娜重新发动了车,紧握方向盘,手背上的青筋凸起,"因为你和我一样,都有必须站在最高处的理由。"

安心如听着伊娜"咯咯"咬牙的声音,想了想,轻轻开口说道:"我虽然做过秀空模特,但并没有做过什么出格的事情。那天我虽然保住了清白,但所经历的屈辱始终是我心中最大的痛。"安心如接下来说的话让伊娜难过不已,"进了他房间后,我就发觉不对了。我跪在他面前求了他五个小时,最后他失了兴致,我膝盖麻了,爬着出了房间。"

"五个小时?爬出房间的?"伊娜喃喃道,无法想象这个用骄傲作为盔甲的女人跪在那里求饶,手脚并用爬出去的样子。她根本不敢想象,只要一想,心里有一块地方就开始刺痛。

这个穆先生,就她现在所知,干的事情没有一件是上得了台面的。伊娜虽然不了解这种背景的人,却也知道那是真正的黑暗,跟她们截然不同。伊娜叹了口气,与安心如对视苦笑,两人眼中全是疲态。安心如深深呼吸,平稳了语气:"下次别装模作样地吓唬我,我知道你不可能给王耀庆打电话。"伊娜皱了皱眉:"你当我是虚张声势?"安心如摇了摇头:"我只是很了解你的色厉内荏。"伊娜翻了个白眼,转而又问:"我们现在该怎么办?"

安心如继续摇头:"我也不知道。只能等等看老天爷能不能网开一面了。""你竟然信命了?"伊娜有些惊讶,安心如是最不信命的一个人啊。"大象抬脚的时候,蚂蚁只能信命。只有命运能决定它是不是被踩到的那一只。"安心如耸耸肩,平时那种天不怕地不怕的神色又渐渐恢复了。伊娜看她一副债多了不愁的表情,心头不由跟着松懈了些许:"你这种鬼机灵,估计大象还没决定要抬脚的时候,你就预先知道了。""我没你说得这么神,不过我倒是知道,咱俩要是小说主角,就这么一直说下去,读者肯定要骂作者水文了。"安心如最近网络文学看得有点儿多。"就不能是交代背景的过渡章节吗?"伊娜一本正经地接话。两人说说笑笑地往家开,只是脸上都有丝挥之不去的凝重与忧惧。

此时她们要是知道网上已经开始大肆吐槽安心如掌掴张少澜的事,恐怕会忧愁更甚。一直绯闻不断的男女主角在公开场合翻脸,女方还打了男方一巴掌,而且这二人一个是超级偶像,一个是新晋小花旦,可以想见记者们得兴奋成什么样。不到十分钟,这件事就占据了各大头条,一跃成为网络热搜榜第一。跟此事有关无关的自媒体号都开始从各个角度解读事件,俨然又一场媒体盛宴开始了。而粉丝战争也再次打响,双方粉丝都在陆续抵达战场。

金茜莎站在媒体面前怯怯地说:"我不知道安小姐为什么生气,

第五章 往事难言

张少澜和我是好朋友,他一向绅士,我无法想象他会被安小姐如此对待。"她的头像和这句话被一百多个自媒体大号放在封面上,转发量更是不计其数,曝光率都快超过事件的主角安心如。而张少澜却少见地对记者黑脸,闭口不言,不做任何回应。

王耀庆此时看着网上的言论,眉头皱得越来越紧。他叫秘书进来,冷冰冰地说:"你让秦逸书把张少澜彻底查一遍,一根头发都不要放过,没有把柄我就不付账。"秘书冒着冷汗答应,然后小心翼翼地退出办公室。王耀庆犹豫了一下,拿起电话,开始拨安心如的号码。电话很快就通了。"你和张少澜的事现在又在网上闹得沸沸扬扬。"王耀庆单刀直入。"正好给新戏做宣传,王诺应该高兴坏了。"安心如声音疲惫,像是刚参加完长征。"你没事吧?"王耀庆敏锐地察觉到了安心如声音里的异样。"有事,很大的事。"安心如突然脱口而出。

王耀庆皱了皱眉。他总觉得安心如双眼的锋芒背后藏着疲惫,现在安心如的语气更加验证了这种直觉。"告诉我,我来解决。"王耀庆说完就开始为自己的冲动感到后悔。他倒不是后悔自己为了安心如揽事,而是后悔在社会上摸爬滚打了这么多年,最近怎么越来越像个毛头小子了。尤其是在面对张少澜的时候,他像极了多年前的那个王耀庆,只是心中的女人换了。当年他初入社会,意气风发,倒也可以理解,可现在他是怎么了? 王耀庆摇摇头,自嘲地笑了笑。

安心如正好在这当口回答他:"老板,谢谢你,可我暂时不需要。"王耀庆的脸沉了下来。安心如这是在防备他?

安心如一向信奉"虱子多了不痒、债多了不愁"。比如现在,"穆先生"三个字就像是悬在半空的宝剑,如果换了别人,躲之不及,可安心如想明白了。该来的,不会因为你害怕就不来;不该来的,也不会因为你祈祷就自己来。所以她在家休息三个小时之后,就开始工作了。又赶上最近网上没什么大事,安心如成了娱乐圈的关注点。她打张少澜一巴掌的视频不知被多少人浏览过,一跃成为当日最火视频。据王诺苦着脸说,剧组在宣传上省了不知多少钱,安心如这一手露的,成功让这部剧变得尽人皆知。

就是在这种情况下,《永夜记事》开拍了。安心如和伊娜第一天早上六点多就到了影视城,同时到达的只有剧组工作人员和王诺。王诺满是干劲,如同领导人一般远远地就朝安心如挥手致意。伊娜提着早已买好的零食、咖啡、水果等,分发给梳妆和灯光、摄影等工作人员。演员给工作人员买零食表心意已经是个约定俗成的规矩,毕竟演员美不美,一半以上是由灯光、梳妆、服装等因素决定的。

而剧组人员对安心如这个敢掌掴张少澜的女人更感兴趣,不止一个人佩服安心如的勇气。要知道,因为得罪偶像而在圈里彻底混不下去的大有人在,几乎没人敢动这些偶像们一下。可这种不讨好的事情,安心如不仅做了,还做得光明正大,这就不得不让剧组人员佩服了。再加上安心如把水果、咖啡亲自送到大家手上,满脸笑容,态度亲切,全是结交之意。

按照摄影师大曾的话说,这么一个人精,人家又没有惹你,谁会闲着没事去跟她交恶。毕竟娱乐圈统共才多大,又是一个百分之九十依赖人情的圈子，风水轮流转，说不定哪天安心如就变成这个圈子的大佬了，那现在的每一分表现都决定着将来她可能会报恩还是报仇。这一圈下来，安心如起码在所有工作人员面前混了个不错的印象。

而当金茜莎准时准点带着有人所描述的"金茜莎是第一女主角，却仍然准时到达现场"的矜持与自骄出现时，看到的就是已经上妆完毕的安心如正坐在那里皱着眉头苦练台词。听到金茜莎来，安心如还抬头打了个招呼，又低下头跟台词死磕。安心如低头时，光洁的额头和挺翘的鼻尖露出，长长的睫毛像是会动，一扇一扇的，配上安心如随意扎的丸子头和一段洁白光滑的脖颈。阳光透过窗外的树洒在她身上，映出一片一片的光斑，外面有小鸟鸣叫，连金茜莎都有一种岁月静好的感觉。

可安心如抬起头的一刹那，金茜莎突然觉得岁月静好不起来了。这个女人脸上始终带着妖艳。更重要的是，金茜莎突然觉得她十分眼熟。金茜莎使劲盯着安心如看，心慢慢沉了下去。张少澜在美国的家里挂着一幅素描，画上是一个少女抬头向上望着，背后阳光映成光斑。少女纯真烂漫，显然是张少澜凭想象加工的。金茜莎当时就找人查过，张少澜和她形影不离，根本没机会认识这个人。而张少澜曾无意中说过，那幅画是想象中的一位故人长大后的样子。现在一看，那故人分明就是安心如！画中少女就是张少澜想象中的安心如！不然怎么解释画像中的少女和安心如长得如此相像这件事？

本来这几天被各大营销号玩命营销，又被粉丝和张少澜臭骂不止的金茜莎早已没了之前的心高气傲，不想再和安心如作对，只求顺利把戏演完，可这会儿，猜到真相的她顿时气不打一处来。金茜莎突然对安心如微微一笑，转头看着不远处的王诺："王导啊，我昨晚台词背错了，只背了第三场戏，怎么办？"

对剧本同样熟悉的伊娜瞬间黑了脸。第三场戏是第一女主角和第二女主角结仇的开端，里面的重头情节就是第一女主角大义凛然地狂扇第二女主角耳光，而实际上被冤枉的第二女主角笨嘴拙舌，连辩解都不会，从而心怀怨恨。伊娜暗暗叫苦，看金茜莎越发不顺眼："你这也太巧合了吧？早就想好了要这么对我们心如了吧？"金茜莎甜甜一笑："都是拍戏需要，不要误会哦。"

一个小时以后，就连王诺都从金茜莎甜得过分的笑脸中嗅到了一丝阴谋的味道。从一开机起，金茜莎就总是出错。不是扇巴掌时台词忘了，就是扇的角度太微妙，挡住了安心如的机位。唯独扇巴掌这件事，金茜莎次次表现完美，下手绝不留情。伊娜眼看安心如的脸红肿起来，气得在场边跳着脚骂，要不是有人拦着，她撸着袖子就冲上来了。金茜莎的经纪人见伊娜红了眼，早不知躲到了哪个犄角旮旯，找都找不着。

王诺皱起眉不满地盯着金茜莎冷冷地说："金小姐要是实在记不住台词，就回家休息休息，让我们先把心如的其他戏拍完。"金茜莎闻言，转过头看着王诺，神色中带了一丝委屈，眼中泪光点点："王导再给我一次机会，如果实在不行，我再回家准备。"可叹大多数男人千百年来最吃泫然欲泣这一套，从未改变。果然王诺叹了口气，板起脸道："最后一次机会！"看金茜莎连连点头，王诺这才想起他还没有询问脸被扇红了的安心如的意思。

王诺红着脸看向安心如。其实他在金茜莎和安心如之间，谁都不偏袒，只是内心的大男子主义时不时就要冒个头。"心如，你看呢？你要吃不消，咱就不拍这段了！"王诺语气诚恳地说道。毕竟这部戏筹备以来，第一个鼎力支持他们的演员就是安心如，王诺同样不愿意让她难过。

安心如微微一笑，向旁边如同愤怒的公牛般被三四个男人拦着、跳着脚怒视金茜莎的伊娜轻轻摇头，示意她冷静。然后，她看着王诺说道："导演，一会儿我能不能有自由发挥的空间？这场戏第二女主角的反应太死板了，与她平时刁钻精怪的人物性格设置不符，显得很突兀。"王诺对安心如改戏的本事是很有信心的，她知道什么东西能改，什么东西不能改。经她的手改动的剧本，往往比之前更好看，透着一股狠辣劲儿，一点儿都不平淡。王诺点点头："你可以小范围地随意发挥。"安心如脸颊被打得发红，笑眯眯地点点头，看向金茜莎说道："开始吧，金小姐。"金茜莎愣了愣，总觉得安心如的眼神有哪里不对，却又说不上来。她使劲摇摇头，把这种诡异的感觉甩出去，站好机位，等场记的喊声一传来，她就上前一步，"啪"的一个巴掌，甩得又稳又准又狠。安心如的脸更加红了，可她眼中却慢慢生出了笑意。

金茜莎不可思议地看着她，心中腾地升起怒火。她是在笑话自己，一定是的！安心如眼中的奚落明白得就差写出来了。金茜莎一怒之下，该说台词的时候反而不说话，抿着嘴只当忘记了。"忘了台词，一会儿就又可以打她一巴掌。"金茜莎握紧了拳头恨恨地想道。她实在是恨透了安心如云淡风轻和胸有成竹的样子，恨透了她和张少澜不明不白的关系，恨透了她蹿红的速度和日渐高涨的时尚口碑。凭什么是她，她除了有一张狐狸精的脸，还有什么！金茜莎越想越气，咬紧了牙关，就是不说话，并暗下决心，一会儿要一巴掌把安心如的脸打烂。

　　王诺皱起了眉头，准备叫停金茜莎。她八成是故意的，就算是傻子也能看出来。伊娜气得要冲上场，被副导演死命拦住，正在上演古典式摔跤。这时，安心如突然在别人看不到的死角对金茜莎微微笑了一下！紧接着，她上前一步，高高抬起手狠狠抡下去，"啪"的一声，一个耳光重重地抽在金茜莎的脸上，并成功打蒙了所有人——剧本里第二女主角根本没敢还手啊！

第六章 坦白心意

"你！你敢打我！"金茜莎捂着脸愣在了原地。安心如竟敢打她！她从来都没让人打过！金茜莎顿觉委屈异常。

"这巴掌是教你，别以为名门正派就可以随意践踏别人的自尊！"安心如说话掷地有声，紧接着又抬起胳膊，在现场所有人的目瞪口呆中又打了金茜莎一个响亮清脆的耳光，"这巴掌是教你，别以为有钱有势就可以为所欲为，想打谁就打谁！"安心如声音清脆地说完，抬起胳膊又打了一个耳光，"这巴掌是教你，不要随意吃飞醋，你当成宝的男人，我未必稀罕！"安心如大声说道，接着在所有人的汗流浃背中又抬起胳膊，打出了目前为止最响亮的耳光，"这巴掌是教你，虽然你看我如同蝼蚁，可就算是蝼蚁也有喜怒哀乐，会哭会笑；就是蝼蚁也是有尊严的！"安心如一脸森然，带着不可忽视的压迫感。

金茜莎原本就很难接得住安心如的表演，再者她仍旧沉浸在自己被打的震惊中，张了张嘴，并没有说话。王诺气得摔了手中的笔。安心如这段表演情感丰沛真挚，如果金茜莎能稳稳接住的话，这场戏得多有张力啊。安心如眼波流转，扫了一眼王诺，转过头又盯着金茜莎，一字一句道："我在此立誓，今后你再也没有欺我辱我的机会！就算为此罪恶滔天，我也在所不惜！"

"你！我！"金茜莎也不是笨人，知道这时候她必须得说点儿什么。可安心如不按剧本走，她根本接不上啊！金茜莎懊恼得眼泪都出来了。但很快她就更加懊恼了，自己竟然被安心如这种人打了好几巴掌！金茜莎气得脸都白了，浑身抖得吓人，咬牙想要找安心

第六章·坦白心意

如要个说法，谁知一回神，就看见把她气得一佛出世二佛升天的一幕。王诺老怀大慰地拍着安心如的肩膀，差点儿掉眼泪："可以可以，刚才的表演很可以！表情、声音都很到位，可惜了，对手没接住。"金茜莎死死咬着牙，看着安心如得意的笑容。

她一定是故意的！金茜莎在家有父母宠着，在外有干爹护着，时不时还有个张少澜维护她，她哪里受过这么大的委屈，泪水一下子就流下来了。这时终于有人走了过来，叹了口气，站在金茜莎面前将她的眼泪擦掉："我不跟你说了吗，不要惹她。她是野蛮生长，你是温室长大，你们之间比不了，别拿你的小聪明去招惹她。"金茜莎对来人的声音太熟悉了，她抽抽鼻子，委屈地扑到他的怀里："少澜哥，你都看见了，怎么不替我出头！"

张少澜抿抿嘴，冷着一张脸。其实今天没他的戏，他也不知道为什么，就让保姆车直接开到了片场。他进来的时候，正看到金茜莎打了安心如一耳光，却迟迟不肯说台词。剧本张少澜是看过的，这场戏的台词非常好背，以金茜莎的聪明，看几眼就能背下来。他们认识了十来年，张少澜自然知道她是还想制造机会打安心如。张少澜同样看到了安心如脸上的红肿。他不悦地盯着金茜莎，觉得金茜莎的确应该被教训一顿。自从进入娱乐圈，她就变了，自己越来越不了解她了。

同样是儿时玩伴，安心如和金茜莎都变化很大，张少澜却从不觉得安心如的变化突兀。不管是小时候咬牙和一群男孩打架弄得伤痕累累，还是现在奇招频出在娱乐圈迅速蹿红，她给人的感觉都是

109

一样的，不择手段，百折不挠。张少澜回过神来，准备跟王诺说说，先把这场戏停了，等金茜莎准备好了再拍；他也可以趁机警告金茜莎，凡事别太过分了。安心如脸上的红肿仿佛钢针一样刺得张少澜心里焦躁不安。从前他还小，只能任由安心如挡在他前面，可现在他不愿意再有任何事让她受伤，即使是一起长大的金茜莎也不行。主意已定的张少澜正要开口，就看见安心如的眼中精光暴涨。他心里"咯噔"一下，暗叫一声不好。

金茜莎这是要吃亏啊！不等他反应过来，就见安心如左一个耳光，右一个耳光，把金茜莎打得整个人都蒙在了那里。张少澜并不全知道金茜莎之前的所作所为，眼下看见安心如连扇金茜莎耳光，他刚刚对安心如的心疼全化成了怒气。他强忍着等这场戏拍完，才走到金茜莎身边。看着金茜莎委屈的小脸，张少澜叹了口气，拍了拍金茜莎的肩膀，吩咐自己的助理带她到保姆车上敷药。他转身面对正在跟王诺讨论的安心如，问道："安小姐打人耳光上瘾？"

安心如一听是张少澜的声音，眉头皱了起来，脸上现出妩媚的笑，慢慢转身对张少澜娇声说道："你怎么知道呢？"她低头伸出纤长白皙的手看了看，"我这手好像装了雷达，一看见贱人就自动开打，要多准有多准。"张少澜的脸阴了下来："很快就是咱俩的对手戏了吧？我很期待跟安小姐对戏。"安心如下巴一扬："彼此彼此。"

王诺捂着额头，又开始头疼了。谁能告诉他，拍个戏怎么会有这么多乱七八糟的事情？这三个人到底是什么关系？这时候伊娜拍

第六章 坦白心意

着手走了过来。

刚才这场戏一结束,伊娜就开始到处寻找金茜莎的经纪人,并且用她肥大的身躯像是拎小鸡崽一样把他拎出去,和他好好"探讨"了一番经纪人的自我修养。此时她刚过来,正好看到张少澜在和安心如对峙,就气冲冲地走上来:"张大明星这是给金茜莎打抱不平?那麻烦你回去转告一声,如果没有那个承受力,就不要自不量力地挑事。想平白打心如几个耳光就算了?休想!"张少澜的眉头皱了皱,不由得问:"你什么意思?"听伊娜的口气,金茜莎不只打了安心如一个耳光?

伊娜冷哼一声:"什么意思?看看我们心如的脸,打完耳光就重来,左一个重来,右一个重来,当是游戏打怪呢?我们心如不是游戏人物,也是会疼的!"安心如忍了又忍,还是没忍住,"扑哧"一声笑了出来。她看着伊娜,忍俊不禁道:"我终于知道你的黑眼圈是哪儿来的了,熬夜打游戏打的吧?"伊娜呆了一呆,连着几天她都跟安心如说,自己是在操心安心如今后的发展规划才熬夜的,现在被安心如道破,不禁讪讪地笑了起来,不知说什么才好。张少澜抿了抿嘴,皱眉径直走向保姆车,直接去了车上。

金茜莎此时正在发呆,心里又气又怕。刚才挨打的时候,她可把安心如的眼神看得一清二楚。她之所以当场呆在那里,就是因为安心如的眼神太可怕了。那双眼睛里盛满了锋锐和噬人的恨意,完全不加掩饰。金茜莎当时的感觉就仿佛是在逛街心公园时突然和一头本该在非洲草原上的野兽相遇,让她猝不及防。此刻她对张少澜

111

的话深有感触，安心如绝对是野蛮生长起来的。以前金茜莎不承认自己是温室里的花朵，现在她不得不沮丧地承认，比起安心如，她确实是。

张少澜并未发现金茜莎心中的惊涛骇浪，只是冷冷地责备道："是你先耍花样，打了安心如的？"金茜莎却充耳不闻，眼巴巴地看着张少澜，问出了她此刻最想问的问题："你卧室里的那张画像，画的是安心如吗？"

金茜莎可怜巴巴地看着张少澜，脸上的红肿还没有消退。张少澜跟金茜莎对视了一会儿，才叹了口气道："你问这个干什么？"金茜莎顿时心里一凉，却还残存一丝希望："到底是不是安心如？"张少澜沉默地看着金茜莎，半晌，缓缓地点了点头。金茜莎呆了呆，突然轻轻笑起来："你对她还真是放不下啊，都分开那么多年了，却还是画得栩栩如生。"

张少澜转过脸望向别处不说话。金茜莎继续笑："我从刚认识你的时候就喜欢你，你明明知道的。你说你不喜欢张扬的女孩子，我就让自己变得文静；你说你不喜欢太强势的女孩子，我就什么都听你的；你说你不喜欢太聪明的女孩子，我就让自己笨一点儿。"她的声音不由得提高，情绪激烈，"可你看看安心如！张扬、强势、有心计，哪条她没占！你不是不喜欢那样的吗？！""我说过我喜欢她了吗？"张少澜嗓子有些哑。"她一出现，我就知道你喜欢她！你别忘了，我是和你一起长大的！"金茜莎眼中含泪，看着张少澜控诉。

第六章 ❖ 坦白心意

张少澜抿了抿嘴，脸上有了少许心疼和无奈。他伸手为金茜莎擦泪："你能陪我回国闯荡娱乐圈，我真的很开心，也很感谢。""然后呢？"金茜莎流着眼泪问。"除了哥哥对妹妹的感情，其他的我真的给不了你。"张少澜动容道，"我们一起长大，我是真的把你当成妹妹啊。""呵呵，妹妹。"金茜莎笑得凄楚，"那安心如也跟你一起长大过，你怎么不把她当成姐姐？"张少澜一滞，旋即又苦笑出来："她不愿意把我当成弟弟。她甚至不愿意看见我。"

金茜莎收起了笑容，久久地凝视着张少澜："我不甘心，真的不甘心。"说着，她站了起来，狠狠把眼泪一擦，"你看着吧，我什么都不会比她差！""你想干什么？"张少澜皱了皱眉，"我可告诉过你，她不是你惹得起的。"金茜莎脸上带着泪痕微微一笑："你既然放弃了我，那就彻底不要管我。"说完，她大步向片场走去。

张少澜站在金茜莎的背后，看着她的背影，长叹了一口气。金茜莎的痴情，他不是不知道。刚去美国时的种种不适应，是她带他走过的；他要回国做演员时，是她第一个支持他；她甚至愿意跟他一起进娱乐圈。这背后的目的是什么，张少澜完全知道。只可惜她要的他给不了。如果这一生没有遇到安心如，也许最后他会接受她。可现在他见到安心如了。谁都不知道他当初认出面前的人是安心如时内心的那份悸动。只不过在得知安心如是那么恨他时，他才把小火苗强压住。"对不起，莎莎……"看着金茜莎有些踉跄的脚步，张少澜喃喃地说。面对金茜莎，他无法说出违心的话。

金茜莎回来后,剧组一时鸦雀无声,都看向安心如。安心如淡淡地对金茜莎点点头:"快拍吧,就等你一个呢。"金茜莎一看,果然剧组的人脸色都不好看。王诺更是在一旁叹气:"早知道这样,就算不要张少澜,也不能用这么大牌的明星啊。"金茜莎的脸色极不好看,径直走到安心如面前:"为什么我的东西你都要抢?"安心如愣了一下,想了想,以为金茜莎说的是代言和这次的网剧。

"能被抢走的,那还是你的吗?"安心如淡淡地说。她看看金茜莎满是眼泪、红肿异常的脸,有些好笑:"在这个圈子里,你还能问出这种问题?"金茜莎冷冷地说:"别拿这些大道理唬人。你记住,今后你别想抢走我的任何东西。"金茜莎还想说什么,她的经纪人就上前把她拽走了。金茜莎的经纪人以两点闻名:第一是门路广,吴立群就是他介绍给金茜莎的;第二是娘娘腔得吓人。刚才安心如一顿连环掌已经把他吓得面如土色,后面伊娜又几乎是以泰山压顶的姿势跟他探讨了下职业素养,现在在他心里,这两人就是从梁山上下来的两条纯汉子,万万惹不得。

伊娜凑上前来,跟安心如嘀咕,声音不大不小,正好能让在场的人听见:"这女的公主病犯了吧?不管是代言还是这次拍戏,都是她横插一杠子抢咱们到嘴的肉啊。怎么她还有理了?"安心如笑了笑:"大概觉得自己是太阳,别人都应该围着她转吧。"

金茜莎听到两人说话,后背一僵,想回身还一句嘴,她的经纪人却语带恳求道:"姑奶奶,你脸不疼了?你不疼,我胳膊还疼呢……"接下来拍戏的时候,金茜莎明显用心多了,甚至处处跟安

第六章 ◆ 坦白心意

心如较量。王诺乐开了花。他不想管这几个明星背后的故事，只想让他们好好拍戏。如今因祸得福，金茜莎和安心如擦出了火花，飙戏飙到停不下来，做导演的只有开心的份儿。金茜莎好歹也拍过戏，演技虽说不是一流的，倒也能看。她进入状态了，连带着安心如和第一男主角扮演者刘宇哲也奉献出了高水平的演技。

只是金茜莎找茬抽巴掌的事剧组都看在眼里，又加上一开始她的经纪人眼高于顶，虽说也送了水果、小吃，但他没有伊娜那么亲和，一会儿咖啡、一会儿奶茶地慰劳剧组，直接导致的结果就是金茜莎的灯光被打得相当之差。同样的机位，灯光师就是有办法把安心如打成仙女，而金茜莎却有着熬夜之后掩不住黑眼圈的憔悴。有记者到片场采访，回头拍了几张剧照发到网上，倒是引起书迷的一阵讨论。照片里，演员们都拍得很认真，服装道具制作精美，引起了不少期待。

王耀庆在这期间过来探了两次班。王诺大概是真怕被王耀庆惦记上，颇有些唯唯诺诺、亦步亦趋的意思。王耀庆在外人面前一贯不假辞色，唯独跟安心如有说有笑，眼神温柔得很。"心如，你今天晚上有空吗？我们在影视城旁边吃顿饭吧，不耽误你太多事，就吃口便饭。"王耀庆有些小心翼翼地说。他实在是怕安心如又拉上伊娜，搞成三人行。

安心如看了看王耀庆，他眼里的灼热只要是地球人都能看出来。她从来都是快言快语的人，做不来吊人胃口的事，便轻轻点头："好啊，晚上七点，我们在旁边的火锅店见。"只是她一提火锅王耀庆

115

就有阴影，于是小心翼翼地问："还是……三个人？"安心如被王耀庆从来没有过的苦闷表情逗笑了："这次就咱俩！"

王耀庆越发感觉自己现在不成熟也不稳重，竟然像个毛头小子一样直愣愣地"哎"了一声，转身就去订位置。走出三步远，他才反应过来，又装作不经意地踱回到原地，整了整衬衣，咳嗽了一声："那我就……先走了。"安心如使劲抿着嘴忍着笑："那你就先走吧。"

片场其他人在一旁只能看到安心如和王耀庆躲在一边窃窃私语，都好奇地在远处观望着。说实话，帅哥美女的组合一向讨喜，这两人站在一起，倒吸引了剧组工作人员的大部分目光。王诺百忙之中注意到工作人员的精力不集中，顺着他们的视线也看了一眼，结果大惊失色。光张少澜、金茜莎和安心如三个人的关系就够乱了，再添一个王耀庆，老天爷，这戏还让不让人拍了！下次拍戏，不行就考虑去尼姑庵找些演员吧……而金茜莎貌似拿着手机在看视频，却飞速地按了好几下拍照键，冷冷地笑了起来。

时间说快也快，转眼就到七点了。安心如如约到达，而王耀庆早已经坐在包厢里，那双深邃的凤眼紧盯着她，里面的势在必得丝毫不加掩饰。

"老板今天怎么这么有空啊？"安心如坐下后，看看对面的王耀庆问道。后者目光深邃，看着安心如微笑说道："只要是关于你的事，我哪天都有空啊！"安心如抿嘴一笑，眼波流转，看得王耀庆心又是"扑通"一跳。

锅里的汤沸腾了，安心如率先夹肉进去。王耀庆也知道这时候不适合说什么。安心如看来是真爱吃火锅，狼吞虎咽，一筷子接一筷子，吃得形象全无，大大的圆耳环随着她的动作一荡一荡。王耀庆吃得不多，大部分时间都用来看着安心如笑了。安心如稳稳地直到吃完，才瞅着王耀庆说道："老板，不知道的还以为你是我的债主呢。"王耀庆笑着低下头，过了一会儿，像是下了决心，再抬头时眼神灼灼："心如，我有事跟你说。"安心如也不推托，坐在那里一手托腮，微笑等着。

"我喜欢你。"王耀庆直截了当，语气迫切，"我一开始就对你很感兴趣，现在越来越喜欢你。我想跟你在一起。""其实我对你也挺有好感，但是不行，老板。"安心如静静听他说完后一口回绝，不作他想。"为什么？"王耀庆脱口而出。问出来时，他便后悔了。你若无心我便休的事情，干吗要知道那么多。"我说我对你挺有好感并不是一句安慰话。"安心如首先淡淡地说。"那怎么会……"王耀庆第二次后悔了。为什么又问了出来，世间为什么总有那么多脱口而出。

"可我并不是个省心的人。"安心如神色黯淡下来，"我身上背的麻烦太多。""是张少澜吗？你不用怕他记恨。"王耀庆想想又说，"如果是你家的债务，这更不会成为阻碍。我会帮你的。""那不成了包养了？"安心如咧嘴笑道，"不过我不抵触包养啊，如果是真有感情的话。""那你为什么拒绝我？"王耀庆有些急躁。"因为我身上背着太多麻烦啊。"安心如睁大眼睛,"而且我背得举步维艰,相信总有一天会成为大包袱。"

王耀庆眉头一拧,那双好看的眼睛眯了起来:"你什么意思,你到底出了什么事?"安心如摇摇头:"我不能告诉你,但不会耽误我的工作。""作为你老板,我有权知道。"王耀庆身子往后靠了靠,一手搭在椅背上,轻扬下巴看着她。安心如唇角一勾,轻轻笑了:"我知道你不会以地位压我,所以才敢大胆说真话。"她盯着王耀庆的眼睛,慢慢说,"等我的麻烦解决完,如果你还在,也许我们可以重新考虑。"

安心如的话说到这个份儿上,王耀庆只能勉强同意。为了两人之间不尴尬,他强忍着落寞,微微一笑:"最近你还挺顺利。"安心如知道他指的是自己吸引粉丝的行为。安心如在网上以电视剧《永夜记事》第二女主角的名义注册了一个账号,每天更新拍摄花絮。账号语气幽默,并且每天更新,现在吸引了大批《永夜记事》的粉丝和普通网友。有时候《永夜记事》的官方宣传人员都要到安心如这里挖图转发。"其实我觉得比起娱乐圈,我更应该做营销。"安心如笑了笑。

王耀庆点头表示同意:"当初我甚至惋惜我的公司没有这么好的宣传人员。"他身子前倾,忍了又忍,终于还是试探着问,"那如果你的麻烦解决了,不管是谁解决的,你还有心思考虑我吗?"安心如做了个谢天谢地的手势:"到时候我估计要乐疯了,怎么就不能考虑你?我说对你有好感不是玩笑啊,老板。"王耀庆点了点

第六章·坦白心意

头,沉思了一会儿之后才跟安心如说起了其他事。一顿饭算是愉快地结束了,王耀庆起身送安心如回去。路灯下两人并排而立,影子被拉得很长。王耀庆看着地上的影子,最终还是没忍住,问道:"你的麻烦什么时候能解决?""但愿尽快。"安心如笑着耸肩,但眼里却多了一些忧虑。

张少澜站在暗处,眼看着王耀庆把安心如送了回去。他下午收到了金茜莎拍的照片。照片上的安心如巧笑倩兮,顾盼生辉,实在迷人。可惜她不是冲着自己,而是冲着她的老板王耀庆。张少澜一直后悔自己那天太冲动,如果他不说"王耀庆是另一个穆先生"这种话,可能他和安心如还不会这么水火不容。明明他心里知道王耀庆和安心如的关系并不复杂。

今晚发生的事情更是让他痛彻心扉。穆先生亲口承认安心如并没有和他发生什么,只是跪下求饶。张少澜听到跪下求饶,心里就开始难过,深觉自己那天说的话简直太过分了。现在看着安心如和王耀庆越走越近,张少澜坐不住了。也是金茜莎今天的逼问让张少澜醒了过来,明白自己想要跟安心如在一起。虽然张少澜表面上看俊美温雅,但实际上他一直是个强势的行动派,不然他也不会年纪轻轻就得到那么多番茄文化股权。只要想通了,他便开始行动,直接开车就到这里。但当他看到王耀庆送安心如的时候,又不得不隐在暗处。看照片是一回事,看本人又是另一回事。安心如和王耀庆在一起时确实放松又开心,不像每次看见自己时那样紧紧地绷着。安心如时而笑得像个小姑娘,露出她小时候的那种笑容,歪着头瞅

119

着王耀庆，时而又像个情窦初开的少女，静静地看着王耀庆，听他说话。

张少澜在暗处眼神闪烁不定。他心里清楚，安心如不可能在他面前露出这副模样。可能在他们刚一见面的时候，他就被王耀庆甩在了后面。张少澜一直看着王耀庆把安心如送回去，才垂头丧气地返回。路上金茜莎打电话，他也没心情去接。金茜莎气得扔了手机。她发照片是想让张少澜知难而退，而不是不接电话。金茜莎抓起手机，狠狠地盯着里面那个巧笑倩兮的女人。有王耀庆就好了，干吗要过来勾引张少澜。她犹豫了一下，还是用手机打开了一个以爆料为主的娱乐八卦大号。

安心如此时卸了妆，看着坐在屋里打游戏打得天昏地暗的伊娜，无奈地摇了摇头。不过，她也好不到哪里去，每天不也看网络小说看到欲罢不能。安心如躺在床上打开手机，继续看小说，是《永夜记事》作者的另一部长篇玄幻作品，几个角色还是挺有亮点的。安心如拿出纸笔，开始迅速地写写画画，将角色的优劣点写出来，有目的地进行组合。

伊娜喝水的工夫，看到安心如在写写画画，好奇地凑过去看："你这是要干什么啊？""把几个角色融合成一个，试试看会怎么样。"安心如没有抬头，边忙边说。"你要当编剧？"伊娜张大了嘴。"我哪有那本事，是预先看看有没有可能受欢迎。"安心如依旧不抬头。"你现在不是演着一部戏吗？怎么这么快就开始操心下一部了？"

伊娜摸不着头脑。"现在不是流行大 IP 吗？"安心如终于抬起头，拨开额前几缕发丝，"像我这种高不成低不就的，电影轮不到我演，在大制作电视剧里也只能演配角，真得感谢时代啊，现在有 IP 这一说，网络文学、网络电视剧一起翻身。互联网上出名快，我想通了，以后就专走网络小说 IP 路线，书迷、剧迷加起来，多少能吸引一点儿粉丝。"

伊娜目瞪口呆地听了半天，讪讪地说："咱俩应该换过来，你当经纪人，我去演戏。"说完，她默默走回了房间。安心如看着她肥硕的背影笑了。静谧的台灯照着安心如的侧脸，她继续皱着眉写写画画，直到一阵刺耳的铃声划破这片宁静。

"安小姐，我是医院的。"电话那头的话简短有力。"啊，你好，是费用的事吗？"安心如小心翼翼地问。"不是，您父母正在抢救，不容乐观，请您尽快过来一趟。"他迅速说道。安心如的脸当时就白了，手机从手里滑落了下来。她又很快反应过来，低头捡起手机，说道："我马上就去，请稍等。"说完，她回头喊伊娜，"早上我要回不来的话，帮我跟剧组请个假。"

伊娜的车送去保养了，她最近又经常头疼，可能是游戏打得太多，总是昏昏欲睡。安心如没有叫她，裹上衣服就往外跑。外面下起了蒙蒙细雨，并且有越下越大的趋势，打车的人逐渐增多。安心如在路边等了半天，一辆出租车都没来。突然一阵刹车声响起，黑色的兰博基尼停在了安心如面前。张少澜打开副驾驶旁的车窗，隔着座位问她："去哪儿？我送你。"

事实上，张少澜的车刚停下的时候，安心如就迈步走向他了。这个时候，恩怨、脸面都得扔在后面，就是穆先生来，她也得搭他的车。"人民医院。"安心如惨白着脸，颤抖着说。张少澜一看安心如这架势，就知道出事了。想想安心如的父母还在人民医院，他一踩油门，车子在雨夜里溅起无数水花，一路轰鸣着向前冲去。

他从看到安心如和王耀庆开始，就一圈圈地在安心如家附近开车转悠，自己都不知道在转悠什么。想要表白，他没勇气。他知道在安心如心里，他的形象有多恶劣。想要放弃，他又不甘心。不知不觉中，难以说清是小时候的安心如，还是现在的安心如，或者是两者的结合，已经在他心里深深地扎下了根。也幸亏如此，此刻他才能让安心如搭上车。

安心如的脸色发白，强自忍住颤抖，对着张少澜勉强笑笑："你欠我一次，没你我就碰不上这件事。我也欠你一次，没你我到不了医院。你我从此互不相欠。"张少澜沉着脸不说话。安心如看看外面的雨说道："你说今天雨怎么这么大呀，早不下晚不下，偏偏今天下。"张少澜依旧沉默。她又打开手机："我看看新闻，最近我上没上热搜。经常上热搜有时候也挺烦的，呵呵。""你在害怕？"张少澜突然开口问道。"好像是呢，手一直在抖，停不下来啊。"安心如干巴巴地笑道。"你不是早就经历过抢救他们的过程了吗？"张少澜奇怪道，这么说也是想安抚安心如的情绪。"之前不一样，之前即便手术失败，也只是成为植物人，他们还活着呢。本来植物人已经是底线了，结果病情又要恶化，那他们是不是就危险了？"

第六章 ◆ 坦白心意

安心如像在分析，又像在询问。"还没到医院，你别自己吓自己。"张少澜抿着嘴，又提高了车速。

人民医院的大楼远远地出现在视线中。安心如往后缩了缩，显然极其排斥这个地方。一直等张少澜把车停好，安心如才咬牙开门，淋着雨跑进了医院大楼。张少澜紧随其后，跟了上去。电梯里，安心如靠在电梯冰冷的铁壁上，头发被雨淋得黏在脸上，一双眼睛越来越空洞，嘴唇被她咬得渗出了血丝。张少澜走到她身边，轻轻拍拍她的肩膀："没事的，有我呢。"

安心如神色复杂地抬头看了张少澜一眼："我现在应该恨你还是感谢你？"张少澜正要说话，电梯门开了，安心如冲了出去，很快找到医生，焦急地问道："我父母怎么样？""令尊情况稳定，令堂的病情有些复杂，正在抢救。"医生眉头紧皱，脸色也不比安心如的脸色好看。安心如点头道谢，默默地走到手术室门口靠墙站着，十指绞在一起，绞得发白。张少澜站在安心如旁边，温热的手放在她肩头，试图把体温传递给她，让她停止颤抖。

安心如双眼空洞地看着对面的白墙，一动不动。一阵急促的脚步声响起，伊娜晃荡着肥硕的身子跑了过来，后面还跟着王耀庆。安心如跟她打招呼的时候正是她每天例行头晕的时候，整个人晕乎乎的，根本没反应过来安心如说了什么。等她缓过了劲儿，发现安心如已经不在了，这才想起安心如刚才的举动。她打电话给安心如，发现安心如的手机落在了家里，就知道安心如肯定出事了。她隐隐记得之前安心如的手机响过，就开始翻看安心如手机中的通话记录，打通医生电话，这才知道事情的原委。

伊娜算了算，安心如最近已经没有钱了。做手术抢救肯定需要钱，而经过这么长一段时间，交给医院的押金也该花完了。她深吸了口气，想来想去，最后只能去求助王耀庆。就这样，她和王耀庆也赶到了医院。王耀庆本来焦急的神情在看见张少澜和安心如并排而立时，立刻转成了惊愕。张少澜主动跟他点了点头，解释道："我在路边遇见了心如，见她打不到车，就送了她一程。"

王耀庆点了点头，又多看了他几眼，才走到安心如身边，说道："我已经给院长打过电话，吩咐他一定要给你母亲最好的照顾。"安心如点了点头，想跟王耀庆道个谢，但嘴一张，眼泪却止不住地掉落下来。她用手捂着脸："我不想让他们离开。他们要是离开了，我就没有亲人了。"她把头深深埋在手掌里，仿佛永远不愿意抬头的鸵鸟。

这时候，从手术室里走出一位医生。所有人都迎上前询问："大夫，怎么样？"医生的表情严肃："我们请来了今年刚退休的周老，他在这方面很有权威。现在他刚进手术室，你们再耐心等等。"安心如怔怔地看了看医生，突然开始大口吸气，手捂着胸口说不上话来。医生看了她一眼，对张少澜等人说："扶着她去通风处休息，注意安抚她的情绪。"说完，他快步离开，行色匆匆，边走边感慨："前段时间网上还说这个安心如不孝呢，可见网上太多人以讹传讹。"

伊娜扶安心如坐在医院走廊的窗户下。此时的情况，任谁也不能违心地说没事。伊娜没了言辞，只能喃喃地不停重复："我会陪着你的。"安心如此时已控制不住地泪流满面:"从前总是怨他们、恨他们,可他们真出事的时候,我恨不得拿命去换他们。这个世界上,只有他们在,我才有亲人,才不是孤家寡人……"安心如的一席话说得伊娜眼圈也红了:"没事啊,不管怎么样我都会一直陪着你的。"

安心如那边焦急地在等待,王耀庆和张少澜两人在这边相对而立了一会儿,张少澜才先打破了沉默:"下楼抽根烟?"王耀庆看看他,又看看手术室。刚才听院长说,这次手术是长时间战斗,一时半会儿出不来。他又看了安心如一眼,点了点头。他应该下楼给安心如买条毯子,不然一会儿她就感冒了。张少澜率先转身,经过安心如身边时温声说道:"我去给你买点儿吃的和水,你在这里等着我。"

安心如依旧默默地流泪,仿佛没有听到。王耀庆蹲下来,双手按着安心如的肩膀,跟她对视,声音低沉有力:"现在有整个医院最好的专家在帮助你母亲。你能做的有限,最低保证就是不要垮掉,不然她要是出了手术室,就没人管她了。"安心如愣了一会儿,慢慢点了点头,坐得直了些。王耀庆见状,摸摸她的头发,站起身和张少澜一起走进了电梯。

两人一直走到医院旁边的超市门口,才停下脚步。张少澜和王耀庆各自掏出烟来点上。王耀庆深深吸了口烟,又不紧不慢地吐了出来,缓缓地问张少澜:"你到底喜不喜欢安心如?"

125

"这件事跟你有关系吗?"张少澜笑得很敷衍。"我和她现在是没关系,但以后肯定会有。"王耀庆淡淡一笑,扫了张少澜一眼,360°无死角的相貌,翩翩如贵公子的气质,是小女孩最爱的类型。可惜,安心如不是小女孩。王耀庆把烟摁灭了,对张少澜比了个一起走的手势,转身进了超市。毯子、水、面包……两人提了一堆东西上楼。

安心如还是不动不说话。伊娜在旁边叹了口气:"其实我理解你。"她仔细地看着白色的墙面,仿佛那上面画了一幅画,"我有时候也希望欧怀不得好死。可一想到他死了,我连个恨的人都没有了,这个世界上再也没有人跟我有关系了,我又害怕。"伊娜笑了笑,接着说道,"说白了,咱俩都不像表面上看起来那么强悍。"安心如嘴唇动了动,最终什么都没说,慢慢靠在伊娜肥厚的肩膀上。没过多久,王耀庆和张少澜回来了。

伊娜拍拍安心如,站起来从王耀庆手中接过袋子:"你们买了这么……""多"字还没说出口,伊娜就晃了晃身子。王耀庆皱眉问道:"你怎么了?"他这才发现伊娜的脸色有些发青,看着不太好。"没事。"伊娜摇了摇头,"就是有些头晕,可能是熬夜熬的。"话刚说完,"咚"的一声,伊娜重重倒地,头磕在冰凉的地板砖上。"伊娜!"安心如尖叫出声,跑到伊娜旁边,试图扶她起来。

所有人都被这个变故惊到了。张少澜过去拦住安心如:"别动她。"王耀庆快步去找了医生来。很快,医生、护士过来,把伊娜放到病床上,送到了急诊科。伊娜这么毫无预兆地倒下,医生不敢

第六章 ◆ 坦白心意

贸然判断她是得了什么病，出于谨慎，只能各项检查都做一遍。安心如也来到一楼急诊科，心急如焚地陪着伊娜检查。王耀庆和张少澜眼看她脚步虚浮，却也知道拦不住她，只能任她满头大汗地跑来跑去。急诊科医生和脑科医生会诊后，做出了初步诊断：伊娜大脑里长了肿瘤，压迫血管和神经，而且肿瘤位置刁钻，手术风险非常大，但任其生长的话，危险性也不小。医生还根据安心如的描述推断出：伊娜后来痴肥，不像与安心如初相识时机灵，都跟这个肿瘤有很大关系。现在伊娜被转到病房，依旧昏迷不醒。医生的意思是，观察一晚上，第二天再决定手术方案。

"这个手术风险非常大。如果患者年纪过大，我们甚至会否决这个方案。现在也是看患者年轻，为了她今后的生活，我们建议实施手术。"医生严肃地介绍，"但最终决定权在你们手上。""不做就有可能血管破裂是吗？"安心如说话的气息都开始不稳了。"不止破裂，还有可能痴呆，甚至瘫痪。"医生认真地介绍。"如果做了手术，也不能百分百保证成功？"安心如又问。张少澜往前走了一步，扶住身子开始摇晃的安心如。

"可以这么说。"医生拿着片子指给安心如看，"这个位置确实很刁钻，如果不是我们主任亲自操刀，一般医生都不敢做。""主任亲自操刀，手术成功的概率是多少？"张少澜问道。"我们没法给予准确答复。"医生用看外行的眼神看了看他，"只能告诉你们风险很大，因为患者年轻，所以我们才敢实施手术。"说完，医生又随口问道，"你们谁是她的家属？"

安心如低声说:"我们都是朋友。""她的家属呢?"医生挑眉问道,"叫她的家属来,没有家属签字,我们不能做手术。"安心如的嘴张了张,却实在无法说出伊娜的爹不认她这件事。她突然回头对王耀庆和张少澜笑着说道:"要是哪天我出事了,也做不了手术了。我们家那两个老人还在上面做手术呢。"她咬牙笑得欢畅,语气却透着狠厉,"这不是存心让我们这种爹不疼娘不爱的人去死吗?"

"你太激动了。"王耀庆上前一步扶住她,"现在你该想想伊娜怎么办。"安心如的状态不对劲,王耀庆有些担心,也许让她想想伊娜,能转移她的注意力。

安心如捂着自己的额头,无力地说道:"让我好好想一想。"说完,她转身来到走廊,不管不顾地一屁股坐在了地上。"你要不要去睡一觉?"王耀庆蹲在她身前,"你的脸色很不好。"安心如哭笑着说道:"干脆别醒了。"说完,她闭上了眼睛,不一会儿工夫就真的睡着了。走廊里有病人休克,家属哭天抢地,医生护士乱成一团,安心如却全然不知,睡得很沉。

第七章 孤身筹谋

外面雨越下越大,天空电闪雷鸣。张少澜和王耀庆此刻谁都没心思再去纠结儿女情长,两个人站在走廊里,默默无语,不知说什么好。过了半个小时,突然一声炸雷,窗户上的玻璃都被震了一下。安心如猛然惊醒,惺忪着一双红肿的眼睛,懵懂地问:"我这是在哪儿?"王耀庆和张少澜对视一眼,心都是猛然一沉。张少澜小心翼翼地说:"你在医院,你不记得了?"

安心如蒙了一会儿,方才清醒过来,脸色阴沉下来。她站起身,看了看外面的大雨,一言不发地往外走。"你去哪儿?外面下着大雨,你会感冒的。"王耀庆追上她。安心如摇摇头,不说话,继续往外走。王耀庆伸手抓着她的胳膊。安心如痴痴地盯着外面,满脸疲惫地说:"我去醒醒神。"王耀庆不说话,也不放手。安心如挣扎不动,突然不耐烦地回过头:"我去醒醒神!"

"你坚强点儿。"王耀庆无力地说。他也知道这句话没什么用。可现在这种情况,他实在不知道自己还能说什么。"我怎么坚强?你告诉我我该怎么坚强?"安心如突然像被火烫了一样,回头喊道,"上面那两个人是我在这个世界上最后的亲人了,他们要是走了,我连恨的人都没有了!一楼这个人是我唯一的朋友,没有她我就彻底孤单一人了!"她的眼泪一滴一滴流出来,顺着脸颊掉落到地上,鼻涕也冒了出来,看起来狼狈不堪,没有一点儿明星的样子,"地球上有60亿人,老天爷怎么就可着我一个人祸害,跟我不死不休?"

王耀庆默默地放开了手。安心如现在像疯了一样,如同被困在陷阱里随时会爆发伤人的野兽。他有一种感觉,如果不让她发泄出来,过不了今晚她就会真的发疯。安心如转头就冲出了医院。雨水毫无遮挡地浇在她的身上,雷电仿佛就在她耳边响起。她抬起头,眼睛被雨水浇得睁不开,就索性闭着眼睛声嘶力竭地大喊:"老天爷,你是个混蛋!"

张少澜要出去把她拽回来,王耀庆一把拉住了他:"你要不想让她疯,这会儿就别拦她。"张少澜挣脱了王耀庆的手,也走出了医院,跟安心如并排站着。王耀庆看了他们一眼,转头往医生办公室走去,边走边拿出手机给院长打电话。有张少澜陪着,他不担心安心如,接下来还有很多事需要人去做……

第二天早上,安心如跟剧组请了假,并拒绝了王耀庆和张少澜送她的提议,自己摇摇晃晃打车回家了。她一向倔强,王耀庆和张少澜也知道多说无益,只能目送她自己离开。安心如坐在车里,靠着车门蜷缩着,一路上一言不发。到家之后,她找到自己的手机,第一时间打了个电话,电话接通之后立刻说:"穆先生,看在我们认识的分上,能不能帮我弄一样东西?"穆先生愣了一下,笑道:"你又不按套路出牌?"他顿了顿,继续说道,"可以,只要我有。""谢谢。"安心如有气无力地说。"不客气。我对你不走寻常路的做事方式很感兴趣。"穆先生笑着说。

安心如克制住自己,尽量不去看伊娜的卧室和餐桌上她的水杯。她登上社交账号,在一个粉丝夸赞她广告拍得好的留言下回复:"其实我的演技离很多老艺术家差得很远。比如欧怀老前辈,我是他的粉丝。他年轻时候的风采，我特别欣赏。"另一个粉丝留言问安心如到底喜不喜欢张少澜，安心如回复："我喜欢的是欧怀年轻时那样的男人。"她咬牙切齿，面目狰狞地发短信给王耀庆："能不能把你雇的水军公司介绍给我，我有急用。"

欧怀，国产老艺术家，德艺双馨，人脉极广，中老年粉丝尤其多。他多年来和妻子琴瑟和鸣，虽然偶尔有些小绯闻，但都刚冒头就迅速没了消息，总的来说，口碑还是不错的。这段时间网上关注度极高、靠绯闻红起来的女明星的偶像竟然是欧怀这种老艺术家！这件事情迅速上了热搜，成为各大营销号的头条内容。营销号们要么顺势盘点老艺术家，要么谴责其他小花旦不懂得尊重前辈，要么爆料安心如炒作。

总之，安心如的偶像是欧怀这件事闹得尽人皆知。有人在网上痛心疾首道：现在这个年代真是流量制胜的年代。一个小花旦崇拜一个偶像都能在网上掀起这么大的风浪，可见新闻已经进入媚俗阶段了。可他的感叹没有人听。安心如掀起了一股崇拜国内老艺术家的风潮，众多偶像明星纷纷效仿。欧怀也再度得到了人们的关注。有记者采访他对此事的感想，他呵呵笑道："很感谢安小姐的厚爱。她的作品我也有关注，不得不说她是个有灵气的演员，有机会希望能和她切磋一下。"

安心如看着新闻，冷冷地笑了。网剧还没出来，他就凭她之前演的那几部质量极低的电视剧，能看出灵气来？她边冷笑边在网上做惊喜状："被偶像点名是我的幸运！期待有当面请教的机会。"

第七章 孤身筹谋

欧怀因为这一拨关注，在半隐退状态下又接了两部戏。吃了网络关注度的甜头，他也弄了个社交账号，粉丝竟然也达到了十几万。

王耀庆有点儿看不懂安心如的举动，在伊娜的病房外问她："你这是出的什么牌？跟欧怀套近乎对你的事业没有帮助。"他低头想了想，又抬头看着安心如的眼睛，"如果你是因为没有经纪人而恐慌的话，我可以找个最好的来带你。"安心如摇了摇头："我是真想跟欧老前辈接触接触。"王耀庆沉了脸："欧怀在业内口碑不太好，据说经常揩油，骗电影学院的女学生，再利用关系摆平。"安心如笑了："我吃不了亏，放心吧。"她看看正在病房里沉睡的伊娜，"我知道我在做什么。老板，你就帮我一次。"王耀庆无奈答应，又待了一会儿就走了。他走了不一会儿，伊娜醒了。

这几天，伊娜白天睡得越来越多，晚上跟个夜猫子似的，精神极好。安心如坐在她身边，给她剥橘子吃，边剥边笑嘻嘻地说："你可算瘦点儿了。""废话，换成你你也得瘦！"伊娜斜了她一眼，老实不客气地拿过橘子，吃得津津有味，"心如，我跟你说，我这眼看着就起不来了，你赶紧换个经纪人吧，别到时候抓瞎。""你起不来，谁来揭穿欧怀？你能瞑目吗？"安心如又摆出一副天不怕地不怕的样子，拿了瓣橘子放在嘴里。"算了。"伊娜心灰意冷地摆摆手，"他高高在上，我是一个十八线经纪人，等我爬到一等一的时候，估计他都不在人世了。我也看开了，都怨我妈命不好，死了也正不了名。"

"什么命不命的，滚蛋吧！"安心如冷笑了一声。伊娜瞪了安心如一眼："你现在是彻底放飞自我了？说话注意点儿，小心记者采访时你露馅。"安心如撇撇嘴，又给伊娜递了杯水："你这手术是做还是不做啊？怎么几天了还没想好？""大姐，我这是横也一死，竖也一死，你给我留几天时间想想怎么死行不行？"伊娜有些抓狂。"我就不该告诉你实情。"安心如皱眉说道。

"如果时光倒流一次，你还是会告诉我的，你就不是会跟病人隐瞒病情的人。"伊娜笑了，"说实话，我还真怕我死了，没人劝得动你，你再捅出什么大乱子。你这个不知道'怕'字怎么写的性格，只有我最了解了。"安心如没说话，她盯着伊娜看了一会儿，才缓缓地说："做手术吧，行吗？做了，可能多活半辈子；不做，说不定哪天就没了。就算死，也不能这么死。"伊娜低下头，声音闷闷的："你让我想想，我实在害怕。"一时间，病房里没了声音，谁都不说话。

安心如过一会儿才说："你也别再想欧怀这事儿了。这件事我想办法解决，你没有牵挂地上手术台就行了。""我跟你说，你别乱来啊！就算最后做亲子鉴定对质，也得是我跟他，你别平白得罪人。"伊娜瞪着安心如说。"知道啦！"安心如挥了挥手，一脸的不耐烦。出了病房，安心如接到了王诺的电话："心如，今天下午有你的戏，早点儿过来。""知道了，王导。"安心如客客气气地说。这几天安心如妈妈的手术结束了，但是没过危险期，还在挣扎。她时不时就请假，在人民医院跑上跑下，王诺都尽量给她提供方便。

王诺这个人挺厚道，只要演员专心拍戏，偶尔有个什么事，他

第七章 孤身筹谋

通常都给开绿灯。这几天金茜莎不再跟安心如较劲，片场一团和气，王诺心里也轻松不少。至于金茜莎为什么不跟安心如较劲了，连安心如都不知道，只觉得突然有一天，金茜莎就像变了个人，变得安分了，跟安心如虽说不怎么说话，但也不再找茬。伊娜在医院跟安心如讨论这件事，说金茜莎可能在暗中谋划着什么。

安心如笑了笑："你说你都危在旦夕了，还操心她干吗？就不能是她洗心革面，试图从演技上光明正大地打败我？""可别想得太美了，"伊娜"扑哧"一下笑了，"你俩都不是科班出身，都是半瓶水的水平，还拼什么演技。"看安心如笑笑没说话，伊娜挠挠头，"你不会当真了吧？其实你挺有灵气的，导演和剧组工作人员都说你表达情绪的能力特别强。"这点安心如倒是听王诺说过，他说她是个好苗子，应该找个表演老师再学学表演。安心如也把这点记在了心上，本来准备着手找个表演老师，谁知道一夜之间她的亲人和朋友都跟人民医院结缘了，这事也就耽误了下来。

安心如去看了父母，又打电话确认伊娜那里暂时不会有什么事，然后才下楼去买了一个面包。她一想到下午要和金茜莎对戏，连忙又买了一个韭菜包子，就着店家的蒜吃了。自从那一晚淋雨后，安心如感觉自己真的是有点儿放飞自我了。她甚至上网去查了一下，雷雨交加时去淋雨是不是会性格大变。反正之前她只记得要强势，不能低头，不能输，不能这个，不能那个，现在她好像活回去了，任性的时候跟十七八岁的小孩似的。还别说，这么活着，感觉轻松多了。挨到下午去片场，一进片场她就愣了，顿时差点儿热泪盈眶，心里直感叹老天爷可能被她怨得脸上过不去了，开始眷顾她了。

　　欧怀笑眯眯地站在王诺身边看她，脸上的慈祥都能感动中国了。安心如暗想：" 踏破铁鞋无觅处，得来全不费功夫。" 她迅速调整了一个既惊喜又羞涩的笑容，一脸崇拜地冲到欧怀跟前："欧老师，您怎么来了？" "呵呵，我来看看我最漂亮的粉丝。" 虽说这句话有些轻浮，可不知怎的，欧怀说出来就显得很庄重。安心如此刻真觉得王诺他们对她的评价是对的，她确实挺有演技的。她硬是让自己瞬间脸红，低下头又偷看了欧怀一眼："老师过奖了。" 王诺笑呵呵地说："欧怀老师是专门来看你的，我们也跟着沾光，蓬荜生辉呀。" 安心如连忙点头，然后突然想起一件事，转身趁放下手提包的时候掏了掏包里，幸好东西还在。

　　下午戏拍得很快。金茜莎现在像个大家闺秀一样安静，安心如虽然一嘴大蒜韭菜味，但金茜莎也只是皱了皱眉，并没有一句抱怨。安心如都有点儿不适应了。金茜莎现在铆起劲儿来和安心如在表演上较劲了。两个人多少都拍过戏，也都是聪明人，一旦真的较起真来，火花四射，精彩极了，乐得王诺合不拢嘴。现在王诺看安心如和金茜莎两个人，觉得哪个都是宝贝，恨不得去庙里烧高香。

　　晚上王诺和制片人请欧怀吃饭，也叫上了安心如和金茜莎。金茜莎进去敬了杯酒，就推说有事提前走了，留下王诺等人实实在在喝了个尽兴。安心如喝到中间，去洗手间硬抠嗓子吐了个痛快。她的酒量不差，只是为了防备万一，没敢让酒精在肠胃里待太久。安心如掏出包里的矿泉水漱了漱口，顺便把包里的解酒药的包装扔掉，她自己都觉得自己现在的口气可以当作生化武器用了。她回到席间，酒量不大的王诺已经开始语无伦次，眼看就要倒下了。

欧怀作为老江湖倒仍是目光灼灼，和蔼地对安心如说："心如没事吧？"安心如坐在他对面，笑着摇摇头："没事，欧老师。倒是您，酒量真好啊。"欧怀矜持地笑了笑："过奖过奖，小酒量上不了大场合。"制片人看王诺已经快要滑到桌子底下了，看了看表，清了清嗓子说道："欧老师，咱们第二场去哪儿？"欧怀见状，笑着说："我一把老骨头了，哪还去得了第二场。我看王导也差不多了，心如也尽兴了，不如下次再聚？"制片人由衷感激，还是老艺术家善解人意。酒足饭饱，宾主尽欢，制片人扶着王诺先回去，安心如主动陪欧怀等代驾。

等代驾的时候，安心如状似无意地说起书画。欧怀惊奇道："你年纪轻轻，也喜欢国画？"安心如羞涩地笑了笑："我不懂，就是喜欢看。"欧怀盯着安心如，半晌笑着说道："我有套房子，里面放的全是我收藏的国画，两百多幅。"安心如的眼睛亮了起来："两百多幅！欧老师整日有艺术相伴，真是幸福！""安小姐要不要去看看？"欧怀沉默了几秒说道。"这个……会不会让您夫人觉得不方便？"安心如踟蹰道。"不会，她不住那套房子，我们平时都是分开住的。"欧怀的声音里充满寂寥。安心如想了想，红着脸点头："那好。"

代驾适时而来。一路上，欧怀都在指点安心如的演技，看起来一本正经。还别说，经欧怀指点几句，安心如觉得自己对演戏的理解的确往上走了一步。欧怀的确有真才实学。车开了几十分钟，来到四环边上的一个小区里。欧怀结了车费，冲安心如微微一笑，先行下了车。安心如把手伸进包里摸了摸，咬了咬牙，毅然决然地走下车，跟欧怀一前一后进了单元门，坐电梯上了楼。

欧怀没说大话，装修得古色古香的房子里的确挂满了国画。安心如惊叹一声，站在画卷前面，一边赞不绝口，一边心里冒汗。她知道的所有国画知识都是在网上得知欧怀喜爱国画后才临时抱佛脚恶补的，谈了这么半天，她的存货也快要用光了。这时候，欧怀走到了她身后，手不经意地搭在了她的肩上："喜欢的话，挑两幅回去。"安心如惊喜地回头，状似对搭在她肩膀上的手浑然未觉："真的吗，欧老师？"欧怀笑着点点头，指了指沙发："坐会儿吧，我给你泡壶茶。"安心如点点头，坐在沙发上，看着欧怀泡茶。

等茶泡好，欧怀递了一杯茶给她，她接过之后又放下了。欧怀见状，坐在安心如身边，问道："不好喝？"安心如摇摇头："酒喝太多了，肚子撑不下。"欧怀笑了笑，伸手摸摸安心如的肚子，像跟子女一样一本正经地说："是有点儿鼓。"安心如迅速低头，以掩饰自己脸上的愤怒，小腹的肌肉绷紧，恨得牙痒痒，也多少有些害怕。欧怀见安心如低下头不说话，笑眯眯地靠近安心如："其实我第一眼见到你就喜欢上你了。你很美。"安心如心里顿时开始惊涛骇浪，差点儿没忍住一拳打到欧怀的脸上。

这会儿安心如开始慌张，后悔孤身犯险。尽管欧怀是个老人，但也是个常年锻炼的健壮老人,绝不是她可以抗衡的。她突然意识到自己很可能会被侵犯!安心如很久没有这么慌张过了。上次在穆先生房间里的所有记忆排山倒海般涌来,将她的慌张转成了恐惧。眼看欧怀的脸越来越近,安心如的脑子从来没有转得这么快过,所有的办法都想尽了,可都是令双方翻脸的办法。想到医院里的伊娜,她实在是不甘心。伊娜的情况已经到了刻不容缓的地步了。

今晚是安心如最好的机会,能让伊娜得偿所愿,没有压力地上手术台。安心如实在不甘心停止。突然她想到了一个办法,不知管不管用,但是情况紧迫,也只能试试看了。"嗝!"安心如打了个大大的酒嗝。一瞬间,韭菜味、蒜味、酒味……在她胃里发酵了一下午的刺鼻味道,又混着她之前吐的胃酸,气味喷涌而出,辛辣刺鼻。欧怀顿了顿,眉头不易察觉地皱了一下,并不动声色地往后一退:"洗澡可以稍微缓解醉酒的感觉,心如,你要不要去洗个澡?"

安心如此刻把所有能想到的神佛都感谢了一遍。要不是她嘴里的生化武器,今晚要么是她被占便宜,要么两人翻脸,伊娜报仇无期。她都想给医院旁边那家小吃部送面锦旗了,他们放的韭菜简直太够味了,说实话,安心如现在自己都想吐。要是这样欧怀都下得了手,那就真是重口味了。安心如往远处坐了坐,微笑摇头:"欧老师,我没醉,不用洗澡。"她看看电视柜上欧怀和一个青春少女的合照,眨了眨眼,"这是欧老师的女儿吧,看得出她很依赖你呢。"

"呵呵,我们父女的关系确实不错。"欧怀说完,突然意识到自己在安心如面前说这个不太合适,便又摇头叹气,"可我和她妈妈感情不好，让我女儿很为难。"安心如低下了头："我能理解。我妈和我爸感情也不好，都是因为我。""哦？这是怎么回事呢？"欧怀温和地问，不经意地把手放在安心如的腿上。"我是爸爸在外面生的孩子，很早就被爸爸抱回家了。妈妈一直不接受我。"安心如的声音有些哽咽。"还有这事？"欧怀惊讶地问。"我的亲生母亲来看过我好几次，可我妈妈都不让她见。我有时候想，要是妈妈能认同爸爸和我亲妈的感情，接纳这种关系，也许我现在就不会一想起亲妈就难过了。"

安心如这是生平第一次对父母感到愧疚。他们虽说不靠谱，但起码没有什么私生子女的丑闻。她抿着嘴，让自己一直去想伊娜脑子里那颗肿瘤，抑制着内心的愧疚。要是欧怀不上钩，安心如可能就要懊恼死了，以后还怎么去见躺在医院里的父母。欧怀愣了一愣："你真这么想？现在都是一夫一妻制……""我不认同一夫一妻，只认同感情。如果一个男人注定要爱两个女人，那为什么就不能接受这件事呢？"安心如说话的时候，心里很矛盾，一直在庆幸自己演技过关和想抽自己一巴掌这两种情绪中间徘徊。欧怀呆了呆，突然悠悠地叹了口气："如果我的妻子像你一样明事理，我也不会抱憾终身了……"安心如大大地舒了一口气：终于等到了。

欧怀家的客厅挂满了书画，还有一些没地方挂的，一卷一卷堆着，沾了些许灰尘。

安心如坐在书画间陶冶着情操，听欧怀讲那过去的故事。

"我曾经有个……情人，她给我生过一个女儿。可我妻子不愿意让我和女儿相认。有时候我会想她到底长什么样子呢？"这会儿的欧怀眼神中有了一丝动容，不再像刚才那样透着情欲。"那你可以看看她啊。孩子总是无辜的吧？"安心如眨了眨眼问。"我妻子脾气不太好。那几年我也总是让着她，怕她生气……"欧怀欲言又止。"那孩子的母亲呢？你是怎么安置她的？"安心如低下头，掩盖自己的表情。

欧怀沉默了片刻，突然笑了笑，说道："这么美好的夜晚，我们应该谈论些美好的东西。"说着，他又靠近了安心如，不到片刻却又皱着鼻子退了回来，"安小姐真的不打算洗个澡？"安心如摇了摇头："我很好啊，干吗要洗澡？"她拿出手机看了看，"好像不早了啊。""你想走？"欧怀的眉头皱了起来。安心如不说话，盯着手机看。十一点了，伊娜不会睡过去了吧？

她抬头扫了一眼欧怀，欧怀表情莫测，她实在看不出他的想法。安心如的额头冒出一层薄汗，心里不断祈祷着大蒜和韭菜的味道能持久一些。"你去洗个澡吧，心如。"欧怀仿佛屏住呼吸般靠近她，态度强势了起来。他常年健身的粗壮胳膊与安心如紧紧贴在了一起。"先等等啊，急什么，我现在头很晕。"安心如浅笑着瞟了他一眼说道。欧怀了然地笑了笑："不急，夜还长呢。"安心如又扫了眼手机，恨得咬牙切齿。这个猪队友要再不打电话，她就忍不住跟欧怀翻脸，前功尽弃了。

"丁零零……"手机适时地响了起来。安心如松了一口气，再一看，是王耀庆打来的。"老板，我跟欧老师在他家欣赏书画呢。"

安心如的语气中有丝不满，仿佛王耀庆打扰了她一样。几秒的沉默后，王耀庆的语气变冷："把手机给他。"安心如撇撇嘴，翻了个白眼，却依言把手机递给欧怀，小声说："我们老板要跟您说话，他可凶了。"欧怀一听是王耀庆，面色一滞，接过电话未语先笑："小王啊，怎么这么晚还在关心旗下艺人啊？"王耀庆那边不知道说了什么，欧怀的脸色一变，连连点头："那是应该的。"简短几句话之后，欧怀挂了电话，转身一脸遗憾地看着安心如，"你老板说你的经纪人病危，让你现在下楼去医院。他正在医院呢。"

"啊！"安心如本来松了一口气，却被这句话又惊得心脏仿佛停跳一般。她连忙站起身来，慌慌张张往门口走，不小心打乱了欧怀的书画，又赶忙给他整理好："欧老师，我得走了。"欧怀的脸色并不好看，连说遗憾。安心如抿着嘴冲他勉强一笑："我们很快还会见面的。"欧怀的脸色这才缓过来，马上又狐疑地看看安心如："你们老板这么关心你啊？"安心如翻着白眼回答："他最近和张少澜有过节，总是误会我跟张少澜在一起，怕我泄露公司的计划给番茄文化。"

因为变故来得快，欧怀也来不及细想这句话中的漏洞，只能叹惜着把安心如送到门口，顺便摸了摸她的头发："心如啊，大蒜伤胃，下次少吃吧。"安心如一愣，随后点了点头，转身开门就跑了出去。一出楼门，安心如掏出手机急忙给王耀庆打电话："老板，伊娜怎么了？"王耀庆的语气异常冰冷："我不是跟你说过欧怀不是好人吗？"安心如表情一滞，有些生气地道："你先告诉我伊娜的情况！"

"她没事。我怕你走不出去，故意说了这件最紧急的事，好让你脱身。"王耀庆的声音还是冷冰冰的。安心如整个人虚脱了一般，差点儿一屁股坐在地上："老板，你下次能不能不要吓我？""是你在吓我。你刚才是羊入虎口。"王耀庆语气不善，"现在你告诉我，你莫名其妙跟他卷在一起要干什么？""反正我不是看上他了，也不是要潜规则。"安心如边走边说，"过几天你就知道我要干什么了。""不管你要干什么，你不要再去见欧怀了。"王耀庆一锤定音，没有反驳的余地。安心如难得听话地点点头："应该没必要了。"说完，她看看包里开着的录音笔，又检查了下手机里安装的软件。

第二天上午，欧怀给安心如打电话，邀她一起吃饭。安心如正在片场忙着拍戏，脱不开身，只能婉拒。第三天下午，欧怀又打来电话时，安心如正在医院陪伊娜，仍然没时间。直到晚上，欧怀再次打来电话，有些生气地道："安小姐真是大忙人啊。""我确实是很忙啊。"安心如已经不复几天前的客气，硬邦邦地顶了回去。欧怀在电话那头一愣，随后阴沉沉地笑了："安小姐，这个圈子很小。""我知道，我们总会再遇上的。"安心如笑笑，不由分说地挂了电话。

她走到厨房，倒了杯水喝，然后打开手机看了一会儿，满脸笑意地想给伊娜打个电话。伊娜的电话却先来了："让你不要惹事你不听，看看网上，出大事了！"安心如一愣，这青黄不接的时候能有什么大事，值得伊娜这么急。她挂了电话，上网一看，当时大脑就停转了。安心如和欧怀一起下车,一起进楼道,安心如深夜自己走出楼道,每一步都被人清清楚楚地拍了下来。一个刚刚有了起色的小花旦,突然大晚上跑到娱乐圈老前辈的家里,这件事不管怎么解释都解释不清。

伊娜的电话又打来了:"我不是说了吗,这是我跟他的事,你插手干什么?!对了,你没吃亏吧?"安心如还在走神,咽了口口水,喃喃自语道:"幸亏啊。""幸亏什么?"伊娜着急地问。安心如缓过神来,皱着眉问:"你觉得是谁泄露的?""我哪知道?我也不在场。"伊娜耸耸肩。"你给刘大美打电话,让他打听打听。"安心如说,"我跟他关系不如你俩好。"

这年头热搜主宰流量,娱乐记者渐渐成为大杀器。成了气候的娱乐记者,哪个艺人都不敢轻易得罪,不然你那点儿隐私会被他们全部挖出来。每个经纪人或多或少都认识几个娱乐记者。这个刘大美,就是一个娱乐记者团队的头儿。一个男人,不知为什么会被圈内人叫大美。他和伊娜关系比较铁。伊娜刚进圈子时,他也是个新手,两人不知怎么就惺惺相惜了。安心如和张少澜的前两次绯闻就是出自刘大美之手。安心如红了的同时,刘大美的大美娱乐也在业界打开了知名度。伊娜挂了安心如的电话,立刻给刘大美打了过去。半个小时以后,又打给安心如,气得声音都发抖了:"我就说金茜莎在暗中筹谋。"

"金茜莎?"如果是她,安心如也不会感到意外。反正两人是死敌,金茜莎要不出手对付她,安心如心里还一直提着一口气呢。

"跟拍你们的那个团队跟大美有合作,人家不明说,就说是跟你一个剧组的。那不是她,还能是谁?"伊娜气得不轻。安心如赶忙上网,网上已经到处都是通稿。她一个一个筛查,发现对她评价最差的都是当初捧金茜莎的那几家。安心如看了一会儿,又查查网上的动态。此时她已经背上了"狐狸精"的称号。全网都是关于她被潜规则的臆想,营销号们也纷纷做出响应,安心如瞬间被打到尘埃里。已经有不少粉丝宣告脱粉。安心如抿着嘴,淡淡地对伊娜说:"我要是实现了你的心愿,你是不是就愿意做手术了?"

正所谓虱子多了不痒、债多了不愁,换成以前,安心如怎么也得慌张一会儿,毕竟她深夜出入欧怀家是有照片为证的,这种事瞬间就能毁掉一个没有根基的新晋小花旦。可现在,安心如转身就开始好整以暇地发动态:"想让八卦燃烧得更猛烈些吗?明天见。"

没人想到这时候安心如还能出来吊胃口。没来得及发表态度的营销号们纷纷打出了观望的旗号。网友们的好奇心熊熊燃烧,纷纷涌到安心如的动态下留言。安心如调皮地笑笑,设置了"关注才可留言",不一会儿,刚才脱粉事件造成的损失又都弥补回来了。她把手机放在桌子上,开始哼着歌洗脸敷面膜。

张少澜打来电话。安心如犹豫了一下,终于还是接了起来:"什么事?"上次在医院,张少澜跑前跑后,最后陪她一起淋雨,被浇成了落汤鸡。经过这件事,安心如虽说依然对他怀有怨恨,却再也无法对他摆脸色。"你跟欧怀也有恩怨?"张少澜经过一次教训,倒也学会了好好说话。

"噗！"安心如的漱口水从嘴里喷了出来，"你以为全世界都欠我的，每个人都能陪我演一出绯闻来还债？""那是真的？"张少澜的语气开始严肃起来。"你管得着吗？"安心如被张少澜的语气弄得不悦，半戏谑道。"他跟我不一样，你们年纪差得太大，他还已婚有女，你拉着他炒作是找死。"张少澜冷冷地说。"与其找我说这个，不如找找你的好妹妹。金小姐倒是挺会算时间，知道我最近曝光度不够，亲自送我上热搜。"安心如冷笑道。

"莎莎？不可能吧……"张少澜低声道。"怎么，你的好妹妹太善良了，干不出这种事？"安心如笑得更冷了。"不是，是她没这个脑子。"张少澜不自觉地说出了实话，让安心如又忍不住笑了。张少澜说的是真心话。要说大小姐脾气，金茜莎是有的；要说小聪明，金茜莎也有；可让她沉下心来等待机会，找娱乐记者跟踪安心如，等安心如出纰漏，然后发上网，并找营销号和公关公司全网发通稿，这种事她没有耐心去做。就是做了，她也没有耐心掩饰，一定会暴露出来。

"我说是她做的，就肯定有我的依据。你是她的好哥哥，她不会骗你的，你问她呀！"安心如冷哼一声。其实，她也需要更确凿的证据，不然冤枉了金茜莎，放走了真正的仇人，那就得不偿失了。张少澜抿了抿嘴，什么话都没说，直接挂了电话，拨金茜莎的号码。

"少澜哥！"金茜莎的语气透着惊喜。他们已经有些时候没通过电话了。张少澜又忙，更是没有机会见面。"安心如那事是不是你干的？"张少澜却像是压根儿没觉察到金茜莎的开心，阴沉地说。"你怎么问这个？"金茜莎呆了一呆，感到有些委屈。她以为张少澜是想念她了，没想到他第一句就是质问。"你就说是不是！"张少澜有些急迫。电话那端一阵沉默，金茜莎不说话，张少澜心一凉。

"你快说话！还有，你要记得你说过永远不骗我。"张少澜仍旧抱着希望问道。"是我。"金茜莎低声说。这次轮到张少澜说不出话来了，他真没想到那个曾经单纯甜美的小丫头进了娱乐圈之后，居然变得越来越让人看不透了。"你又惹祸了。"张少澜叹了口气，"莎莎，听我的，你还是回美国避几天风头吧。毕竟这事是你做错了，我没法帮你。""呵呵，我回什么美国。"金茜莎冷笑一声，"我又不是让哥斯拉盯上了。"

"莎莎，你越来越让我看不懂了。"张少澜皱了皱眉，"我记得你以前伶俐又懂事，怎么一进了娱乐圈，我就好像不认识你了？""你应该看我更亲切呀！"金茜莎怪笑着，"我做的哪件事不是在模仿安心如？你不是很喜欢她吗？""莎莎，你确实变了。"张少澜沉默了半天，缓缓说道，"安心如每件事都是在反击，你没发现吗？她没有一次是像你这样，主动去坑害谁的。""哦？"金茜莎冷笑着说，"那你告诉我她是怎么红的？""那件事我不是告诉你了吗？是我在帮她炒作，我是心甘情愿的。"张少澜一咬牙，"莎莎，我一直把你当亲妹妹。""呵呵，那没什么好说的了。"金茜莎笑出了声，挂了电话，坐在沙发上，眼泪慢慢流了下来。

"不甘心，我不甘心！"金茜莎咬牙自语。从见到张少澜的第一眼开始，她就喜欢上了他。这么多年，她一直觉得张少澜最终会是自己的。可半路杀出个安心如，轻而易举把他的心抢走了。一想到这个，金茜莎就气得脸色煞白。她抓起手机，颤抖着匆匆发了一条信息："姐，少澜哥现在还是没认清安心如的真面目，我该怎么办？你再教我一招吧。"

而张少澜看着手机，默然无语半晌，又拨通了安心如的电话："我替她说句对不起，能不能看在我的面子上原谅她？""还真是她呀？"安心如笑了笑，"那这件事就不是你能控制的喽。"安心如刚挨了王耀庆一顿斥责，对着张少澜也没什么好语气，直接挂了电话。

从没见过王耀庆发火的她彻底领教了这个男人暴怒的一面。他骂人毫不留情，把安心如说得面红耳赤。但安心如不得不承认王耀庆说得对。在欧怀家，她确实是大意了。如果不是王耀庆打电话过去，她孤身犯险，还不知道会发生什么事呢。安心如过后想想，替伊娜报仇的冲动消失后，自己也感到后怕。王耀庆提出的由公司做危机公关的要求，安心如想都没想就拒绝了，因为她手里有张王牌还没出。

鉴于此时欧怀一直没有动静，她准备再等等。等到欧怀否认、澄清，把自己打造成道德楷模，重新受大众敬仰，在人们因为曾经冤枉过他而心怀愧疚的时候，再撕下他的面具，打脸的效果岂不是更好？隔天一大早，欧怀就发表了声明，先是谴责娱乐记者没有道德的偷拍行为，接着解释当时还有欧怀的助理在场，娱乐记者刻意没有拍他。反正只要安心如和欧怀不说，谁知道这个不存在的助理到底是怎么回事。

紧接着，又出现了好几个爆料帖，帖子的作者宣称当时确实有助理在场。并且，帖子的作者文笔很好，顺便把时下浮躁的娱乐圈骂了个遍，尤其是娱乐记者为了吸引眼球，连这么德艺双馨、提携后辈的老艺术家都不放过。安心如都怀疑帖子是中文系教授写的了。引经据典，针砭时弊，成功引起了读者对这个浮躁功利社会不满的共鸣。总之，读者被转移了注意力，继而认为欧怀也是被社会玩弄的受害者，不少人开始对他报以同情。网上有欧怀的老粉丝义愤填膺地痛骂娱乐记者不地道，引起了大量网友的附和。

刘大美跟伊娜打电话说起欧怀，满是佩服地道："姜还是老的辣呀！他这么一说，又有老艺术家这个身份加持，大多数人都会认为是娱乐记者故意造谣，没拍他的助理，想造成安心如和他独处的假象，毕竟那几张照片又不能证明楼上没有别人。娱乐记者就这么吃了哑巴亏，我还是第一次见。"伊娜眉头紧蹙，担心地看看一旁的安心如。安心如跟她笑笑，说道："别瞎操心了，想想你自己吧。""想我自己什么？"伊娜莫名其妙地问道。安心如抿嘴一笑："你要红了。"

半个小时以后，安心如放出了录音，老艺术家和小花旦单独相处，调戏小花旦，泄露自己有私生女的事情。这段录音犹如在全网扔下了一颗重磅炸弹，把所有人都打蒙了。老艺术家人品竟然如此低下，并且之前仍试图愚弄大众。而流量小花旦竟然那么明显地勾引有妇之夫。这段录音把欧怀和安心如同时打进了地狱。网上沸沸扬扬讨论了一上午，曾经声讨娱乐记者、声援欧怀的人，当时有多同情欧怀，现在就有多厌恶他。而安心如的粉丝更是走了大半，并宣称永不回头。

伊娜和王耀庆各自傻在了手机前，死活不明白安心如为什么把自己也拉下水。金茜莎得意扬扬地给张少澜发短信："你的心上人似乎只会这一种上位方式。"张少澜一口气堵在胸口差点儿窒息，当场摔了手机。只有安心如安安静静地拍戏，全然无视片场或好奇或鄙视的眼神。

三个小时后，安心如又放出了一段视频。视频的质量不佳，人影摇晃，音质倒还行。视频里，欧怀拿着手机在家打电话："张导，今天认识一个新人，挺上道，就是临门一脚时她有事走了。等过几天她彻底上钩了，介绍你认识认识哈。"网上议论更加热烈，不过这次的重点集中在了欧怀的道貌岸然和神秘"张导"是谁上。逼得圈里有名的张姓导演纷纷站出来澄清，更有不少名不见经传的张姓导演大力宣称自己就是视频里的张导。

伊娜气得浑身发抖，红着眼睛指着安心如问："这对你有什么好处？你把自己的名声赔进去了，粉丝也跑光了，现在连 SN 都要撤掉你的代言。"安心如上前给伊娜挪挪枕头，并说道："别瞎操心，好好养你的身体。"看伊娜还是一副要吐血的样子，安心如为宽她的心，只得又说，"我还有王牌没放出来呢。"

现在人气已经下滑到了最低谷，还不如一开始炒绯闻的时候。

第七章 孤身筹谋

套用之前一个粉丝的话："出卖色相是种习惯，有第一次就有第二次。从张少澜那时候起，我们就不该相信她。"张少澜也莫名被卷入风波中，不少记者追问他，当时是不是受了安心如的引诱。张少澜现在出门都是黑着脸，什么采访都不接受，更是罕见地跟记者起了几次冲突。网上一片惊呼，张少澜是被安心如下了什么迷魂药，这么执迷不悟。伊娜的承受力已经到了极限，每天化身祥林嫂，目光呆滞地重复："我真傻，真的……"

王耀庆对安心如下了最后通牒，一天之内她挽回不了声誉，公司就送她去游学，一切演艺事业暂停，等风波过了再回来。对于张少澜的闭口不言和王耀庆没有立即雪藏她的情，安心如都心领了。同样被她记在心里感激的还有王诺。这个和娱乐圈看起来格格不入、仿佛从任意门里穿进来的耿直导演，任制片人怎么游说，都不愿意更换角色。

"安心如眼睛里有灵气，只有她能演好第二女主角，我的态度很坚决，安心如不能换。"王诺掷地有声道。私下里，王诺目光坚定地看着安心如，说道："我就是看你不像他们说的那样。"安心如笑嘻嘻地不说话，演戏却加倍认真，尤其是和金茜莎的对手戏。目前在这场风波里中唯一获利的就是金茜莎。大众现在都觉得，肯定是安心如和SN有什么不可告人的交易，所以本来分作两条产品线、双花代言的计划，临时变更为安心如一个人全线代言。不少爆料言之凿凿地说，看见过安心如出入吴立群的豪宅，坐过他的车。之前欧怀愚弄大众事件仿佛被他们遗忘了。

不仅因为这个，还因为在这场风波中，大部分艺人生怕惹祸上门，从而退避三舍，闭口不谈，唯有金茜莎站出来说张少澜是个好人，并且表示她相信她的同门师哥，从而获得了大部分人的好感。这年头，这么仗义的人还有吗？尤其她是个外表清纯、楚楚可怜的女孩子。这种反差让金茜莎人气大涨，几个二线服装品牌方已经闻声上门，其中包括之前一直和安心如合作的潮牌。

第八章 予以反击

女王不低头

片场里，金茜莎的经纪人趾高气扬，看安心如仿佛看一只丧家之犬，三句话不离最近的绯闻。没有伊娜的武力震慑，他毫无顾忌，恨不得冲到安心如面前耀武扬威一番。安心如拍完今天的戏，看了看表，正是大众刷手机频率最高的时段。她拿出手机给伊娜打了个电话："你这几天少吃点儿，减减肥，做好走红的准备啊。""姑奶奶，我做手术还不行吗？你听老板的话，去国外躲一阵子，别折腾了，算我求你了。""那不行，我要让你痛痛快快地上手术台。"安心如笑得格外爽利。

她纤长的手指滑过手机，嘴角的笑意明显。又一颗重磅炸弹马上要来了……安心如料得没错，这一颗的确是重磅炸弹，对欧怀个人而言，相当于核弹。安心如本来以为起码要等几个星期才能等到这样的内幕，没想到居然这么快意外获得了。安心如看着手机里的视频，那是在欧怀给她打最后一个电话之前录下来的。此刻她真心感觉她的运气还是很不错的。这个针孔摄像头就藏在客厅那堆落了灰的书画中，无人发现。

画面里，欧怀拿着手机走来走去，愤怒不已："你别总拿当年说事！要当真说，当年燕青才是我的妻子。按我们的风俗，摆酒席就相当于领证了！要不是你后来横加阻拦，燕青怎么会被气死？我的亲生女儿现在也生死未卜！你这个善妒的泼妇！"那边不知说了些什么，欧怀更加不耐烦了，"现在我们只是做样子给大众看，各取所需，你管我在外面有多少女人，这跟你没关系！就冲你害得我失去女儿这一点，我都不会原谅你！"感觉不解气，他又大喊着加了一句,"我当年也不喜欢你!只不过是因为你的背景能帮我,我才让着你这么些年。现在我不需要你了,你别想再给我摆谱!"

安心如笑着看完了监控录像,轻松地吹了声口哨。遇到这种主动帮忙的对手,简直是安心如的一大幸事。"发送!"安心如难得起了童心,自己给自己喊着口号,把视频发了出去。这段时间演艺生涯岌岌可危,安心如不是不闹心的。要不是有这段视频,她的人生可能就此毁了。她看了看片场另一头的金茜莎,后者也在看她。安心如冲金茜莎眯眼笑笑,金茜莎不动声色,倒是她身边的经纪人瞪了安心如一眼。安心如毫不在意,她一向是个有仇当场报的人,等忙完伊娜的事,她该好好跟金茜莎交流一下了。安心如耸了耸肩,给伊娜发了一条信息:"年度大戏开场——论一个老艺术家是如何垮掉的。"

娱乐圈永远是这样,你以为一个风波已经是顶峰,另一个风波马上就会出来,让你知道一山更比一山高。视频发出去几个小时后,就开始有了风波。又过了几个小时,风波酿成了海啸。欧怀竟然抛妻弃女?现在的妻子原来是第三者?欧怀原配被气死,女儿生死未卜?这一个个问号成就了营销号超高的点击率。娱乐圈里很久没有大事了,这几天反倒一件接着一件出现。更重要的是,老艺术家抛妻弃女,原配气死,女儿失踪,这种人伦大事放在哪里都会引起超高的关注,甚至在当事人身故后都会被人评论。

欧怀那边彻底没了动静。全网都是骂他的文章,安心如也被连累挨骂。安心如还是没反应，但欧怀坐不住了。他和妻子联合发表了声明，表示安心如在他家里安装了针孔摄像头，侵犯他的隐私，要追究其法律责任。这下所有人都懵了。不是说安心如想勾引老艺术家借机上位吗，怎么成了一出"无间道"呢？各种猜想都出来了，甚至有人猜测安心如其实是欧怀的亲生女儿。这个猜想马上就被否决了——得有多扭曲的心理，女儿才会去勾引亲爹，安心如看着也不像是个变态啊。

直到欧怀发表了声明，安心如才对这件影响力大到足够在八卦史上记一笔的事件做出了回复。她发了一篇长文，先是没头没脑地从伊娜的病情开始谈起，一个做手术也不安全、不做也不安全的两难选择，让安心如和伊娜备受煎熬。接着她说起和伊娜一直在十八线摸爬滚打的历史，用电饭锅吃火锅、把高仿当大牌穿……种种辛酸小细节，让看的人感同身受。最后，安心如说起了伊娜最大的愿望：作为老艺术家不愿承认的正牌女儿，她想跟欧怀做个亲子鉴定，为自己正名，为母亲讨回公道。安心如还颇为愧疚地道了歉，因为这件事损害了父母的名声。其实父母的感情很好，从没有过第三者和私生子。

一石激起千层浪。欧怀的声明被扔在了一旁，网友们所有的注意力都集中在了伊娜身上。安心如在长文里把伊娜的苦衷描述得令人动容，引起了不少的同情。很多人呼吁，伊娜很不容易，应该让伊娜和欧怀做个亲子鉴定。当然，也有不少人觉得伊娜和安心如就是在进行另一场炒作，欧怀应该做亲子鉴定，然后依法起诉。众说

第八章 予以反击

纷纭的背后是空前一致的观点：这个亲子鉴定，必须做！

安心如最近又处在冰火两重天之中。有些粉丝默默回来了，像是从未离开。这些回来的粉丝疯狂地摇旗呐喊，要欧怀和伊娜去做亲子鉴定。只要做了鉴定，证明两人是父女，那就说明安心如不仅不是靠色相上位，反而是仗义执言的侠女。也有人一直认为这是一场阴谋。现在已经到了无人不识安心如的地步，假设这就是一场冒着风险的炒作呢。反正不管做不做，安心如都已经出尽了风头。

王耀庆最近放下不重要的工作，一有时间就陪在安心如身边。他实在是怕安心如又惹出什么事。戏已经拍到一半了，安心如每天除了拍戏，就是陪着伊娜。她能感觉到伊娜对欧怀的态度格外关注。可惜欧怀到现在为止仍然没有表态。

伊娜的脸色日渐苍白，让安心如有些后悔，不知这套组合拳到底打得对不对。要是反而让伊娜伤心难过，跟当初的愿望差了十万八千里，那搞这一连串事又有什么意义？直到有一天，王耀庆带着演艺圈元老级人物宋明来到了医院。宋明算是国内演艺圈的活化石，比欧怀还要老一辈，很多和他同龄的人早已作古。不仅资历摆在那里，更重要的是人家是国内电影界的前辈，人脉更是一般明星无法企及的，所以一般只要他提出要求，也没人不应承。王耀庆带他来时，也是一脸迫不得已。

安心如当时正在给伊娜削苹果，两人就安心如的刀功展开了深度的讨论。冷不丁演艺圈真正的活化石到场，两人大吃一惊，忙站起身恭恭敬敬地鞠躬。宋明一头白发，精神矍铄，笑眯眯地

157

看着安心如，说道："你这个孩子人小鬼大，我最近一直在关注你。"安心如抿嘴一笑，没有说话。是敌是友还弄不清，安心如不想露怯。宋明不以为意，又看看伊娜："你就是安心如故事里那个丫头吧？"

伊娜心知他说的是欧怀的爱恨纠葛，点了点头不说话。她跟安心如存了同样的心思，不知道宋明是敌是友，不想露怯。宋明笑得一脸和蔼："我今天来呢，没有别的目的，就是替小欧看看这个闺女到底是真闺女，还是假闺女。"他看了看站在一旁头发凌乱的伊娜，又说，"现在这个时代，我们年纪大的都知道我们想跟都跟不上了。舆论能主宰一个人的生死，这句话绝不为过。"他又瞄了瞄安心如，接着说道，"要说做亲子鉴定这件事，一旦去做了，那就代表老子不认女儿、女儿不认老子了，说出去，不管谁输谁赢都很丢人，你说对吧，小王？"

一直在做布景板、猛然被点名的王耀庆一愣，想了想说道："关于亲子鉴定的影响，我个人觉得见仁见智，但终归要看当事人怎么想。"顿了顿，他又说，"如果当事人执意要做，我觉得只要不心虚，做做倒也无可厚非。""胡闹！"宋明的脸一沉，"明明有更好的解决方法，为什么要弄得脸红脖子粗？"他看了看一边笑得有些不屑的安心如，心里知道，这是个连欧怀都啃不下的硬骨头，又放缓了语气说道，"我跟老欧是多年的好友。如果伊娜真的是欧怀的女儿，那也是我的后辈。我不能坐视亲父女俩在大众面前丢脸，甚至反目成仇。"

第八章 予以反击

他顿了顿,看着伊娜:"要不然,让老欧关心关心你的身体,你们就不要做亲子鉴定了?逢年过节的,老欧也不会亏待你的。放心,有我的面子……""有谁的面子都不行!"一个清脆的声音打断了他,"如果欧怀不答应做亲子鉴定,就干脆认下这个女儿,承认当初做错的事情。"说话的是安心如,此刻她满脸愤怒,"要么直接认女儿,要么做亲子鉴定,这是他仅有的两个选择。如果他试图蒙混过关,我会把他在家里的所有监控录像全部放在网上,到时候我可能没有好下场,但他也一样,此生尽毁!"

最后四个字,安心如说得慢慢悠悠,却斩钉截铁。她继续说道:"我们不接受谈判,我们是铁了心要个说法。"宋明的脸色很不好:"小姑娘,你不尊老,又怎么能让老人爱幼呢?"安心如冷笑了一声:"我知道你们年纪大,人脉广,我们拼不过你们,但兔子急了蹬鹰,狗急了跳墙。现在这个社会,全员娱乐,全民八卦,逼得我爆料,欧怀同样得不了好。"宋明的眼睛已经眯了起来,死死盯着安心如:"你胆子真的很大啊,小姑娘。"

安心如还没说话,王耀庆先冷冷地开口了:"前辈,你一定要我跟来,本来我以为你是要给骑虎难下的双方做回和事佬,没想到你到这里来是为了吓唬人。"宋明有些诧异地看着王耀庆。王耀庆算是小辈里比较尊重前辈的,从来没人看见他对演艺界的老人有什么不敬的行为。这算是开天辟地头一回。宋明皱眉问:"那小王觉得非要弄到对簿公堂才叫好?"

王耀庆还没说话就沉下了脸。安心如看看他,低头想了想,才笑着说道:"也不是非要闹这么僵。欧老不就是怕做完亲子鉴定,结果伊娜是他的亲女儿,双方在大众眼皮子底下尴尬吗?倒不如伊娜说几个只有他们父女知道的事情,能证明她是欧老的女儿就好,两人也不用再做亲子鉴定,弄得娱乐记者狂欢了。私事私了。"宋明想了想,掏出手机说道:"容我打个电话。"他边说话,边走出病房。伊娜此刻眼睛通红,冲安心如笑笑,声音颤抖地说:"没想到啊,都到这份上了,还想着找人逼我屈服呢。"

安心如无所谓地笑笑:"我掌握的内幕多的是,别担心。"王耀庆皱了皱眉:"你马上也要吃官司了。"安心如笑得更加欢畅:"你不知道欧怀在摄像头前都干了什么,可我和他都知道。他的声明只能吓吓小学生,如果真把我逼急了,他这一世英名可就全毁了。"她低头掸了掸衣服上的灰尘,漫不经心地继续说,"他还有个女儿在国外,需要大把的钱。另外他近几年的生意全部亏本,又有赌瘾,丢掉名声再无法捞钱的生活,我敢过,他不敢。"伊娜本来已经呆滞的眼神,被安心如说得也带了笑:"我不用你赌,我跟他赌,我年轻,机会多,毁了也不怕。"安心如扫了一眼伊娜,语气中全是无奈:"你还是先想明白自己要不要做手术吧。"

不一会儿,宋明回来了,手中仍举着手机,显然那头有人在听。宋明说道:"你说说你和老欧一起生活的细节,由老欧判断认不认你。"安心如眉毛一竖,欧怀毛病还挺多,先是派一个老头当面恐吓,现在又要搞什么现场认亲大会,并且本人还不露面。她刚要开口,伊娜却抢先说了话:"我妈小肚子靠下有个三寸长的疤,除了我和他,谁都不可能知道。他以前还肯回家的时候,老给我买大大泡泡糖。"伊娜的脸越说越白,情绪低落,"从前我见他的时候,他还问过我两次,愿不愿意换个妈妈。"安心如走上前,扶住伊娜颤抖的身体,睨着宋明。

宋明的脸上也出现了一抹红,深感欧怀这回让自己帮的忙有些棘手。他也没了什么好语气:"老欧听见了吗,是你女儿吗?"那边不知说了些什么,宋明听了点点头,回头对伊娜露出了亲切的笑容,"老欧说了,能说出这些的,应该是他的女儿。他愿意给你一笔钱,亲子鉴定就不做了,你也别在演艺圈混了,去做点儿买卖也一样赚钱。"安心如听完这席话,眼睛当时就瞪圆了。还没等她说话,王耀庆就冷冷地说:"宋老,你是不是做梦呢?"

"小王,你怎么说话呢?"宋明明显不悦了。王耀庆的脸色也很不好看:"你又是怎么对待我的员工的?她的身体情况你们肯定知道,但没人问过一句,一直都是你和欧老在自说自话。你们也太自信了。"宋明再一次觉得欧怀给自己找了个狗血的差事,感到烦躁不已:"我受人之托忠人之事,该传的话我都传了,接下来怎么办,你们自己看着办!"

伊娜激动地拍了拍床,就想送客。宋明从来这里开始,笑容背后的强势就让人感觉不舒服,后来说的话也都透着计别人非听不可的压迫。伊娜伤心又生气,觉得头一阵阵发晕,身子晃了一下。她这一晃,吓坏了安心如。安心如赶忙扶起伊娜,惊慌失措地问:"你这是怎么了?我去找大夫!"伊娜摇摇头,脸色惨白地说:"我没事，你让他走。"说着，她的手指向宋明。

宋明也吓了一跳。他这才想起来对面的这个女人正在生死两难之间抉择。王耀庆匆匆出去找医生，安心如扶着伊娜，脸沉了下来："你转告欧怀，现在亲子鉴定不做都不行了。如果他不同意，去想想孟娇的事。"宋明一看继续待着也不受欢迎，黑着脸转身走了出去。

医生进来给伊娜做检查，同时催着伊娜："你要快点儿决定做不做手术，频繁头晕不是一件好事。"伊娜抬头看了看安心如，后者明显余怒未消。伊娜突然摇了摇头，苦涩又有些欣慰地笑了。有友如此，为她冲锋陷阵，夫复何求呢？为什么不享受眼前的幸福，非要那么想不开？她开口，对医生缓缓地说："手术我做，约时间吧。"安心如睁大了眼，兴奋不已，握着伊娜的手连连说："你等着，用不了几天，你就能开开心心做手术，很快的……"

伊娜无声地笑笑，语气坚定："你都为我披挂上阵了，我又怎么能缩在后面呢？大不了十八年后再做好汉嘛。"安心如此刻才真的放下心来。从前那个梁山下来的女胖子又回来了。陪伊娜检查完，安心如累得几乎虚脱，跟在一直等她的王耀庆身后，任他在附近找了一家饭馆进去吃饭。

"欧怀的事，你到底怎么想？"王耀庆边翻菜单边说。

"做亲子鉴定，开发布会承认女儿。"安心如喝了口水，放下杯子，淡淡地说。"这个恐怕不容易，还是你一开始的提议可行点儿。"王耀庆皱了皱眉，"怎么说欧怀也成名多年，恐怕他丢不起这个脸。""这次他不丢都不行。"安心如冷笑起来。"这么确定?"王耀庆望着安心如,有些不解。一开始安心如就成竹在胸,现在依然如此。王耀庆想了想,肯定地问:"谁在背后帮你?"安心如的笑容淡了淡,指着窗外:"看,UFO!"

王耀庆沉下了脸:"我不是小孩。"安心如笑笑:"我知道啊,我只是在尽量温和地表达无可奉告这个意思。"她怎么能让王耀庆知道背后帮忙的是穆先生。提供针孔摄像头只是帮个小忙,真正的大忙是穆先生找出了前几个月欧怀睡过的一个刚毕业入行的电影学院女学生。那女孩是秀空的老模特,也不是什么善茬。知道这次纠缠欧怀有钱拿,又是放狠话,又是装可怜,也不怕欧怀要做亲子鉴定,铁了心说肚子里怀了一个女儿,不想让女儿以后过悲惨的生活云云,弄得欧怀将信将疑。但女学生演技好,悲悲切切,话里话外地点他,成功地让他想起了他生死未卜的女儿。女学生从欧怀家出来之后,又找到欧怀的妻子,让她也想起欧怀还有个女儿这件事。果然,他妻子当时就拨电话找欧怀,两人在摄像头前大吵了一番。这全是安心如在赌。

她在赌那天欧怀提起女儿时的那一丝动容是真的。虽然只有一丝,只够欧怀在心里惦记几天,为了她和妻子吵吵架,但也足够让安心如留个证据。她早料到欧怀的父爱没有那么伟大,宋明来的时候,安心如就没准备善了。果不其然,等他冷静下来,就只想着把伊娜藏起来,继续欺瞒大众。安心如叹了口气,低头看看响着铃声的手机说:"我正在想他,他就打来了。"说着,安心如接起电话,

"欧老师。"

"你别叫我老师，是我该叫你老师。"欧怀声音冷硬，带着一丝狼狈。"说笑了。您打电话来，是同意做鉴定了？"安心如耸耸肩。"不同意。我是通知你，如果你欺人太甚，女儿我不认，我还要将你告上法庭。"欧怀冷冰冰地说道，威胁的意思很明显。"好的。那咱们一小时后网上见。"安心如利索地挂了电话，慢条斯理地喝起水。"到底谁在后面帮你？"王耀庆看她胸有成竹的样子，神情严肃地说，"告诉我。"

安心如摇了摇头，正当不知该怎么说之际，欧怀又打来了电话："你手上到底有什么？""就是一个老人和够格当他女儿的女孩，无意间被拍了些不可描述的照片。另外，不好意思，孟娇去您家找您那天，您还没有全网爆红，我的摄像头还在正常运转，您回忆回忆它都录了什么。"安心如语气轻松，脸色却有些发白。现在就看欧怀是不是一个合格的赌徒了。一个什么都敢赌，包括声誉、家庭、钱财，什么都在所不惜的赌徒，才是合格的赌徒。如果他是，那他完全可以什么都不在乎，伤了伊娜的心，不认这个女儿，再举报安心如侵犯个人隐私，那安心如就得不了好；而伊娜受了打击之后上手术台，安心如更担心她潜意识里会不想坚持下来。她拿着手机，随着欧怀的沉默，攥着手机的手越来越使劲，直到手指发白。

欧怀持续沉默，安心如静静等着，并不催他。这像是两人之间的角力，谁先开口说话，谁就在今后落了下风，一溃千里。"咳咳！"欧怀咳嗽了两声，安心如险些被惊瘫在椅子上。"我认回女儿，安小姐怎么保证那些证据会被销毁？"欧怀强压着窘迫颓丧，声音却还是变了调。"我亲自写一份保证书，在里面承认我侵犯个人隐私，在你家里安装摄像头。"安心如笑笑，"我也放个把柄在你手上。"她长长地舒了一口气。

事实证明，欧怀不是个合格的赌徒，而安心如恰恰是个合格的赌徒。这顿饭安心如吃得格外畅快。出道以来，费心费力克服了那么多难关险阻，唯独这次，她是真心感到高兴。能帮伊娜得偿所愿，让她安心手术，安心如开心极了。吃完饭，王耀庆要回公司，安心如要去医院。两人在医院门口分开前，王耀庆深深地看着安心如："你不愿意告诉我你背后有谁，是不是觉得我追求你，给你造成了困扰？"

安心如一滞，脸上闪过一抹苦涩，干笑道："我是怕给你造成困扰。我不知道怎么告诉你……"王耀庆凝视了她片刻，抿了抿嘴，说道："我对你的追求是认真的，我也不是没有承受力的人。等你愿意的时候，来告诉我，我等你。"安心如点点头，看着王耀庆的车缓缓开远，轻轻揉了揉太阳穴。这下子真有事情让她觉得应付不来了……

第二天，欧怀一脸尴尬地来到医院，与心情复杂的伊娜做了亲子鉴定。因为是加急，24小时就出了结果。欧怀开了发布会，拿出DNA结果，承认伊娜是他失散已久的女儿，并且是他第一任妻子所生。这个大新闻闹了好一阵子，终于在全国网民的惊叹中落下帷幕。网友们看爽了八卦；伊娜正了名，毫无遗憾地约好了手术日期；安心如仗义执言的机智形象成为另一种成功人设。除了欧怀，整个事件没有人倒霉。连金茜莎也在事件中获得了不少关注，多了两个代言。虽然是二线品牌，但这种品牌的土豪老板给的代言费不会少。金茜莎也算发了一笔财。

而安心如的粉丝经历了又一拨暴涨，涨势喜人。她的侠女人设一出来，不仅前几天走了的合作潮牌回来了，好几个一线运动品牌的品牌方也循声而来。安心如现在的形象简直太适合代言运动品牌了。另外还有一款摩托车的老总、几款补脑健脑产品的老总都来求合作，毕竟安心如现在以小机灵闻名。最重要的是，国际一线化妆品品牌 M&M 的品牌方也找上了她。和国际一线合作，一向都是当红小花旦的待遇。安心如自己都有些懵，看了看身边的王吉："我就这么上位了？"

伊娜在医院里无法工作，最近找安心如的合作又实在太多，王吉是王耀庆派来暂时替代伊娜的。最开始，王耀庆就想把安心如的经纪人换成他，只不过被安心如拒绝了。这么多一线代言，与王吉的人脉和三寸不烂之舌也有关。最重要的是，王吉是伊娜的师父，是他手把手把伊娜带出来的。用他的话说，带出这么个蠢徒弟，感觉对不起安心如，所以他来弥补一下。安心如和王吉几乎无话不谈，除了穆先生的事，其他他都知道。

看看在片场耀武扬威的金茜莎经纪人，王吉温和地笑笑，说道："上位得铲除潜在对手，宫廷剧都这么演。这个金茜莎呀，威胁太大，说不准什么时候又给你来一下子。"安心如看了看金茜莎，也笑道："不急，等她接了代言再说。"她的笑容越加灿烂，"不出点儿血，她就不知道自己更适合回家当个千金大小姐。"

王吉常常眯着眼，嘴角自带三分笑容，看着十分和善，只有高挺的鼻子和微方的下巴看得出棱角。即使安心如和伊娜关系好，也不得不承认，作为一个经纪人，王吉显然要称职得多。几天之内，安心如的工作量急剧增加，王吉给她谈下了不少代言。很多品牌本身就和王吉合作颇多，谈得十分顺利。现在安心如手头有一个一线运动品牌的代言，跟她共同代言的几个，都是一线明星。

对于保健品这个代言大区，王吉也不愿意错失，和安心如商量着，接了一个在国外上市、口碑不错、刚刚进入国内市场的老牌保健品，建立长期合作的意向。重型摩托车这个，王吉和安心如都有些诧异。谁都没想到，这样的产品会找个小花旦代言。他们不是应该找个硬汉代言吗？王吉有些犹豫，这个品牌的口碑向来不错，粗犷硬朗的重型摩托车一直被誉为真男人的玩具。他不愿损失这个代言，但又不知道安心如贸然顶上，会不会产生反作用，因此暂时搁置了下来。

最后就是M&M了。王吉和跟这个品牌同属一家母公司的另一家高端化妆品的品牌方的交情不错，东托人西找人，才联系上这家专攻少女的品牌的工作人员，没想到他们对安心如最近的表现也同样感兴趣，欧怀一事刚了，就答应合作。这算是安心如代言事业的一大里程碑，怎么也算和国际品牌接上轨了。虽说不是高端奢侈品，但也能在别的小花旦面前拿得出手了。

安心如作为 SN 的代言人，本来不可能遇到这个好机会，可 SN 主动把机会送到了安心如面前。欧怀这件事刚出来的时候，安心如的声誉跌入谷底，SN 随即决定跟安心如解约，连个缓冲都没有。当时伊娜刚住院，因为这事还差点儿气晕过去。王耀庆憋着一口气，吴立群打来电话解释，他接都没接，就直接解了约。其实这件事无可厚非，代言艺人出现丑闻，品牌方本来就有权利要求解约。吴立群可能觉得对不住王耀庆，连因艺人形象而导致品牌口碑受损该索要的违约金都没有要。据传，SN 最终决定仍由金茜莎来代言 SN，也不知道吴立群是怎么说服他太太的。

本来 SN 都不关安心如的事了，可欧怀事件真相大白后，安心如打了个漂亮的翻身仗，已经开始和 M&M 接触了，SN 又反悔，回头要求安心如继续代言。王吉对这个要求一口回绝，没有一点儿余地。毕竟人往高处走，水往低处流，在国际大品牌和国内高仿品牌之间，谁都知道怎么选择。况且 SN 先在安心如低谷时解约，虽说这是品牌必然的选择，但他们连缓冲都没有，连让艺人解释的时间都不给，多少有点儿落井下石。本来他们以为拒绝以后，这件事情就这么了结了，谁知 SN 本来说好不要违约金，现在又找律师打官司，向安心如和耀庆娱乐索赔了。

网上还有不少通稿明里暗里地表示，安心如不顾道义，名气大了就傍上 M&M，抛弃 SN。发通稿的那几家，安心如一看，还是长期宣传金茜莎的那几家。虽说这件事没有掀起多大风波，但所有人心里都堵得慌,道理很简单,癞蛤蟆爬脚面——不咬人,它恶心人啊。王耀庆都要气乐了,干脆找了最好的律师,跟他们打起了官司。金茜莎就在这时宣布正式代言 SN。SN 还给她搞了个回归派对,网络直播,办得很是热闹,粉丝礼物不知道收了多少。

伊娜不日就要手术了,还气得哇哇直叫,要安心如现在就把金茜莎和吴立群的照片放出来。王吉叹了口气,狠狠地瞪了她一眼,伊娜委委屈屈地老实下来,那副老鼠见了猫的样子把安心如逗得刚入口的一口茶全喷了出来。

"这件事你怎么看?"王吉收拾了伊娜,转头看着安心如说。"我觉得还需要再等等。"安心如和王吉熟悉了,也就不像一开始那样拘谨。她边说话,手指边在手机上滑动。"你看什么呢?我师父跟你说话呢。"伊娜不满地咕哝着。"华龙网最近搞宣传呢?"安心如没理伊娜,抬头望着王吉问道。"对,你不说,我都忘了告诉你了,本来我准备晚上回去琢磨琢磨,明天跟你商量的。"王吉突然想起来一件事,坐在伊娜病床上说道。

"华龙网不全是宅男吗?以前他们每年都办一届'邻家小妹'的评选活动,后来几年没落了,就没再办。现在他们拉来了投资,负责人准备把评选活动重新办起来,吸引网友关注。"王吉说道。"他们找到你,是有什么暗箱操作吗?"安心如似笑非笑。王吉老实不客气地点点头:"别说,还真是。我们交些赞助费,他们可以把我们刷到第一。"

安心如低头,想了一会儿,抬头说道:"他们找别人了吗?"

王吉摇了摇头:"这种事找的人越少越好。现在这个社会,什么事都是透明的,更何况华龙网上黑客众多,做太明显很容易被人发现。"他接着说,"再说,他们之所以找上来,是因为华龙网的负责人是我的老朋友。我十几年前带艺人的时候,就跟他们合作炒作过。"

安心如睁大眼睛:"那个时代你就开始炒作,那你是炒作的鼻祖啊!"

王吉摸鼻子笑笑,不说话。

安心如又想了想,说道:"他们怎么把我们捧上去?改数据吗?"王吉笑了:"谁敢改数据啊,被那帮黑客宅男发现了不就完了吗?他们用的也还是最原始的方法,找水军给你刷上去,找公关在论坛帮你攻击其他对手,给你刷好感拉票。""这样啊……"安心如皱着眉又想了一会儿,这才偏着头看向王吉,"我能不能花钱把别人捧上去?"王吉一愣,盯着安心如不解地正要说话,突然眼睛一亮,兴奋地说:"你是说……"

安心如笑了笑,点点头。伊娜看看王吉,又看看安心如,欲哭无泪道:"你们能不能说人话,别用心电感应?"安心如摸摸伊娜凌乱的头发:"你就等着看吧。"伊娜苦着脸自言自语:"现在连解释都懒得跟我解释了,完了……"没过几天,金茜莎代言 SN 的广告加急上线,彼时安心如还没和 M&M 正式签合同。

她甜甜的笑容代替安心如极具攻击性的艳丽面孔,登上了大小广告牌。这次临时更换花了 SN 不少钱,吴立群想把这笔损失从安心如身上捞回来,却陷在跟王耀庆持久的官司里。不管怎么说,金茜莎又火了一把。有人说今年是小花旦年,不少小花旦急速红了,

第八章 予以反击

最具代表性的就是安心如和金茜莎,而且两人都是先低谷,后大红。这话很有道理。几天后,华龙网的"邻家小妹"评选活动轰轰烈烈地开始了。

这是华龙网得到投资后的第一个动作,通过宣传把活动搞得声势浩大、全网皆知。几个小花旦都在"邻家小妹"评选的候选人中。金茜莎一开始就遥遥领先。华龙网的论坛上到处都是为她拉票的帖子,要美照有美照,要动图有动图,要文字有文字。这些帖子很快流传到了论坛外,一时间,金茜莎的照片在网上随处可见,仿佛Windows的开机声音那么普遍,风头一时无两。安心如处于第三位,离第二位赵又迪票数差得不远。但她俩加起来,都没有金茜莎的票数高。

虽然有人怀疑金茜莎的票数有水军的痕迹,但一时也找不到什么证据。而且一旦有人怀疑有水军,立刻有更多的人赶来,舌灿莲花,重火力压制,把怀疑的人说得头晕眼花,忘了发帖的初衷是什么。安心如坐在医院里,笑嘻嘻地说:"今年不是小花旦年,应该是金茜莎年。"投票马上就要截止了,眼看金茜莎就要以绝对优势在这场影响力巨大、波及范围极广的评选中问鼎了。

这一场评选让金茜莎的知名度剧增,眼看她的代言费和片酬又要上涨了。伊娜愤愤地看着安心如:"你这不是给自己找不自在吗?我听刘大美说,金茜莎那个小鸡崽经纪人找你碴了?"安心如耸耸肩,说:"他不就是看你这只老虎不在,想暂时称大王吗?"她笑了笑,继续说道,"等你回去了,给他十个胆子他也不敢。"伊娜还是气呼呼的:"真是给他脸了,他主子也不敢这么对你,他凭什么。"让伊娜如此生气的是在片场休息时,金茜莎的经纪人最近不知道吃了什么药,过于兴奋,对安心如的态度越来越趾高气扬,嘴上也越来越不客气。

金茜莎在片场依旧沉默,也没有喝止她的经纪人,只是凝视安心如的时间越来越多,眼神中全是毫不掩饰的恨意,让王诺看着都有些害怕。王诺私下里询问安心如,他们是不是要请安保到片场。安心如又要操心代言,又要操心演戏,闲暇时候还要抱着笔记本写写画画。对于金茜莎和她经纪人的举动,她实在没时间计较,一般都是一笑而过。对于一个将要失业的人,安心如不吝啬表达自己的宽容。想到这件事,安心如连忙掏出手机看了一眼,果然,邻家小妹的评选结束了。金茜莎以大幅度领先赵又迪和安心如的优势,获得评选第一名,成为宅男心中的女神。

最近金茜莎的风头直逼安心如。SN换人惹得网友愤怒,不少人替安心如鸣不平,但也有人觉得,SN本来就应该由金茜莎这样的女星代言,品牌方现在觉得人选不对,想换人也无可厚非。不管怎么说,金茜莎甜甜的笑容已经出现在了大街小巷。网上也到处能看到金茜莎清纯娇美的形象。国内最大的宅男聚居地票选出的宅男女神,绝对会引起所有网友的关注。现在这个时代,明星身上发生的大事小情都会引起媒体的关注。

一线时尚杂志《RL》为此事专访金茜莎。杂志封面上,金茜莎装扮得很淑女,一袭粉色裹身裙,静雅端庄。她的言论也让绝多数男人踊跃转发：玉女并没有过时，它应该是每个女孩对自己的要求。

"保护自己的身体就是保护自己的尊严，每个女孩都应该郑重对待男女行为，对自己和感情负责。千万不要把这种行为和功利挂钩，更别以此作为手段争取名利。"金茜莎安静温柔地在镜头前倡议，女孩子要重新学会珍重自己。不少人由此联想到了安心如和张少澜的绯闻。这一席话让金茜莎成为新时代女孩的道德楷模。

国内最火的演讲节目请金茜莎去宣讲女孩应该如何珍爱自己；最顶尖的大学请她去开讲座，讲讲如何在这个喧嚣的时代里学会自爱；十多个高端品牌蜂拥而上，要跟她合作；据说她的片约已经数不胜数……

在片场，安心如和金茜莎正在对戏。"你想要什么就有什么，我想要什么就得付出一切去争取！你有相貌、有家世、有人疼爱呵护，而我因为出身不好，就应该自生自灭？！"安心如一身黑色劲装，嘴角渗着血，红着眼狠狠地盯着金茜莎质问。

金茜莎一袭嫩绿长裙，神态冰冷地俯视着躺在地上的安心如，半晌，淡淡一笑道："人同命不同，有时候，世间就是这么残酷。有些妄想本不该有，你还是死心吧。"她睨着安心如，眼中光芒四射。多时不见的得意终于显露出来，但很快又被她掩盖住。安心如在心中暗暗叫了个好，金茜莎终于学会了掩饰，可惜已经晚了。

这一场拍完，安心如站起身来，想坐在椅子上休息会儿。金茜莎的经纪人刘谦乐突然走过来,将安心如的椅子拿走。安心如挑眉看了看他,说道:"那是我的椅子。""我们莎莎要拿来放东西。"刘谦乐扬着下巴,用鼻孔看了一眼安心如,接着往前走。安心如一把抓住他的胳膊:"放下。"刘谦乐毕竟是个男人,伊娜不在,他在片场无所畏惧:"你懂不懂规矩?我们莎莎现在咖位比你大,拿你椅子是给你面子。"安心如笑笑,猛地一推他,体重不到一百斤的刘谦乐连退了好几步,跌倒在地上。他恨恨地看着安心如:"靠绯闻出名的果然没素质。"

安心如不答话,只是扫了他一眼,提着椅子就走。身后,金茜莎在喊刘谦乐:"乐哥回来,没必要跟她争。"王吉一直坐在边上看好戏,看安心如回来,才笑说:"你根本不必跟他针锋相对,让他得意几天,再痛打落水狗多好。"剧组的人基本都跟安心如关系好,这得益于伊娜当初的好人缘,看安心如胜利归来,有看热闹不嫌事大的还带头鼓起掌来。金茜莎不为所动,不一会儿就换下戏服,穿上短裙,带着经纪人和助理向外走去。走到安心如身边的时候,安心如正忙着在笔记本上写写画画。金茜莎顿了顿脚步,终于没忍住,走到安心如跟前,看着安心如咳嗽了一声。

安心如闻声抬头,就看见金茜莎冰冷的目光注视着自己,一开口,声音中的敌意丝毫不加掩饰:"我说过吧?你抢走的,我都会抢回来。"安心如抿嘴笑笑:"那你加油,很棒!"金茜莎被她噎了一下,说不出话来,只得冷笑一声,鄙夷地打量了安心如片刻才走开。刘谦乐刻意放大的声音回响在安心如耳边:"莎莎,今天又得给 SN 拍一帧广告,还真是挺忙呢。"金茜莎淡淡地说:"得谢谢安心如给咱们这个机会。"刘谦乐怪笑着,伴着金茜莎一路走出去。

连王诺都看出不对劲了,走到安心如身边说:"好好演你的戏,别因为他们影响心情。"安心如冲王诺展颜一笑,低头不语,继续写写写。过了一会儿,安心如上网看看进展。金茜莎的关注度俨然领跑众小花旦,她已经成为老牌玉女在新时代的接替者。一个高端智能手机品牌和一款顶尖女性保养品的广告花絮已经流出,品牌方开始大量给金茜莎做宣传,现在只等正式广告投放了。她点点王吉,笑了笑:"应该开始了吧?"王吉抽着烟,不疾不徐地拨出电话:"照片今天可以投放了。"安心如笑眯眯地跟伊娜视频聊天。明天伊娜就要做手术了,索性让她开心些。

照片是由刘大美放出去的。让他占这个便宜,也是因为伊娜跟他关系好。刘大美一看照片,差点顶礼膜拜伊娜,激动得抱着伊娜不撒手。可怜伊娜一个女汉子硬生生被刘大美这个略显阴柔的男人抱得红了脸。谁都知道现在娱乐记者背后也是有资金支持的,刘大美的大美娱乐也不例外。一旦背后有了投资者,盈利能力就成为最为重要的考量标准。要不是法律管得严,不少娱乐记者大概就要蒙着头瞎编了。

刘大美靠安心如的绯闻起家,近期后继乏力,作为大美娱乐的法人,天天急得烧香拜佛。金茜莎这组照片的出现,简直是雪中送炭,助他在一众娱乐记者中脱颖而出。今天网上有国外局势动荡的新闻,大美娱乐也不是娱乐记者中的佼佼者，众人本没想到效果会这么明显、这么猛烈。在所有人把金茜莎当成玉女代言人，希望她在这个灯红酒绿的时代重新扛起玉女这杆大旗的时候，网上突然爆出了金茜莎和吴立群或搂或抱，在泰国鸳鸯戏水、拥吻在一起的照片。

网友们再次炸锅，直叹大事年年有，今年特别多。想想金茜莎长发白裙的一贯装扮，看看街边广告牌上她纯洁的脸，再回忆回忆她曾经的言论：女孩子要自爱，要懂得保护自己，要维护自尊……网上充斥着一片骂声，骂什么的都有。父母们不希望这样的偶像带坏孩子；少女们觉得金茜莎和一个老头子搂抱亲吻，太过拜金；而宅男们，这群受骗最深、昨天还把金茜莎当作女神膜拜的人，情绪反弹是最激烈的。

常年和键盘打交道的宅男其实是最会骂人的。引经据典的有之，连贬带损的有之，直接爆粗口的更有之。宅男们扛起了冲锋的大旗，将金茜莎的事迹和照片散布到全网，将她骂了个狗血淋头。金茜莎的形象一落千丈。SN 站出来辟谣，说金茜莎和吴立群是忘年交，一清二白，那张拥吻照也只是角度问题，一切都是网友想太多。安心如看到 SN 的声明，当时就乐了。这年头最不能干的就是把网友当傻子，更不能说他们想太多。你说他们想太多，他们就能千方百计地证明他们没有想多。很快，金茜莎的每一个动作表情都被无数或真或假的心理专家拿出来细细分析，一举手、一投足、一蹙眉、一眨眼都被解读为心术不正，从前的纯洁形象荡然无存。

SN 一看情势不好，由吴立群的太太拉着金茜莎的手，亲自出来解释。她声泪俱下，诉说这些年和吴立群携手打拼的不易，痛斥这一定是竞争对手出的招，想搞垮 SN。吴立群的太太端庄典雅，颇有风姿。她哭得可怜，倒让一些网友开始心存疑惑。没道理正牌妻子会帮第三者说话吧。有人开始倒戈，号召网友们理智地看问题。其中也包括华龙网的一些资深宅男。王吉和安心如一看风头貌似要过去，赶紧又给刘大美传了几张照片。吴立群的太太横眉竖目，拿着一杯咖啡泼向金茜莎。金茜莎头上、脸上全是咖啡，狼狈不堪，愤愤地瞪着吴太太，手也握在了咖啡杯上。这是王耀庆第一次把这些照片给吴太太看时，私家侦探查知两人要见面，由王耀庆授意拍下的。现在照片一面世，网友更多的是无奈。吴太太才刚说金茜莎像是她的女儿一样，就又爆出两人怒目相对、恨不得杀死对方的照片。这怎么看都不像是亲如母女。

吴太太是个聪明人。此事一出，她直接上法庭起诉离婚，含泪控诉吴立群和金茜莎通奸，将她蒙在鼓里，这回才真正清醒。根据相关法律规定，吴太太起码能分走吴立群三分之一的不动产和 SN 的股份。而金茜莎这朵小花则彻底掉落尘埃。金茜莎被 SN 解约，手上的代言也因丑闻而丢失殆尽，并且要赔偿不菲的违约金。番茄文化不愿意承担违约金，张少澜想帮她，金茜莎却死活不接受。她变卖了所有房产和一辆车，将手头除了 SN 之外的代言一一赔偿。没有人再愿意找她演戏，没有人给她代言机会，也没有人敢在这个时刻与她捆绑在一起。

王诺的《永夜记事》成为她最后一项工作。刘谦乐在片场哭丧着脸,见人便哥哥姐姐地叫,连剧务都成了他的大哥。他甚至还挨挨擦擦地跟王吉套近乎,问他耀庆娱乐最近有没有要人的打算。王吉笑笑,没回答他,因为紧接着还有一个大打击在等着他。王诺苦着脸,站在金茜莎面前,不知道该说什么。

《永夜记事》所有书迷联名提议换掉金茜莎。这些书迷是当初最支持金茜莎的。当时他们相信了金茜莎遍布全网的通稿,相信金茜莎就是女主的化身,可现在他们发现自己被彻彻底底地愚弄了。书迷们愤怒至极,表示剧组不换人,他们就要抵制这部剧。因为他们是对书中角色投入感情最多的人,所以最不能接受金茜莎本人真面目的也是他们。王诺他们完全知道这帮书迷的力量。这些书迷会是第一批忠实粉丝,也是会自发宣传这部剧的人,作为一部没有雄厚资本做支撑的网剧,这些书迷他们是真得罪不起。

金茜莎这次又不像安心如,只是被拍到去了欧怀家,且安心如和欧怀的录音刚放出来不久,事情就开始反转。这是实打实地拥吻、泼咖啡,都是证据确凿啊。这么多天了,也没个反转,看来金茜莎和吴立群这件事基本就是板上钉钉了。金茜莎演《永夜记事》第一女主角,这部剧恐怕连网站首页都上不去,更别说给推荐了。王诺苦着脸、挠着头,站在金茜莎面前不知该怎么说。金茜莎看了看王诺,问道:"导演,您到底有什么事儿?""小金啊,"王诺边想措辞边说,眼睛左右躲闪,自己都没发现他对金茜莎的称呼变得随便了,"你看,剧组现在周转不开,只能减人或降薪。要不你还是……"金茜莎的脸色瞬间变白,刘谦乐大声嚷嚷:"王导,您可不能落井下石啊!"

王诺的脸涨得通红:"小金,我也是没办法……"金茜莎低下头,整个人像是被抽走脊梁一样软了下来。她忍了又忍,还是没忍住,抽泣了起来。她刚得到消息,番茄文化那边要雪藏她。金茜莎全盘皆输,名声没有了,财产没有了,前途也没有了。张少澜也不再是她的了。自从那晚他说把她当妹妹的时候开始,就不是了。她只是想快点儿往上爬,爬到张少澜身边,让他能更喜欢自己而已。她只是以为美色是一件无往不利的武器。可现在她真的知道错了。她太天真了。出了事以后,以前为她的相貌所倾倒的人仿佛没有迷恋过她一样,一个比一个跑得快。从前的无往不利只是错觉。从此以后,娱乐圈没有了她的一席之地。多年以后,人们能记住的只会是她的丑闻。

金茜莎看着对面安坐不动的安心如,一股无奈的不甘油然而生。她彻底输了。金茜莎摆了摆手,说道:"王导,我懂。我走!"金茜莎咬咬牙,收回看安心如的视线。此刻她最恨的,除了安心如,便是李渔期。一步一步教她犯了众怒的李渔期依然是番茄文化高高在上的一姐。王吉看了看对面的金茜莎,不再为她费心。她已经没有这个价值了。

"你一直闷着头在写什么?"王吉有些好奇地问。"剧本啊。"安心如忙得顾不上管金茜莎那边的事。"金茜莎要没有被捧得那么高,也许还能挽回,可她站得太高了,被捧上了'玉女第一人'这个位置。一旦绯闻出来,玉女形象不在了,粉丝肯定不允许她继续演这部剧了。趁这个机会,也许我能把第二女主角塑造得更好些。"

王吉惊愕地张大嘴看着安心如,脸上写着"服"字,一时不知该夸她敬业,还是说她想太多。还没等他说话,安心如抬头问他:"那个重型摩托车的广告谈得怎么样了?他们的老板为什么非我不可,你问了吗?"

第九章 爸爸醒来

金茜莎戴着棒球帽、墨镜、口罩，坐在张少澜的车里。她的助理、经纪人全都另谋出路了，他们都知道她几年内是缓不过来了。绯闻可以出，但和可以当父亲的富豪传出绯闻，没有人接受得了。如果说两人忘年恋，也可以解释，可这个富豪有妻有子，而她还被拍到和人家的妻子对峙。最重要的是，谁都能看出来她只是为了代言。可她偏偏是玉女接班人，卖的人设是纯洁自爱。这是真正的跌落云端，而且往上爬的路遥遥无期。此时离开国内是她唯一的选择。

"谢谢你来送我。"金茜莎眼神呆滞地看着前方。张少澜心情复杂地看了她一眼："演艺圈不适合你，别回来了。国外没有那么多人知道你的事，好好生活。""呵呵，怎么没人知道？我爸昨天打电话来了，说家里不认我这个女儿了。"她摘下墨镜，盯着张少澜，"你明知道我家里重男轻女，我从小就不受待见，你为什么不能帮我渡过这次危机？"

张少澜叹了口气："莎莎，很多事不是你想怎么样，事态就会按照你的想法去发展。这次的事猝不及防，而且你之前站得太高了，引起全民反弹，谁都帮不了你。""说得这么冠冕堂皇，还是为了安心如吧？"金茜莎冷笑一声。张少澜皱了皱眉："回去好好磨磨你的性子，别再这么任性了。"

说话间，到了机场。金茜莎下车，回头看看张少澜："其实，我什么都没做错，只是错爱了你。"说完，她摔上车门，头也不回地走远。

张少澜目送她离开。当年，这个曾经蹦蹦跳跳的小丫头说要来

第九章·爸爸醒来

陪他一起走这条路，现在却带着拜金虚伪的名声走了。张少澜又叹了口气。如果不是家中太过重男轻女，她必须争先才能得到关注，也不会养成她凡事好强、不择手段的性子。张少澜深深庆幸自己有个好父亲，给了他足够的关怀。想到这里，他的脸有些扭曲。他害怕某天他得到的父爱都得还回去……

《永夜记事》剧组及时更换第一女主角，大部分书迷对剧组的识大体还是赞赏的。即便剧组表示电视剧要推迟上线时间，书迷也表示可以等。没有第一女主角的这段时间，王诺争分夺秒地把第二女主角和第一男主角的对手戏拍了个七七八八。第一男主角刘宇哲在片场总是笑眯眯的，一直很低调。他的演技时常上下起伏，在线时演技不输老艺术家；不在线时，演得惨不忍睹。他给人一种拍戏十分不认真的感觉。身为第一男主角，却像是来客串的。王诺有时候也发愁，当初试戏的时候，刘宇哲是他的老师推荐来的，那段生死诀别的戏被刘宇哲演得感人肺腑又不落俗套，从而拍定他演第一男主角，谁知道开拍了，他的演技却起伏不定。要说换人吧，刘宇哲演技在线时，演得实在是不错，王诺又舍不得。之前剧组的纠纷，刘宇哲一直啃着西瓜当观众，看得直乐呵。如今没有金茜莎和安心如的纷争了，王诺天天盯着刘宇哲，弄得刘宇哲开始郁闷了。

"心如啊，晚上没事儿，咱俩叫上大家出去喝点儿？"刘宇哲穿着机车服、牛仔裤，摘下酷酷的墨镜，对着安心如一笑。安心如瞥了他一眼，冲着一边瞪过来的王诺努努嘴："先把你迟到的事混过去再说吧。看见没？王导脸都黑了，你消停点儿吧。"刘宇哲苦着脸，蹑手蹑脚地去换戏服化妆了。

"心如！心如！"一群少女在不远处狂热地叫她。安心如理了理头发，用偶像标准的温和笑容走过去，拿着小姑娘手中的笔，问道："我该签在哪里？""不是不是，你帮我跟刘宇哲要个签名呗！"小姑娘们忙不迭地摆手解释，"他一路上骑得太快，我们雇的车总比他晚一步。"安心如的脸僵了一下，装作撩头发，摸了摸发烫的脸，干笑着说："哈哈，这样啊，你们等等哈。"

她拿着纸笔转身走向刘宇哲，脸上的尴尬一时还没消去，走到刘宇哲面前时，神情很古怪："你的粉丝要签名。"刘宇哲早就看到了那边的情况，这时再看看安心如尴尬无比的脸，一时绷不住哈哈大笑起来，气得化妆师直跳脚："完了！一笑全毁了！"安心如不知该哭还是该笑，表情怪异地看着刘宇哲边笑边签名，等他签完，又好人做到底地送还给粉丝。整个剧组都看到安心如出糗，强忍着笑工作。王诺坐在王吉身边感叹："现在的剧组才是出成果的剧组啊，一团和气又阳光，多好啊……"

王吉笑眯眯地看着跟化妆师逗闷子、气得化妆师一佛出世二佛升天的刘宇哲，不经意地问："这喜剧苗子你是从哪儿找来的？""我上学那会儿的系主任推荐的，你别说，这孩子好好演的时候，演技绝对能在现在的圈里排上号。可他就是不认真。"王诺看着刘宇哲犯愁。

王吉眯眯眼，以一个经纪人的眼光打量着刘宇哲。高大、帅气、阳光，五官立体分明，有着男孩的调皮，又有男人的硬气，吸引粉丝的能力绝对一流。之前他一直在边上吃瓜看戏,也没怎么发挥演技,整个人看起来吊儿郎当的,所有人就都忽略了他。现在剧组清静了,大家这才发现剧组里还有个完全可以和张少澜相比的帅哥。张少澜如果是俊美到极致,刘宇哲就是帅气到极致。唯一的缺点就是,刘宇哲总是一副不正经的样子,经常气得王诺拍桌子。不过今天,刘宇哲演戏比较认真。他和安心如对戏的时候,搂着安心如,眼中的泪要掉不掉,似有似无地叹着气,不舍、不甘,却又无可奈何地与安心如话别。遇上一个好对手,对演技的激发绝对不亚于一个好老师。

今天的刘宇哲让安心如的演技也被激发出来,甚至超常发挥。她颤声道别,轻轻挥手,转身一个落寞的身影……两人自此一别,再见面就是不共戴天的仇人。所以这场戏很重要。两个演员发挥出色,一条就过,王诺兴奋极了。

王耀庆站在场边看着安心如。这几天,安心如的心情明显好了很多。伊娜手术顺利,再住院一段时间就可以回家了。安心如放下一块心病,前段时间对付欧怀和金茜莎时候的戾气也消失了。现在经常露出她这个年纪该有的俏皮活泼。她笑得越来越欢畅,也越来越喜欢开玩笑了。这也许跟剧组有刘宇哲这个活宝有关系。

今天王耀庆就是来看刘宇哲的。王吉给他打了电话,说剧组有个少年,虽说平常吊儿郎当的,但身上有成为一线偶像的潜质。王吉甚至把最高的评价给了他:"他有成为巨星的可能。"刘宇哲现在还没有经纪公司,不知道是什么原因,但如果他真如王吉所说的那么优秀，那王耀庆对他的兴趣还是相当大的。一场戏拍下来，安心如还在缓和情绪，刘宇哲已经变脸。现在他拿出一副扑克，招呼人跟他斗地主。在响应者寥寥的情况下，他又不气馁地拿出塔罗牌要给人算命。剧组里只看见他一个人跑来跑去，跟这个聊会儿天，跟那个斗会儿嘴，一会儿都闲不住。

王耀庆又看了一会儿，招手叫王吉过去说："抓紧签下来，这种有个性的偶像现在稀缺。"顿了顿，他又补了一句，"但是他的多动症得改。"王吉哭笑不得地看看满场飞奔如花蝴蝶的刘宇哲，斟酌着点点头。这时候王耀庆手机响了。他看看号码，摆手示意王吉去忙，然后走到一边才接起来："逸飞，怎么样了？""为了帮你这个忙，我都跑美国去了。你回头可得好好补偿我。"那边抱怨道。"没问题，你先说调查结果。"王耀庆轻笑着说，显然他跟这人关系不错。"这个张少澜有问题啊！"那边缓缓地说出一句话来。

"他有什么问题？"王耀庆往安心如的方向看了一眼。"这事儿就说来话长了……"秦逸飞咂巴一下嘴，把这句话的余音拖得很长。王耀庆皱皱眉："你不是一直喜欢华龙网'邻家小妹'评选出的第二名赵又迪吗？你回来我介绍你们认识。""够意思！"秦逸飞笑笑，"我这次调查，就好像听了个琼瑶故事。张少澜他爸张连英的家族在华侨里算是非常有钱的，勉强够上豪门的边了。他妈当年跟个灰姑娘似的，一穷二白靠着感情就嫁进了张家。张家一直嫌弃她，想再给张连英找个门当户对的妻子。后来灰姑娘受不了这份罪,大着肚子跑回国,结果刚回国就出了车祸。人死了,留下一个孩子,被送去了孤儿院。过了好几年,张连英才找到那家孤儿院。"张少澜是在国内长大的?"王耀庆挑了挑眉,"他对外从没宣传过。""他公司不是一直在给他营造贵公子形象吗?粉丝也喜欢这个形象,孤儿院的事自然是能不说就不说。"秦逸飞嗤笑了一声。

"那也没有什么大问题呀。"王耀庆接着问,"你肯定还查到什么了。""接下来可就精彩喽!"秦逸飞语气迅速变得八卦起来,"我查那家孤儿院,你猜查到谁了?"王耀庆看着补妆的安心如,不知从哪儿来的直觉,脱口说道:"不会查到安心如了吧?""对啊!就是她!"秦逸飞大声说道,"她跟张少澜是一起长大的!而且,张连英的妻子生孩子时一团乱,记得孩子是男是女的已经不多了。张连英按照生子日期去找孩子的时候,恰巧孤儿院档案室着火了,就这么把张少澜领走了。但我跟张家其他人打听的时候,都说张少澜是自己报的生日,孤儿院的院长现在老了,记性不大好,只隐约记得应该是安心如比张少澜大三个月,最后不知怎么反过来了……"

王耀庆的心跳快了起来,有些颤抖地说:"你跟张家人打上交道了吗?""我认识他们同族一个花花公子,你给我的调查费我全花在他身上了。张连英是他叔叔,我们见过一面。"秦逸飞说道。"给我张连英的联系方式。"王耀庆有些急迫地说。"哎,行。不过我可提醒你,张连英后来跟家里介绍的一位姑娘结婚了,那女的可不是善茬。"秦逸飞好心提醒。"我知道了。对了,把张连英的照片也给我一张。"王耀庆说完，迅速挂了电话。

他站在片场阴凉的角落，看着和刘宇哲对戏的安心如。此时她演的应该是入魔的状态，一身红袍，脸白如玉，双眉斜飞入鬓，眼尾上挑，红唇惊艳。那双眼睛，斜斜一瞥，勾魂摄魄，又带些邪气。刘宇哲一身劲装站在她对面，两人飙戏飙得火花四溅。王吉踱到王耀庆身边，打断了王耀庆心中的惊诧："看见没？这俩演戏还挺有火花的。要是把刘宇哲签下来，跟安心如炒炒绯闻，那就是两个聚宝盆啊。"

王耀庆笑了笑，没说话。刘宇哲虽然年纪小，却充满了男性荷尔蒙气息，足以吸引从少女到少妇全年龄段的女性。安心如身上自带的性感妩媚和刘宇哲的男人味正相配。但王耀庆却说不出让他们炒绯闻的话，就算知道能大火，也不愿意让安心如和别人出双入对。为了安心如，他竟然请出国内私家侦探鼻祖级人物秦逸飞飞到美国去调查张少澜，王耀庆自己都觉得他越来越像毛头小子，为了求爱不择手段了。一边的王吉半天没得到回应，诧异地抬头看了看王耀庆。

他那张侧脸轮廓立体，五官分明，双眼深邃依旧，正痴痴地望着安心如的身影。王吉愣了一下，那眼神跟当初一模一样！"咳咳！"王吉打断了王耀庆，"你多久没有谈恋爱了？""几年了吧。"王耀庆收回目光，淡淡地说。"不想找女朋友吗？"王吉又问。王耀庆笑了笑，问道："你是不是看出什么了？""你看安心如的眼神不对啊。"王吉说。"我喜欢她。"王耀庆直截了当地承认，"非

第九章 ♦ 爸爸醒来

常喜欢。"

王吉沉默了一会儿，想来想去，还是说道："当初你是怎么颓废的，你可别忘了。""这次不会。我对她有信心。"王耀庆信心满满地看着安心如说。王吉没回答，默默看着不远处光芒四射的安心如。一样的性感妩媚，一样的聪明伶俐，一样的目标明确，知道自己想要什么。"你确定你不是把安心如当成她的替身了？"王吉慢慢地说。王耀庆身子一僵，眼中透着困惑。他看了一眼王吉，后者依旧一脸波澜不惊。王耀庆抿了抿嘴，想说什么又闭上了嘴，转身快速走远。

安心如此刻正在休息。她和刘宇哲的戏又是一条过，让王诺暂时忘记了没有第一女主角的烦恼，乐得眉飞色舞。看到慢慢踱回来的王吉，安心如笑着问道："上次那事儿你问了吗？""什么？哦，重型摩托车的广告啊？"王吉先是发蒙，然后恍然大悟地说道。"对啊，为什么他们不去找个硬汉，却非找我不可？"安心如疑惑道，"我可不信什么天上掉馅饼，明明他们的消费者和我的粉丝并不重合。"

王吉在脑中整理了一下这两天得到的消息，斟酌着说："他们的老板叫罗阳，投资项目不少，名下不仅有摩托车品牌，还有很多大型商业写字楼，挺糙一个老爷们儿。说是就看你顺眼，广告非要你拍不可。""这里头别是有什么猫腻吧？"安心如满眼的不信。"能有什么猫腻，合约一样签，广告一样拍。我看就是那人欣赏你而已。"王吉认真地说。他找了几个朋友问了问，罗阳糙老爷们儿一个，也多次说过想请安心如拍广告，看安心如挺顺眼，应该没什么事。

王吉心里还有另一个盘算，他看看安心如，慢慢说："你也不能一直在网剧里打转。要是能多一批中产阶级的粉丝，说不定可以进入电影圈。""这倒算是个好出路。"安心如想了想，又轻轻皱眉，"可是，就凭一个广告，难了点儿吧？""你不是善于营造人设吗？慢慢再想办法呗，怎么也得先试试啊！"王吉有些心不在焉地说。王耀庆的眼神还在他的脑海里飘来飘去。上一次他这么动情时受了多大的伤，王吉是看在眼里的。就因为那一次的情伤，王耀庆才发了狠地往上爬，几次疲累交加差点儿出问题被送进医院。现在他又喜欢上了同一个类型的人，王吉不由得担心，王耀庆再全心投入一次，如果因此受了伤的话，他是否还承受得住。想到这里，他试探地问安心如："心如啊，你现在还是单身？"

安心如奇怪地看了他一眼："我单不单身你还不知道？孤家寡人一个。""你不想谈恋爱？"王吉又问道。"等我先达成目标再说。"安心如这话一说，王吉心里突然一沉。目标明确，不动辄分心，她和之前那个女人太像了。"你的目标是什么？"王吉有些急迫地问。安心如更加好奇地瞄了王吉一眼："你今天怎么了？"她想了想，又说道，"我想站得高一点儿，醒目一点儿，这样，我看不到的人就能看到我。"

"这是什么意思？"王吉皱着眉回味这段绕口令。"就是字面意思。"安心如笑了笑,站起身来,又要开始忙了。远处,张少澜高挑的身影映入眼帘。今天是他客串的第一场戏,和安心如的对手戏。王吉抿嘴没说话,仍沉浸在自己的担心中。伊娜的电话这时打了过来:"师父,心如的电话打不通,是不是在拍戏呢?"王吉"嗯"了一声,伊娜紧接着报告了一个大消息:"跟她说一声,她爸醒了。"

一身黑袍,长发束起,面如冠玉,一双狭长的眼中全是肃杀。张少澜的扮相一出来,整个剧组都暗暗叫了一声好。王诺尤为兴奋,原著中的魔教教主就应该是这样的,亦正亦邪,举手投足间让人神魂颠倒。尤其是张少澜的眼神带着邪魅,薄唇似笑非笑,剧组好几个小姑娘都着迷地盯着他不放。跟他对戏的安心如都被他的扮相惊艳到了,扬了扬下巴说道:"不错啊,秀色可餐。"

张少澜瞅瞅一身红袍、妖娆至极的安心如,仿佛已经入戏,勾起唇角慵懒一笑:"你也很不错。"俊男美女在一起最大的效应就是能让别人瞬间窒息,尤其是看他们对戏。张少澜捏着安心如的下巴:"这一生你都别想逃开我。"安心如眼中全是挑衅,轻轻一笑:"我们可以试试。"两人双眼对视,仿佛噼里啪啦直冒火花。

王诺兴奋得直搓手:"太好了,太好了,就是要这个感觉!"一场戏下来,张少澜格外卖力,几乎是贡献了演艺生涯中最好的表演。被他带动起来的安心如也把第二女主角后来的邪气不羁演得栩栩如生。演完这场戏,安心如坐在场边,自己泡胖大海喝。最近她声嘶力竭的戏有点儿多,不得不抽空就煲点儿梨水,弄点儿胖大海带着。

　　王吉皱了皱眉。他是金牌经纪人，早就不干照顾人的活了；他又是个男的，笨手笨脚地帮不上忙。"你需要一个助理。"王吉开口道，"整个剧组只有你和刘宇哲没有助理。""不用，我现在还没有红到无暇照顾自己的地步。"安心如干脆地说，"再说我可不喜欢身边有不熟悉的人。"王吉抿了抿嘴，没有与她争论。他看看今天的戏要演完了，安心如不用酝酿情绪了，才淡淡地说："伊娜给你打电话你没接，有个好消息：你的父亲醒了。"安心如一口水呛在了嗓子眼，咳个不停。

　　王吉正要给她拍背，张少澜抢先走了过来，轻轻拍着安心如的后背。王吉的眉头再一次皱起。单是王耀庆动情，他就够担心了，现在还来个三角恋，真是越看越麻烦。"我爸什么时候醒的？"安心如接过张少澜递上来的纸巾，擦了擦嘴，看着王吉问。"我不知道，伊娜刚打来电话，想来他应该是刚醒。"王吉回想着说。安心如有些发呆，坐在那里半天不说话。

　　"你不去医院看看吗？王导刚说今天没你的戏了。"张少澜问道。安心如摇了摇头，又开始发呆。过了一会儿，她才笑笑："我不想让他们离开我，但我早就习惯他们这么安安静静了。他们要是醒了，我又有点儿害怕。""怕什么？"张少澜轻声问，王吉也好奇地在一旁竖起耳朵听着。"怕他们醒了不消停，继续发挥余热给我找事。"安心如有些疲惫地笑笑。张少澜顿了一顿，站起来说道："先去看看吧，早晚你也得面对。我正好去医院，我送你。"

第九章 ❖ 爸爸醒来

安心如抱着头低低呻吟了一声，才猛然抬起头来："死就死了，走吧！"她站起身来，招呼王吉一起，却没注意到王吉惊讶的眼神。安心如和张少澜互相敌视的状态不知道什么时候改变了。看着现在他们越来越熟络，王吉的心却越来越往下沉。跟王耀庆多年好友，他当然站在王耀庆这边。一想到王耀庆动情时有多深情，再一看这两人熟悉的样子，王吉心里就直打鼓。"可千万别让他再伤心一次啊。"对这件事无能为力的王吉，只能默默祈祷。在王吉的忐忑中，一行人到了人民医院。

安心如的父亲安民已经被转移到普通病房。安民是个长相周正的中年人，只是斜斜挑起的眉毛和过薄的嘴唇让人觉得此人有些刻薄无情。他刚刚醒来，眼神中全是迷茫，不停地环视着病房。因为王耀庆的关系，院长关照他住进单人病房，此时他身上还插着几个管子，脸色蜡黄。安心如把张少澜和王吉都安排到伊娜的病房去，自己独自上楼，走进安民的房间。安民骨碌碌直转的眼珠在安心如走进来的时候终于定住了。他松了口气，眼神中不再惶惑。

"心如……"大概知道自己抛下女儿逃跑不地道，安民表情有些不自在，声音也有些沙哑。"感觉怎么样啊，爸？"安心如笑了笑，坐在安民床前，仿佛什么都没发生过一样。"还行，就是你妈还没醒，我挺担心。"安民讪讪地干笑。"哎呀，你还挺深情的呀，对我妈不离不弃。"安心如挑了挑眉，"放心，祸害遗千年，你们不会这么早挂的。"

"你！"安民的眼睛瞪圆，刚才的畏畏缩缩一扫而空，"我给你脸了是吧？几天不挨揍，你又皮痒了？我是你爸，那是你妈，你怎么说话呢？没我们，你连命都没有，你就这么报答我们？""你也知道你是我爸、她是我妈？败光家产欠一屁股债撒腿就跑，你这是哪国的爸妈做的事？我要不是自己能挣钱，早就让你害死了！我还得为了你们的治疗费和债务到处想办法，你现在还想给我摆架子？"安心如一点儿没留情，破口大骂。

"要不是这样，能逼得你成了大明星吗？"安民丝毫不让步，"你现在赚了大钱，就不想认我们了是吗？我听说你还把你舅舅整了？""他要勒索我，我还让着他？"安心如冷笑一声，"我现在多少有了点儿名声，可你知道我银行存款有多少？""多少？"安民的眼睛冒出了光。"三万！"安心如又愤怒地喊起来，"我接了一堆工作，钱全给你还债了，到现在我全部身家只有三万，爷爷奶奶家都不能回去住，只能住在别人家里！"

她说着说着，眼泪就在眼眶里打转："要不是看在爷爷奶奶的面上，我根本不会管你们！""当年是谁把你从孤儿院领回来的，你这个忘本的东西……"安民咬着牙骂骂咧咧，却突然住了嘴。安心如把桌边的茶杯拿起来，摔到了安民的床上，被褥都被弄湿了。她深吸了一口气："趁我还有耐心，你还是闭嘴吧。你既然知道我整舅舅，肯定也知道我是怎么整他的。别惹我，爸，我对你们二老的忍耐已经到极限了。""你现在可真是翅膀硬了，敢跟我动手了？你看我不打死你！我告诉你，我一出院就找记者曝光你，你不孝，打骂父母！"安民气得骂骂咧咧，作势要下床。

第九章 爸爸醒来

安心如后退了一步,抱着胳膊,冷冷地看着他不说话。安民呆了一呆,一时骑虎难下,只得真的下了床,走到安心如面前,咬牙抬起胳膊。"你干什么?"片刻后,安民龇牙咧嘴,瞪着眼前高大俊美的男子惊疑不定地说。男子是张少澜,他抓着安民的胳膊,冷着一张脸,淡淡地说:"我是心如在孤儿院时的朋友。你最好对她好点儿,如果你不懂怎样做个慈父,我有很多种方法可以教你。"张少澜的心中此刻惊涛骇浪。他现在彻底理解安心如为什么会那么恨他了。

她多恨他都是应该的。如果不是他,安心如应该过得比现在好多了,至少不用在演艺圈里咬牙挣扎。她会有个慈爱的父亲,而不是眼前这个一脸无赖、抛下女儿跑路的男人。张少澜甚至在想,如果当时知道自己的一个谎言会让安心如遇上这样的父母,他还会不会撒谎?"你这样的人怎么会有那么好心,去孤儿院领养孩子?"张少澜问出了安心如心里一直存在的疑惑。

"你……你管得着吗?"安民的眼珠子转了转,显得有些慌乱,"不管你跟她是什么时候的朋友,也不能管我们的家务事!"他突然想到一件事,"除非你和我女儿是男女朋友关系。"安民转而变得趾高气扬,"那我就是你岳父。你现在应该愁的是我会要多少彩礼!"张少澜叹了口气,松开了安民的胳膊,对安心如诚诚恳恳地道了个歉:"对不起,我当时真的不知道。"安心如白着脸,气得不轻,冷笑道:"你说我能不恨你吗?你再说多少个对不起,也没什么用。"

张少澜还想说话，伊娜和王吉也推门进来了。伊娜进门就嚷嚷："老爷子，你要这么对心如，那就是你的不对了。"她愤愤地说，"你一走了之，所有的债都是心如扛的，怎么一醒来连一句好话都不说？""哪来的丑八怪，我跟自己女儿的事情跟你有什么关系？"安民瞪起了眼。"你这人怎么为老不尊呢？"伊娜和安民你一句、我一句地吵了起来。直到护士闻讯匆匆赶来，将两人分开："当这里是菜市场呢？就留一位家属，其他的没事散了吧！"伊娜气呼呼地又瞪了安民一眼，边往外走边说："你这种人，真不知道当初为什么要去领养孩子？"安民脸色一变："你们老问这个干什么？我都解释过了。"

"你慌张什么，我是问你为什么领养孩子，又不是问你为什么杀人！"伊娜看看安民的脸色，好奇道。安民瞪了她一眼，也不说话，转向安心如，语气缓和了些："你看你现在演艺之路走得也不错，咱家的债没几年就能还完，这不是挺好的嘛。说到底我是你爸，父女哪有隔夜仇？"

安心如不说话，偏着脸看着他，眼中全是警惕。"心如，我是你爸，不管怎么打打闹闹，我也比这些外人强吧？"安民意有所指地看看张少澜、伊娜和王吉。"你直说吧，你有什么事儿？"安心如有些不耐烦了。"我醒了也没事干，要不我给你当经纪人？你的钱整天由外人过手，你能放心吗？"安民干巴巴地笑着，搓着手跟安心如说，好像刚才跳着脚骂人的不是他。"噗！"安心如和伊娜同时笑了，又同时瞪大眼看着安民："你做梦呢？""爸，你唯一的长处就是在赌桌上常赌常输,其他活儿,你还真干不了,可别为难自己了。"安心如笑得不能自已。

安民沉了脸,那张脸尤显刻薄:"我是你爸,你连我都不相信,却相信一堆外人!""爸,你别闹了,我什么时候敢相信你了?现在你那堆债还没还完呢。对了,你在医院乖乖待着哈,我可听到风声了,你不知道得罪哪路债主了,人家说等你出去就要砍你。"安心如看了看表,约定的广告拍摄时间已经快要到了,便转身边走边说。"你说什么?"安民的脸更黄了。"我说有人要砍你,乖乖待着,别出去找事!"安心如回头翻了个白眼,重复了一遍,掉头就走。

"心如,你说的是真的吗?"伊娜走在心如旁边,好奇地问,"你从哪儿得到的消息?""我哪有什么消息。"安心如愁眉不展地耸了耸肩膀,"我是怕他觉得自己大难不死必有后福,出去赌钱给我输一个亿。""你这爹呀,可真是天降大难于你啊。"伊娜感叹道。"别说我了,你那爹呢?"安心如瞥了瞥伊娜。"前几天托人来,说是把我从小到大的抚养费都补齐了,想让我不要出现在大众面前。"伊娜耸了耸肩,情绪低落,"他说他小女儿还在国外上学,怕影响她的心情。""呵呵。"安心如一时无语,只剩下冷笑。

"行了,说点儿高兴的吧。"王吉走上前来,对着伊娜说,"徒弟,你出院以后,就给心如当助理吧。我再给她找个商务助理,你就当生活助理吧。""这是……你说的高兴的事儿?"伊娜呆住了,

"你这是把我一撸到底啊，师父。""因为你出师以后成绩并不理想，要不是心如几次保着你，你早就被人换了。现在我要让你回炉重造，重新学一回。什么时候出师，什么时候再当经纪人。"王吉清了清嗓子，接着道，"至于心如的经纪人，要由我无限期地担任下去了。""师父，你就直说你要抢我饭碗不就得了！"伊娜哭笑不得。

"等你合格的时候，我会把这个位子让出来的。现在你就好好一步步学吧。"王吉大步往前走，偷笑的安心如跟在后面，张少澜像是没听见一样走过去，只留伊娜一个人站在原地直瞪眼。转眼安心如就该动身去拍广告了。自从伊娜住院后，她的老爷车就光荣病休了，安心如去哪里都靠打车。张少澜提出要送她，他自己也顺便去试个镜，安心如拒绝了。王吉阻止了安心如叫出租车的动作，笑嘻嘻地指指楼下，要安心如去窗口看看。

安心如一头雾水地走到窗口。伊娜病房窗口的正下方是医院的停车场。此时，一辆亮闪闪的黑色保姆车就停在楼下，一个身形笔挺、身穿西装的女人正站在一旁抽烟。"你最近的工作成绩在公司属于最显著的，因此老板奖励你一辆车。那个女人是你的司机徐眉。"王吉笑着说道。"这……这是老板私人奖给我的，还是以公司的名义奖给我的？"安心如有些不知所措。"以公司的名义。老板知道以私人名义奖励你会给你造成困扰。"王吉接着笑道。

车半个月前就买了，今天才到货。司机也早就开始找了，这几天才找到能让王耀庆放心的可靠人选。王吉苦笑，早在王耀庆为了

第九章·爸爸醒来

找个好司机煞费苦心的时候,他就该看出王耀庆对安心如的感情了。"哇,老板对你可真好啊,老板也奖励过其他人车什么的,但没有出道这么短时间就收到奖励的。"伊娜咋舌道。"作为生活助理,你的第一个任务就是学着应对那辆车可能出现的简单故障。"王吉一句话就让伊娜成功离开了窗口,老老实实躺在病床上不敢说话。安心如看了一眼伊娜那个样子,笑得很欢畅,转身跟王吉下了楼。徐眉是个冷淡的女人,长相平凡,及肩的头发利落地扎起。这会儿,她将西装搭在胳膊上,白衬衣、黑裤子显得干练利落。她将烟头掐灭静静看着安心如一行人走来。

安心如不禁在心里暗暗赞了一声:"帅!"徐眉身上有种气质,让女人不自觉地就要信服,想要靠近和依靠。王吉偷偷地对安心如说:"我要是女人,我都得迷上这样的女人。"安心如颇为赞同地点点头。手机突然响了,是伊娜发了信息过来:"那个司机太帅了,小心被粉丝发现,抢了你的风头。"安心如"扑哧"一笑,迅速给伊娜回短信:"现在才想起为我的事操心,晚了。你师父心意已决,你这个助理做定了,抓紧时间学学怎么煲汤、整理衣服、修车吧!"

"啊!"伊娜只回了这一个字。徐眉话不多,简单跟安心如问好后,问明要去的地方,便开车径直往M&M的广告拍摄地行驶。安心如一路上琢磨着徐眉给人的异样感觉,眼珠子骨碌碌直转。突然,她开口问道:"王哥,你确定那个摩托车老板对我没意思?"王吉正端着水杯喝茶,闻言"噗"一声把嘴里的茶吐回到了杯里。

他懊恼地看着被污染的茶水,盖上盖子叹着气拿了一瓶矿泉水,一口气"咕嘟咕嘟"喝了半瓶,才擦擦嘴对安心如说:"心如啊,你不要想太多了,你也不是什么天仙下凡,可不能对自己有不切实际的幻想。"

安心如大大地翻了个白眼,恨不得以头撞墙:"我是在严肃地思考工作!"一直不开口的徐眉突然说话了:"你这个老哥太磨叽了,安小姐问话,你就说是或者不是就好。"王吉睁大眼睛,看看徐眉:"我招你惹你了?"徐眉从后视镜里淡淡扫了王吉一眼,不再说话。

拍摄地很快就到了,在三环边上一座大楼的摄影棚里。安心如下车,迅速走进大楼。这条广告的导演是业内知名的叶茂生。据传,叶茂生已经拿到投资,要进军大银幕了。他最讨厌的就是迟到,安心如打听到叶茂生的喜恶后,提前一个半小时便到了。

反正闲着也是闲着,安心如又拿出笔记本开始写写画画。第二女主角的命运线又得到了一些小小的修改,从被迫作恶,到向善被拒,到被正派构陷,到彻底魔化,再到临死前醒悟,怀念初见男主时无忧无虑的时光。第二女主角这一生,已经被安心如清清楚楚地画在了本子上。她不再是原著中那个面目模糊不清、只知作恶的剧情推动器,现在她有感情、有思想、有过往,有血有肉,脉络清楚。安心如对她渐渐有了感情。"写得不错,但人临死时大多会回忆童年。那时候才是她真正善良无忧的时候,我觉得比回忆男主要好一些。"一个沧桑的声音传过来。

安心如一回头,叶茂生穿着一件大布衫子,脚上趿拉着布鞋,

第九章 ❖ 爸爸醒来

站在她身后,似笑非笑地看她写东西。安心如脸一红,连忙站起来:"对不起,叶导,我没看到您来。"叶茂生摇摇头:"没关系,你这孩子挺好。"说完,他背着手慢慢走开,去找王吉说话。安心如收起本子,深呼吸下平复心情,不一会儿便投入到了广告拍摄中。

M&M 的广告设计和叶茂生的执导风格都比较适合安心如的路子,安心如只要表现出叛逆、自我、不羁就行。叶茂生也不怎么指导她,只是由着她自由发挥,指挥剧组配合她。除了一些必须停下修改的部分,这条广告拍得还算顺利,品牌方的工作人员和叶茂生都很满意。叶茂生和王吉本来就是老朋友,拍摄完毕,他们站在一边闲聊。一旁的安心如贴着夸张的假睫毛,涂着哑光红唇,一头短发略显凌乱,整个人有一股桀骜不驯的劲儿。这会儿她嘴唇微张着调整呼吸,看眼神,明显还没有走出状态。

"你这个艺人很有表现力,灵气足,知道别人想让她怎么干。"叶茂生看着安心如,对王吉说道。叶茂生很少夸奖人,这一句话倒把王吉说愣了。"那有机会就合作一回呗,我这个艺人拍戏挺认真,还有自己的思考。"王吉抓住机会赶紧推荐。"这点我知道。"叶茂生点点头,"她刚才在场边写剧本,我一直看着呢。""最近手头忙什么呢?"王吉问道。"两个片子,一个艺术片是自己筹的,可能走不了院线,直接送去国外参评。一个商业片,骐达影业牵头的,到时候排片率应该能高一些。"叶茂生想了想,"对了,你们耀庆娱乐也是投资方。"

"你那个商业片筹备得怎么样了?"王吉的职业病又犯了。"基本都差不多了，演员也都定下来了。"叶茂生知道王吉要问什么。"没有给我们心如钻空子的机会了？"王吉笑笑。"我回去看看哈，可能性不大，演员早就都定下来了，大都是带着背景进组，不太可能换啊。"一听叶茂生就是在敷衍。王吉没多说话，转而跟叶茂生聊起了天气。安心如休息完的时候，王吉和叶茂生刚好话别。

叶茂生拍拍安心如的肩膀："好好努力，我觉得咱俩一定有再合作的机会！"谁也听不出叶茂生这句话是真心还是假意，安心如笑着答应，一行人寒暄着走下楼。停车场里，徐眉又在车外抽烟。王吉皱了皱眉："你烟瘾也太重了！"徐眉一边发动车，一边淡淡地说："我抽你烟了，还是在车里熏着你了？"王吉"呃"了一声，再度闭嘴。伊娜这时候打了电话过来："心如啊，我是被刘大美缠得没招了，最近圈里有没有什么内幕可以报啊？大美说他那破娱乐公司快要破产了！"

安心如笑了出来。伊娜和刘大美关系特别好，两人基本属于患难之交。就是两人的相处模式比较奇特，不到困难的时候不联系，一联系保准有事。安心如想了想，对伊娜说："让刘大美等几天，报点儿正能量的新闻，别每天报那些丑闻了。""报谁的正能量新闻啊？这个圈子哪有正能量的事？"伊娜笑了。"我啊。"安心如淡淡地说。"你可别闹了，就数你鬼心眼最多。"伊娜大呼小叫道。"所以我说，让他等几天，我过几天就出正能量新闻了。让他独家报道。"安心如信心满满地说。

挂了电话，安心如一看，王吉正似笑非笑地坐在她的对面看着

第九章 ◆ 爸爸醒来

她："你又想干什么？""这个我还没想好，等我有了全面的计划以后就告诉你。"安心如话锋一转，"那摩托车老板真的没问题？""没问题！我怀疑他就是有钱烧的，加上看你顺眼，但我找的朋友都说他不是想跟你发生什么。"王吉说道。徐眉冷哼一声，不说话，引得王吉不满地看她："你有意见？"徐眉冷冷地回头瞥了王吉一眼，气势十足，引得安心如都开始星星眼了："徐眉，你太帅了。"这回轮到王吉冷哼一声。安心如这时像是下定了什么决心："我想跟摩托车广告的老板先见一面，他要是真的人傻钱多，我就接这个广告！我觉得这是个好机会。"

王吉哭笑不得："你从什么时候开始说话跟骗子似的？""怎么能是骗子呢？我一向是讲究双赢的，我是说老板要是有远见，我就能跟他双赢。"安心如红着脸，自知失言，补救地说道。同一时间，王耀庆坐在电脑前，犹豫了几秒，终于在一封邮件的下方点了发送键，邮件在几秒内，被传送到了美国的某台电脑中。

那个重型摩托车的老板罗阳是个很好说话的人。王吉通过朋友表达出想跟罗阳吃顿饭的意思，罗阳当时就答应了。安心如当时正穿着喜庆的大红色衣服，手上托着两大盒保健品，送到一对慈眉善目的老人手上。她正在拍"健乐"保健品的广告。

大概外国人都觉得大红色、四世同堂是国内的标志，所以广告设计怎么喜庆怎么来。安心如一身红，整个脸都被化得粉嘟嘟的，平添了不少喜气。健乐在美国上市几十年，在那个更注重营养添加的市场，属于最有口碑、销售最好的品牌，从超市到高档百货，都

203

有他们的货架。这次进军中国，比起其他迅速占领市场的品牌，健乐已经算晚的了。据报道，眼看在美国只能给他们当小弟的品牌现在在全球最大的市场称王称霸，健乐的决策层悔得肠子都青了。这次他们拿出了开拓海外市场历史上最大的预算，准备把健乐模式从美国复制到这里，从超市到高档百货，从网络旗舰店到家门口的小卖部，都要有健乐的产品。

不得不说王吉的眼光很毒。一开始他给安心如拿下这个代言的时候，安心如还有些犹豫，这个一看就要走全家福这种俗气路线的品牌规划和她的形象有冲突。毕竟她现在已经是代言 M&M 的艺人了，没有必要再走这种媚俗路线。但安心如研究了几天健乐，又看了几天商界报道，上网找了不少资料，开始由衷地佩服王吉。

美国人花钱把她出演的广告播到所有卫视的黄金时段，她的头像被他们推到全国各个大小超市、百货货柜、购物网站，连规模大点儿的便利店都能看见。用安心如的话说，"这好事儿上哪儿找去？"健乐对代言人的定位是年轻健康，不强求一线明星。一是一线明星的代言费都是天价；二是他们本身就想推一个形象好、有潜力的代言人，跟品牌捆绑，一起发展，这样的长期投入往往能让人感觉品牌有生命力、发展稳定。

根据王吉的消息，本来品牌方看好安心如和赵又迪。可是赵又迪的经纪人短视，并没有仔细研究过健乐背后的巨大潜力，坚持要赵又迪走高端路线。再加上欧怀这件事一出，安心如的形象符合美国人个人英雄主义以及个性第一的审美，王吉托关系找上门，投其所好,用三寸不烂之舌说得天花乱坠,好事就这么落在安心如身上了。据说这几天赵又迪气得要跟经纪团队解约。安心如捡了便宜,乐得躲在一边看戏。王吉倒是跟安心如嘱咐了一声:"对这个赵又迪要多加注意。她能看出这里面的巨大利益,说明她不笨,至少比她的经纪人聪明。你们年纪相当,将来免不了会有竞争。"

反正不管怎么说,安心如成功地把健乐握在了手里。这个广告拍完,她卸了妆,抓紧捯饬了一下,就跟王吉一起去见罗阳了。现在安心如已经不需要像一开始见吴立群那样,费尽心思地想穿什么、化什么妆了,穿着黑色、剪裁简单、大方舒适的牛仔裤,画着自然清淡的妆容,披着一头长发就去富豪酒店跟罗阳见面。罗阳四十多岁,一头自然卷,脸晒得黝黑,眼睛倒是亮得吓人。他身材高大,嗓音洪亮,为人热情好客。安心如进包间的时候,他不由分说上来就给她一个熊抱,差点把安心如抱得窒息。

直到安心如快喘不上气的时候,他才放开手,热情地招呼安心如和王吉坐下,给他们介绍这场饭局的陪客。这些陪客不是花臂,就是脏辫,看外形就知道都是摩托车爱好者。这些人说话做事都粗犷痛快,和健乐品牌方的严谨、M&M品牌方的傲气不同,让安心如感觉放松了些,就像来见朋友一样。王吉一改平时的谨慎,也变得粗犷起来,一坐下就为堵车迟到连连道歉,不由分说自己先干了三杯酒。安心如偷偷跟他说:"你行不行啊,别空肚子喝酒,一会儿喝醉了。"王吉扫了她一眼,带着些骄傲:"除了王耀庆,还没人能把我喝倒。"安心如擦了一把汗,千年老二有什么可骄傲的。

205

罗阳一看安心如和王吉在说悄悄话，便不依了，端着酒杯跟安心如连干了三杯。三杯50多度的白酒下肚，安心如脸色未变，镇定自若，罗阳的眼中带了些欣赏："好！安小姐这个朋友我是交定了。"安心如有些哭笑不得，这么大一个企业家，居然看酒量交朋友。酒过三巡，该说的话也得说了。罗阳喝酒豪爽，来者不拒，这会儿已经有些醉了，只是那双眼睛依然很亮。安心如斟酌着说："罗总，重型摩托车这个东西，说实话我不太懂，我觉得你应该找个硬汉做代言人啊，毕竟你们的消费者不像是会为了女明星就买单的。"

罗阳哈哈大笑，嗓门又大又粗："安小姐真是快人快语。我就叫你心如吧。心如啊，就冲你跟欧怀那种伪君子斗智斗勇的胆大机灵，我个人就很欣赏你；尤其你是为你经纪人打抱不平。我这个人最喜欢仗义的人，尤其是仗义的女人。"他的眼睛发亮，盯着安心如，却没有一丝猥琐，眼里全是欣赏，"我听说过你，你是个聪明胆大的姑娘，跟我年轻时候一样敢想敢拼，所以我想请你做代言人。"安心如被他一通夸，脸不由得一红："罗总过奖了。"她看看罗阳豪爽的样子，想了想，决定实话实说："罗总豪爽坦诚，说实话，给您的产品做代言人是我的荣幸。不过我想问下，罗总这个广告想怎么拍？"

罗阳突然哈哈大笑道："我听人说了，你想法很多，要是你肯接我这个代言，肯定会自己倒腾点儿私货。"安心如有些诧异地问："罗总是听谁说的啊？"罗阳摇了摇头，一脸神秘道："不能说，不能说。"安心如还想趁罗阳喝醉再问，可抬头一看，罗阳眼睛雪亮，透着一丝狡黠,她突然明白罗阳这是在装醉。罗阳虽然行事豪迈,可身上还是带着点儿小市民的狡黠。安心如想起,罗阳是白手起家,赤手空拳在四十多岁时打下这么大家业,心里再不敢有一点儿对待醉汉的轻视之心了。

她认认真真地说:"罗总,不瞒您说,我现在是走性感路线,前段时间试了试吃货这种亲民路线,效果是有,但是不大。虽然现在看我还很受关注,但目前的电视剧市场和电影市场,走性感路线的女明星能获得的机会不多,亲民路线已经被前辈们把控住了。""哦?那你的想法是?"安心如突然开始跟罗阳分析起娱乐圈市场,不由引起了罗阳的注意,毕竟是做生意的,对于抢占市场这方面,他自然有兴趣,即便这市场跟他的并不重合。"我想借您的广告转型,先试试水。"安心如看着罗阳的眼睛,诚恳地加了一句,"我的转型计划和您的产品正好重合,所以可以算是双赢,不知罗总能不能听听我的想法。"

罗阳的嘴角挂着一丝笑意,眼中写着不加遮掩的欣赏,缓缓地说:"愿闻其详。""首先,能买得起您产品的人,经济条件肯定不会差,不然也不会花几十万买一辆摩托车玩,后续改装可能还要花更多的钱。"安心如想了想说道。桌上的一众骑手听了,不无得意地点点头。"其次,您的消费者绝对是追求力量与速度,和您一样粗犷豪爽的人。"她的话无疑被在场众人当成了恭维,个个会心微笑,仿佛安心如指名道姓褒扬了自己。"所以呢?"罗阳已经笑得见牙不见眼。"所以,无论我打扮得性感妩媚还是清纯烂漫,都不可能引起他们的购买兴趣，可能还会让他们倒胃口。毕竟在他们眼里，只会骑在摩托车上摆摆样子的漂亮女人就是花瓶。而花瓶，您的消费者可能毫不费力就能找到。"安心如一咬牙说道。

王吉看了看安心如，好像摸到了点儿门道，加了一句："没人愿意承认自己喜爱的品牌是一个花瓶代言的，尤其是在摩托车爱好者这个狂野的圈子里。""哈哈！你果然能带给人惊喜！"罗阳没有否认安心如的分析，拊掌大笑道。安心如不好意思地笑笑："所以我给您想了一个双赢的办法。"罗阳兴奋得举杯站了起来："快说快说，要是好的话，我再连干三杯！"

安心如受到鼓励，干脆一鼓作气地说："要不我们拍个微电影，类似纪录片那种？我不会骑摩托车，可以在电影里从头学着骑，不用替身，片子一直记录到我学会骑了为止。"她喝了口水接着说道，"中间你们可以设置些情节，体现下你们摩托车的速度和优越性能，还可以带我去参加几次车友会，该喝酒喝酒，该玩闹玩闹，什么都不用演，请一个好点儿的制作团队，运用后期的配乐剪辑把片子弄得励志一点儿……""我还可以办个比赛，到时候请你参加，一切贵在真实！行啊，心如！这招不错！"不等安心如说完，罗阳自动动起了脑筋。安心如眼睛一亮："完全可以啊！"

罗阳兴奋地一口干了杯中酒："我找个团队商量一下，初步就这么定了！心如，你可以改行做策划了！"安心如端着酒杯站起来跟罗阳碰了碰杯，仰头一饮而尽，擦了擦嘴说道："罗总，我有个要求，我在这部片子里的角色设置和所有造型都由我自己

第九章 爸爸醒来

做主。"罗阳笑眯眯地说："你先跟我说说你的想法。"安心如内心翻了个白眼，罗阳的粗犷看来也只是表面现象，实际上，他更像一只处处小心的狡猾老狐狸，一点空子都不让人钻。不过安心如还是挺喜欢这只老狐狸的，她笑着说："罗总，我刚才跟您说了我发展上的苦恼，现在我想尝试一下新的路线，把自己包装得酷炫帅气一点儿，就是偏冷硬男性风格，让女粉丝们动心的那种，不知道您能不能理解……""我又不是老古董，你说的不就是总攻路线吗？"罗阳撇撇嘴，"现在有一两个女明星在走这个路线，但是反响不大，是吧？"

安心如诧异地睁大眼睛，这个大老爷们还留意这个？她不禁好奇地问："您怎么知道的？您看着不像这么细心观察娱乐圈的人……""我在娱乐圈也有人！"罗阳笑了，"到时候你就知道了。"安心如微微一笑，心里再次笑骂一声老狐狸卖关子，但不知不觉却对罗阳的好感再次提升。安心如有感觉，罗阳的狡黠只是表面，骨子里他还是豪迈爽快的，不然一个卖摩托车的，怎么跟自己的消费者混成形影不离的酒肉兄弟了。她在席间可听见他们说话了，这帮人都是罗阳那个摩托车牌子的车主，参加车友会时发现罗阳也混迹其中，歪打正着处成兄弟的。

王吉这时候不无好奇地问："罗总，您的摩托车品牌命名为LL，能说下这有什么意义吗？""没啥意义啊，就是想不出该叫啥了，把我和我老婆的姓氏加在一起注册的。"罗阳耸耸肩。"呃……"王吉有些无语，"您和夫人真是伉俪情深。"

一顿饭宾主皆欢，罗阳还承诺叫最好的老师来教安心如骑摩托车。在愉快的气氛中，大家各自醉醺醺地上了车。徐眉在车上等待已久，不耐烦地看了王吉一眼："你怎么能让安小姐喝酒？要你这个经纪人干吗？"王吉酒气上涌，气愤地瞪了她一眼："你应该庆幸你是个女人，不然你早就挨揍了。"徐眉冷笑一声："我是全军女子散打冠军。"王吉默默无语地转头看向车外，不再言语。安心如在车后偷笑，想拿出手机拍一张金牌经纪人吃瘪的照片传给伊娜，却看到不知什么时候王耀庆发给她的信息："你该换个发型了，我帮你约了最好的发型师。"安心如不知道王耀庆发的什么疯，但想想自己要走总攻路线，确实该换个造型，便回了个"好"字。

第十章 扑朔迷离

她不知道，王耀庆此时满脑袋官司，心里一团乱麻。美国那边回复了邮件。张连英的秘书措辞很客气，表达的意思却很不客气：瞎编也要有个限度，十几年前张连英、张少澜父子就做过DNA鉴定，二人是亲父子。"这是怎么回事？"王耀庆懊恼地骂了一句。

安心如不知道王耀庆连自己的发型都要管。她啼笑皆非地到了王耀庆给她预约的会所，发型师KK接待了她。"安小姐想要什么样的感觉？"不管最高档的会所，还是洗剪吹的发廊，所有发型师们仿佛都拥有一样迷人的微笑，感觉都像是从安利公司训练出来的。"我想要帅气一点儿的。"安心如笑了笑，坦然道。"这个要求倒是不多见啊。"KK夸张地一笑，倒没露出为难的表情。他端详了安心如一会儿，很快拿出好几个方案来，跟安心如讨论。

安心如总是觉得不满意，好像缺点什么似的。直到徐眉推门进来，安心如眼睛一亮，指着徐眉说："把我变成她那样的！"KK的脸垮了下来："安小姐，这个你得去整容医院……"说笑归说笑，KK还是有两把刷子的，安心如一头长发被他毫不留情地剪短成刚刚到肩头。

额前几抹刘海稍微打乱，参差不齐的发尾蓬松俏皮，安心如整个人看起来明艳靓丽。一般性感妩媚的女人或多或少都会显得比本来岁数大一些，不如长相清纯的显得年轻。安心如也有一样的问题，可这个发型给她的气质加了些活泼轻快，倒比长发时候显得年轻不少，更符合她本来的年纪。最关键的是，如果这个发型看腻了，还可以将额前的几绺刘海向后一抹，两边头发别在耳后，就像又换

第十章 扑朔迷离

了个发型一样。安心如照了照镜子,跟KK道了谢,满意地离开。KK目送安心如走出去之后,匆忙拿出手机拨出号码,急急地说:"王总,圆满完成任务!"

王耀庆此刻有些拿不准了,据他和秦逸飞的推测,安心如应该就是张连英的女儿。当天那个地方车祸丧母,不久被送到孤儿院的,只有一个孩子啊。如果院长的记忆中张少澜和安心如的年龄属实的话,那安心如就是那个孩子。王耀庆懊丧地挠挠头,除非他们估计错了,张少澜确实比安心如大三个月,他们都误会了张少澜。可王耀庆不甘心。他能看出来,在安心如对张少澜表面的冷淡下,其实隐藏着从小一起长大的熟稔。这种熟稔让王耀庆担心不已。多少有情人终成眷属就是因为这种熟稔在作祟。不试到最后,他还是不愿意放弃这个扳倒竞争对手的好机会。

王耀庆犹豫了一下,最终还是选择又发了一封邮件。"张先生,您好,我想我有必要解释一下我的身份。我并不需要不远万里地找您骗钱,因为我并不缺钱。我叫王耀庆,有一家规模并不小的娱乐公司,名叫'耀庆娱乐',您可以查询一下。我之所以打扰您,是因为我旗下一名非常优秀的女艺人幼年和张少澜先生在同一家孤儿院。据院长回忆,您去寻亲的当天,孤儿院突然起了一场诡异的火,范围仅仅波及记录孩子们生日的档案室。而在院长的印象里,张少澜先生报给您的生日与我这位女艺人的正好相同。现附上这名女艺人的照片一帧,请您过目。还会邮寄她的头发到您那里,以备日后需要。这件事情透着诡异,血脉大事,我个人认为还是谨慎为好。"

点击发送键的时候，王耀庆的眉头紧锁。事情似乎没有像他想的那样一击即中，反而更曲折了。但只要有一线希望，王耀庆就不会放弃。只要安心如没有结婚，王耀庆就准备追求到底。突然，王耀庆被自己的韧性打动了，不无得意地想："我还是很有年轻人的热血精神的嘛！"然后，他吹着口哨走出了办公室。

安心如满意地将头发梳至脑后，摆了个最让五官分明的角度，45°扬起下巴，不屑地俯视镜头，拍了一张照片，用美图弄成黑白磨砂的，发在了自己的账号上。虽然现在安心如除了代言和杂志硬照，还没有什么代表作，但她的粉丝数已经跃居一线水准，不管她走到哪里，都会被视作一线小花旦。王吉今天去应酬，安心如身边只有徐眉一个人。安心如眨着星星眼问徐眉："徐姐，你为什么这么帅？"徐眉的脸突然微不可见地一红，严肃地看着前方的道路："可能是因为我身上军人的气质吧。"

安心如眨了眨眼："其实你进娱乐圈也可以的，你的气质简直独一无二。"徐眉突然回头瞅了安心如一眼，咧嘴笑了："你不是模仿得也不错吗？"安心如像小秘密被发现似的窘迫："你怎么知道我是在模仿你？"徐眉耸耸肩："我又不瞎。"接着，她又说，"听说你要学骑摩托车，那玩意儿我会，我可以教你。"安心如忙不迭地道谢，连带想起和罗阳谈起的广告事宜，又打电话给王吉："王哥，我们跟罗阳谈的项目，你想好没，该由哪个团队来策划拍摄？"

王吉那边一听就是在应酬，王吉在一片嘈杂中压低声音说："我已经想好了，叶茂生有个师弟，前段时间在威尼斯独立电影人节上

第十章 ◆ 扑朔迷离

靠一段小视频大受关注。就是他在国内还不太出名,但肯定会有人乐意捧他的。""你跟他联系了吗?"安心如一听,也来了兴趣,"如果真是早晚要红的才子,那正好可以跟我捆绑宣传,再加上罗阳的摩托车也在试图撼动国外大牌,演员、导演、品牌都是试图撼动老圈子的新生代,这么宣传,估计会火啊!"

王吉沉默了一会儿才说:"心如,你真的不考虑去做营销吗?你一定会成功的!"他有些惭愧地说,"其实我找他,只是希望跟叶茂生套近乎,看看能不能在他的商业片里插一脚,毕竟那片子大腕云集。""哎呀,我真没想到这一层。"安心如恍然大悟,"王哥,你真聪明!""快别夸我了!"王吉苦笑一声,"再过两年,我就跟伊娜一样,得被你淘汰了。"他匆匆地说,"我跟那个运动品牌的负责人吃饭呢,看看能不能在广告里把你拍的重要点儿。你先自己忙吧。"

安心如答应了一声便挂了电话。很快王诺又来了电话:"心如,第一女主角定下来了,你来剧组看看吗?"安心如呆了一呆。虽然知道第一女主角肯定会定下来,但金茜莎被换的这段时间,安心如过得实在是悠闲自在,早已习惯了这种日子。她答应着,叫徐眉往剧组开去。

进了剧组,刘宇哲正在和一个姑娘套近乎。这姑娘扎着丸子头,杏仁眼、翘鼻头、嘟嘟嘴,看着可爱娇嫩得很。一看到安心如进来,她立刻站起身来,对安心如招了招手,歪着头笑道:"心如姐,我是赵又迪。"刘宇哲皱了皱眉,出声纠正她:"你比安心如还大一个月呢,叫什么姐。"安心如倒是想起了关于赵又迪的传言,她见人就叫哥哥姐姐,也不管人家是不是比她大,因此圈里都叫她"天山童姥",意思是她老自认别人的妹妹,永远长不大,无法升级到姐姐辈。

安心如启唇笑了笑:"早就听别人说过你长得可爱漂亮,一见真人,居然比照片还要好看。"安心如说的是真的,赵又迪是华龙网"邻家小妹"评选的第二名,可第一名金茜莎是被安心如刷上去的。如果刨去金茜莎,那赵又迪就是实打实的第一名。赵又迪脸一红,笑了笑,说道:"心如姐,你真漂亮,我特别喜欢你身上这种风情和妩媚。"刘宇哲伸了伸舌头:"你们女明星见面都得这么互相捧一下吗?"赵又迪明显和刘宇哲熟悉了些,噘嘴道:"你是要当妇女之友吗?我和心如姐说话,你在旁边偷听什么?"

刘宇哲脖子一梗:"谁说我在听你们说话,我找心如有事!"安心如忍着笑,问这个多动症大儿童:"你找我什么事?""教你骑摩托车啊!"刘宇哲一本正经地说。"呃?"安心如一蒙,一时转不过弯来。刘宇哲不耐烦地说:"你不是跟LL说好,要拍个学骑摩托车的微电影?我就是他们承诺给你找的那个最好的老师!""你……你认识罗阳?"安心如突然想起,刘宇哲的粉丝叫自己帮她们要签名时,曾经说过"他骑得太快,我们的车追不上"之类的话。刘宇哲不会是每天骑摩托车来拍戏吧,他一个明星又怎么跟摩托车品牌方打上交道的?莫非他也是车友会的一员,和罗阳慢慢处成了朋友?刘宇哲耸了耸肩膀:"我当然认识他了。"他看了看安心如,笑嘻嘻地说道,"他是我爸!"

安心如做梦都不会把刘宇哲和罗阳联系到一起。她现在嘴张得能装下一个鸡蛋:"你不是……不是姓刘吗?""我爸妻管严,我随我妈姓。"刘宇哲耸耸肩膀,笑眯眯地说。刘宇哲一笑,安心如突然发现他的笑容和罗阳还真有点儿像,都是憨厚里透着点儿狡黠。赵又迪看看刘宇哲,又看看安心如,轻轻地问:"你们在说什么啊?"安心如对赵又迪印象还不错,虽说客套得有点儿假吧,但起码挺懂礼貌。再说,这年头有几个人不假的。

她便把跟罗阳的合作计划告诉了赵又迪。赵又迪一听,立刻兴奋起来,拉着安心如的手说:"姐啊,我一向都特别欣赏你,这么好的机会你可不能把我落下,能不能带我一个?"安心如还没说话,刘宇哲就皱眉说道:"我说你怎么这么功利呢?什么好事儿都得带你一个?"刘宇哲一向爽直,看不惯什么张嘴就说。可他这话说得有点儿重,安心如都有些担心赵又迪受不了。谁知赵又迪翻了个白眼,直接把刘宇哲怼回去了:"功利怎么了?要是人没有功利心,社会能进步吗?人类能从原始人发展成现在这样吗?我只要没害人、没损人,光明正大地功利,哪条法律说我不对了?"刘宇哲被怼得没了话说,挠挠头:"这张嘴真巧。"

赵又迪得意地冲着安心如挑了挑眉,又拉着安心如嘟嘴央求上了:"姐,带我一个呗,我也想出出风头……"安心如惊讶地看看赵又迪,"扑哧"一声笑了。赵又迪这种光明正大求己所求的样子突然让她有了知己的感觉。安心如自己就是善用"阳"谋的人，在娱乐圈这个戴着面具生存的地方，她的同类着实不多，好不容易发现一个，简直像看见了新大陆。她想了想，跟赵又迪说道："这次机会可不能给你，本来是我一个人出风头，加了你就没那么好的效果了。"赵又迪眨了眨眼，有些失望地低下头玩手指头。

"但是呢——"安心如故意拖长声音，眼看赵又迪一听"但是"两个字瞬间又抬起了头，被逗得笑了出来。"你可以让你的经纪人去找刘宇哲他爸谈啊，这个微电影可以弄一个系列，每季都找个明星挑战摩托车，设置不同的任务和障碍。这个主意他爸肯定乐呵呵就同意了。"赵又迪一听，眼睛瞪得更圆了："姐，真有你的，你单枪匹马又没有代表作，能发展到现在这个样子，我服你了！"刘宇哲在一边悻悻地说："你真的比她大一个月，就别叫姐了行不行？"

赵又迪却没有跟刘宇哲生气，反而凑了过去，给刘宇哲捏起了肩膀："刘哥啊，你看咱们算是不打不相识，你去跟你爸说说呗，弄个系列。我很能吃苦，肯定不让你们吃亏……"安心如和刘宇哲对视一眼，都不觉笑了出来。这么漂亮的一个姑娘，一张嘴就像个活宝一样，安心如顿觉片场来了个开心果，她敢肯定伊娜一定会喜欢赵又迪。

说笑归说笑，不一会儿该开始拍戏了。跟赵又迪一对戏，安心如顿觉来了压力。她不像从前的金茜莎，就算金茜莎发挥全部演技，安心如也能轻松接住。赵又迪属于天生有灵性的演员，演戏时的她一点儿都不活宝，反而会成为一个可怕的对手。尤其是情绪起伏大的戏，赵又迪轻轻松松就能镇住全场。安心如只要有一点儿疏忽，就有可能接不住。面对神一样的对手，既是一种挑战，又是一种享受。一场戏下来，安心如发挥出了所有的演技。最后两人对着怒吼的时候，安心如的话音刚落，片场鸦雀无声，所有人都静默了三秒钟。三秒钟以后，角落里有掌声响起。安心如回头一看，是张少澜。他深深地凝视着她，缓缓鼓掌。张少澜一鼓掌，王诺等人也跟着拍起手来。

王诺的眼睛都湿润了。他筹拍这部剧坎坷不断，心里一直憋着一股气，想把戏拍好，却总是差强人意，久而久之，把他那颗好胜心也浇没了。今天这场戏让王诺重新燃起了当初的斗志。安心如和赵又迪飙戏飙得火花四射，安心如最后一句话吼完，他只觉得四周的空气都静止了。再看看旁边的刘宇哲，最近受了安心如拍戏认真的影响，不再吊儿郎当，当初试戏时征服他的灵气又重新出现了。还有张少澜这个偶像巨星客串，而张少澜的演技是当今年轻男演员中当之无愧的第一，没有任何人可以与之匹敌。王诺突然觉得，也许坎坷之后就是晴天，也许他真的能拍出一部一等一的剧来。

安心如和赵又迪在剧组人员的掌声中走去休息。赵又迪兴奋地扯着安心如的胳膊："姐，你演得太好了！跟你对戏简直酣畅淋漓，我们是棋逢对手！"刘宇哲撇撇嘴："你这是夸她呢，还是夸你自己呢？""你管得着吗？"赵又迪又送了他一个大白眼，转眼间，她又想起了什么，嬉皮笑脸地凑到刘宇哲面前，"刘哥啊，你去跟咱爸说说呗……""哈哈哈哈！"安心如刚从戏里的情绪走出来，又被赵又迪逗得哈哈大笑。

刘宇哲的脸一红："什么咱爸，你是我媳妇儿啊，你就乱叫？""你要是能把这事儿办成了，别说媳妇儿了，我当你儿媳妇都行啊！"赵又迪一句话就把刘宇哲说得无话可说。安心如靠在椅背上，看着刘宇哲和赵又迪斗嘴，心情大好。这时张少澜走了过来，坐在安心如旁边，看着安心如欲言又止。

安心如挑眉问道："有事？"张少澜深深地看着安心如，眼瞳仿佛墨湖深不见底，看了安心如半晌，方才轻轻叹了口气，说道："没事。"安心如瞥了他一眼："你那表情都快赶上旧社会了，还说没事？"张少澜笑笑，突然伸手摸了摸安心如的头发："你发展得越来越好了，几乎没人能赶上你蹿红的速度。"安心如心知张少澜说的不是这件事，却也知道张少澜从小心事重，善于隐藏，问是问不出来的。

此时，阳光照进来，照到张少澜的脸上，他长长的睫毛投射出阴影，脸在阳光下忽明忽暗。安心如往椅背上一靠，欣赏着张少澜那张俊美的脸，差点儿看痴了。"你从小就好看。"安心如淡淡地说。"你总是因为我比你好看而生气。"张少澜轻轻笑了。安心如也笑笑没说话。赵又迪看到张少澜，想上前套个近乎，却被刘宇哲一把拽了回去："哪都有你的事！"赵又迪不服气地瞪他一眼："关你什么事！"

赵又迪跟刘宇哲在原地撕扯，张少澜安静地坐在安心如对面，远处王诺兴高采烈地给演员说戏。太阳太大，照得安心如昏昏欲睡,她突然想到四个字:岁月静好。今天有张少澜的戏,他马上要筹备新戏,据说就是叶茂生那部商业大片,所以以后来客串的时间不会太多了,今天就准备连夜拍。换了戏服,和他对戏的还是安心如。这场戏说的是魔教教主伤重不治,对女二倾诉衷肠。张少澜躺在安心如怀里,一张白玉面,凤眼斜飞,薄唇轻启:"你把我看作疯子也好,傻子也好,我就是不放开你,生就一起生,死就一起死。只要你是我的,毁了这个世间,我也在所不惜。"他表情扭曲,眼神中的疯狂仿佛灼热危险的火焰,直接烧向安心如,将她深深带入戏中。

安心如长叹一声,满脸疲惫,脱口而出的声音仿佛老人般沧桑:"傻子,何必呢?""天注定,我也没办法。"张少澜凄凉一笑,偏执到疯狂……一场戏演完,所有人都觉得沉重,片场气氛低沉。尤其是安心如,心里总觉得沉甸甸的,不知哪里不痛快,让她堵得慌。张少澜这时走了过来,仿佛没有出戏,眼神依旧哀伤。安心如看着他那双眼,想了想,终于叹了口气:"算了,计较过去没有用。从今天起,我原谅你了。"

张少澜眼睛一亮,问道:"真的?"安心如淡淡点头:"只要你不再骗我,别让我再发现你的鬼心眼就行。"张少澜的眼神突然又黯淡了些,笑了笑什么都没说,转身走了。安心如看着他的背影,想想他突然变化的眼神,心里更觉得堵得慌,总觉得哪里不对劲儿。

觉得不对劲儿的还有王耀庆。岂止是不对劲儿,现在王耀庆简直是要发疯了。张连英那边有了回应,是长长的一封信,里面附了

DNA 鉴定报告。王耀庆迅速扫了一眼，大概意思是：本来张连英都不想搭理王耀庆，认为他是个骗子，但安心如的照片触动了他。张连英的原话是："她简直就是我和我过世的夫人的结合体，一看到她，我竟然说不出否认我们父女关系的话。"抱着半信半疑的心态，张连英把安心如的头发拿去做了鉴定。鉴定结果表明他们果然是父女。这下连张连英也崩溃了。当年妻子明明只生了一个孩子，莫非是搞错了，其实妻子生了双胞胎，还是他在不知情的情况下还有孩子？

张连英一个头两个大，对王耀庆这个陌生人都诉起了苦："所有电影里让人鄙夷的狗血桥段，我现在都往自己身上套。"王耀庆也很崩溃，为什么张少澜和安心如的 DNA 检查结果显示他们的爸爸是同一个人？不会他对付了半天，对付的是自己的小舅子吧？在双方同时崩溃的情况下，他们决定还是来一次面谈。张连英订了飞机票，不日就到。

赵又迪和安心如一样，都属于一条过的演员。自从她进组，拍摄异常顺利。剧组最让王诺头疼的就是出事不断，无法专心拍摄。最近却因祸得福，有几家快消食品因为剧组在网上的高关注度找上门来要给赞助，倒是把金茜莎造成的损失弥补回来了。转眼拍摄已经过了大半，一切顺利得王诺都有点儿不敢相信。隐隐约约地，王诺总有种预感，这剧真的要火了。这倒让他忐忑不安起来，不知真火了该怎么应付。

第十章 扑朔迷离

安心如最近过得很滋润。叶茂生的师弟童乐答应了执导微电影的拍摄。不愧是得过奖的，童乐确实有实力，加上叶茂生跟他关系好，经常来探班指点两句，童乐把安心如拍得可圈可点。刘宇哲说，这个微电影一出来，又会给安心如吸引不少粉丝。

安心如却顾不上高兴，她快被刘宇哲折磨死了。从出生到现在，安心如第一次知道她其实没有什么平衡力。本来当初跟罗阳构思策划时，安心如只是随口说了一句该摔跤就摔跤，但当她真的开始学骑摩托车并摔得欲哭无泪的时候，才深刻理解了头盔的重要性。刘宇哲当教练上了瘾，不断给她加大难度，要她挑战速度。看着刘宇哲那张兴奋的脸，安心如不断在心里翻白眼：挑战什么啊，我都快摔死了好吗？不过严师出高徒，安心如确实从一点儿不会到现在一步步骑得有模有样。童乐又是剪辑出身的，配乐用的是叶茂生的御用班底，整部电影拍摄下来，后期剪辑配乐后，安心如自己看着都觉得很励志。

王耀庆今天本来想来探班，却在临行前突然接了个电话。电话是个女人打来的，客气中带着些微傲气："请问是王耀庆王先生吗？""是我，哪位？""我是张连英的妻子温雪，我们已经到了。"王耀庆愣了一下，他没想到张连英会带妻子来，更没想到他会让妻子给他打电话。"你们在哪里？"王耀庆在日程表上一划，将今天的所有日程都取消。"富豪酒店，如果您有空，请来一叙。"温雪的音量和语气，礼貌得恰到好处，带着些不易察觉的疏离。

王耀庆立刻答应，带着安心如的资料，迫不及待地起身，去往富豪酒店。开车的路上,安心如打来了电话:"老板,你今天不是要请我吃饭吗?"她的声音有气无力。王耀庆一看表,已经下午一点了。想必安心如实在是饿得不行了。安心如的语气里有些不满,倒让王耀庆笑了起来。一个时时戴着面具、恨不得把自己武装到头发的人如果开始用不满的语气跟你说话,是不是就代表你在她心里是不必伪装、与众不同的?王老板沉浸在欣喜中,不自觉地带了些愉悦说:"要不你自己去吃点儿吧,我临时有事。"安心如沉默了几秒,"哦"了一声,直接挂断了电话。

王耀庆开心地看着手机,吹起口哨。挂断电话,这不是更不把他当外人了吗?他带着喜悦,恨不得肋生双翼,立刻到富豪酒店去帮安心如认爹,却并不知道此刻安心如捂着肚子气恼地对王吉说:"这是涮我玩呢?从今天起,我一顿饭都不会再跟他吃!"王吉也有些诧异,一个什么时候都不轻易表达情绪的人突然对老板这么不满,是不是说明他们的关系已经超过同事关系了?

王耀庆到达富豪酒店的时候,张连英和温雪已经在大厅等待了。他进去富豪酒店的第一眼就认出了张连英。他跟安心如长得实在是太像了。只是两人的气质不同,安心如像火焰一样,总是吸引着别人的目光,而张连英却非常内敛,虽然长了一张帅脸,在人群中却并不起眼。倒是温雪,冷淡贵气,比张连英要吸引目光。看到王耀庆站在面前,显然张连英也猜出了他是谁,眼睛一亮,上去握住了王耀庆的手,略微有些发颤:"你就是安心如的老板?"王耀庆轻轻点头,微笑开口,努力让自己看起来风度翩翩:"张先生应该还没吃饭吧？我做东，边吃边聊？"

张连英看了看温雪，温雪笑着点点头，张连英才答应。王耀庆在旁边看着，心里有了不好的预感。刚才的电话也是温雪打给他的，看这样子，张连英对温雪是言听计从啊。这对安心如是否有利呢？毕竟对温雪来说，安心如是丈夫前任的女儿。温雪笑着打断了王耀庆的思考："富豪酒店二楼的餐厅不错，我们不如就近吃，好节约时间好好聊聊心如小姐的事情？"

王耀庆皱了皱眉，对温雪的反客为主不太喜欢。这个女人客气中带着强势，让同样强势的王耀庆从一开始就起了戒备心。他看了一眼张连英，后者微微点头，并不说话。王耀庆开始觉得，自己可能是真的弄错了。安心如的强势聪明，虽说跟自小的经历有关，但多少得带点儿遗传吧。可看看张连英，明显是个亦步亦趋的人。再想想他亡故的妻子，能让婆家人欺负得大着肚子跑回国，应该也是个好拿捏的。第一次，王耀庆开始对安心如和张连英之间的关系动摇了。这哪里像是血亲，比起张连英和他的亡妻，反而是安民身上那股劲儿跟安心如更像。

王耀庆心里打着鼓，一路带着张连英和温雪到了富豪酒店二楼，要了个包间坐下。带着对温雪强势的不满，王耀庆直接自己点了菜，没有问另外两人的意见。看到温雪不满地皱眉，王耀庆满意地弯起唇角笑笑，看向张连英，说道："张先生，我们双方对于这件事都急迫想解决，您要是不介意，我们就免去寒暄，进入正题吧。"张连英点点头，拿出一张皱巴巴的鉴定报告递给王耀庆："这是当初给我和少澜做鉴定的报告。"

王耀庆低头看了一眼,是本市第一家检测中心,叫维温。当初他们的广告力度很大,王耀庆当时虽小,但还记得。亲子鉴定只是他们当初的一项业务,他们的主业是商业用途的DNA健康检测。这在那个年代也算是个新鲜事,那时候国内刚富起来第一批有钱人,有的是人舍得花钱。只是最后他们经营不善倒闭,老板卷款逃往海外了。但说实话,维温的实力在当时不容小觑,鉴定报告的严谨性也是能保证的。王耀庆拿着那张报告又开始思考起那个无解的终极问题:到底张少澜和安心如哪个是亲生的,还是都是亲生的。

温雪淡淡开口:"安小姐为什么没来?怎么由王先生鞍前马后地跑这件事呢?"大概是因为性格太像,王耀庆对温雪有着本能的排斥,他皱了皱眉,语气不再温和:"安小姐并不知道这件事情,我打算等一切尘埃落定再告诉她。"张连英一听,来了兴趣:"你是她的追求者?"王耀庆笑了笑,避而不答,转移话题道:"不知你们这次来,张少澜知道吗?"张连英点点头:"我们告诉过他,只是没说来的具体时间。"王耀庆看看温雪,又问:"这次的事,他知道吗?"温雪摇摇头:"我想他应该不知道。"

张连英却点了点头:"我问了他当年在孤儿院的细节,他可能会察觉到异样吧。""你告诉他干什么?"温雪一听,眉毛一皱,冷冷地对张连英说."他现在还是我们的儿子,我为什么要瞒着他?"张连英也有些不满。"说好了这件事听我指挥的,你忘了?"温雪愈加冷淡。王耀庆看看这夫妻俩,突然觉得安心如就算真是张连英的女儿，认回去也未必有什么好处。要不是张少澜横在他和安心如中间必须搬开，王耀庆都有直接走人的冲动了。

安心如并不知道王耀庆正在富豪酒店吃大餐。她和王吉等王耀庆等得都过了剧组放饭的时间，来不及出去找地方吃饭，正一人捧着一盒已经放凉的盒饭狼吞虎咽。"你那个运动品牌的广告我谈好了，到最后摆拍时，你站在中间靠左一点儿的位置，给你的那几秒钟的设计是最讨喜的，就像你说的，总攻路线。"王吉饿狠了，平时的温文尔雅荡然无存，边嚼边说。"那中间站的是谁？"安心如知道，这次这个一线品牌找了一堆偶像明星集体拍广告，竞争必然激烈。凭她的地位，王吉能给她争取到这个位置已经很不错了。但她还是好奇压在一众偶像明星之上的那个人会是谁。

王吉边吃边回头看看不远处和刘宇哲分吃饼干的赵又迪，指了指她："就是咱剧组的天山童姥。"安心如愣了一下，心里突然涌上一股异样的感觉。每天"姐、姐"叫得欢快的人突然压在了自己头上，这感觉真不舒服啊……赵又迪看见安心如看她，欢快地挥了挥手。安心如一时竟然不知道该调整什么样角度的微笑去回应她。幸亏有个电话打进来，把她救了："安小姐，很久没联系，你不会是把我忘了吧？"这个声音低冷阴森，如同一条从地底探出头的蛇。

"穆先生……"安心如背上开始冒汗。

"安小姐最近风头正劲啊，欧怀德高望重，都被你扳倒了。"那边的声音阴冷，让安心如大夏天都觉寒冷。本来安心如的债已经还得差不多了，最近这段时间，她都要把他忘了。可现在，从接到这个电话开始，安心如开始有了不祥的预感。金钱债还了，可人情债她还没还呢，也不知道能不能用钱来抵……"穆先生说笑了，您的情我一直都在心里记着呢。"安心如放低声音，边说边拿着手机走到无人处。"光记在心里可不行，还得还啊。"电话那头轻轻笑了一下，安心如却觉得犹如被蛇冰冷的舌头舔过。

不对劲儿，很不对劲儿。安心如的心跳开始快了起来，开始后悔当初为了舅舅和欧怀这两件事去招惹穆先生了。她还欠着穆先生钱的时候，有钱了还钱便是，可现在钱还完了，就该还别的了……"怎么不说话了？"穆先生又笑了，"想法子应付我呢？"安心如轻颤了一下，咽了口口水，摇头说道："穆先生真爱说笑，您看我还钱的架势，也知道我不是应付的人啊。""这倒是，你还钱是很爽快。"穆先生慢慢地说，"就是不知道还人情，是不是一样爽快了。""穆先生想让我干什么？"躲得过初一，躲不过十五，安心如索性咬咬牙问道。"这个周六晚上，我在费曼咖啡厅等你。"穆先生不容置疑地说完，挂了电话。

安心如抿着嘴，呆呆地看着手里的手机，任汗水不断流下来。这时，王吉走了过来，问道："有这么热吗？"安心如收起手机，转过脸冲王吉笑笑："我体虚，爱出汗。"王吉抬起眼皮看了安心如一眼，意有所指道："有什么难事，跟老板说。他经历得多，也见得多，应该能帮上你。"安心如点点头，却越发闭紧了嘴。穆老板的事，她无法告诉王耀庆。要怎么说？说当初她是秀空的模特，被穆老板缠上，并且纠缠到现在？除了伊娜，还有谁会相信她牺牲

第十章 扑朔迷离

所有的尊严保住了自己？安心如并没有彷徨太久，她手头的工作安排得太满，根本容不得她走神。拍完戏，安心如迅速赶去市郊的赛车场。

现在安心如已经能骑着摩托车上路了，今天她的拍摄任务是赶到赛车场参加 LL 组织的一年一次的摩托车大赛。鉴于安心如的骑车技术十分不过关，所以她其实只是去走个过场，顺便摆几个很酷的拍照姿势而已。童乐打电话说他的团队已经到了。安心如心里着急，不由得拜托徐眉把车开快点儿。徐眉目视前方轻轻点头，一脚油门踩下去，保姆车开启了跑车的漂移模式，在车道上左冲右冲，不断超车，不一会儿便超了好几十辆车。徐眉用了比预计时间短了一半的时间，就将车稳稳地停在了目的地的停车位上。安心如全程脸色发白，却还是不由自主地向徐眉竖起了大拇指："我要是像你这么强，今天就不摆拍了，直接奔着第一名去了。"徐眉正要说什么，却听见"哇"的一声，王吉拉开车门吐了……

徐眉冷冷地看了他一眼："胆小鬼。"王吉边吐边口齿不清地说："呕！我要举报你——呕——超速！"徐眉不耐烦地探过身子，重重地在他背上拍了两下："吐干净再说话！"安心如看着这一幕，不由得笑了，刚才穆先生带来的忧虑也被冲淡了些。

到了赛场上，罗阳已经派人给她准备好了车。安心如换上黑色的机车服，绾起头发戴上头盔，突然渴望比赛早点儿开始，希望赛车能让她把穆先生带来的阴影消除。旁边赛道上的车手冲她比了一

229

下大拇指。安心如回了一个手势，专心准备比赛。几秒钟后，比赛开始了。旁边的车手一骑绝尘，还没等安心如反应过来就远远地蹿了出去。安心如呆了呆，边开边望洋兴叹。这技术和速度，她可能再练十年都赶不上啊。

观众席上的徐眉拍了拍脸色苍白的王吉，指着那个骑手说："你看看人家，再看看你，是不是有点儿丢人？"王吉狠狠瞪了徐眉一眼，意味深长地看着骑手，什么话都没说。

比赛很快结束了，安心如不出所料是最后一个到达的。不过摩托车圈早已流传开了，当红小花旦安心如爱好摩托车，现在正在罗阳儿子的指导下学骑摩托车。本该娇滴滴打着太阳伞坐在观众席上观看比赛的女星真的骑着摩托车上了赛道，就算她骑得不怎么样，也赢得了不少掌声。这下安心如在摩托车圈子里算是赢得了不少好感。不过安心如现在顾不上为自己赢得认可而高兴，只满眼不可思议地看着刚才跟她打招呼的车手，问道："怎么是你？"

王耀庆一手提着头盔，坐在车上，淡淡地笑了："怎么不能是我？""你……你怎么也会骑，还骑得那么好？！你刚才是得了第二名吧？"安心如还没有从震惊中缓过来。"我也年少轻狂过，这种比赛之前没少参加。"王耀庆微微一笑，"我太久没见你了，正好借这个机会来看看你。""罗阳临时把你加进比赛的？"安心如总算从震惊中醒了过来。王耀庆过去扶她下来："我说我在追你，他就乐呵呵地把我加进来了。"安心如脸一红，还想说什么，童乐已经在远处招呼她过去继续拍摄了。她恍恍惚惚地跟王耀庆挥挥手，走向童乐。

王耀庆看着安心如走远，连奖都没领，就径直走向观众席，对着坐在其中的张连英问道："怎么样，看清了吗？"在富豪酒店吃饭时，张连英看到王耀庆手机里偷拍的那些安心如的美照，就更加迫切地想亲眼见见安心如。王耀庆对安心如的行程了如指掌，知道她会去赛车场。因为之前担心罗阳居心不良，王耀庆特地与他喝了几次酒，交情打得还不错，并且买了一辆LL的摩托车，加入了车友会。他立刻打了个电话过去，说自己苦追安心如未果，准备曲线救国。罗阳笑嘻嘻地给他安排好了一切。就这样，王耀庆带着张连英到了赛场，见到了安心如。

张连英痴痴地看着远处安心如的背影，眼眶慢慢变红了："我好像看到了当年的小柔。"温雪冷冷地瞥了他一眼，对王耀庆说："她确实很像我先生前任妻子。"王耀庆挑眉问道："你们见过？"温雪轻轻一笑："我和先生的祖籍都在这里，以前我们每年都要回来祭祖的。我们是同时认识蒋柔的。"王耀庆识趣地不再说话，免得又扯出什么陈芝麻烂谷子的事。

王吉远远地看着王耀庆，想了想，还给他打了个电话。"有事？"王耀庆有些诧异地问，都在场上，有什么事不能走一百米当面跟他说。"心如好像有心事，你知道吗？"王吉很干脆地说。"心事？我不知道。你没问出来吗？"王耀庆回忆了一下最近的状况，皱眉说道。"没有。她不想说。"王吉很肯定安心如刚才是在敷衍他，任谁都能看出来她当时的脸色不好，她在惶恐。"我记下了，等腾出手，我会过问的。"王耀庆挂了电话。温雪看王耀庆打完电话，突然说道："我想见见孤儿院当年的院长……"

忙于拍摄的安心如直到颁奖时看到第二名缺席，才发现王耀庆已经走了。她眨了眨眼问王吉："老板去哪了？"王吉摇摇头表示不知道，心里却直犯嘀咕：刚才和老板说话的那个男人眉眼间跟安心如太像了……徐眉这时候走上前来："你老板车技不错，像个爷们儿。"说完，她意有所指地瞥了一眼王吉，引得王吉直翻白眼。

几个小时后，王耀庆驱车从郊区回到城区。当年的院长已经退休，住的地方离孤儿院不远，他们一行三人已经去拜访过了。张连英的眉头紧紧皱着，看了看温雪说道："院长会不会记错了？怎么那么巧，少澜的生日就和安小姐反过来了呢？""她不停地念叨这件事，显然是惦记了许久，不像是一时糊涂。"温雪想了想，慢慢分析道。"那为什么鉴定显示这两个人都是我的孩子？"张连英懊恼地苦苦思索。"呵呵，这就要问你自己了。"温雪扫了张连英一眼，淡淡一笑。

"我除了跟小柔有孩子，再不可能在别的地方留情，这点我很确定。"张连英有些恼火地说道。温雪沉着脸不说话。王耀庆感觉车里的气氛有些不对，半是引开话题半是思考地说："我们换个方向。"他慢慢说道，"我给你们介绍过安心如的养父母的情况，这对夫妇为人糟糕透了。可为什么这样的人会那么好心去收养孤儿？如果一个思路找不到问题所在，那就该换另一个思路。""对，我们应该去查查他们，我觉得八成有问题。"张连英说起这对夫妇就有些恼火，毕竟现在安心如跟他的亲子鉴定是成立的，而安心如的相貌也让他感到亲切，只要一想起安民夫妇拖累安心如多年，张连英心里就不舒服。

王耀庆二话不说，掉了个头就开往人民医院。安民醒了以后，王耀庆还没来过，不得不电话求助伊娜，问清安民的病房在哪里。这一问倒问出了一个新情况，安民的妻子江梅几个小时前也醒过来了。安心如还没抽出身过来。王耀庆不由加快车速，争取赶在安心如到达之前离开医院。他们到病房的时候，安民正背对门口站着。听到脚步声，安民边说话边回头："你可算死过来了，不孝的东西，不给爹妈机会赚钱也就算了，现在索性看都不来看我们了。"

安民语气蛮横，又充满戾气，王耀庆和张连英夫妇都不禁皱起眉头。安民回过头看见来人不是安心如，愣了一下。陈金水被安心如吓到了，不敢来医院，怕看见安心如。剩下的亲戚朋友现在对他们避如蛇蝎。他想不出除了安心如，还会有什么人来看他们。紧接着，安民的眼神开始变深，紧紧地盯着王耀庆一行三人，突然间红了眼圈。王耀庆感到莫名其妙，但出于礼貌，还是进行了自我介绍："你好，我是安心如的老板王耀庆。听说你醒了，我带两个朋友来看看你。"安民没接话，突然抬起手背抹了抹眼睛。王耀庆更是一头雾水地问："安先生？"安民抬起头刚想说话，却听见一个尖锐的声音叫道："是你！"

王耀庆一行三人都被这个声音吓到了，不由得转头看去。只见一个穿着病号服的女人站在他们身侧，正双眼喷火地盯着他们。不，应该说是盯着温雪。温雪虽然个性冷淡，但还是被女人的愤怒吓了一跳，面色变了一变。"你认识我？"她迅速恢复冷静，沉了脸不开心地问。

"温雨，你化成灰，我都认识你！"女人咬着牙，阴森森地说。"我不是温雨，我叫温雪。"温雪不耐烦地皱眉回答，又抬头看着张连英抱怨道，"总有人把我认成温雨。"张连英也是苦笑，帮着解释："你认错人了，这是温雨的妹妹温雪，她们是长得很像。""狐狸精，都是狐狸精的长相！"女人披头散发，眼神如鬼魅一般紧紧盯着温雪。饶是温雪素来冷傲，现在也不禁变了脸色："你骂谁？""谁勾引别人的男人，我就骂谁！"女人状若癫狂。

这时候，安民走上前，面上难得带了点儿羞愧："老婆，都多少年前的事了，你还提她干什么？"众人这才知道，这是安民的妻子江梅。江梅仍然狠狠地盯着温雪，往后退了一步，坐在病房的椅子上，不再说话，只是胸口依旧起伏不定。安民下了逐客令："我老婆刚醒过来，不能激动，你们还是先走吧。"王耀庆犹豫了一下，但看看江梅慢慢变青的脸色，还是点头答应了。温雪还要再问什么，江梅眼看温雪上前，情绪更加激动，一蹦三尺高，"狐狸精"的骂声响彻医院。温雪无奈，只得转身走了。

出了医院，王耀庆的眉头紧皱，径直上了车。张连英和温雪也都面色沉重，静坐不语，一时车里一片沉默。"张太太，你们和心如的养父母认识？"一时之间，王耀庆突然觉得自己处在一个理不清的阴谋里，内心有了戒备。"是我姐姐和他们认识。"温雪无奈

第十章 扑朔迷离

地叹了口气,"我和我姐姐长得比较像,总被人认错。""能说说令姐的事吗?"王耀庆又追问道。

"我来说吧。"张连英拍了拍温雪的后背,一边抚慰着她,一边说,"温雨和我同岁,当年我们三个经常一起回乡祭祖。温雨爱交朋友,即使在这里,也有一堆朋友。她这个人又比较……随性豪放,所以风流情事也不少。""我姐姐漂亮聪明,总是能把男人从他们原来的配偶那里夺走。"温雪无奈地扶着额头说道。王耀庆脑袋里"叮"的一声,像是抓住了什么线索,忙又问:"令姐现在在哪里?""我们也不知道。"张连英叹气道,"当年我们两家联姻,本来是我和她,可她不愿意,偷偷跑得无影无踪。""那……那张太太……"王耀庆突然觉得自己的脑子有点儿不够使。"我是替我姐姐嫁到张家的。"温雪淡淡地说。看到王耀庆难以置信的目光,温雪笑了笑:"总得有人为家族的发展负责。"

王耀庆想到第一眼见到温雪时她一丝不苟的女强人形象,突然有些理解了。秦逸飞说过,当时张家和温家都面临困境,必须相互支持,但他们彼此又不够信任。美籍华人的骨子里向来最为传统,所以他们会以这样的方式建立信任也并不奇怪。"那令姐现在在什么地方,你们真的没线索?"王耀庆追问道。张连英无奈地摇摇头,温雪眨了一下眼,也摊了摊手。王耀庆拿出手机,打电话给秦逸飞:"张太太的姐姐温雨,尽快帮我查查她的下落。她的相关资料我一会儿问清楚了给你发过去。"温雪咬了咬下唇,想说什么又没有说……

235

女王不低头

下

毒蛋糕 著

中国致公出版社

目录

第十一章　轻叩心门　~ 001

第十二章　知晓内情　~ 023

第十三章　跌入谷底　~ 049

第十四章　公布一切　~ 069

第十五章　遭到陷害　~ 095

第十六章　幕后黑手　~ 119

第十七章　正面交锋　~ 147

第十八章　围魏救赵　~ 173

第十九章　获得清白　~ 199

第二十章　听从内心　~ 223

第十一章 轻叩心门

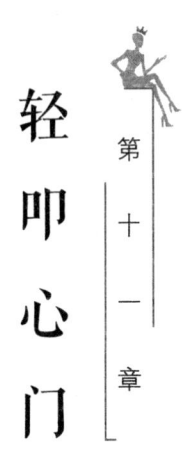

比赛参加完了，安心如的微电影也算拍完了。微电影后期制作的时候，叶茂生来指点了好几次，把整部片子的品质提升了好几个档次。罗阳带着刘宇哲也来看了几回，满意得不得了："看看我们的摩托车，简直就是艺术品嘛！"刘宇哲翻了个白眼："爸，你能不能别王婆卖瓜？"罗阳一巴掌打在他后脑勺上："刚花钱把你砸进娱乐圈，你的翅膀就硬了？"刘宇哲也不觉得窘迫，捂着后脑勺跑远了才叫道："就数你最小气！你答应把我捧成大明星的，到现在了，我还是一个三流小演员！"

安心如看着他们父子俩打闹，突然想到自己家那老两口，不由得胸闷，捂着胸口深呼吸。刘宇哲凑上来问道："心如，这几天怎么不见赵又迪来烦你？"他说的是前几天，赵又迪一有空就要跟安心如探讨下怎么吸引粉丝，简直成了安心如的小尾巴。"她跟原来的经纪公司解约了，现在有意向签她的公司不少，大概忙着找下家呢。""那么聪明一个人，怎么没找好下家就解约？"刘宇哲撇撇嘴道。"可能是健乐广告没接到，气坏了。"安心如抿嘴笑笑。

赵又迪说话很直，一说起健乐广告就痛心疾首，像被剜了一块肉下来，直骂原来的经纪团队白白把这么好的机会让给安心如，害得她丢了在全国人民面前露脸的机会。刘宇哲嘿嘿一笑，挠挠后脑勺："这丫头挺有意思的，有时候精明，有时候傻，跟精神分裂似的。""哪个丫头？你看上哪个了，老爹给你娶回家去！"罗阳八卦兮兮地凑过来。"你先把捧我做大明星的承诺兑现了！"刘宇哲又跑到远处，蹦着高叫，气得罗阳吹胡子瞪眼。于是父子俩又开始

第十一章 轻叩心门

了追逐战。

安心如看了一会儿罗阳痛揍刘宇哲,才笑着跟童乐告别。她要回去准备拍那个一线运动品牌的广告了。临行前,她看到童乐笑嘻嘻地看着刘宇哲自言自语:"这孩子有意思。"跟老爹打闹一会儿,也有机缘找上门,安心如不由得佩服刘宇哲的好运气。

紧接着没过几个小时,安心如又开始佩服赵又迪了。拍摄现场七八个风头正劲的偶像明星,赵又迪稳稳地站在中间,风头无两。作为一个先前经纪团队不给力,最近更是没有经纪团队的人,她是如何成为那么多有影响力的品牌代言人人选中的第一位的,一直都是安心如心里最大的疑惑。毕竟王吉如此长袖善舞的人,喝酒都快喝死了,都没给安心如争取到啊。

拍摄间隙,赵又迪来跟安心如聊天时,安心如实在忍不住心里的疑惑,问出了口。赵又迪耸耸肩,回答得很轻松:"我为了拿下这个品牌,练了一年马拉松,到处找马拉松去跑,前段时间还跑进了前十名。"她斜眼瞥了瞥安心如,嘟着嘴说,"一看你就不关心我。我现在在马拉松界也算一姐了。"安心如汗颜。

赵又迪和安心如风格不一样,从前并不是安心如的目标对手,所以对赵又迪的消息,安心如确实没怎么关心,尤其是马拉松这种看着离安心如生活很远的事情。赵又迪也没有铺天盖地发通稿,安心如更是无从得知。她看看赵又迪穿着拖鞋的脚,脚上贴满了创可贴,大脚趾的骨头已经有些变形,再看看赵又迪布满伤疤、精瘦的腿,突然就对自己前段时间所经历的艰辛全部释然了。赵又迪和她不是一模一样吗，绞尽脑汁凭着本事在这个圈子里闯荡，见缝插针寻找所有机会往上走。怎么就许她自己机智，不许别人聪明？就许她能忍得气，不许别人吃得苦？想到这里，安心如看赵又迪的眼神带上了几分敬佩，竖起了大拇指："给你点个赞！"

赵又迪深深地看了安心如一眼，确定安心如是真心夸赞她，兴奋得笑眯了眼："我就是好动脑筋而已，没什么啦。"她转而又说起了安心如刚才拍的短片，"你刚才那段，拍得太帅太酷了！简直要迷死一大群少女啊！"安心如笑着点了点头。

王吉的酒也没白喝。在给安心如设计的那十秒钟广告中，安心如一身黑，戴着的帽子遮住大半边脸，在雨中把象征懒惰懦弱的自己一脚蹬开，大步跑向前，全身湿漉漉的却毫不在乎，最后一个姿势摆得很酷，而且据说配的音乐也很燃，连安心如自己都觉得很炫酷。可以说在整个广告中，她的短片是最令人印象深刻的。这也算是扳回了一局。安心如和赵又迪对视一眼，惺惺相惜又互不服气，两人心照不宣地笑了。

广告拍完之后的好几天，安心如都轻松得不得了。《永夜记事》的拍摄已经进入尾声，安心如暂时也没有别的工作。王吉却没跟着轻松起来。他最近跑来跑去，看着忙得不得了。安心如问他在忙什么，他神秘兮兮地说："事情还没有确定，不能说。"徐眉抱着胳膊嗤笑："故作神秘。"王吉瞥了她一眼想还嘴。徐眉把手指关节掰得"咔咔"直响，王吉看了半天想了想，丢下一句"好男不跟女斗"，转身就走。安心如被逗得忍俊不禁。等王吉走了，她看了看手表，

第十一章 轻叩心门

跟徐眉说:"走吧,我们该去医院了。"

伊娜今天出院,安心如早早就到了医院,接她回家。在医院的日子里,伊娜心宽体胖,又发福了不少,整个人圆乎乎的,像一个大白馒头。久不露面的刘大美破天荒地也来医院接伊娜出院。刘大美个子高,莫名地偏好长发,走路又一扭一扭的,从背后看像一个模特。他长相清秀,偏阴柔,看着就是一副好欺负的样子。他跟伊娜站在一起,连不苟言笑的徐眉都笑了:"一个像馒头,一个像面条,倒像是一家子。"自打看见安心如,刘大美的眼睛就一亮,亦步亦趋地跟着安心如,欲言又止。

伊娜没好气地看了刘大美一眼:"你想跟心如说什么,赶紧说啊!"刘大美这才扭扭捏捏地说:"心如,你答应给我的正能量新闻呢?"安心如愣了一下,马上恍然大悟道:"过几天你跟我去市郊一趟。"

前段时间,电视上频繁地批评现在的偶像明星的粉丝文化,安心如全程都皱着眉关注。安心如这人极度缺乏安全感,嗅到一丝不安,就马上动手解决。现在她的粉丝数量已经是小花旦中最高的,粉丝多了,什么样的人、什么样的言论就都有了。尤其粉丝向来爱吵架,不到一个月,她的粉丝已经主动出击,先后跟好几家小花旦的粉丝吵过了,跟张少澜的粉丝也交锋了好几回。这帮孩子们每天忙着买安心如代言的产品,忙着刷热搜,控制网上对安心如不利的言论,极度影响了学业,不少家长把账都算在了安心如的头上,颇有微词。

安心如想了整整一个晚上,才想出了一个点子,就是号召粉丝做公益。首先,这样能让粉丝们无处安置的精力有个正当的地方发泄;再者,也是最主要的,堵住舆论和家长的嘴,让安心如能有一个正面形象。正好今年市郊的枣子滞销,好多枣农血本无归,欲哭无泪。媒体报道了这件事好几次,呼吁大众购买枣子,可效果甚微,枣农们只能绝望地看着枣子堆积如山。安心如打算过几天去市郊看看枣子滞销的情况,找几个粉丝在网上建立购买通道,呼吁粉丝尽些微薄之力帮枣农们一把。这件事到现在她还没有告诉任何人。大美这人其实不错,很仗义,也没多少花花肠子,进娱乐记者这一行也是迫于无奈。

安心如准备到时候叫上刘大美,给他那个摇摇欲坠的大美娱乐帮帮忙,顺便给他提升一下口碑。刘大美听到安心如亲口答应帮他,心里松了一口气。他们一行人接了伊娜回家。刘大美挽起袖子下厨,不一会儿就做了满桌子菜给伊娜开荤。安心如从来不知道刘大美还身怀这等绝技,手艺简直比得上五星级酒店的大厨。三个女人吃饭吃得头都顾不上抬。安心如拿着筷子跟伊娜、徐眉争夺最后几块肉,连王吉打来电话都顾不上接。直到她成功将红烧肉夹到嘴里,冲徐眉和伊娜得意地一挑眉后,才回拨过去:"王哥,什么事?"

"告诉你一个好消息,叶茂生执导的那部商业大片,你可以在里面演一个配角。"王吉乐呵呵地说。"你这几天就在跑这事呢?辛苦你了,王哥!"安心如听得一愣,旋即激动不已。上大银幕是所有演员的梦想,尤其是混进这种大咖云集的阵容。"我跑的是另

第十一章 轻叩心门

一件事。你如果在这部戏里表现好，叶茂生的文艺片你也很可能作为主演参演。不过这件事你得谢谢王诺，他跟叶茂生打了一个多小时的电话，又给叶茂生看了你的表演集锦才敲定的。"王吉笑眯眯地说。安心如激动得差点儿噎着，忙把嘴里的肉咽下去，刚想道谢，突然有一个电话插了进来。安心如手一滑，就接通了。

一个阴冷的声音在那边淡淡地说："安小姐，我包了整个咖啡厅等你，你在哪里？"安心如额头直冒冷汗。她忘了今天是周六……

安心如匆匆站起身，连肉汤洒到身上都没有察觉到，无视了白色的衬衣上带着一块咖啡色的污渍，跟其他三人匆匆打了个招呼就出了门。伊娜眨了眨眼："你现在真是大忙人了，连饭都来不及吃完。"安心如脸色苍白地笑了笑，什么都没说就往外走。她不准备把这件事告诉任何人。告诉伊娜，她没有能力解决；告诉其他人，她没这个脸暴露当年的事情。安心如只能自己下楼打车，咬着嘴唇去往费曼咖啡厅。一路上，安心如将嘴唇咬出了血，都毫无知觉。

她跟穆先生已经很久没见过面了。上一次好不容易才脱身，这一次，她已经成名，应该没有什么事吧……安心如自己也知道，单独赴约太冒险了，可没有办法，实在是过往不堪，无法诉诸他人。到达费曼咖啡厅的时候，安心如已经全身是汗，头发湿淋淋地贴在头皮上，汗珠顺着脸颊流下来，弄花了妆容，显出疲态。安心如隔着玻璃，一眼就看到了穆先生的身影。他和几年前一模一样，依旧瘦削。她深吸了一口气，却完全无法压抑住内心深处的恐惧，只能

007

颤抖着走进去。这个世界上,她独怕穆先生,如同害怕一条巨大的蛇。

穆先生肤色很白,眉眼浅淡,菱形的唇总是带着笑意,修长的脖子永远笔直,下巴微扬,有种不一样的吸引力。但细看他的眼睛,却总会让人战栗。淡灰色的瞳眸永远亢奋地盯着人看,像是盯住猎物。王耀庆那双凤眼也总是让人感觉不适,但他是阴鸷,而穆先生是阴冷。前者像鹰隼,后者像秃鹫。看到安心如缓缓走进来,穆先生的眼神更加亢奋,手指轻轻敲敲桌面:"我的小熟人来了。"安心如勉强笑笑,坐到了穆先生对面。

穆先生不说话,嘴角有些抽搐,看着安心如,像是饿了三天的人看着一盘红烧肉,有种病态的渴望。当年那种被蛇盯住的感觉又出现了,安心如整个后背一片冰凉。她狠狠地咬了一下舌头,一阵痛感传来,同时也提醒她,今天是鸿门宴,怯了就先输一城。"穆先生,好久不见。"安心如稳住了声音,率先打招呼。"我对你甚是想念。"穆先生笑了笑,伸出手来,要跟安心如握手。安心如微笑着伸过手去,心里不甚乐意。和当年一样,触手一片潮湿冰凉。"安小姐似乎想用完我就跑。"穆先生摩挲着安心如的手,像是在摩挲一件珍宝。

安心如心一沉,旋即咬咬牙说道:"知恩图报的道理,我懂。钱还完了,我该还人情了。"穆先生盯着安心如看了很久,急促地笑了一声:"王耀庆和张少澜都没碰你,很好。"安心如心里一惊,穆先生找人跟踪她!"您想得到什么?我能给的都会给。"安心如也急迫起来。天知道她是多么急于跟这个故人两清。"我想让你跟

第十一章 轻叩心门

我在一起,最少十年。"穆先生使劲握了握安心如的手,那种病态的渴望又出现了。安心如的心跳骤然加快,快得她胸闷窒息:"穆先生的秀空里有的是美女。""漂亮的女人,我已经看腻了,我想看聪明的。"他歪着头看着安心如,似乎在看案板上的一条鱼,琢磨着从哪儿下刀,满眼亢奋。

安心如的汗一滴滴流了下来,她不去擦,也不再试图掩饰自己的害怕。现在玩文字游戏已经失去意义,只能让穆先生更加兴奋。安心如快速想了想,没被穆先生握住的另一只手狠狠地掐了自己大腿一下,闭了闭眼,下定决心说道:"除了这个,我什么都能做。哪怕我十年的收入全部给你,或者帮你拍你们一开始想让我拍的片子。"她顿了顿,又加了一句,"只要不是实质的,不在国内出售。"

这条蛇,她没有办法轻易甩开了,这件事绝对无法善了。安心如在秀空时就知道,穆先生对每一个新进入的女人都有录像的习惯。一旦录像公开,安心如无法面对接下来的轩然大波,更没法面对王耀庆和王吉等人一直以来为了她而做出的努力。她从内心里排斥甚至是恶心自己的过去,尤其是那一晚。现在最大的危机当前,她甚至已经不想在演艺圈更进一步,只要能阻止穆先生的侵犯,哪怕最后逃到国外都行。

"呵呵。"穆先生笑了一下,"我肯定要你跟我在一起的,如果几年以后还没厌倦,我还可以考虑娶你,跟你生一个聪明的孩子。"安心如身上的每一个毛孔都张开了。她抽出手,站起身,白着脸勉强说道:"我回去考虑考虑。一会儿还有事情,穆先生,我先告辞了，考虑好我会给你打电话的。""金蝉脱壳。狡猾。"穆先生笑着看她，"可你今天走不出去了。"他站起身，一步步欺近安心如。安心如不断后退，直至被逼到紧贴墙壁，浑身轻颤："穆先生，这样会两败俱伤。""是你伤。"穆先生冰凉的手触上安心如的脸，另一只手不容抗拒地握住安心如的两个手腕。他的手顺着她的脖子往下滑，从安心如的衣领处钻了进去。

安心如一身鸡皮疙瘩，整个人都站立不稳，想要往下倒。"完了。"她脑子里一片空白，只剩下这两个字。安心如猛烈地挣扎起来。此时喊叫没有用，她余光扫到门外站着的一群大汉，只得无声地用全身的力气与他撕扯，心里却越来越绝望。就算侥幸赢了这个高大的男人，她也跑不出去，外面还有他的一群人。

安心如眼中的光芒渐渐黯淡，这次是真完了。所有的希望，将来的期盼，全都毁在这一晚了。那一瞬间，她想到了死，也许死了，一切就解脱了，不用再在深夜被噩梦惊醒，每个清晨都疲惫地醒来。她试着咬了咬舌头，却发现咬舌自尽根本没那么简单。她使劲咬了半天，也只是咬破，弄得满嘴的血腥味。安心如痛苦地蹙起眉头。就在这时，"啪！"重击玻璃的声音在两人耳边响起，让安心如顿住了咬舌的努力，也惊动了穆先生，让他停下了手。安心如回过头，不由得睁大了眼睛。

徐眉挽起袖子，抄着一根甩棍，徐徐走向门外的人群。她白衬衫上的几颗扣子此时松开了，袖子挽起，面如冰霜。门外的大汉都愣了一下，骂骂咧咧地扑上去十几个，把徐眉围在了中间。徐眉一根甩棍用得刁钻狠毒,两条腿专踢男人裆下,胳膊肘击胃,空出的一只手掌劈后颈,不一会儿,就有几人跌出战局,无法站立。无奈门外人多,跌出几人就补上几人,徐眉虽然凌厉可怕,但也渐渐体力不支。一人从徐眉背后狠狠一击,徐眉一个趔趄,险些倒下。安心如差点儿叫了出来。她就是不想连累人,才没有告诉他们,谁知道徐眉自己找来了。

这时就听"啊"的一声大叫,刘大美双手高举一个铁锅,甩着长发就扑了上来。伊娜在他身后,面目狰狞,手拿菜刀,也跟着往前冲。安心如看得差点儿疯了,这不是来送死吗?果然,片刻后,伊娜和刘大美被乱拳打倒,遭到一顿群殴。此时徐眉也已倒下,七八个人围着她痛殴。不一会儿,这三个人满身是血。安心如眼看着徐眉吐了一口血。这是现实,不是武侠片,吐了血还能满血复活。她的内脏肯定受伤了。这种情况很危险。伊娜的大脑刚做完手术,经受群殴简直是送她进地狱。刘大美情况也不怎么好,三人中他最瘦弱,最不禁打。安心如拼命挣扎,却挣扎不动,眼睁睁看着三人已经不再动弹。她心胆俱裂,憋了半天的眼泪终于忍不住掉了下来。

"放了他们,我听你的!"安心如闭上眼,不再挣扎,眼泪横流,哽咽难抑。"你早该听话了。"穆先生看着安心如那张精致的脸,笑了出来。这个女人太有意思了。她吸引他的不是外表,而是行事方式。不知从什么时候开始,他越来越想掌控她,将她关在身边,看看这个不按牌理出牌的女人能给他的生活带来什么乐趣。穆先生的手渐渐往下探去,安心如随之而来的战栗和痛苦表情让他极度兴奋。"啪！"又一声巨响，这次有人直接把玻璃砸碎了。穆先生不耐烦地抬起头，等看清眼前的情况，也吃了一惊。

"轰轰"的发动机声像打雷一样由远及近，急急传来。不远处足有上百辆摩托车急速停在咖啡厅的门口。当先一个人骂骂咧咧地下了车："你们不想活了，连老子的代言人都敢碰！"另一个年轻人高大英俊，车后还载着一个最近很火的女明星，也沉着脸下来了。他们身后有一百多个粗壮汉子同样骂骂咧咧地下了车。"你们可算来了！"安心如从前的经纪人哭喊了一句，便晕了过去。这一百多人手中提的头盔就是最好的武器，他们边骂边围上来，把刚才占了上风的几十个人围在中间。

穆先生那几十个人对视一眼，都有些惊慌。那些摩托车手笑嘻嘻地提着头盔就冲上去，沉重的头盔砸在头上，几下就把人砸得没有反抗之力。穆先生眼看刚才的胜局被瞬间反转，脸沉了下来，眼中现出疯狂，嘴角抽搐着笑了："这下好玩了。"他一把拽起安心如，推着她走出去。到了门口，安心如心里一凉：冰冷尖锐的东西顶在她的后腰上。"说话。"穆先生的兴奋仍旧未退。"别打了。"安心如知道顶在她后腰上的是刀，她更知道现在应该赶紧送伊娜、徐眉和刘大美去医院。

"丫头，你怎么样？"罗阳一看穆先生紧贴安心如走出来，再一看他的手势，眉头一皱，示意摩托车手们停手。刘宇哲试图上前靠近安心如。他身旁的赵又迪见状，忙上去扯住刘宇哲，担忧地看着安心如，叫道："心如姐，你！""他有刀。"安心如经过一番

第十一章 轻叩心门

折腾,声音已经嘶哑,"罗总,能不能先把我朋友送到医院?""行。"罗阳干脆地答应,回头找了几个人,抬着伊娜三人离开。"你这孙子干什么的?刀都玩出来了?"罗阳大咧咧地叫骂,眼神中却都是凝重。"要不是你们,现在她就是我的人了。你会后悔你碍了我的事。"穆先生冰冷地说。"滚!死到临头还要强撑!"罗阳身后的人开始叫骂。

可罗阳、刘宇哲和赵又迪却是一脸忧色。他们看出来了,这男人眼神疯狂,表情扭曲,不是能被吓唬住的。他们不敢离开,又不敢上前,一时僵持在那里。双方僵持了有五六分钟,罗阳脑门上开始冒冷汗。没人敢掏手机报警。那男人说了,谁掏手机被他或他的人看到,安心如就没命了。"让安小姐到地底下陪我也一样。"这个男人笑嘻嘻地说。所有人都能看出这个男人内心扭曲而疯狂。现在他们都后悔刚才没有报警。

徐眉打电话给罗阳的时候,只是说安心如可能有事,但她也不确定到底出了什么事。罗阳他们正好在附近举办车友会,其实本来是借这个机会带车友们过来看看明星小朋友的。没有人会想到,好好的一个明星会陷入这么危险的境地。双方僵持了十来分钟,眼看这个男人的眼神越来越亢奋得不正常。

"心如,你还有这么忠心的粉丝呢?"刘宇哲眼睛一亮,突然吹了一声口哨,笑着说。"哎呀,心如姐,我可真羡慕你,我就没有这么忠心的粉丝。"赵又迪也莫名其妙地笑着说道。"你可以跟她一起走,小美女。"穆先生嘴角抽搐一下,又怪异地笑了一声。"你

013

想走到哪儿？"一个冰冷的声音突然从穆先生背后传出。安心如一听，差点儿忍不住回头，又怕惊动穆先生，只好强自忍耐，可眼泪已经汹涌而下：王耀庆来了。

穆先生直到很久以后都对这个冰冷的声音记忆深刻——发自骨子里的寒冷，仿佛冰霜一样刮在人心上。出自本能地，他回了头，就看见一双犹如利刃的眸子，雪亮瘆人，死死盯着他。是安心如的老板王耀庆。还没等穆先生反应过来，他的手腕突然一麻，"啪"的一声，刀掉到了地上。紧接着"咚"的一声，他的头被狠狠打了一拳。这一拳的力道太大，穆先生的眼前一阵发黑，隐约看到王耀庆脱下外套，罩在安心如身上。下一秒，穆先生被另一拳打倒在地上。王耀庆扬起一脚，狠狠踢在他的胃上，他张嘴"哇"的一声吐了出来。

几乎是立刻，他的两腿中间被一脚踢中，一阵锐痛，疼得他失去了意识。他心里最后想的是王耀庆肯定练过……王耀庆面无表情，两眼幽深，紧紧盯着穆先生，也不说话，只是一脚、一脚又一脚地踢在他身上。脚脚到肉，"砰砰"作响。在场的人听着声音，看着王耀庆像是地狱里冒出来的阎王，眼睛越来越红，下脚越来越重，穆先生的脸色越来越苍白。没有人去拦他，或者说，没有人敢拦他。谁会主动招惹一个已经疯狂的人呢？

罗阳看穆先生已经吐血不止，脸色发青，喘息急促，再不拦着，怕是要出人命。即便在场所有人都想要穆先生倒霉，但谁都不想把王耀庆赔进去。他走上前拉住王耀庆："差不多得了，别连累了自己。"王耀庆置若罔闻，一脚踢在穆先生头上，穆先生的鼻血当

第十一章 轻叩心门

时就喷了出来。跟王耀庆一起来的王吉走过去把王耀庆往后扯："你再踢一会儿，就得跟他一块儿进去了。"王耀庆显然没听进去，还想再踢。罗阳与王吉面面相觑，这么下去，王耀庆真得跟地上这个混账一起进监狱了。这时，一双纤细白皙的手伸了过来，轻轻拉住了王耀庆："可以了。"本来谁拦都没用的王耀庆突然停下了动作，缓缓转头，看向拉他的人——满脸泪痕的安心如。

"可以了，我不想你把自己赔进去。"安心如气息不稳，声音嘶哑，眼睛通红。王耀庆眨眨眼，仿佛在确定面前这个安心如是不是真的。他抖着手摸了摸安心如的脸，指下传来微微的热烫，是很真实的触感。王耀庆突然伸手，将安心如一把搂进怀里，紧紧箍住，像是要把她嵌到身体里。"我差一点儿就失去你了。"王耀庆的声音有些颤抖，无助得像个孩子。安心如鼻子一酸，眼泪又流了下来。第一次有人这么在乎她，用尽全部力气来保护她。被人在乎、被人拯救的感觉真好啊……她的手颤抖着，怯生生地伸出来，反抱住了王耀庆："谢谢你这么在乎我。"

王吉站在不远处，凝视着相互拥抱的两个人，却不知为何叹了口气。不轻易动情的人最好还是不要动情。感情是一把双刃剑，可以披荆斩棘，也会伤到自己。尤其是王耀庆这种人，要么不爱，要么全力爱，很容易受伤。上一次他是怎么颓废的，王吉记忆深刻。要不是那个女人，耀庆娱乐也不会这么快走上巅峰。王耀庆当时简直是用生命在工作，因胃穿孔送去医院急救的样子，王吉还记得清清楚楚。他在心里祈盼，但愿安心如不会像那个女人一样。

015

罗阳拍了拍王吉的肩膀:"你老板练过啊?"他亲眼看到王耀庆从二楼利索地攀爬下来,几乎是悄无声息地站在了挟持安心如的那个疯子背后,仿佛猫科动物,无人能够察觉。"啊,他以前当过兵,参加过几次解救人质行动。"王吉边回答,边用眼睛到处寻摸,头转来转去。"你找什么?"罗阳好奇地问。"徐眉哪去了?"王吉依旧在寻找。"哦,给我打电话那个?她受伤不轻,我叫人送她去医院了。"罗阳有些惋惜地说,"人太多了,要是一对一,她不一定会受伤,说实话她身手不错。"

"什么?!"王吉怒目圆睁,几步走到被捆得结结实实的穆先生身边,飞起就是一脚。罗阳赶忙拉他,可王吉力气不是一般的大,他眼看着王吉又狠狠踢了几脚,才将他拉扯到一旁。"你这是后反劲儿啊!"罗阳擦了一把汗,哭笑不得道,"事都了了,你才来气了。"王吉阴森森地看着穆先生磨牙:"法治社会真是把你给救了。"罗阳看着一向笑眯眯的王吉发火,有些佩服地说:"你那几脚可够狠的,你也练过?"王吉随意地说:"我和耀庆是战友。"

远处的警笛声响起。王耀庆在行动前已经报了警,这时候警察到了。警察下车的时候,一看到躺在地上的穆先生,差点儿把他当成了受害者。了解原委后,两个警察送穆先生去医院,剩下的警察联系局里派人派车,准备带人回去做笔录。穆先生被扶起来的时候竟然还在笑。他嘴里喷着血沫,声音哑得几乎听不见,还在挣扎着要说话。在一边蹲着的刘宇哲捅了捅赵又迪,问道:"哎,是不是

第十一章 轻叩心门

反派都有九条命,怎么打都打不死?"

赵又迪摇摇头,看看穆先生,笑着说:"你说他会不会像电影里演的,说一句'我还会回来的'?"刘宇哲嘻嘻哈哈地拍拍她的后脑勺:"他回来,你可就遭殃了,人家刚才想带你走。""我才不跟这个变态呢!"赵又迪若有所思地看看远处相拥的王耀庆和安心如。刘宇哲顺着她的视线看了一眼,发现赵又迪盯着王耀庆看,当时脸就拉下来了:"王耀庆有主了,你不是想要挖墙脚吧?""想什么呢!"赵又迪皱了皱鼻子,"我是想去他的公司!反正我现在也解约了,没有下家。"刘宇哲狐疑地看着赵又迪:"真的?""哎呀,真的!"赵又迪不耐烦地道,"我的目标是娱乐圈一姐,感情问题暂时不考虑!"

"该考虑也得考虑……"刘宇哲挠挠头说。这回轮到赵又迪狐疑地看着刘宇哲:"你是不是喜欢我?""是!"刘宇哲的脸红了,干脆地承认。赵又迪没想到随便逗逗,竟然逗出一个追求者,不由得愣在那里喃喃自语:"这下尴尬了……""我喜欢你,有这么尴尬吗?"刘宇哲黑了脸。赵又迪翻个白眼:"你懂什么,我的目标是星辰大海,不是儿女情长!"

很快,赵又迪就星辰大海不起来了。因为接下来的整整一个晚上,他们这一群人谁都没睡。先是做笔录折腾到凌晨,然后一行人又陪安心如和王吉去了医院。医院躺着的那三人情况还算不错,都是外伤,徐眉当时吐血是因为被人踢了一脚,牙齿不小心磕到嘴唇上了……王耀庆在医院旁边的便利店买了一堆鲜花果篮,放在三人床前，神色严肃地说："谢谢你们帮了心如。"

伊娜眨眨眼，突然对安心如说道："老板是不是跟你表白了？"安心如不知在沉思什么，被伊娜这一问，没反应过来："什么？""我说老板这副代你道谢的语气，明显把你当自家人看了，他是不是表白了？"伊娜一脸八卦，本来在一旁不断呻吟的刘大美职业病发作，也竖起了耳朵。"养你的伤吧，瞎打听什么！"安心如脸一红，斜了伊娜一眼。

她现在没心思想感情的事，满脑子都是穆先生最后跟她说的那句话："还会有人对付你的，没我在，就没有人替你挡着了。我等着你到下面陪我，呵呵！"他那阴森扭曲的笑容就像一个魔咒在安心如脑海中萦绕，让安心如不得安宁。王耀庆似乎感觉到了安心如的不安，轻轻拍拍她的肩膀："别怕，有我呢。"安心如勉强笑了笑，可不安却越扩越大……

那边赵又迪一脸崇拜地凑到徐眉身边："徐姐，你怎么知道心如姐有事的？要不是你，心如姐可就危险了！"王耀庆一听赵又迪的话，想想安心如当时的样子，心中的怒气暴涨，站在他身边的王吉悄无声息地挪开了点儿。徐眉倒是一脸得意地回答："能让心如稳不住的事，肯定是大事。我看她肉汁溅到衣服上都不管，急匆匆走了。她朋友不多，我们三个又都在她身边，她爸妈和她关系也不好，又没发病，应该不是她爸妈找她。我打电话一问，她也不是找王吉，我估计就又出事了。"

"那你怎么想到要找我呢？"罗阳好奇道。徐眉不好意思地笑笑:"我是摩托车发烧友,虽然买不起,但你们车友会的论坛我常去,你们的动态我都掌握着。当时你离心如近,又有一百多人,有什么事情也好照应。""你怎么知道心如离我爸近啊?你也是后来去的,没跟踪她。"刘宇哲也好奇起来。徐眉得意地一挑眉:"心如不是用 iPhone 吗?我想知道她在哪里,就直接上她的 iPad。苹果的设备,只要是用同一个账号登录,互相都可以查到在哪里。"她又有些不好意思地继续说,"我看心如开 iPad 的时候,顺便把她的密码记住了。"

这时候没人会怪她记密码,病房里的人都在对她竖大拇指。赵又迪夸张地比心:"福尔摩斯·眉!"徐眉红了红脸,突然想起来什么似的,对一旁笑眯眯的王吉说:"从明天开始,我教你散打,下次万一心如再遇上坏人,至少多个帮手,我就不会进医院了。"王吉一脸感激涕零状,让徐眉脸上的得意又多了一分。一旁的罗阳差点儿绷不住笑了出来。能参与解救人质的兵可不需要跟人学什么散打。可能徐眉在部队学的是一招制敌,可王耀庆和王吉这种兵学的却是一招毙命……

安心如受到病房里和乐融融的气氛感染,心中那团不安暂时散去。不管穆先生说的是真的,还是纯粹为了让她疑神疑鬼不好过,那都是将来的事了。"兵来将挡,水来土掩",总不能被一句话吓死。她看向王耀庆,后者双手插兜,靠墙而立,高大的身子似乎还紧绷着,那张轮廓分明的脸上戾气犹存。像是感觉到安心如在看他,王耀庆转过脸来,对安心如微微一笑,黑亮的眸子勾人心魄,薄唇弯出好看的角度,戾气转化成春风,轻轻拂面而来。安心如不由得脸一红,心里懊恼,什么时候她这种厚脸皮的人也开始脸红了。她偏过头看向窗外,发现天都亮了。

因为院长和王耀庆的关系好,又因为徐眉三人住在一个病房,没有其他病人,护士才破例让这么多人凌晨来探视。现在天亮了,护士开始过来赶人了。众人也都疲惫不堪,纷纷跟光荣负伤的三人告别离去。王耀庆送安心如回家。上了车,安心如看看旁边开车的王耀庆,咬了咬下唇,说道:"老板,今天谢谢你。""我说过不要叫我老板。"王耀庆低沉地说,"叫耀庆就好。"顿了顿,他又补了一句,"以后不要跟我说谢谢。"

安心如的脸又是一红,低声道:"知道了。""今天《永夜记事》杀青吧?"王耀庆淡淡地问道。"嗯。"安心如答应了一声。"闭上眼睡觉吧,熬了一宿,别到时候肿着脸去。"王耀庆柔声说。安心如感觉自己不困,可又不好拒绝他的好意,就依言乖乖闭上眼。谁知她刚闭上眼睛不到几秒,一阵困意就袭上来了,很快进入了梦乡。

王耀庆停下车,把手机调成振动,又替安心如紧了紧外套,然后才慢慢把车开到安心如家楼下停好。手机突然开始振动,王耀庆神色一肃。现在刚刚早上五点,打电话的人肯定是有要事。他拿出手机一看,是秦逸飞。王耀庆瞥了安心如一眼,她偏着头,睡得很沉。王耀庆打开车门,长腿一迈下了车,接通电话。"告诉你一个好消息!"刚接通电话,秦逸飞兴奋的声音就传过来了。"什么好消息?"王耀庆精神一振。秦逸飞的好消息肯定和安心如的身世有关,他不由得关心起来。

"温雨找到了!"秦逸飞大声说道。王耀庆一愣,旋即说:"这么快就找到了,看来还是跟温雪有关。""对啊!"秦逸飞笑嘻嘻地回答,"在你这老狐狸面前玩聊斋,温雪还是差点儿意思。那天你说温雪神色不对,很可能在撒谎,我就干脆不找温雨,天天跟着温雪。结果真让你说中了,她一直在跟温雨联系。""这姐妹俩有什么猫儿腻,你查出来了吗?"王耀庆冷笑了一声。

温雪实在不适合撒谎,尤其是在王耀庆这种当兵时专门接受过训练,练过怎么应对测谎仪的人面前。"她们在咖啡厅见面。我提前在那里布置了收音器和最好的偷拍设备,你得给我报销啊!"秦逸飞拖长了声音说。"双倍。"王耀庆低笑一声。"好嘞!"秦逸飞精神一振,笑嘻嘻地说,"我把录下的视频给你发过去,你自己看。"

第十二章 知晓内情

不一会儿,视频传到了王耀庆的手机里。

只见咖啡厅里,温雪像往常一样打扮得一丝不苟,神色冷淡。她对面坐着一个和她有几分相像的女人。这女人的头发烫成大波浪形,神态慵懒。即便以性感妩媚形象出道的安心如在她的风情面前都显得青涩了些。"温雨,这到底是怎么回事?你又干了什么?"温雪神色不善,先开口问道。"呵呵,我妹妹和我十几年没见面,一见面就为了外人质问我。"温雨偏头搅着咖啡,低声笑着说。

"呵呵,我姐姐当年为了追求她的自由,让我替她出嫁,现在还好意思跟我提什么外人、内人。"温雪冷笑道。"我是逃婚了,可我没让你嫁啊。"温雨无辜地眨眨眼。"别拿人当傻子,温雨。你明知道我为了家族荣誉和发展,肯定会选择替你嫁。你心里太清楚了。你去追求爱情和自由,我替你出嫁,家族通过联姻壮大,你在外面过不下去了,我还能接济你,你一开始就把算盘打好了。"温雨渐渐愤怒起来。"我就开始几年跟你要过钱,后来不是不要了吗?"温雨偏着头笑了笑说道。"这不是重点,重点是你那天跟我打电话时,知道王耀庆要找来,为什么脱口就说失策了!你别说你是口误,我们是姐妹,我比任何人都了解你。"温雪目光炯炯地盯着温雨。

"说出来也没什么啊,我只是想替你扫除障碍。"温雨冲着温雪眨眨眼睛,笑道。"你给我说清楚!"温雪双手握成拳头,开始激动起来。"你看,要是张连英把蒋柔的孩子带回家,将来分财产就会很尴尬。我逃婚以后一直在本市,张连英那个傻子当初回来找

第十二章 知晓内情

孩子，我是知道的。我看着他没头没脑地找了几年，后来眼看要找到了，正好有个小狐狸不知怎么冒名把他的亲生女儿给顶替了。"温雨说到一半，啜了一口咖啡，急得温雪直瞪眼："你快说啊！"

看着视频的王耀庆此时也急如热锅上的蚂蚁，心中盼着温雨快张口。温雨优雅地放下咖啡，抿了抿嘴，这才又说："张连英还没傻到家，知道带着那孩子去做 DNA 鉴定。"她像是看到什么好笑的笑话一样，笑嘻嘻地说："恰好那时候维温检测中心的老板是我的男朋友之一，我花了整整一晚上的时间才让他答应做假的鉴定报告。""你！荒唐！大胆！胡闹！"温雪的手开始剧烈发抖，脸也开始抽搐。"妹妹，我是为了你好。等张连英不行的时候，你要求重做鉴定，那孩子就没有继承权了，张家的钱不全是你的？他要把亲生孩子带回家，你不就少分了？"温雨貌似推心置腹地道。

"你可真好心。"温雪冷笑道，"到时候第一个回来跟我分家产的，应该就是你吧？""别说得那么难听。我帮过你不少忙呢。"温雨面色不变地说。"你还帮我什么忙了？"温雪冷笑道，"除了让我跟你一样成为罪人？""我帮你把蒋柔铲除了啊。"温雨摊手，"要不是那个混蛋失误，本来应该一尸两命的。"

"你说什么？"温雪低叫。"什么？"王耀庆也不由得叫出声，差点儿没拿住手机。他仔细盯着手机，眉头不知不觉紧紧地皱在了一起。视频里，温雪也紧紧盯着温雨，而后者则偏头搅拌着咖啡，微微嘟着嘴，像是二十出头的小姑娘。岁月实在偏心，并没有在那张明艳的脸上留下痕迹，温雪跟她比倒更像是姐姐。"我总归是你姐姐，温雪。"温雨盯着温雪，郑重地说，"我决定要出逃的时候，也想到你肯定会替我嫁。我唯一能做的就是挑动张家人把蒋柔赶出去，在她回国后做掉她，为你除去后患。可我没想到留下的孤儿会弄出这么多事。"

"你到底是个什么怪物啊！"温雪崩溃得双手捂住脸，低声抽泣，"你自己想要追求爱情，却不顾张连英和蒋柔的爱情；你想追求自由，却插手别人的人生。你的眼里只有你自己，你应该改名叫'自私'！"温雨看着崩溃的温雪，眼中难得出现一丝柔情："可总归我还是为你着想了，不是吗？"温雪猛地抬头，一双血红的眼睛盯着温雨，像是疯了一样，低声嘶喊："蒋柔的车祸真的是你弄的？"

温雨耸了耸肩，说道："我的追求者中最傻的一个做的。"她突然像是邀功一样看着温雪，"张连英把冒名顶替的那个小狐狸带走以后，我就叫那个傻子把他的亲生女儿领养走了。张家老太爷最精明，他还没死的时候就怀疑过这件事，又派人去过孤儿院。"她得意地看着温雪，"要不是我，你们不可能十几年都过得这么安逸。"温雪不顾形象，用手掌擦了一把泪，冷笑着说："你以为这样我就能一直安逸下去？"

温雨轻轻一笑，风情万种："你还没见过我老公吧？"温雪不说话，直勾勾地盯着温雨。温雨自顾自地说下去："我离家后，混了好几年才遇上我老公。他比我大二十岁，成熟睿智。"温雪蔑视地冷哼一声："这就是你想要的爱情？"温雨嘻嘻一笑："我的人生，

第十二章 知晓内情

你这种无趣的人永远不会懂。只有他能理解我的疯、我的狂。"

温雪仍然不说话，一双眼睛久久地凝视着温雨，缓缓地说："你老公和这件事有什么关系？""我老公只有一个儿子，他现在非常宠爱我，所以他儿子也得听我的，不然他连老头一半财产都继承不了。"温雨邀功的表情又出来了，"张连英那个女儿刚一成年，我就让我继子盯着她了。"温雨看了一下手表，"现在他应该动手了。以后那丫头再也不会给你添乱了。"温雪脸色一白，身子往前一探，隔着桌子死死地抓住温雨的领口："你敢再造杀孽，我立刻报警！"

温雨表情未变，闲闲地笑了："妹妹，那又不是你的孩子。""那是张连英和蒋柔的孩子，他们一个是我丈夫，一个是我曾经的朋友。"温雪咬牙道。温雨滞了一滞，笑容不变："这就是咱俩的不同。我的人生一定要精彩刺激；而你的人生，永远是在为别人。"她看了看手表，抬头对温雪说："我家老头现在中风，我得回去照顾他，我先走了。至于那丫头……"她嘻嘻一笑，"我是骗你的，我那个继子根本不同意，放心吧。"

温雪狐疑地看看她，先她一步站起了身："一天之内我看不到那丫头，我一定会报警。"她掏出钱来放在桌上，"这顿我请。从此以后，我们还是断了联系吧。"温雨诧异地看着温雪："你不认我这个姐姐了？""我记忆中的姐姐是一个爱笑的美女，而不是一个怪物。"温雪冷冷地说，"不是只有你是聪明人。从小我们的成绩就是一样好，只不过我把精力用在了孝顺父母上，而你却用在了捉弄老师上。我想的是如何不伤害别人,你把捉弄别人当成乐趣。"她盯着温雨,眼神中没有一丝温度,"蒋柔的事,我不会告诉任何人,这是对你的最后一丝亲情。但你最好不要用你的自以为是帮我,我从来不在乎张家的财产,我要的是无愧于心。"温雪提着包转身就走,留下最后一句话,"如果你再不把别人的生命放在眼里,把自己当作上帝,你信不信,这个世界还是有报应的!"留下温雨独自坐在那里,眯起眼睛盯着温雪的背影,久久不语。

王耀庆一身冷汗,关了视频。"这女人太狠了,简直是个疯子。"王耀庆喃喃自语,脑海中浮现出穆先生那双疯狂的眼睛,简直如出一辙。他回头看看车里的安心如,想了想,自己还有重要的事要瞒着安心如去做,便给秦逸飞打电话:"多年的老战友,帮我一个忙,替我保护一个人。"

安心如一觉醒来,就看见王耀庆靠着车门站着,地上全是烟头。她揉揉眼睛,开门下车,看看王耀庆问道:"你等了很久?"王耀庆轻轻一笑:"没多久。"他抬起手帮安心如把不听话的头发别在耳后,柔声道,"我陪你上楼,等我朋友到了以后,你再去剧组。"安心如眨了眨眼,点点头,上楼开门。一进家门,王耀庆就开门见山道:"你和穆先生到底是怎么回事?"

安心如本有些疲惫,听到王耀庆的问话浑身一激灵,抬头仔细看看王耀庆的脸色,却没看出喜怒来。因为几年前的事被纠缠到现在,安心如烦躁又疲惫:"过去陈谷子烂芝麻的事罢了。""你确定你要瞒着我?"王耀庆眉头紧锁,怒气上涌,"你是很聪明,你

第十二章 知晓内情

想做成的事都做成了。但你想过没有,就因为事事都在你掌控中,让你有了错觉,以为自己可以掌控一切。"安心如一言不发,她在想王耀庆说的话。

从跟张少澜炒绯闻开始,安心如想做的事还没有做不成的。她内心的自信越涨越高,渐渐什么事都不想依赖公司,不跟经纪人和王耀庆商量,习惯自己解决,总觉得没什么事情是自己解决不了的。自己的心态自己知道,她后来确实高估了自己。王耀庆又沉着脸开口:"你有没有发现,你现在干什么都是单打独斗。你找别人的时候,都是已经想好了怎么做,单纯让人帮忙。你似乎已经忘了你是谁。"

这话诛心,安心如不由得皱起眉来:"我知道我是谁。""不,你不知道。"王耀庆强压着恼怒,"你觉得你动动脑筋就无所不能。你忘了你没有背景,势单力薄,你也忘了这个世界上比你强大的人数不胜数。你甚至轻狂到什么人都敢招惹,并且不去求助。"他看着安心如的眼睛,认真地道,"一国总统都有求助的时候,更何况你只是一个小明星?别把自己看得过于高明,你还远没到那个层次。如果不是你高估自己,招惹你惹不起的人,又单独赴约,也不会有昨天那件事。"安心如的脸色随着王耀庆的话一点儿一点儿灰白起来。王耀庆说的话,每一句都打在她心上,可她一句辩解的话都说不出来。即使安心如不想承认,也不得不承认王耀庆说的都对。想想在医院躺着的那三个人,生平第一次,安心如像个小学生一样,想要低头认错。

"我……我不敢相信别人。我亲生父母抛弃了我,幼时最好的朋友欺骗我,养父母背弃我,我总觉得别人更会对不起我,一旦相信谁,谁就会狠狠背叛我,向谁求助,得到的都会是失望。"安心如这段话说得很艰难。这是她的心结,也是她不轻易置于人前的伤痛。今天,她选择把它放在王耀庆的面前。这个男人为了她差点儿疯狂,他值得她敞开心扉。王耀庆呆了呆,双手放在安心如的肩膀上,目光柔和地看着安心如,缓和了语气:"昨天有一个人背叛你、放弃你吗?"

安心如眼底泛出了泪光。伊娜、徐眉、刘大美、王吉、罗阳、刘宇哲,就连竞争对手赵又迪,这些人都没有背叛她,弃她于不顾,更别说面前的王耀庆。安心如缓缓摇了摇头,轻轻地说:"一个都没有。""你的担心是不是多余的?"王耀庆又问。安心如点了点头,心里就像是打翻了五味瓶,混乱而难受。"人心不古,尤其是娱乐圈。心存戒心是人的本能反应。可你更该学会去辨别哪些人可以相信,哪些人不能信。"王耀庆轻轻摸摸安心如的头发,"单枪匹马固然英雄,可必要的时候你还是要学会求助、学会信任。毕竟你也只是一个凡人,没有三头六臂。"

安心如抬头看看王耀庆。后者的眼睛黑亮,含情脉脉。她张了张嘴。王耀庆趁热打铁:"现在你可以告诉我这一切了吗?"安心如使劲咬了咬下唇,疼得厉害。她突然开口,带着豁出去的冲动:"我刚出道时是秀空的模特……"花了十多分钟,安心如脸色苍白地把之前的一切一股脑倒了出来,甚至包括她和张少澜的恩怨。之

第十二章 ✦ 知晓内情

后,她静静地坐在沙发上,看着王耀庆的反应,连一点细微之处都不放过。

王耀庆眼神闪烁了一下。他从没想到安心如之前还有这样的经历,更没见过安心如像现在这样忐忑地看着他。王耀庆深吸了一口气。听到她和穆先生那一段,凡是男人,心里都会有疙瘩。他甚至隐隐埋怨安心如为什么要去秀空。可他看到安心如咬着唇胆战心惊的样子时,心蓦然软了下来。她受苦的时候,他无能为力,现在又凭什么对她的过去指手画脚?尤其是在她刚刚放下心防的时候。王耀庆伸手拍拍安心如的头:"看,说出来也没那么可怕吧?"

安心如突然睁大眼睛,仔细地看了看王耀庆,半晌,突然用手猛地擦了擦眼角,欢悦地笑:"就是,大不了十八年后又是一条好汉!"王耀庆被逗乐了,哈哈一笑。两人说笑间,传来了敲门声。

王耀庆神色一肃,低沉问道:"谁?""秦逸飞!疑神疑鬼的,快开门!"门外清亮的声音不耐烦地说道。王耀庆紧绷的肌肉放松下来,打开门,跟门外的男人热情熊抱。安心如从没见王耀庆跟谁这么亲密过,不禁伸长脖子去看。门外的男人和王耀庆差不多高,白晳干净,飞扬跳脱,像一个大男孩。看到安心如看他,秦逸飞推开王耀庆,夸张地叫道:"你扔给我这么一个美女,不怕我们瓜田李下?"王耀庆瞪了他一眼,转头向安心如介绍道:"这是秦逸飞,这几天我不在的时候,他会二十四小时保护你。"

安心如眨了眨眼,不太敢相信地问:"你找一个男人跟我二十四小时待在一起?"秦逸飞的脸垮了下来:"你知道有多少白富美哭着喊着想让我保护吗？"王耀庆坐回到安心如身边，淡淡地说："朋友妻不可欺，这个道理我想他懂。"安心如瞬间红了脸，一时张大嘴不知该说什么。王耀庆又补了一句："伊娜他们今天就能出院了。我不会让你和他单独过夜的。"

秦逸飞边从行李箱里往外倒腾保养品和真丝睡衣，边不满地嘟囔："这可真是战友情，放一个美女在身边，给看不给吃。"王耀庆对着秦逸飞笑了笑："赵又迪说想签在我们公司，以后你们一起吃饭的机会少不了。"秦逸飞的眼睛瞬间亮了起来："真的？那你先给我要一个签名呗！"安心如低沉的情绪被彻底打乱，不禁开始为刘宇哲担心……王耀庆却陷入了沉思。明显这个穆先生就是温雨的继子，危险根本没有解除。从视频上看，那一家子都有点儿疯。他最怕的就是这个。历来求财的、求色的都好解决，可遇上疯子，该怎么办？

赵又迪并不知道自己多了一个爱慕者。她蹦蹦跳跳地跟在刘宇哲后面，小声哼着歌。昨天是安心如的受难日，却是她的好日子。她只是跟在刘宇哲身后想参加车友会，看看能不能跟罗阳套近乎，让罗阳答应把这个微电影拍成系列，并且下一部由她担任主角，谁知道遇上安心如被劫持。安心如是唯一被她欣赏的女同行，她是真心为安心如着急，想要帮忙救她。正是她的这番表现让罗阳和王耀庆对她青眼有加。罗阳答应下半年再给赵又迪拍一部微电影，并且加大宣传力度，请最好的团队。王耀庆更是在医院就直言，耀庆娱

第十二章 知晓内情

乐诚意邀请她加盟。

赵又迪开始觉得安心如就是她的福星了。跟赵又迪一样高兴的，还有徐眉。罗阳知道徐眉是个囊中羞涩的摩托车发烧友后，二话不说就送了她一辆摩托车，乐得徐眉差点儿从病床上蹦了下来。要不是护士黑着脸太吓人，徐眉恨不得立刻拔了输液管，下楼骑上几圈。王吉在徐眉最开心的时候推门进来，得知徐眉欢欣鼓舞的原因后，冷不丁给她泼了一盆冷水："你没有摩托车驾驶证，上不了路。"徐眉怔了怔，正打算以后偷着骑上路，王吉掏出手机就给交警队的朋友打了电话："喂，李哥啊，我举报一辆摩托车，那个车手无证。要是这车上路了，你可要记得拦下来啊！"徐眉狠狠地瞪了王吉一眼，沮丧地盘腿坐在病床上，开始盘算去哪里考证。

刘大美在一旁温柔地劝徐眉："女孩子骑摩托车多不文雅。"伊娜瞥了瞥刘大美："都像你这样就好？长发飘飘，皮肤细腻，化点妆就能上台走台步了？"刘大美狠狠地瞅着伊娜，撇嘴道："好男不跟女斗。"伊娜哭笑不得："你说反了吧？"

穆先生带来的阴影渐渐从众人的心中散去，除了王耀庆。他这几天拼命找温雨，可对方毫无踪迹。他去公安局报了警。警察撒开了网找温雨，也没有任何收获。温雪那边他暂时不敢打草惊蛇，怕她报信放跑了她姐姐。安民那边，他派人盯着，都几天了还是没有收获。王耀庆见的人多，他知道温雨这种自成一套是非观的人有多么疯狂。时间过去越久，他越担心。穆先生已经被公安局报检察院起诉，不久就会有结果。王耀庆曾经想去见他一面，可几番斟酌之后，还是决定作罢。那个疯子现在一定恨他入骨，就算见面，他也问不出什么，反而还容易被穆先生误导。

安心如倒是没像王耀庆那么担心。《永夜记事》杀青，安心如现在的全部注意力都放在片子的放映上了。空出来的心神，安心如用来去郊区考察。郊区的枣子果真滞销，枣农每天生活在水深火热之中。安心如回去以后，立刻在网上发了一篇文章，呼吁网友们帮帮枣农。最早的心家婆再度出动，从扩散文章到煽动购买，再到组织人去现场教枣农如何上网售卖，帮枣农包装寄出，全程思虑周密，宣传浩大。两周以后，枣子卖完了。枣农们在电视台记者采访时对安心如感恩戴德。

这下全国都知道有个女明星叫安心如，她在带着粉丝做好事。第一时间跟着安心如直播此事的大美娱乐也积攒了一大批粉丝，知名度和美誉度大涨。刘大美灵机一动，开辟了大美公益专线，帮各地农作物滞销的农民发布消息。毕竟大美娱乐的关注人数也不少，好几个地方还因此受益。如今孩子们喜欢安心如的事都不需要再瞒着家长了，家长们对安心如的好感与日俱增，对于自己孩子的追星行为不再反感。安心如趁热打铁，和几个心理学家、亲子专家合作，公开自己的邮箱，帮家长们解决跟孩子相处过程中的困难。虽然大家都知道这个邮箱里的邮件肯定不是安心如亲自处理，但破天荒第一次明星与家长不再是对立的两方。

赵又迪见状，也号召粉丝开始找公益项目做公益。不止她，其他明星们也纷纷开始效仿，一时粉丝圈里人人见面必谈公益，追星

第十二章 知晓内情

行为纯净了许多。然而人们永远只会记住第一个吃螃蟹的人。安心如作为开这种风气的一代鼻祖,名字已经深深刻在了大众的心里。不管之后的人公益做得多大、多好,总会有人把功劳归结到第一个号召粉丝做公益的安心如身上。

在安心如的声誉达到最顶峰的时候,《永夜记事》全网首播。凭借张少澜、安心如和赵又迪这三人的名气,尤其是最近安心如的好评度,这部网剧第一集点击量就轻松破亿,并持续不断地上涨。观众看完《永夜记事》第一集后,好评如潮。专业评分网站上这部剧的评分高达 8.6 分。当然,第一集安心如的戏份颇少,观众的好评主要是因为其他演员的精湛演技和剧组精良的制作。安心如坐在书桌前,看着这部剧的点击量和好评像潮水一样迅速涨高,突然若有所思地道:"真正的战场可能早就变了。"

她只顾盯着《永夜记事》,所以并不知道网上一股由她而起的风潮正在以更快的速度破竹而来。有人把穆先生挟持她的全部过程录制下来,放在了网上。

一片混乱中,安心如的衬衣敞开,露出了内衣。在她的身后,一个神情亢奋的男人用刀顶着她的后腰,面对着对面一百多个摩托车骑手,还有当红小花旦赵又迪以及新人刘宇哲,地上还躺着三个满身是血、生死不知的人。其中一个长发的,好像是有名的娱乐记者刘大美。一个男人从天而降般解救了安心如,并把挟持她的人打了个半死,场面十分暴力。

这段视频放到网上不久,就引起了极速的传播和极大的轰动。

全网沸腾，说什么的都有。安心如涉黑、安心如被潜规则、安心如得罪大佬……群众的想象力是无穷的，连安心如是间谍这样的故事都开始流传了。一时间，安心如所代言品牌的品牌商纷纷打来电话询问，并且语气都十分不好。现在这个时代，艺人代言不再是收钱露脸就行，是要和品牌形象捆绑在一起的。艺人行为不端，品牌也会跟着受损。王吉费尽唇舌解释安心如的无辜，品牌方也只是将信将疑。就算他们相信了，网上的传言不平息，品牌也照样会受损，他们要求赔偿。

王吉和王耀庆商量后，找到了著名律师张淮，起草了公开声明，又拜托警方在官方社交账号上解释了案情梗概，这才让大家相信安心如是因为父母欠债，被放高利贷的盯上了。穆先生在录口供时隐瞒了安心如的秀空背景，警方只是如实出示他们掌握的情况，安心如平安渡过了这一关。

粉丝和网友们这才知道，安心如出道至今，卡里存款只有三万元，剩下的都还了父母的赌债和高利贷。联想到前段时间，安心如的舅舅陈金水在网上讨伐安心如，最后被证明是个赌鬼的事，安心如意外地从这件事里收获了不少同情。有什么比一个家庭不幸、父母品行恶劣的孩子努力靠自己翻身，还不计前嫌为父母还债，更为励志的故事？再加上前段时间安心如仗义出手，替前任经纪人智斗老艺术家，最近她又号召粉丝参加公益活动，使她的声誉又涨了不少，俨然成为本年度大众最喜爱的艺人。

只是安民和江梅的日子不太好过。粉丝们纷纷到医院讨伐他们。

第十二章 ◆ 知晓内情

虽然医院的安保靠谱，又加上安心如的呼吁，粉丝没对安民两口子做出什么实质性的伤害，但还是有一定威慑力的。江梅看着楼下拉着条幅为安心如声援的粉丝，气得发疯，直勾勾地盯着安民骂："要不是你当年迷恋那个女人，能有现在的事吗？"安民低着头惭愧不已："你讲讲道理，要不是心如，咱俩早就被债主砍死了。"江梅跳起来指着安民的鼻子骂："不是温雨教你赌博，你也染不上这个习气！咱家以前也是有头有脸的人家，有着三辈子花不完的钱，全让你输给穆怀明那个混蛋了！"

"你以为你好啊！"安民也憋不住气了，"你输给他的少吗？"江梅被气得满脸通红："你为了一个女人背叛我，为她杀人，为她收养孩子，还指望我温良贤淑？我要不去赌钱，早就被你气死了！"安民顿时蔫了，低下头赶紧认错："老婆，我当年也是一时糊涂，这么多年了，你怎么还提？"江梅恨得压低声音，嘶哑着嗓子说："我一想你身上背了一条人命，还是为了别的女人背的，我就吃不下、睡不着。安民，我以前也是一个好女人，被你折磨成这样，我这辈子恨死你了！"

安民叹了口气，捂住脸说道："我最落魄的时候，只有你对我不离不弃，我早就后悔了。现在我的心都在你身上，你别再折磨自己了。""哼！"江梅冷笑一声，"你那天看见那个女人的妹妹，为什么哭？"安民愣了一下，长长地叹了口气，低下头不再说话。护士这时候推门进来，说道："医生说可以安排你们出院了。"小护士声音冷冷的，目光里全是鄙夷。她也是安心如的粉丝，而且是最早的心家婆之一。让安民夫妇出院，是王耀庆的主意。

安心如被挟持的这段视频是咖啡厅的员工录的，也是他放到网上的。据他说，在安心如赴约的前一天，就有一个女人过来，给了他一万元，让他把第二天咖啡馆发生的一切都录下来。那个女人妖娆极了，光是对着这个男员工笑笑，这个男员工回去都激动得半宿睡不着。这个男员工拿着微型摄像机躲在吧台后，一看来者是安心如，本来准备拍摄一些明星隐私的，谁知后来一看，事情闹大了。这个男员工仓皇出逃的时候，被罗阳的人和穆先生的人挡住，无处可逃，只能傻傻地站在边上，忘了手上还有摄像机。等到事情平息的时候，这个男员工才意识到他录下了全过程。至于放在网上，也是那个女人授意的。她又给了这个男员工一万元。这个男员工就像着了魔一样，听了她的话，把视频放到了网上。

可温雨在视频上传后就失去了踪迹，如同人间蒸发。警察也想找到温雨和她背后身负重案的团伙。据调查，穆怀明只负责这个团伙中罪责相对较轻的业务，这可能是穆怀明父亲对他变相的保护。真正的跨国业务，另有人接手。他们问询了穆怀明，却怎么都问不出温雨和他父亲的下落。温雪和张连英在王耀庆的陪同下也接受了问询。温雪得知温雨的情况时，吃了一惊，眼泪掉下来，喃喃地说："我早知道她那种人肯定会走偏门，正道对她来说没有趣味。"

而张连英在看到秦逸飞偷录的视频后，整个人就像疯了一般。要不是警察和王耀庆拦着，他差点儿把温雪掐死："都是你们温家，都是你们赶走了小柔，把我女儿藏起来，我要毁了你们一家！"温

第十二章 知晓内情

雪面白如纸,不言不语不挣扎,只是凄然冷笑:"你以为我没有爱人吗?你以为我就很喜欢联姻吗?你以为我这十几年非常好过吗?我是被我姐姐坑到你们家的!"王耀庆看着这一团乱,暗暗叹了口气。这一切都是温雨一个人造成的。王耀庆莫名地竟然有些"佩服"她。一个是非观扭曲、游戏人间到处找刺激的人,竟然改变了这么多人的命运!

这些纷争都没影响到安心如。不管是安民夫妇,还是张连英夫妇,又或是王耀庆和秦逸飞,所有知情的人都对安心如隐瞒着真相。安民夫妇是考虑到安心如还有利用价值,张连英夫妇是不知道该怎么面对安心如,王耀庆则是因为实在不愿意接受安心如为杀母仇人付医药费这件事。他做主要安民夫妇出院。安民说不定能引来温雨,现在还不是清算他的时候,但王耀庆已不耐烦让他们继续在安心如的庇护下蹭吃蹭喝了。而且穆怀明已经被抓,安民可以搬回祖宅,那里不像医院人多嘴杂,说不定温雨能找过去。

可惜安民并不愿意离开医院。在医院好吃好喝、有护工伺候的日子,他过惯了。他掏出手机就给安心如打电话。安心如此刻正在叶茂生的剧组拍定妆照。她听到手机响了,一看显示屏,是安民的号码,就不自觉地皱了眉头,但还是接了。"什么事?"安心如说话并不客气。安民愣了一下,也不客气地喊回去:"医院让你老子出院,你这个不孝的东西也不管一管!""让你出院你就出,都没事了,占着病床干什么?我现在没空,别给我打电话!"安心如听到安民的声音，心里一阵烦躁。

不远处的张少澜正在跟一个女演员说话，听到安心如这边的动静，他从椅子上站起来，走到安心如身边拍拍她的肩："喊什么？"安心如擦擦脑门上的汗，撇撇嘴："我家老的赖上医院了，死活不想出院，跟我抱怨呢。"安心如被挟持的视频，张少澜在网上看见了。看到安心如衣不蔽体被推出门时，张少澜一手握碎了玻璃杯子，玻璃碴割断了食指根的动脉，血流不止，去医院缝了好几针。他的经纪人严芳芳气得要疯。张少澜的手指不仅留下了丑陋的疤，而且从此食指弯曲都费力。但张少澜并不在乎，他更关注这件事曝光之后对安民两口子的大讨伐。

张少澜现在像是有强迫症一样，恨不得把安民夫妇对安心如的所有伤害刻在心上，时时回想，时时痛苦。只有让自己痛苦，他才觉得对得起安心如。现在看到安民又在骚扰安心如，张少澜心里突然涌起一股冲动。"心如，我……我有件事情想跟你说。"他咬了咬牙，突然抓着安心如的肩膀，十分用力。安心如被他抓得生疼，使劲挣脱开，诧异地看着张少澜："你要跟我说什么天大的秘密啊，这么激动？"张少澜的脸突然变白，眼神却越发坚定："我想跟你说的就是个天大的秘密！"安心如张了张嘴，直觉他要说的事不简单，便沉默着等他开口。

张少澜的眼神有些发狠，直直看着安心如，手握成拳，正要咬牙开口。"什么秘密？让我也听听？"一个娇俏的声音轻笑着插进来，打断了张少澜。张少澜诧异地回过头，是刚才跟他说话的同公

第十二章 知晓内情

司艺人，番茄文化的一姐李渔期。看到她来掺和，张少澜的眼神中多了一丝挫败，又迅速恢复成风度翩翩的样子，轻轻一笑道："我想跟心如说我喜欢她。"

李渔期眨眨眼，捂嘴笑道："哎呀，我来得真不是时候。"说着，她朝安心如递过手去："安小姐，你好，我是李渔期。"安心如当然知道李渔期。不少人都说安心如就是在模仿李渔期走性感路线，尤其是李渔期的粉丝，更是不断叫嚣，说安心如的一举一动，连化个妆，都是在抄袭李渔期。不过要说国内性感女星，李渔期当数第一。虽然她比安心如大七八岁，但走性感路线的女星在三十来岁时正是最好的时候。有时候安心如都怀疑李渔期是不是从民国时候穿越来的交际花。她的一颦一笑勾人心神，一般人学个一年半载可能都学不到她的皮毛。所以，当听到有人说安心如抄袭李渔期时，安心如都不由得笑了，李渔期的妖娆可不是能学来的。

李渔期现在是一线明星，番茄文化当家人，更是番茄文化第二大股东，一般小明星轻易见不着她。现在她就在安心如面前站着，温和礼貌，让安心如对她有了些好感。起码她并不拿架子。张少澜站在安心如身边，将她的肩一揽，半真半假地说："李姐看我面子，得多多照顾心如，不能欺负她啊！"安心如心里翻了个大大的白眼。这个张少澜真是的。他这么说，只会让李渔期产生反感好吗？

李渔期站在原地一笑，艳光四射，微微点头："我弟弟的朋友就是我的朋友，放心吧，我会照顾她的。"说着，她看了一眼张少澜，又开口问道，"心如，你和王耀庆是什么关系？他为什么会冒险救你？"

安心如被这个问题问得愣住了。她仔细看着李渔期，难道她是王耀庆的情人、前女友？可她从李渔期脸上看不到一点儿嫉妒啊！但不管怎么样，她和王耀庆的事没什么见不得人的，安心如笑了笑："友情以上，恋人未满。"

李渔期也笑了笑，看看安心如，和善地说："耀庆确实喜欢你这样的女孩子，聪明、有野心。"她顿了顿，声音里带着一丝遗憾和回味，"因为如果他不陷在感情里的话，他也是这样的人。"

安心如微微一笑，听李渔期发完感慨，反客为主地问道："那么李小姐跟耀庆又是什么关系？"李渔期愣了一下。以她们的地位对比，只有她问安心如的分儿，还真没想到安心如会反过来问她。"我……是他的故人。"李渔期笑了笑，转身离去。

安心如凝视着她的背影，思考着什么。张少澜在她身边突然幽幽地说："你和王耀庆已经发展到这种地步了？"安心如抬头看看张少澜，他表情不明，眼神晦暗地看着自己，继续问，"你们是不是，已经在一起了？"安心如偏了偏头，回答道："还不算吧。但我很感激他对我的关心，也很享受这种关系。"张少澜突然喃喃了一句什么，但安心如没有听清。

"什么？"她眨眨眼问。"我也可以关心你，我可以让你退出娱乐圈，不在浑水里搅和。"张少澜加大了音量，眼睛里有一股豁出去的劲头。"那不行啊，我得站在最大的舞台、最亮的镁光灯下啊。"安心如笑笑。"你为什么总是想要出名？明明你本人对名利不太在意。"张少澜奇怪地问。安心如平时大概连自己有多少钱都不太清楚，也不大在意声誉，除非声誉能让她出名。

"因为我要找到我的亲生父母，让他们看看我。"安心如深深地凝视着张少澜，眼睛一眨都不眨地盯着他的脸，"我要问问他们，为什么抛弃我，又为什么不回来找我？"张少澜从没想到安心如的眼睛会这么幽深，仿若一潭湖水，就那么静静地看着他，像是洞察了他所有的心事，却依然平静无波。他被这双眸子吸引住，却也被它震慑住，不由得偏过头去，狼狈不堪。

安心如笑笑："我要去补妆了，这大热天的，人容易出汗。"说着，她拿出一包面巾纸，边打开边说，"你看你，还没怎么样呢，就流这么多汗。我记得你小时候不喜欢流汗啊。"她抽出一张纸巾，替张少澜擦着鬓角，喃喃地说，"怎么不看我？是不是还内疚呢？放心，我说过不怪你，就再也不会怪你了。"她停下手，定定地看着张少澜，"只要你以后不坑我，我就放下从前。我说到做到，不管你当初做了什么事。"说完，她转身走向化妆室。

张少澜在她身后看着她，俊美的面容从表面上看依然冷漠，心中却如同平地惊雷。她知道了什么！她一定知道了什么！她到底知道了什么？远处，安心如却回过头无奈地看了张少澜一眼："你也补补妆吧，流那么多汗。"张少澜心中又有些疑惑：她到底知不知道？他抱住头，眉头紧皱，痛苦地呻吟了一声。早知今日，当初就该把档案室全部烧掉，他和她谁都别跟养父走；或者，十六岁那年，他回国时再努力点儿，找到她，把她放在身边也好，总好过现在，

043

不管坦不坦白，都会走向不归路。

张少澜猛地抬起头，看向安心如，眼中是深深的哀伤与不舍。从小，她就是他心中最特殊的存在，从少不更事到情窦初开，一直都是。他们好不容易重逢，他不想再一次破坏这段关系。可是每一天，他都觉得像是在等待凌迟，真相揭露的那一刻就是行刑的时候。"就先不说了吧。"张少澜喃喃道。他冒不起那个险，不敢面对他和安心如可能决裂的事实。有生以来第一次，张少澜怕了。

天气太热，安心如不想一次次补妆，让最初的妆容失去了效果。她上了保姆车，开了空调，阻止妆容变花。对面的车门一开，一双嫩白如玉的手伸出来冲她轻摆。安心如一看，是李渔期。"真巧啊。"李渔期的脸上还是和气的笑容，眼角、眉梢带着一股风情。"是啊，真巧。"安心如还她一个笑容，明艳妩媚。徐眉在一边，差点儿被两个人的笑容闪瞎眼。两个以性感艳丽著称的美人对着放电，不是谁都能承受得住的。

伊娜跑过来对安心如低喊："快回来，上戏了！"安心如在这部电影里的出场时间不超过五分钟。毕竟是大投资、大制作、巨星云集的商业片，如果不是她最近风头正劲，根本得不到参演的机会，况且这个角色还很讨巧。这就是王吉作为经纪人的过人之处，哪怕给他再小的发挥空间，他也能给艺人找到最让人眼前一亮的出场方式。

片中，安心如饰演一个女杀手，而且是以色诱方式杀人的女杀手。不管是化妆，还是服装，都能把安心如的性感发挥到极致。红唇虽艳，但艳到极点就不再是俗。一身紧身皮衣将安心如的玲珑身段包裹出来。再加上黝黑的假发，做成利落的短发造型……安心如整个人让人眼前一亮。更别说这个人物本身冷血嗜杀，又身手利落，安心如都能预感到电影上映时，女观众绝对不会因为她的艳丽造型产生反感，反而会让她往总攻路线上更进一步。性感人设，如果不能让女粉丝喜欢，那基本就没有用。谁都知道娱乐圈这个市场一向都是女粉丝说了算，她们才是为明星掏钱的群体。

安心如带着十二分的满意走向片场，李渔期在她身后眯着眼睛打量她的背影。"像你当年吗？"王吉的声音在李渔期耳边响起。李渔期回头一看，露出微笑，伸出手去："好久不见。"王吉跟她握了握手，又冲安心如的方向扬了扬下巴："像你当年吗？"李渔期点点头："目前来看，敢想敢冲的那股劲儿很像。"她若有所思道，"王耀庆总是会被这种女人吸引。"王吉笑得有些冷："也会被这种女人伤害。"李渔期笑得温柔妩媚："人人都想往上爬。"

"可你没想到当年满足不了你欲望的王耀庆会有今天的成就吧？"王吉有些讥刺地说。"不要这么对我。毕竟我没有做伤天害理的事，只是择良木而栖。我当年是去追求我的梦想。"李渔期表情不变，依旧微笑，转头看看王吉说，"如果我一直和王耀庆在一起，可能现在他老婆孩子热炕头，我也还是三流小明星，我们都没有今天的成就。"她抿了抿嘴，只有在这时才能看出她眼中的遗憾，"他太重情，如果不是我的离开刺激了他，他在娱乐圈早就被吃了。"

王吉耸了耸肩，不置可否地道："还是老话，是金子总会发光的。"随后他转移了话题,"你总是接近安心如,有什么目的吗?"李渔期诧异地睁大眼睛,旋即失笑道:"你不会以为我在吃醋吧?"她拍拍王吉的肩膀,"我只是好奇能让王耀庆再度动情的女人是什么样子。""不会伤害她?"王吉紧盯李渔期的眼睛。李渔期望向远方,淡淡地说:"你知道的,我们走的路线相同。她上升的速度太快,很快就会抢我的机会,挡我的路。人不为己,天诛地灭。"王吉已经向片场走去,冷冷地扔下了一句话:"她跟你不一样。她不是只会走性感路线这一种方式。"

还有一句话,王吉没有说,安心如的身上有着江湖气,她不是为了名利可以扔下身边人的人。王吉初接触安心如,真以为安心如是用李渔期的模子打造出来的。可后来慢慢接触后,他发现安心如对身边人的仗义,尤其是对伊娜的仗义,是只为名利而活的李渔期永远做不到的。换成李渔期,恐怕早就换掉伊娜了。这一次,他站在安心如这一边。他相信,安心如是不同的。被谈论好多次的王耀庆并不知道自己的新旧爱人世纪性地会面了。他此刻被温雨这个名字搅和得焦头烂额。她好像是个不存在的人一样,哪里都找不到她的踪迹。

但昨天,有人在王耀庆的车里放了一张纸,上面明明白白地写着:"多管闲事必自毙。"王耀庆清楚地记得自己的车是锁着的。他气乐了,一边把纸揉成一团扔掉,一边冷哼道:"上不了大台面的东西。"安民那边没有一点儿动静。张连英夫妇跟王耀庆的想法一样,不敢去找他,怕暴露后惊动温雨,同样急得团团转。王耀庆

第十二章 知晓内情

想着要不要冒着惊动敌人的风险去找安民,又怕因为冲动误了事,一时矛盾不已。此刻夏天午后,闷热不堪,所有人都盼着能下一场大雨,浇走这令人窒息的天气。

没有人会想到,一场真正的雷雨马上就要降临在他们所有人的身上……

第十三章 跌入谷底

"心如,你看我怎么样?"刘宇哲在电话里紧张地问。"我看你挺好啊。怎么了?"安心如拿着手机紧张地答道。"如果让你选,你会选择我吗?"刘宇哲更加紧张地问。安心如的心里开始哀叹,刘宇哲这小子可千万不要看上她啊!明明他前几天对赵又迪热情得很,如果他现在转而看上了她,赵又迪会不会不开心?他是罗阳的儿子,让罗阳知道自己儿子喜欢她,会不会觉得安心如在故意勾引他儿子?不行!刘宇哲绝对不能跟自己有任何关系!安心如斩钉截铁地想。

"我不会选择你。你听我说,人生中还有比感情更重要的事……"安心如开启苦口婆心的模式。"所以我活该输给秦逸飞?!"刘宇哲哀号一声。"呃,秦逸飞?我跟他没关系啊,他只是负责保护我而已……"安心如一头雾水。她什么时候跟秦逸飞又扯上关系了?刘宇哲不满地低喊:"我知道你们没关系!可他和赵又迪有关系!这几天他天天往赵又迪身边蹭,弄得赵又迪见着我就说逸飞怎么怎么好!"

安心如愣了一下,有些了悟:"所以你打电话来是……""想证明一下我还有魅力。结果没成功。"刘宇哲放低声音,沮丧地说。安心如脸一下子红了。这是什么情况?她会错意了?"老孔雀开屏——自作多情?"这个浑小子!安心如咬牙切齿地道:"下次能不能不要把我当礼拜天过?""什么意思?"刘宇哲有些不明白地问。"没什么。你喜欢赵又迪,就去和他竞争啊!秦逸飞往赵又迪身边蹭,你也去蹭啊!插科打诨搅浑水,你总会吧?去消灭他们的

第十三章 跌入谷底

萌芽啊！"安心如咬牙说道。

她现在有些恼羞成怒了。这个刘宇哲，说话也不一次说完，幸亏刚才她没把话说完，要是把后半句"你不要喜欢我"说出来，那可就丢人了。不过话说回来，刘宇哲能给自己这个恋爱白痴打电话诉苦，说明这孩子是真的被逼到绝境了。最近秦逸飞追赵又迪追得有点儿紧，中间又有王耀庆穿针引线，赵又迪不得不给老板面子，刘宇哲眼看和赵又迪是越走越远了。安心如挂了电话，仍然有些恼羞成怒，看乐了一旁的健身教练。安心如花钱请了最好的教练帮助她锻炼身体。现在女星们个个都有马甲线、A4腰，安心如虽然羡慕，但也没动过拥有的念头，直到她被穆先生挟持的视频传得网上到处都是。

有细心的网友指出，衣不蔽体的安心如无愧"胖如"这个名号，好像真的有点儿胖呀。尤其是她露出的肚子都没有腹肌，看着白白软软的……这下安心如坐不住了。再加上拍叶茂生片子的时候，那身紧身皮衣她都得裹着保鲜膜穿，不然小肚子就会略微凸出来……自己定下胖子人设和被粉丝说胖，完全是两码事。安心如立马请了健身教练，第一个要求就是要练出马甲线。

两个小时的私教课程把安心如所有的体力都耗光了。她有气无力地坐在健身房，掏出手机给伊娜打电话："来接我一趟呗，我要累死了。"今天徐眉请假，并且神神秘秘的，不知道去干什么了，安心如只得重回伊娜那辆十八手本田车的怀抱。其实伊娜这段时间也没少挣钱，安心如自己挣的钱都用来还债了，可伊娜做经纪人时候的提成一分也没少拿。只不过伊娜是个投资型人才，一有钱就到处投资，结果导致自己还是开着那辆十八手本田车。

安心如洗了澡，换了衣服，拿着一瓶水站在落地窗前望着楼下，等伊娜来接。此时，叶茂生的电话打来了："心如，你要有空的话，晚上一起吃个饭，谈谈新片子的事情。"他说的是自己筹备的那部准备送往国外参赛的文艺片。当初王吉跟叶茂生谈好，如果在商业片中安心如的表现让叶茂生满意，那就允许安心如主演这部文艺片，哪怕是降低片酬都行。王吉和安心如的想法是一样的。在履历里添上一部文艺片，不但看起来光鲜，而且送去国外参赛的文艺片还可以让安心如进一步走入时尚圈。性感人设、吃货人设、总攻人设，都不足以让时尚圈敞开怀抱接纳安心如。而要拿下大的国际品牌代言，获得时尚圈青睐是必然的事情。这时候，有一部参赛的文艺片加身就显得很重要了。大家都知道，时尚圈喜欢有文艺气息的明星，显得有格调一些。

伊娜的车停在楼下，她走下车，冲二楼窗前的安心如招了招手。安心如点点头，旋即下楼。"上哪儿啊？"伊娜恢复了那副吊儿郎当样，问道。"醉福楼。"安心如干脆地说，然后皱着眉看着伊娜，"我说你和刘大美都同床共枕了，怎么他的文雅你一点儿都没学到啊。"伊娜顿时红了脸："我们那是喝醉了，不小心倒在同一张床上了，连衣服都没脱！"伊娜说的是前段时间她和刘大美出去喝酒，半夜两人又哭又笑地回家，结果第二天早上，安心如就看见这两人相拥而眠，刘大美在伊娜的怀里睡得香甜……

第十三章·跌入谷底

"不小心倒在床上,怎么抱得那么紧?"安心如看了伊娜一眼。"我说你有完没完?"伊娜答不出来,干脆翻了脸。安心如被伊娜窘迫的眼神逗得一乐,说说笑笑间,就到了醉福楼。安心如下了车,提着包要进去,想了想醉福楼在郊外,交通不便,又转回去问伊娜:"你一会儿有空来接我吗?我可能要喝酒。"伊娜忙不迭摇摇头:"我晚上有约。""重色轻友。"安心如咕哝一声,转身进了醉福楼。

叶茂生已经在包间里等她。作陪的只有一位,张少澜。安心如冲叶茂生和张少澜笑笑,坐了下来。此时凉菜和白酒都上了桌,服务员打开一瓶白酒,分别给安心如和叶茂生的酒杯倒满酒。张少澜今天感冒,以茶代酒。三人举杯开始了如常的吃吃喝喝。酒过三巡,叶茂生的脸开始红了。他打着酒嗝,对安心如说:"心如,你的演技是不错,但是要说文艺片,还是差那么点儿意思,你回去得做功课。"

安心如身子前倾:"叶导,差哪点儿意思,您告诉我,我一定好好准备!"叶茂生脸色正经了些,用手在桌上指指画画:"你现在是全凭天赋演戏,形有了,神有了,但还差一样,心。"他接着说道,"在商业片里,这样的演技就足够了。但在文艺片里不够。我现在用你,一是王诺打包票,说你演戏够用心、够拼;二是你的关注度够高,可以给片子在国内带来关注度。但要说演技,我觉得还是有些欠缺。"安心如严肃认真地听着。

"你要学会和你扮演的人物在身体里共存,去体会她,替她发声,替她完美表达,而不是单纯地扮演她、模仿她。"叶茂生说上了瘾，口沫横飞，"你演的这个人物，历经百般苦难。你的身世我知道，但是对于人物来说，这样的苦难还不够。世态炎凉带来的悲苦并没有从你的演技里显现出来。"安心如连忙点头，敬了叶茂生一杯酒，脑子里琢磨着叶茂生的话，一时觉得犯起难来。她的表演现在已经到了自己所能达到的最高层次，要再上一层，安心如不知道该怎么做。

接下来的饭，安心如吃得如同嚼蜡，心里一直在想着提升演技的事。叶茂生看安心如沉思，也没打扰她，转而打趣张少澜："张大公子最近看着倒是有点儿苦难深重的意思，天天皱着眉愁云惨雾似的。"张少澜淡淡一笑，眉宇间的轻愁给他平添了几分不一样的俊美："最近家父回国，和家母不知为何有点儿争执。"他看看安心如，后者仍然沉浸在沉思中，毫无反应。张少澜轻叹了口气，说与不说，都是地狱。

一顿饭在叶茂生的亢奋、安心如和张少澜的心不在焉中结束。张少澜没有喝酒，提出送安心如回家。车上，张少澜轻轻瞥了一眼安心如，咳嗽了一声，轻轻说："我养父性格看着绵软，但惹急了异常偏执。我养母人很冷淡，但是不坏。"安心如诧异地抬头看他："你语气怎么跟交代后事似的？你到底怎么了？"张少澜摇摇头笑道："乌鸦嘴。我是想着以后你可能会见到他们，提前跟你说一声。""我为什么要见你养父母？你要娶我？"安心如失笑道。张少澜却深深看了她一眼。安心如避开张少澜的目光，看着窗外浓重的夜色，轻轻说："我现在只想让我父母能看见我。至于其他的，

第十三章 跌入谷底

不想再强求了。放心。"

"放心"二字,她说得近乎呢喃,张少澜在车旁的摩托车轰鸣声中根本听不清。他皱着眉头,看着两旁穿梭的摩托车。摩托车手们喜欢到城郊的高速路上练车,他是知道的。但是这几个摩托车手总是围绕着他的车打转,是什么意思?他抿着嘴,生气地一踩油门。兰博基尼发出轰鸣,飞驰而去。他没想到那几个摩托车手竟然也跟了上来。张少澜侧眼一看,他们骑的是日本铃木隼,跑起来毫不费力。张少澜的神情开始凝重起来。一旁的安心如也看出了不对劲,扫了几眼窗外,边掏手机边问:"是你的仇家?"张少澜摇了摇头:"是上次挟持你的人吗?"

安心如想了想,说:"他还在等着审判啊。"她不再说话,低头打电话。这几个摩托车手明摆着就是冲她和张少澜来的,不能再耽误时间了。电话接通,安心如开口就说:"逸飞,我们在醉福楼返城的路上,被几个摩托车手跟着,他们明显不怀好意。"秦逸飞笑了笑:"我知道。我就在你后面。"他轻松地说:"你不会以为我每天都顾着和赵又迪吃饭吧?我的主要任务是保护你。"安心如往车后一看,一辆明显改装过的福特猛禽发出跑车般的轰鸣声,紧紧跟在兰博基尼后面。

猛禽一加速,跟兰博基尼并排而行。隔着玻璃,秦逸飞冲安心如笑笑,猛地朝摩托车手撞去。"砰!"一辆摩托车被撞倒。其他几个摩托车手一看大家伙来了,而且这大家伙真敢撞人,忙不迭地往边上骑。秦逸飞听着美国西海岸最流行的嘻哈音乐,吹着口哨,方向盘左一打把、右一旋转，不到一会儿，撞翻了两辆摩托车。剩下的一辆干脆停了下来，摩托车手双手抱头，自动蹲在了路边……

秦逸飞笑嘻嘻地停下车，向那个摩托车手走去。张少澜和安心如也下了车，一起往后走。张少澜看看安心如，轻轻说："你还是上车吧，我觉得危险。"安心如摇了摇头："不行，我得知道是谁要害人，是害你，还是害我。"她咬着牙说，"不知道幕后的人是谁，我怎么报仇？"张少澜突然从安心如眼中看到一抹狠厉。穆先生那件事终究还是改变了安心如。他叹了口气，走在前头，安心如跟在后面。

摩托车手蹲着的地方是一个岔道口。张少澜正在往前走，突然感觉胸口闷得厉害，心跳得极快。他几乎是下意识地朝岔道口看去，张大了嘴。一辆重型卡车直直地朝走在后面的安心如撞去，速度极快，来不及闪避。"不！"张少澜大喊一声，朝安心如扑过去。事后秦逸飞回想起那晚，总是不断惊叹，一个人的速度怎么能那么快，几乎可与野豹匹敌。张少澜就在他眼前直直地扑向安心如，把她扑倒，然后就地打滚。卡车没有撞到安心如，车轮直接从张少澜的脚掌上碾了过去。秦逸飞骂了一声，劈手将摩托车手打晕，骑着摩托车就追了上去，很快攀爬到卡车的车斗里。

安心如的脸色发白。她摇摇晃晃地推开张少澜，走到已经晕倒的摩托车手跟前，解下他的裤带将他牢牢捆好。随后安心如报了警，并打电话给王耀庆。之后，她拖着昏昏沉沉的张少澜，死咬着嘴唇，硬是把张少澜拖离路边，藏到道路一旁的树林中。这些事情做完之

第十三章 ◆ 跌入谷底

后,她这才一屁股坐到地上,颤抖的手抬起,想摸摸张少澜,又怕惊动他。她挣扎了半天,才把指尖放在张少澜的脸上:"小圆子……"张少澜只是脚被碾到。虽然感到脚部剧痛,但他的神志还是在的。他被月光照得煞白的一张脸抽搐着、挣扎着,还是挤出了一个笑容。平生第一次,张少澜的笑容不再好看。

"姐姐,你终于原谅我了。"他抿嘴笑笑。安心如不说话,看着张少澜,眼泪一滴滴掉了下来。其实他脸上还有小时候的稚气,那双眼睛依然像幼时一样,总是渴慕着什么。安心如此刻觉得张少澜无比熟悉,像是回到了小时候,他还是孤儿院里那个天天拉着她的手要她抱的小男孩。被那样巨大的卡车碾过,他的脚废了吧?

王耀庆赶到的时候,安心如正坐在医院的走廊里发呆。她眼珠子都不会转了,只盯着墙壁一动不动。看到王耀庆,安心如勉强笑了笑,眼泪却掉了下来。她抬手擦掉,张了张嘴,想忍住,可最终还是没忍住,"哇"的一声扑到王耀庆的怀里大哭不止。这一刻,安心如就像一个小孩。"其实我早就不恨他了!我最孤单的那段日子,是他陪着我,我一直记得!"安心如哽咽着说。

她的脑海里,还牢牢记着张少澜进手术室前抓住她的手说的话:"我想告诉你一件事……"他脸色惨白,眼神执着。"别说了,我都知道。"安心如泪流不止。"你都知道?"张少澜震惊地看着她,怔怔地被推进了手术室。门关上的一瞬间,安心如对着里面大喊:"我不怪你了!我说不怪你的时候就已经放下了!"现在张少澜进手术室已经半个小时了,张连英和温雪也已经赶到,焦虑不安地在手术室门口徘徊。医生说,张少澜的脚粉碎性骨折,以后很可能行走不便。

安心如依旧在王耀庆的怀里喃喃道:"我知道,我全知道,我早就不怪他了。要是早点儿告诉他,也许他就不会老想着补偿我,就不会出事了。"她的话让王耀庆和一旁的张连英、温雪都吃了一惊。尤其是不断瞟着安心如、神色复杂的张连英,眼眶里一下子涌出了泪水。最爱的女人为自己生的女儿就站在自己面前,却不能相认,这种痛苦让张连英无法承受,但他不敢认。没人敢当面告诉安心如,她的妈妈是被谋杀的,而凶手是她的养父。更何况他悉心养大的张少澜此刻还在手术室里,以后可能要变成残疾人,他实在无法在手术室门口上演认亲大会。可安心如自己知道了真相,那就不一样了。

张连英大步往安心如这边走,听见王耀庆紧张地问:"你怎么知道?"王耀庆给张连英使了使眼色。张连英不明所以,但还是停下了脚步。王耀庆这个年轻人现在得到了张连英全部的信任。安心如在他怀里,他高大的身形显得安心如格外娇小可怜。她啜泣着说:"我查过他养父的照片,网上是有的,长得跟他一点儿都不像,跟我却很像。后来我一想,他烧档案室,换我生日,不就是想冒名顶替我吗?能让他这么做的只能是我的父母来找我了!""我是恨过他,可后来看到他在恐惧和后悔中煎熬,我发现我还是忘不了小时候缩在我怀里跟我相互取暖的那个孩子!我应该早点儿告诉他,那样他就不会老想接近我、弥补我,也不会有今天的事了!"安心如哭得涕泗横流。

王耀庆松了一口气,安心如并不知道温雨和安民做了什么。他对着张连英摇了摇头,示意他不要说漏嘴。张连英点点头,慢慢走到安心如身后,颤抖着手轻触她头发一下,又像触电一样缩了回去。隔了几秒,他又伸出手轻柔地摸着安心如的头发,带着哭腔说道:"我是你爸爸呀!"安心如的后背僵了一下,缓缓转过身,擦了擦眼泪:"张先生,我……我叫安心如。"

张连英愣了一下,王耀庆也愣了一下。王耀庆轻轻地在安心如耳边说:"他是你的亲生父亲。"可安心如不说话,只是望着手术室的灯。王耀庆立刻会意,对张连英说:"相认的事不着急,反正你们也不急着回去。现在张少澜在做手术,心如的心思不在这上面。"张连英点了点头,依旧仔仔细细地看着安心如的脸,老泪纵横:"真像啊,又像她妈妈,又像我。"他抬起手,也不顾什么礼仪风度,用袖子擦了擦眼泪,"爸爸让你受了十几年的苦。"

安心如看了看温雪,眼神有些疑惑。温雪虽然好看,和她却一点儿不像。温雪微微一笑:"我是你父亲的继室,你母亲生你时难产去世了。"安心如心里有一丝难过。终其一生,她也不会见到将她带到这个世上的那个人了。她又有些疑惑,难产去世,按说肯定有人接生,怎么会把她丢了呢?可现在不是说这些的时候,她记挂张少澜,只焦急地看着手术室的灯。张连英也跟着看过去,有些心虚地说:"少澜虽然做错了事,可他很乖顺贴心……""我说不怪他,就真的不怪他。我还想请您不要怪他呢。"安心如打断了他的话,语气很客气。张连英突然意识到他替张少澜说话可能会伤到安心如。

他叹了口气。刚知道这件事的时候,他不是没怪过张少澜。他甚至打电话回美国,想要将张少澜的继承权取消。可过了几天,张少澜从小到大的各种片段纷纷浮现在张连英的脑海。他第一次养狗,第一次骑自行车,第一次下厨给父母做早餐……十几年来,父子俩没有什么大事可回忆,都是点点滴滴的小事,可就是这些小事,倾注了张连英所有的感情。他简直是把生命都押在儿子身上了。现在突然让他去恨他的儿子,张连英做不到。别说张连英,就是一向冷淡的温雪都做不到。事实上,张连英更希望的是,两个人都成为自己的孩子,儿女双全,一家团圆。可现在,安心如却对他客客气气,显然这件事没那么容易。他叹了口气。

张少澜从小锦衣玉食,安心如却生活在那样的家庭里,她不可能一下子就认他,毕竟除去血缘,他们只能算是陌生人,他连王耀庆在她心中的地位都不如。都是该死的温雨和安民!张连英握紧了拳头。他一定要把这两个人绳之以法!王耀庆对温雨和安民也没有了耐心。警方和他一样,也在拿安民当诱饵,想要诱出温雨。可现在,安心如差点儿被卡车撞了,张少澜躺在手术室里,安民这个诱饵根本没有用。

废棋!王耀庆愤愤地想。他低头看着仍在伤心的安心如,心里开始盘算什么时候该告诉安心如真相。手术室门开了,张少澜被推了出来,脚已经被纱布包了起来。张连英和温雪忙簇拥着张少澜到病房,王耀庆和安心如跟着医生到了办公室。医生拿出一张片子,给他们仔细讲解。安心如没听清那些医学术语，只听到医生说张少澜以后很有可能会瘫，就算是到国外治疗，也改变不了这个结果。安心如的脸色苍白，手捂着脸，不再说话。王耀庆走出去打电话联系医生，顺便告诉番茄文化这件事。安心如慢慢踱到病房。

张连英和温雪正一左一右握着张少澜的手，神色凝重。"孩子，你以后可能当不了明星了。"温雪仍是直截了当的风格。张少澜摇了摇头："没关系，不当明星我也可以做幕后。"话虽是这么说，但安心如分明从张少澜的脸上看到了悲痛和不甘。他要没有强大的事业心，绝对不可能坐上第一当红偶像的位置。可现在他青春正茂，事业却戛然而止。都在娱乐圈，安心如光是放到自己身上想想，都觉得心痛不已。

安心如擦干脸上的泪痕，正要进病房，却听见张少澜在里面说："爸、妈，我要告诉你们一件很重要的事。"安心如向病房迈进的步子又悄然收了回来。她往后退了一步，听到张连英打断他："我们都知道。你安心养伤，没有人怪你。""爸！"张少澜鼻音浓重。安心如默默倒退两步，走到了走廊上。这个家庭，她不知道要怎么去融入。她习惯了鸡飞狗跳、阖家不宁，习惯了被爹妈坑。她不习惯这个新的家庭、新的父母。看得出来，这对夫妇也不习惯她。他们更习惯张少澜。有时候，血脉不如习惯强大。王耀庆走到安心如身后，拍拍她的肩膀，说道："已经凌晨了，快回去睡觉吧。"安心如看了看病房的方向，张少澜有父母陪着，他们三人密不可分，像是水泼不进的铁三角，而她确实有点儿多余。她冲王耀庆笑笑，点了点头。王耀庆拥着安心如的肩膀走向电梯下了楼。

楼下，一辆红色玛莎拉蒂正在找停车位。看到王耀庆和安心如下来，玛莎拉蒂的车窗摇下，一张妩媚的脸微笑着看他们："好久不见。"王耀庆的脚步顿时停了下来。他深深地望着车里的女人，深吸了一口气："好久不见。"安心如看着车里的她，只想到了一个词：艳光四射。凌晨是一个人面目最浮肿、最不可看的时候，李渔期却依旧性感美丽，仿佛要去参加宴会。保持美丽如果是艺人的职业操守，那李渔期可以打满分。她下车，走到安心如面前，笑盈盈地说："安小姐，真巧啊。"

安心如勉强笑了笑，身心疲倦，突然头晕起来，脚步不稳，栽了一下。王耀庆忙伸手把她揽在怀里，对李渔期点点头，沉着脸说："心如需要休息，我们先走了。"说完，他扶着安心如，匆匆离开。李渔期在他们身后笑眯眯地说："照顾好心如哦。"王耀庆浑身一僵，没有说话，直接走到他的车旁，打开副驾驶的门，把安心如扶进去坐下。此时天已经快亮了。安心如疲倦地坐在座椅上，看着一言不发的王耀庆。

从刚才看到李渔期开始，他浑身的肌肉都紧绷着。那个艳光四射的女人仿佛不费吹灰之力就能调动起他的情绪。安心如不自觉地想知道自己有没有这样的能力。可张少澜那双悲伤的眸子适时地浮上了她的脑海。从今以后，当红偶像要在娱乐圈消失了。安心如心乱如麻，一阵疲惫，最终她什么话也没说，闭上眼睛沉沉睡去。

第十三章 ◆ 跌入谷底

第二天一早,安心如是被伊娜摇醒的。看到伊娜那张大脸,她反应半天,才明白自己是在家里。她都不记得自己什么时候回的家,应该是王耀庆抱她上来的。伊娜神色慌张,举起手机给她看。安心如一看,几张图片连在一起。张少澜在病房打着石膏,脸色惨白,安心如在王耀庆的怀抱中下楼。标题很有趣:《周旋在两个男人中的女明星,当红偶像为她断腿》。安心如恨恨地咬牙。她和王耀庆那张合影是在医院门口的台阶上,那时候李渔期正在停车。她一下子想起当时李渔期的车里亮了一下,只是她过于疲惫,并没有在意,更没有多想。她冷笑着刷着手机,等着下一条新闻出来。

果然,几分钟后,李渔期光鲜妩媚地站在张少澜病房门口,担心地朝里面张望。一看姿势就是摆拍。《最红偶像离奇受伤,性感女星连夜探望》,这标题起得也不怎么样。但里面的内容可比安心如那条强多了。安心如那条,话里话外把人往三角恋、张少澜被甩、为情所伤上引。而这一条,简直把李渔期写成了仗义的化身,说她连夜赶到医院照顾同门师弟。

安心如腾地坐起来,咬牙切齿地道:"刘大美呢?"刘大美突然从门外探出个头:"叫我干吗?"安心如顾不得去想这一大早刘大美怎么在这里,只狠狠地说:"李渔期有没有什么可挖的过去?"刘大美想了想,看看安心如,小心翼翼地摇头。安心如狠狠地盯着他磨牙:"你在骗我!你信不信我让伊娜从此以后不理你?"刘大美嘴一扁,委屈地跺了一下脚,可怜巴巴地说:"我是怕你生气!""我不生气,你说。"安心如冷冷地道。

"那我可说了啊！"刘大美望着天花板，边回忆边说，"王耀庆刚退役在番茄文化当经纪人的时候，狂恋他带的三流小明星，那个三流小明星就是李渔期。两人本来形影不离，但后来分手了。传说是李渔期劈腿番茄文化的老总江祖英，还被力捧成了番茄文化的股东。""我就知道老板在番茄文化的时候和老总闹掰了，这一段我还真不知道。"伊娜大呼小叫道，"李渔期厉害呀！""人为财死，鸟为食亡而已。"安心如淡淡地说，"还有别的事情吗？""这还不够？一线明星曾经劈腿老板，抱大腿上位？"伊娜叫道。"不行。我不想把老板卷进去。"安心如直接回绝。

扯出这段往事，就相当于揭王耀庆的伤疤。她宁愿吃这个闷亏，也不愿意把王耀庆拉下水。"还有其他的吗？"安心如又问刘大美。刘大美干脆地摇头："没了。李渔期为人很小心的，什么把柄都没有。"安心如咬了咬唇，从牙缝里挤出四个字："来日方长。"伊娜纳闷安心如怎么会生这么大的气，被污蔑那么多次，她从没见安心如生过气。

安心如自己也纳闷。怎么同样的手段，别人使出来，她不会生气，只会兴奋，可换成李渔期，她就气得想爆炸。里面深层的原因，安心如觉得自己该好好想想。可这个夏末注定多事，安心如根本没工夫好好去想什么。她出大事了。有人把几年前穆先生和她在酒店那一晚的视频放到了网上。这回和前几次的照片、视频都不一样，是经过特别剪辑的，不了解真相的人看了，都会认为那晚是安心如主动投怀送抱。所有人看到这段视频的瞬间，只有一个想法：安心如完了，怎么都翻不了身了……

现在全网都在流传这段视频。安心如和她身边的人全部懵了，像是被打了一记闷棍。"温雨，挖地三尺我也得把你找出来！"王耀庆在公司打电话布置了一上午，找各个关系，买通各个网站，删除视频。

他有点儿绝望。这种东西无法禁止，现在肯定已经转到很多人的收藏夹里了。王吉在一旁沉思道："视频被剪过，心如说的跪地求饶那一段没有了。"他抬头犹豫了一下，又慢慢说道，"或者这就是当初的全过程，安心如压根儿就没有走出那个房间？"王耀庆冷冷地斜了他一眼："你是经纪人，你的责任是平息这件事，不是侦查真相。"王吉耸了耸肩："我对这件事无所谓，我是怕后面还有一大拨打击。"王耀庆狠狠捶了一下桌子："不可能！我一定会找到温雨的！"

伊娜这时也在家发脾气："刘大美，你不是号称第一娱记吗？想想办法啊！"刘大美紧张地咽了下口水，看着伊娜："这件事情只能自然平息，没有办法可想。"徐眉抱着胳膊沉思："就说这视频作假怎么样？"伊娜瞥了她一眼："你可别瞎出主意了，你只要以后不再请假，不让心如出事就好。"她一直对那晚徐眉请假的事耿耿于怀。徐眉也一直觉得理亏。那个神经病王吉大晚上扛着天文望远镜叫自己去看星星，要不是打不过他，徐眉早把他撂倒，自己回来了。她讪讪地低下头，不再说话。刘宇哲和赵又迪结伴而来。进门后，赵又迪就一句话："现在多说多错，说什么都不对。你就记住一个字——忍。"

安心如面色惨淡，勉强微笑。她明白这件事造成的影响，也许她要永久退出娱乐圈。安心如不是拿得起放不下的人，反正现在她和张少澜的往事已了，父母也已找回，她不需要再待在娱乐圈了。只是，安心如看看这一屋子给她出主意的人，她舍不得他们。桌上还放着安心如最近研读的剧本。她为这个人物写了十万字的小传，在她心里，这个人物有血有肉，就等她去诠释了，放弃这个人物，她舍不得。墙上挂着她的海报，艳丽红唇，艳而不俗，这样的形象，她舍不得。她曾经以为自己可以轻易退出娱乐圈，毫不留恋，现在她才发现自己真的舍不得。到了要离开的时候才发现舍不得，这可真是难办了，安心如苦笑着摇摇头。

细心的赵又迪看出安心如神色不对，连忙走上前去，抓着安心如的胳膊，说道："我跟你说，别灰心。被雪藏的艺人都能翻身，何况老板会力挺你。你要是灰心了，身边的人就更没信心了。"安心如缓缓地摇摇头："别安慰我了，我知道后果。我能有几分翻身的希望，我也清楚。"她转头跟伊娜说，"我还完账又拍了两个广告，你算算还有多少钱啊？我可能要赔人家不少钱呢。"伊娜的脸顿时白了。安心如现在代言的都是大品牌，协议里也都说了，不能有不端行为和不良口碑流入市场。这一下，卖了安心如都不够赔的。

王吉的电话这时打过来了。安心如一看是他的号码，深吸了一口气，耸了耸肩。"大事不妙。"她接起电话，王吉简单的四个字说完，她的心就是一沉。"说吧，我受得住。"安心如的面色灰白，

第十三章 跌入谷底

勉强笑着说。"所有的品牌方,除了罗阳的,都第一时间打来电话,要撤换代言人,并且他们的损失由你赔偿,但老板说会替你解决。"王吉斟酌着言辞,尽量让自己说得云淡风轻。"公司除了投资,留在账面上的流动资金并不足以支付大额赔款。"安心如想了想,说道。

现在没有人会把钱白白放在银行里,基本都放在各项投资中,以便获取收益。耀庆娱乐也不例外,可支付的现钱虽然不少,但是在要赔付的款项面前,就显得不够看了。尤其是各大品牌方已经将她的广告投放在网络、电视以及大街小巷的公交站点。品牌方现在要找人重拍广告、替换广告,尤其是那个运动品牌,还得把一群偶像明星拍的群像重新剪辑,既要消除她的影像,又要看起来不突兀。他们的宣传损失是可想而知的。没有品牌方会不生气,尤其是口碑流失所造成的损失是难以估计的。每家品牌方都会漫天要价,而且讨价还价的余地不大,他们能打电话通知王吉,那说明品牌方们已经把精英律师团队准备好了。在这种情况下,公司账上的流动资金不足以支付是很正常的。安心如迅速心算着大概的数额,然后沮丧地发现她赔不起,现在想不连累公司都不行。一瞬间,她突然想到消失已久的金茜莎,她当初也曾面临赔偿。

安心如又是一声苦笑:"风水轮流转,今年到我家啊。""老板用他个人的钱帮你赔付。"王吉淡淡地说。"那怎么行?"安心如那种无力、挫败的感觉又出现了。她感觉自己是个废物,要不然怎么爹不疼娘不爱的,看看,她果然连累别人了吧。亲生父母抛弃她,养父母不喜欢她,怎么说也有她的错吧,不然他们怎么会这么对她?

女王不低头

安心如的心情迅速灰暗下去,满脑子飘着"废物"两个字,总感觉有人在她耳边低语:"都是你的错!所以你的两对父母谁都不想要你!都怪你自己!"安心如轻轻甩头,那声音还在她耳边飘荡。她又用劲甩甩头,声音仍然尖利,持续骚扰着她的耳膜。她开始不断地摇头,却怎么都甩不掉那个声音。它一直往她大脑里钻:"废物!被抛弃的废物!谁都不想要你!""不!"安心如捂着脑袋,大喊一声,随后身体倒了下去……

第十四章 公布一切

王耀庆走到公司门口的时候，看到楼下有一堆人举着牌子，大喊着"安心如滚出娱乐圈"。他皱了皱眉。记者已经赶来，正在录像，他们看到王耀庆，立刻涌了上去："王总，您对这件事有什么看法？""您旗下女艺人做出这种事，是不是您的意思？""她有没有这么跟您发生过关系？""是您做主把旗下女艺人送出去的吗？""安心如的所有形象都是您一手包装的，视频里的她才是本来面目，是不是？"记者的问题越来越尖锐。

　　王耀庆不耐烦地伸手拨开记者和闻讯而来的粉丝，开车离开。在路上，他打了个电话给王吉："楼下粉丝整齐划一，像是预先演练过的，问问是不是收了钱过去的。"他现在已经彻底失去了耐心。他早上看了网上的风向，毫不意外地发现安心如已经成了"过街老鼠，人人喊打"。她的粉丝全部脱粉，剩下的都是公司当初给她买的僵尸粉。叶茂生的电影要换女主角，王耀庆亲自给他打电话，才说动他再等一段时间，如果安心如的风评依旧如此，他再换女主角。可王耀庆自己说这段话的时候，心都沉到了谷底。安心如想要翻身，很难。王耀庆都开始找国外好的学院，想送安心如去导演系学习，等过几年再回来。

　　他现在径直开车去找穆怀明。穆怀明仍然在看守所，等着宣判。王耀庆探望他，也是警方希望看到的，他们更想从穆怀明嘴里套出点儿什么来。袭击安心如的摩托车手和卡车司机都被秦逸飞送到了公安局。摩托车手是穆怀明的老手下，想为穆怀明报仇。卡车司机却是另一个人雇的。那人压根儿没有露面，只是通过电话指挥司机。

第十四章 公布一切

警察比谁都想知道幕后的那个人是谁。穆怀明戴着手铐,坐在桌子对面,笑吟吟地看着王耀庆:"最终那个女人归你了?"王耀庆冷冷地盯着他,然后弯起唇角说道:"不然呢,归你?""本来剧本应该如此上演的。"穆怀明说道。

"你的剧本只能在你脑海里上演,手下败将。"王耀庆还是没控制住自己的火气,冷冰冰地说。穆怀明不以为意,偏着头看着王耀庆笑了:"找我来,不是为了炫耀吧?""我要找温雨。"王耀庆沉着脸看着穆怀明。"找我后妈干什么?你不是有安心如了吗?看我爸中风不行了,想捡便宜?"穆怀明那股子疯劲儿又上来了,笑嘻嘻地说。王耀庆沉着脸看他:"你和安心如的视频被放到网上了。"穆怀明愣了一下,旋即笑了:"你认为是我放的?"他举起手,让王耀庆看他的手铐。

王耀庆笑了笑,身子前倾,逼视着穆怀明:"有人雇了卡车司机,差点儿撞死安心如。"穆怀明的嘴角抽搐了一下。王耀庆盯着穆怀明的眼睛继续说:"我知道不是你。温雨早就想对安心如下手了,她把这个任务交给了你,但你当天晚上没碰她,后来也没害她。"穆怀明饶有兴趣地笑笑:"继续说。"王耀庆一看穆怀明没有反驳,心里的一块石头落了地。穆怀明并不知道流出的视频是什么样的,有没有被剪辑过。他听到王耀庆说他没碰过安心如,表情变都没变,这说明在他心里是认定自己没碰安心如的。那段视频确实被剪辑过。王耀庆长舒了一口气,安心如没有骗他。

"温雨不是那么有耐心的人。安心如能平安活到现在,应该有你的一份功劳。你想得到安心如,甚至可以说你喜欢她。"王耀庆这回笃定地说。穆怀明不说话,仍旧笑。"现在安心如有危险,我得找到温雨。"王耀庆抬眼看着穆怀明,眼中竟然带着一丝恳求。穆怀明的嘴角微微抽搐了一下,突然站起身来对一旁的警察说:"我头疼,要回去休息。"

王耀庆也随之站了起来:"你想看着安心如出事?"穆怀明转过头,对王耀庆诡异地笑笑:"视频是我的失误。不过你现在放心,安心如出不了事。"他迈步往前走,边走边笑着说,"那小妞挺招人喜欢,我真舍不得她啊。"王耀庆深深地看着穆怀明,抿着嘴,眼中露出一丝挫败。

王耀庆走出看守所,深深吸了一口气,一时不知该往哪个方向前行,愣在了原地。这时,王吉打来电话:"是番茄文化雇的人,我想是李渔期想趁这个机会彻底搞垮安心如。"

王耀庆的眼神闪烁了一下,冷冷地说:"知道了。"他随即挂了电话。他看着手机通讯录,有些犹豫,最终还是慢慢拨下了一串熟悉的号码。不到一秒,电话接通了,娇软的声音传了过来:"耀庆。""收手。别逼我把你当年插足江祖英家庭、借机当上番茄文化一姐的事爆出来。"王耀庆直截了当地道。那边是长时间的沉默。过了一会儿,李渔期笑了:"你是真的喜欢安心如啊。"王耀庆不说话,权当默认。

"可放任她发展下去,早晚会挡我的路,这可怎么办呢?"李渔期笑盈盈地说。"安心如挡不了你的路。都是圈里的,你知道那个视频代表什么。"王耀庆沉沉地说。"可她像打不死的小强,每次都能翻身,我也很无奈啊。"李渔期"无辜"地说。"不用多说了,你记住,你不惹她,我不惹你。"王耀庆冷冷地下了最后通牒。"你对她,就像当初对我的感情那么深吗?"李渔期终于流露出了一丝不甘。"她跟你不一样。"王耀庆说完,立刻将电话挂断。"呵呵,我倒想看看哪里不一样。"李渔期看着手机,眯眼笑着说道。

一旁的中年精瘦男人搂着李渔期的腰,将她揽到怀里:"我知道你们哪里不一样,你比她有味道!哈哈哈!""江哥,这是公司,会被人看见的!"李渔期娇嗔道。"怕什么?谁不知道你是番茄文化的老板娘啊?"男人笑嘻嘻地对李渔期动手动脚。李渔期的眼睛又眯了起来,看着眼前这个秃顶男人,脸上带笑,心里却在想那个高大帅气的男人。她使劲摇摇头,将王耀庆甩出脑海。傻子,只要有名利,什么样的小帅哥找不到?李渔期咬咬牙,看着眼前这个秃顶男人,眯着眼冷笑:让你倒霉的日子快到了……

王耀庆心中一团乱麻,不知该如何理出头绪。他打电话给秦逸飞:"安民那边还没动静?"秦逸飞叹了口气:"没有,天天只有鸡飞狗跳,一地鸡毛。我要受不了了。"王耀庆皱着眉,像是在为什么矛盾着。看守所旁的小饭馆墙上挂着电视,声音开得特别大,传到王耀庆的耳朵里:"知名女星安心如的不雅视频在网上流传,引发大批少女粉丝的家长联名抵制。"王耀庆心里一紧:开始反弹了。当初粉丝和网友们有多喜欢安心如,在网上为她说过多少好话,现在他们就有多讨厌她,而且攻击她的力度只大不小。这次的粉丝反弹，谁都无力回天，只能眼睁睁地看着安心如臭名昭著。王耀庆手握成拳，狠狠砸在一边的墙上，血流了出来。他已经很久没感到这么无力与挫败了。他抬起头来，眼睛恶狠狠地看了看手机里存储的东西，咬牙喃喃自语："死马当活马医吧！"

张少澜听到安心如进医院的消息，赶忙从病床上下来，拄着拐杖，七拐八绕地来到安心如的病房。温雪紧紧跟在他身后，眉头紧皱。张连英已经去安心如那里了，温雪独自照顾张少澜。虽说她对安心如没有什么感情，但张少澜这孩子，她从小看到大，不可能没感情。看他这么一瘸一拐，温雪就心痛。最近番茄文化的艺人从李渔期那里得到了启发，轮番上阵，借口探望张少澜来蹭热度。唯独张少澜的经纪人严芳芳没来。据说公司新签了一位年轻人，是李渔期从电影学院挖出来的，公司对他寄予厚望，要求严芳芳这个王牌经纪人带他。张少澜这算是被变相放弃了吧。虽然江祖英一再说公司不会抛弃任何一个艺人，但他那种语气完全像是在念新闻稿。温雪一路想着心事，走到了安心如的病房。一进病房，温雪吓了一跳。安心如脸色蜡黄，眼神失焦，蜷缩在床头，整个人瑟瑟发抖。"精神病！"温雪第一眼看见她，就是这么觉得的。安心如抬头看见张少澜，勉强笑了笑，干裂的嘴唇微张，异常疲惫："总有人在我耳边说话，我头疼，好烦。"她的眼神有了焦距，却开始闪着疯狂的光芒，"我不是废物，我不是！"

张连英老泪纵横。不知这是第几次，他后悔当年没有保护好蒋

第十四章 ✦ 公布一切

柔，致使妻女出事。他一下仿佛苍老了十几岁，颤巍巍地把手放在安心如的头顶上："孩子，你不是废物。"安心如幽幽地笑了一下，又突然抬起头恶狠狠地盯着张连英："我不是废物，你们为什么不要我？我爸妈为什么对我不好？为什么要那么逼我？"张连英除了流眼泪，什么都说不出来了。安心如的狠劲儿又一下子收了起来，她自嘲地笑笑："还不是因为我是废物嘛。什么事情都干不好，连我都不喜欢我自己。"她突然抬头对在床尾站着的伊娜眯眼笑着说，"你不知道吧，我一直都不喜欢我自己。我每天都要装作很喜欢自己的样子，好累。"

张少澜拄着拐杖，走到安心如身边，坐在床上，握着她的手："你应该怪的是我，不是你自己，真的。"如果时光能够倒流，张少澜一定不惜一切代价改变两人的命运。安心如冲张少澜疲惫地笑笑："你冒充我是好事，反正我去哪里都是废物，认不认亲无所谓。"一向冷淡的温雪看到安心如这个样子，也是心头一酸，声音难得有了些温度："其实你做得很好了。"

温雪一直认为安心如和她是一种人。她可以为了父母和家族，在现在这个时代答应联姻；安心如可以为了她那对混账养父母的医疗费和债务去拼命。平时看着这种人是最坚强的，其实恰恰相反，他们是最容易崩溃的，而且崩溃前，往往会被肩上的担子百般折磨，痛苦不堪。失去勇气之前，没人知道他们经受了多少苦难。安心如对温雪机械地笑笑，慢慢躺了下去，捂住耳朵，跟谁都不再说话。安心如在床上辗转反侧，不知过了多久，才沉沉睡去。张连英和温雪在小声商议,将安心如带回美国去。伊娜在跟后来的刘大美解释:"医生说这是什么应激什么精神障碍,哎呀,反正就是受刺激了!"

张少澜默默地坐在安心如的床头,盯着安心如的睡颜。她还像小时候一样,睡觉时皱着眉、咬着唇,像是梦里有无数心事一样,看着都累。张少澜伸出手,将安心如紧皱的眉头轻轻抚平,开口说话的声音轻得只有他自己能听见:"我欠你的,该还你了。"安心如在睡梦里不安地翻了个身,被抚平的眉头再度皱了起来……

王耀庆此时尚没接到通知,伊娜他们一阵忙乱,竟然忘记通知他了。他开车到了安民家中。警察还在安民家门口蹲点,只是王耀庆不知道他们躲在哪辆车里。见安民家的院子里十分安静,王耀庆叹了口气。这说明温雨没有在这里露过面。他下了车,大步走进安民家。安民正抽着烟在院里的藤桌旁洗扑克牌。江梅坐在一旁,满眼恨意地盯着他。看到王耀庆进来,两人都没好气。安民哂笑道:"这不是王老总吗?什么风把你吹过来了?"王耀庆盯着安民,眼中全是寒光,自己拿了一把椅子,坐在安民对面,同样没好气地说:"我来看看傻子。"

"你说谁是傻子?"安民斜眼瞥他一眼,脸黑了。王耀庆冷笑一声,掏出手机,找出一个视频点开,讥笑道:"我让你看看你的老情人是怎么说你的。"按说这段视频现在不应该让安民看,以防他们夫妻俩起了戒心逃跑,可温雨接二连三的行动让王耀庆无法再等下去。他轻轻点开视频,看上去云淡风轻,其实他随意放在大腿上的另一只手早已死死握成拳。视频里,那个女人一出来,安民的

第十四章 ✦ 公布一切

眼睛突然黯淡下来。

一旁的江梅狠狠地盯着他，又瞪了一眼安民，冷冷地笑道："可算有人解你的相思之苦了。"安民张嘴想说什么，可这时温雨开始说话了，他连忙闭上嘴，盯着温雨看。"我让一个蠢货撞死了她……又让那个蠢货收养了那孩子……放心吧，那蠢货爱我爱得要死，'癞蛤蟆想吃天鹅肉'，我让他去死他都肯……就算被查出来，那蠢货也不会出卖我的，他还以为我多爱他呢。"温雨嘲弄的笑容此刻就像是生化武器，王耀庆眼看着安民的脸色一点点灰败下来。他不断地颤抖，抖得越来越厉害，眼圈慢慢红起来，手里紧攥着扑克牌。又薄又硬的纸牌将他手心刮出血，他都浑然未觉。

"哈哈哈哈哈！"一旁的江梅爆发出疯狂的笑声，笑得上气不接下气，却满脸泪痕，指着安民道，"'癞蛤蟆想吃天鹅肉'，哈哈哈！"江梅擦了一把眼泪，笑得呜呜咽咽，听着像是在哭泣，"我把她当了一辈子情敌，没想到人家压根儿没看上你！哈哈！"江梅的头发已经花白，此刻微风吹过，将她的头发吹乱，看上去像一个疯子。安民抖得坐都坐不住了，他瞪着眼看着王耀庆："你给我看这个干什么？想嘲笑我？"

王耀庆好整以暇地往后靠在藤椅背上，扬着下巴看着安民，淡淡地说："我需要找到她，她差点儿害死安心如。"王耀庆的眼睛像鹰隼一样紧紧盯着安民，"当初你鬼迷心窍害死一个无辜的孕妇。可安心如是你们养大的，你们还想让她死吗？"

安民的心紧紧一抽。那个风急雨骤的夜晚，那个苍白柔弱、大着肚子的影子,是他后来二十多年的噩梦。安民并不是杀人如麻的冷血动物,他后来沉迷赌博,大部分原因就是因为心结打不开,只有一头扎在赌桌上,他才能用短暂的刺激压下自己的愧疚和害怕。而对安心如态度恶劣,是因为安心如太像她妈妈了,让安民感到恐惧。可安民并不是没有感情的人,他可以拖着安心如一辈子,可以一甩手把债务都丢给她,但他并不想让她死。江梅这时候停下了歇斯底里,瞅着安民阴阳怪气地道:"你继续痴情,咱俩死了也没人供奉一碗饭,到阴间作对饿死鬼,看着你的天鹅活得好好的,哈哈!"安民死死咬着牙,一脸痛苦。

　　王耀庆在他对面,看上去面色如常,手心却全是汗。温雨牵涉进了跨国大案,警方为了抓她,堵住了出城的所有路口,可温雨和她老公就像人间蒸发了一样。如果安民这里没有收获,那就没有希望了。但总不能一辈子不让安心如出门吧。王耀庆静静地盯着安民,不放过他脸上任何细微的表情,不知不觉间手心的汗浸湿了裤子。

　　可能是过了几分钟,可能是十几分钟,也可能更久,安民突然开口了。他声音嘶哑地问:"心如没事吧?""躲得过这次,躲不过下次。"王耀庆耸耸肩。"呵呵。"安民幽幽地笑了,"我刚认识温雨时,还是个有钱人家的子弟,什么都不懂。我这辈子都没见过那么妖娆妩媚的女人。""妖精!"江梅恶狠狠地笑。安民接着说:"我以为,只要她心里有我,我为她扛上一辈子的罪孽都甘之如饴。毁了家,气死我爸妈,坑了心如这么多年,我都无所谓,只要她爱过我。"他那张皱纹满布的脸上现在全是悲凉,"可她从头到尾都

第十四章 公布一切

在骗我……"

王耀庆不说话，死死盯着安民。安民笑得凄惨："我和江梅欠债逃跑，温雨知道。那时候张少澜回国进演艺圈，心如也进了演艺圈，温雨说心如早晚会知道一切。她要我逃跑的时候也带上心如，把心如交给她，她会把心如藏起来一段时间，等没事了再放心如离开。我当时不知为什么，心里总是不安，就骗了她，没带心如，结果刚上高速路就出事了。我醒过来后，一直觉得不对劲，可我还是自己骗自己：温雨对我有感情，她不会害我。"王耀庆心中一惊，那时候温雨就动了杀机。想到穆怀明曾经说过的话，王耀庆突然有些感谢穆怀明。

这些年，也许真是穆怀明一直在保护安心如。如果不是他，可能温雨早就找到机会对安心如下手了。江梅突然"嗷"的一嗓子，冲着安民扑上来，狠狠地挠他的脸："你们藕断丝连！你一直骗我！安民，我恨死你了！"安民静静地坐在那里，脸上全是血，却不躲不避，看着王耀庆苦笑："你说对了，我是个傻子。""现在，你能告诉我温雨的下落了吗？"王耀庆冷冷地说。"我没出院的时候，她找人装成护工联系我。她一直不放弃让我把心如带给她。她还提到了你，说你喜欢心如，又不好对付，太碍事，早晚要除掉你。我一听，怕她误伤心如，就没答应。但我记得她说的地方。"安民红着眼圈说道。

王耀庆猛地坐直身子，盯着安民的眼睛："快说！"温雨这个疯女人一直在关注安民，那现在他来找安民，温雨说不定都知道！他恨不得现在就打电话给秦逸飞,把当年的战友都叫来帮忙。想到王吉和秦逸飞现在都在医院附近,王耀庆才稍微放下心。安民叹了口气,报出了城乡接合部的一个地址:"这是她告诉过我的,我不知道她现在还在不在……"王耀庆站起来就走。安民在身后叫他:"王总,保护好心如!"他的声音低了下来,"我和她妈对不起她!"

王耀庆冷冷地瞥了他一眼:"去监狱里忏悔吧。"警方应该在这里安了窃听器,此刻,他们很可能已经开始行动了。他还是决定去看看,事关安心如,他不能大意。所有人都知道王耀庆现在是最忙的一个人。安心如在医院的事,仍然没人通知他,毕竟跟这件事比起来,如何善后更重要。

安心如依旧蜷缩在病床上,昏昏沉沉,不知已经睡了多久。不断有人来看望她,可她不记得都有谁来过,仿佛脑子里什么都不想记起。听伊娜说,有记者一直在楼下蹲守,网上把她住院的事写成现世报应。伊娜拉着她的手,气得眼泪都下来了:"你抓紧好起来,好了以后咱狠狠地打他们的脸!"安心如却只是笑笑,再也提不起精神去为以后的道路筹谋了。安心如自己都知道,自己完了。一个人一旦丧失了斗志,那一切就都完了。最终,她可能和她的养父一样,浑浑噩噩过一辈子。不过那有什么关系,怎么活不是活呢。

病房里的电视开着,乱糟糟的,不知道在演些什么。安心如瞥了一眼电视,又看向窗外。夏天快结束了,很多花已经败了。伊娜

第十四章 公布一切

突然惊叫了一声，拼命扯安心如的袖子，让安心如看电视。安心如无力地转过头去，看着电视，然后她坐起来了。张少澜苍白着脸，穿着黑西装、白衬衫，端坐在镜头前。他的脸还是那么俊美，但此刻却虚弱了很多。他那双桃花眼透过镜头，仍像从前那样无时无刻不在放电，只是他的嗓子有些哑："今天开新闻发布会，我有两件事要宣布。第一，我要永久退出娱乐圈；第二，我要向生命里最重要的一个人道歉，通过银幕为我这十几年的所作所为忏悔。我希望能让大众重新了解她，也希望她再度振作起来……"

张少澜是最红的偶像明星，离他看望安心如不到十个小时，电视上、各大视频网站都在同步播放他的发布会。显然，发布会没有经过番茄文化同意，现场看不到严芳芳的踪影，布置也过于简陋。但只要有张少澜坐在那里，就保证了关注度。现在全国的追星族，起码有一半正在观看。等到明天，所有人都会看到。张少澜那张俊美的脸第一次盛满了哀伤和不舍。

"我要对一直以来支持我的粉丝们道歉，对不起，我欺骗了你们。我更要对生命中一个最重要的人道歉，我的自私、贪婪和懦弱害了她十几年，甚至会影响她一辈子，那个人就是安心如。"张少澜对着镜头，仿佛安心如就在他对面，"故事要从十几年前说起。我不是你们认为的贵公子，其实我是个孤儿。那时候，我最重要的人就是安心如……"仿佛往事重现，张少澜慢慢回忆、讲述，"后来，安心如就变成了现在的样子。这几天，养母把所有的事都告诉我了。如果不是我当初贪婪自私，偷听院长和我养父的谈话，烧了档案室，骗了心如，冒名顶替，又遇上那个疯狂的温雨在后面推波助澜，安心如就会很幸福地长大。"张少澜静静地说、静静地笑，眼中泛起了泪光。

"可就是因为我的贪婪自私，导致她从小生活在一个混乱暴力的家庭中，在赌鬼父母的阴影下生活。长大后，她本可以脱离家庭，好好生活，却又因为我的回国，让温雨担心事情败露，授意她继子有意接近安家，导致安家欠债，让安心如还债还得苦不堪言，最终走上那一步。"张少澜渐渐激动起来，眼泪静静滑落，"可不管你们相不相信，我了解安心如的为人，也明白她的底线。视频是被温雨放出来的，她现在疯狂地想加害安心如，我的脚也是她找人试图伤害安心如时误伤的。这人是一个疯子，她把视频里最重要的部分删掉了。"

张少澜挂着拐杖站起身来，有些激动地俯下身对着话筒，大声说："在删掉的视频里，安心如拒绝了那个男人，保住了自己。温雨一心想毁了心如，所以她没有放出来这一段视频。请你们相信，一个如此坚强的人不会就这么出卖自己……"解释了很长时间，等到说无可说的时候，张少澜对着镜头慢慢绽出美到惊人的笑容，眼睛里盛满了柔情，"心如，你在看吗？我现在弥补、现在偿还，是不是晚了？"张少澜自嘲地笑了笑，"可你知道吗，自始至终，你一直都是我心里最重要的人，从没变过。可惜我说出这句话的时候，是我决定永远不再见你的时候。"

最终，张少澜对着镜头鞠了一躬："谢谢粉丝们一直以来的支

第十四章 ♦ 公布一切

持。你们的喜欢,我不配得到。从今天起,我会永久退出娱乐圈,返回美国。请你们今后相信安心如、支持安心如。她真的很美好,值得你们喜欢。"

安心如眼睛一眨不眨地从头看到尾。张少澜最后一个沧桑的苦笑定格在镜头前,安心如这才发现,原来自己能流那么多眼泪,整张脸都是湿的。她急匆匆地朝同样泪流满面的伊娜伸手:"我手机呢?快给我!"伊娜边流泪,边胡乱翻找,好一会儿,她才找到手机,递给安心如。安心如正要拨张少澜的电话号码,一条短信发到了她的手机上:"心如,我走了。谢谢老天让我认识你,余生的日子,就算孤独终老,只要想起你,对命运我仍心存感激。请你振作起来,不要低头,你天生就不是肯低头的人。"

安心如抿着嘴,眼泪不断地掉下来。她快速拨打张少澜的手机号码,却发现他已经关机。她又连忙给王耀庆打电话。电话刚接通,王耀庆先开了口:"我接到消息了,张少澜对番茄文化来说已经没有价值,他支付解约金,跟番茄文化解约了。张连英和温雪去机场送他,现在应该已经登机了。他是真的回美国了。"安心如"哦"了一声,默默挂了电话,颓废地坐在床上,屈起双膝,将头埋在膝盖里。她的头发散下来,盖住她整张脸,没人能看清她的表情。

"姐姐,你真厉害,他们那么多人都打不倒你!""不是姐姐厉害,是姐姐怎么挨打都不肯低头。小圆子,你记住,不管打输打赢,反正不能低头!""嗯!我以后也要像姐姐一样,不低头!"张少澜童年时候清脆的声音不断在安心如的耳边回响。

不知坐了多久，安心如开始喃喃地念着："不低头，不低头，不低头……"伊娜担心地要上前摇晃安心如，被闻讯赶来的王吉拦住了。伊娜不解地看着王吉，王吉微微叹口气："自己的结，要她自己解。不然以后转了行，她心里还是有疙瘩。"安心如抬起头来，苍白的脸上一双大眼睛直勾勾地看着王吉："谁说我要转行？我为什么要转行？""你说什么？"伊娜瞪大眼，惊喜得连声音都开始颤抖了。安心如鼻音浓重，冲伊娜说："我那健身卡就用了一次，你送我去健身房，我得练一个马甲线出来。""不用她送，以后我再也不请假了，你去哪我去哪！"徐眉大声说道。

赵又迪和刘宇哲像连体婴一样走进来。俩人在门口听了半天，都不知道该怎么安慰安心如。听到安心如要去健身，赵又迪红着眼圈跑进来："姐，你在哪儿办的卡，以后我也去，咱一起去！"刘宇哲兴奋地叫："我爸说得对，这点儿事压不垮你，你早晚能站起来！"刘大美在伊娜耳边说了什么，伊娜听完，对着刘宇哲和赵又迪就鞠了一躬。这下把这两人弄懵了，手足无措地看着伊娜。刘宇哲挠挠头："你这是告别仪式？"伊娜"呸呸"两声，大声说："谢谢你俩，我听说你们一直拦着粉丝，不让他们去攻击心如。锦上添花易，雪中送炭难啊！"王吉难得开一句玩笑："你还会说成语呢？"伊娜无语地看着王吉……

安心如一恢复精神，病房里立刻像开联欢会。连番的坏消息仿佛阴雨连绵一样，让每个人心里都很不安。这种不安在安心如垮掉以后彻底放大，压得人喘不过气来。每个人都以为，安心如要被毁了。每个人都战战兢兢地看着她眼神黯淡,没有了一点儿锋芒,渐渐走向颓废。就在大家都开始绝望的时候,安心如的眼睛又开始有了光彩,这怎么能不让人欣喜若狂?不管今后她会不会翻身,她这个人稳稳地立住了,这就足够了。安心如看着眼前这帮人逗趣耍贫,淡淡地笑了。她望向窗外,几朵花在炙热的阳光下开得绚烂夺目。

"不低头,小圆子,我记着呢。"安心如的眼泪慢慢流下来,她一抬手,又擦得干干净净。皮肤有些干,该做面膜了,不然以后拍戏不好上妆……

机场里,张少澜抱着张连英和温雪,久久不愿放开。"孩子,为什么不愿意回家?你还是我的儿子啊!"张连英哽咽着问。"爸,我错了一次,不能再错第二次。那是心如的家,我不能再霸占了。"张少澜微笑着,伸手擦干张连英和温雪脸上的泪。

"你今天表现得真好!解释清楚了所有事情,却始终没有说出安民害死心如亲生母亲的事。你对心如已经弥补得很好了。"温雪也哭了。谁都知道张少澜这是把自己往耻辱柱上钉,这一下不退出娱乐圈都不行了。温雪看着自己的养子,他依然高大英俊,脸上却有着遮都遮不住的憔悴。张少澜笑了笑,最后抱了抱养父母,低声说:"放心,我在这个圈子能闯出一片天地,在别的地方一样也能。"说完,他松开张连英和温雪,转身就走。这一次,他没有用拐杖,一瘸一拐、缓慢艰难地消失在两人的视线中。过安检的时候,张少澜最后回了一次头:"再见了,这片土地。再见了,安心如。如果有来生，我一定不会再骗你，一定会早早地守在你身旁。到时候，我给你取暖，我为你打架……"

张少澜离开的消息传来，王耀庆却没有任何反应，因为他现在满脑子都是"温雨"两个字，对其他消息几乎丧去了反应能力。现在已经不是温雨对付安心如，而是温雨和他之间的对决了。虽然王耀庆和温雨还没有见面，但他感觉他已经触怒了温雨，温雨现在针对安心如，只不过是在向他示威。他驱车开到安民所说的地址时，一直在负责这件案子的李警官已经站在那里了。警方的行动自然要更快一点儿，安民刚说出那个地方，警察就已经从窃听器里听到，赶往那里了。王耀庆料到李警官会早到，却没料到李警官脸上会出现那样诡异的表情。他走向李警官。还不等他说话，李警官先递给他一个证物袋。王耀庆纳闷地接过来，发现证物袋里面有一张纸条，上面写着字，笔迹凌乱，像是纪录片里精神分裂病患者发病时写的一样。

"王耀庆，你以为这样就能找到我？等着我一口一口撕烂你的小情人吧。""混蛋！"王耀庆咒骂一声，狠狠地捶了一下墙。李警官也垂头丧气的："我被她耍得很不耐烦，要不是穿着这身警服，找到她的时候，我真要揍她一顿了。"王耀庆冷笑道："你穿警服，我没穿，我要看见她，我非打得连她妈都不认识她。"王耀庆一向不打女人，也看不起打女人的男人，可这个温雨像在耍着耗子玩的猫，让他的暴力倾向史无前例地暴涨。

王耀庆愤怒之下，又惦记上了穆怀明。他看看表，发现已经很

第十四章 ◆ 公布一切

晚了,这才恨得咬牙切齿地上了车,准备第二天一早去找穆怀明。

网络时代,什么都发酵得特别快。现在网友们,甚至是各路粉丝们,都一脸蒙。张少澜的话信息量太大,让人一时间反应不过来。不过很快,粉丝们还是行动了起来。他们先是查到张少澜提到的那个维温检测中心,在它倒闭前,确实有几个人状告过这家检测中心拿钱出假报告。然后又有人找到安心如的邻居,将安心如从小到大的成长经历打听得一清二楚。好赌家暴的养父母,被气死的祖父母,自己从小打工支付学费,十五岁以后还要负责给祖父母治病,祖父母死后自己独自送终,进了娱乐圈还要还债、给父母治病,最终借债给父母的还是早就对她不怀好意的穆怀明。不少人开始沉默,不知道该怎么形容安心如这段苦难至极的成长历程。

最终,安心如最初的一个粉丝写了一篇长文。《如果我是她,我可能比她更不堪》,这是长文的标题。有粉丝开始陆陆续续地回复,人数越来越多。终于有人想起来,安心如和当初的金茜莎不一样。金茜莎一向标榜自己是玉女,可安心如从来没说过自己纯洁、不谙世事之类的话。粉丝渐渐在网上聚拢。一件件证据摆出来,每一件事都直指安心如的不易。放在一般人身上,谁都不敢保证自己能做到安心如这样。面对那样的养父母,没人乐意负担他们的医药费。

有人说,这些事如果放在其他明星身上,早就被宣扬得人尽皆知,来标榜自己的品格纯良、坚韧不拔,可安心如好像很少提及她的家事。不对,她从来都没提过。不管什么时候出现在公众面前,她都是笑眯眯的,从来没有卖过惨。这样的人,会为了钱出卖自己吗？

有人发出了质疑：会不会张少澜说的是真的，那段视频最关键的部分被剪掉了？网上开始热议，不只是安心如初始的粉丝，连别家粉丝和路人都开始参与。大部分结论是：温雨的所作所为实在不值得相信。也许张少澜的说法是对的。小部分人则毫不在意，尤其是一开始的心家婆。"不管从前她是谁，现在她是胖如。"这是她们的口号。"就算视频里的事情是真的，那又如何？如果你在这种环境中长大，身背如此重的负担，也许你会比她更不堪。"这是粉丝们对这件事的态度。

安心如在健身房里挥汗如雨地锻炼的时候，网上的风向已经悄悄改变了。伊娜本来想给安心如看看现在的动向，可是看到网友对于张少澜的评论时，她又改变了主意，把手机藏了起来。

"奸诈""卑鄙小人""心机重，城府深"……各种骂声，不一而足，几乎引爆整个网络。也许是有人在引导，也许是网友们自发讨伐，但不管背后有没有策划，张少澜都披上了人品恶劣的外衣。安心如的粉丝对张少澜尤其憎恨。不是他的话，安心如怎么会落到这步田地。当初她们离开安心如，让安心如单独承受全世界的责骂，这种愧疚现在全部转化成了对张少澜的痛骂。路人也跟着一起骂。毕竟对于"狸猫换太子"这件事情，人们还是倾向于同情正主的。尤其安心如本来应该是一个富家千金，却硬生生被整得差一步就误入歧途。此刻人们才明白，当初安心如借张少澜炒绯闻，张少澜为什么选择沉默以对。他那是心里有愧！

第十四章 公布一切

这次，安心如靠炒绯闻红了的事情，没有人再嘲笑议论，所有人都觉得那是张少澜应该给安心如的补偿。张少澜的大部分粉丝选择不发声。很多人已经从粉丝团里退出了。剩下的那些粉丝看着张少澜在网上被越骂越狠、越骂越臭，却依旧遵照张少澜的意愿，选择了无条件地支持安心如。营销号们开启了他们无人能及的速度，迅速复盘了这十几年来的大部分事件。除去蒋柔的死因和温雨现在被通缉这些事他们不知道，其他所有事情的来龙去脉都被他们理得清清楚楚。不得不说，他们的扩散能力要比粉丝的力量大。很快，这桩现代版的"狸猫换太子"传播得到处都是。

叶茂生给王耀庆打电话，要求安心如尽快进组拍戏。从前的几个品牌合作者又打来电话，虽然没说继续合作，但合作的意向非常明显。那个一线运动品牌的工作人员在网上转发了好几条营销号复盘的安心如的苦难成长史。其他品牌商一看，也开始快速测算网上安心如的支持率有多少。几个没和安心如建立合作关系的品牌商莫名地开始转安心如粉丝发的言论，内容多是标榜安心如励志的。

罗阳也没有放过这次机会，他的摩托车官方号大咧咧地打出口号："既然选择相信，就永远不会放弃。"罗阳是这场风波里唯一没有撤掉安心如，并在车友论坛里鼓动骑手们支持安心如的人。他们的口号一打出来，点赞的人不断增多。这一晚，他的摩托车品牌的口碑迅速提升。后来，这一晚上的风起云涌成为心理学和传媒学的经典案例。

伊娜一直密切关注着安心如的形象一点一点地立起来。她兴奋得走来走去，却不敢告诉安心如。安心如好不容易站了起来，她不敢冒一点儿险让她再颓废下去。尤其是网上现在众志成城地痛骂张少澜，伊娜担心安心如得知之后，受到刺激，再次倒下。伊娜以为安心如不会再去看网上的言论，谁知深夜的时候，安心如往网上发了一张照片，那是伊娜从来没见过的照片。

一个娇憨的小女孩拥着一个漂亮的小男孩，两个人谁都没笑，而是警惕地看着镜头，犹如两只受惊的小兽。安心如配文："小圆子，我记得，不低头。"

王耀庆一晚上都没有上网，错过了这场网络风波。第二天上午，他从穆怀明那里得到了让他心潮起伏的消息：温雨快死了。

王耀庆一大早就去找了穆怀明。穆怀明的精神不错，看见王耀庆，他咧嘴一笑，露出一排整洁的牙齿。"又被温雨耍了吧？"穆怀明好整以暇地坐下。"你怎么知道？"王耀庆冷着脸问。"只有疯子才了解疯子。"穆怀明微笑着说。"这么下去，安心如早晚会出事。"王耀庆紧紧盯着穆怀明，企图从他脸上看出点儿什么。穆怀明笑笑，说道："你看准了我舍不得那小丫头。"

王耀庆冷着脸不语。求助穆怀明，他心里是抵触的，可为了安心如的安危，他又不得不这么做。这让王耀庆非常不舒服。"知道我为什么不担心吗？"穆怀明笑嘻嘻的，仿佛在自言自语。"为什么？"王耀庆眼睛一亮，感觉穆怀明话里有线索，急忙追问。穆怀明的身子向前一探，压低声音，神秘地说："因为这个世界有因果报应。""砰！"王耀庆狠狠地捶了一下桌子，怒视着穆怀明。他

第十四章 公布一切

的反应逗乐了穆怀明,穆怀明哈哈大笑起来。王耀庆咬牙恢复冷静,冷冷地看着穆怀明狂笑。

穆怀明笑得上气不接下气,等了一会儿,才指着王耀庆说:"你这个人很有意思。"王耀庆失去了耐心,站起身要走:"你帮不了我,只会浪费时间。"穆怀明静静地看着王耀庆离开,直到王耀庆快到门口的时候,才淡淡地说:"温雨快死了。"王耀庆猛地回头,问道:"你说什么?"穆怀明勾勾手,示意王耀庆回来。王耀庆恨得咬牙,却无可奈何,只得转回身,坐下来。"你怎么知道温雨快死了?"王耀庆急切地问。"嘿嘿,她把老头子所有的业务都接手了,就给我留了这么些不入流的东西,还妄图指挥我。要不是看在老头子的面上,我早就要了她的命。"穆怀明讥笑道,"一个千金大小姐,跑我们这儿找刺激,有病!"

王耀庆一听,来了精神。原来穆怀明和温雨的梁子结得这么深。想想也是,后妈和继子,两人还都是强悍霸道的个性,难免会有摩擦。他问穆怀明:"你被关在看守所里,怎么要她的命?"王耀庆全神贯注地盯着穆怀明。穆怀明笑嘻嘻地咧了一下嘴,望向前方的白墙,眼睛像是失了神。过了一会儿,穆怀明的嘴角抽搐了一下,有些虚弱地说:"那个女人一开始让我控制安心如,我就不乐意。我保着安心如,完全是为了跟她对着干。可后来,我喜欢上安心如这小丫头了。"他冲王耀庆阴森一笑,"可能比你们喜欢得都深。"

王耀庆不说话,怕刺激了他,他就不再说下去了。穆怀明眼角又是一抽,白皙的脸上现出诡异的笑容:"从那小丫头一跪一晚上,求我别碰她时,我就发誓,这辈子她就是我的女人了。可温雨就怕张少澜和小丫头一见面,她干的事就露馅了,所以越来越急着要杀她。"穆怀明摸摸鼻子,歪着头往后一靠,慢慢说道,"她本来想把安民一家都除了,可没想到安民还有点儿良心,觉察到不对了,没带小丫头一起跑。后来因为我一直护着小丫头,温雨就一直没找到机会下手。""你那次为什么要胁迫她?"王耀庆问道。"我跟老头子跟烦了,温雨越来越得势,我怕护不住小丫头了,想带她远走高飞。被你破坏了。"穆怀明斜眼瞅着王耀庆。

王耀庆哼了一声:"你还没说重点,温雨为什么快要死了?"穆怀明夸张地耸耸肩:"我进来之前就想过了,温雨那个疯子是偏执狂,杀不了小丫头,她不会甘心。我怕她一着急连我都杀,就没人保护小丫头了。我就找人混在她身边,给她下毒了。而且控制好了剂量,她发现不了。""你确定温雨中毒了吗?"王耀庆忙问道。"我进来之前,她已经开始掉头发,心脏和胃也出了问题。"穆怀明笑嘻嘻地说,盯着墙壁像是看到什么好玩的事,"你没发现她越来越疯了吗?那就是中毒带来的症状。"

王耀庆后背冒出一层冷汗。他不怕强悍的对手,可面对这冷血又疯狂的一家子,他实在感觉不适。穆怀明点点桌面,说道:"放心吧,温雨活不了两天。"他舔舔舌头,眼中冒出不正常的精光,"以她的性格,现在肯定把能不能杀小丫头当成和你玩的一场游戏了。我救了小丫头,也救了你。""我不用你救。"王耀庆淡淡地说。穆怀明不置可否,不知想到了什么,又笑了:"我这是在帮她。

老头子就只有我一个儿子，因为她发疯，逼得我进来，老头子不会饶了她。那个疯婆子，还真以为老头子爱她爱得发疯呢。"穆怀明哈哈大笑，"老头子最爱自己，第二就是钱，第三是我，她？不知道要排到第几呢。"

王耀庆等穆怀明笑完，想了想，慢慢说道："我要见温雨。必须见。见不到她的尸体，我不会放心的。""你真麻烦。"穆怀明又斜眼看他一眼，随口报了一个地址，"这是我和温雨的恩怨，你看看她就行，别插手。"王耀庆站起身，微微一笑，说道："不好意思，我必须插手，还得报告警方。"他亮出自己的证件，"我真庆幸自己刚退役就考了律师证，这么多年一直都在事务所挂着职。你大概忘了，我是政府指定给你的律师。"穆怀明惊愕地瞅着王耀庆不说话。

"要不是你的律师，我怎么会有权利一趟趟来看守所见你呢？"王耀庆笑了笑，"不过你以后见不到我了，该知道的我都知道了。回头我会给你换一个好律师。""哎呀，我竟然忘了你是我的律师！"穆怀明哈哈大笑，声音歇斯底里。王耀庆隔着铁栅栏看着他，仿佛在看一头关在笼子里的凶兽，还是疯狂的那种。他摇了摇头，转身要走出去。穆怀明突然在他身后幽幽地叫了一声："你得小心啊，你要危险了……"王耀庆顿住脚步，想要说什么，最终懒得说，大踏步走了出去。一出去，他就给安心如打了一个电话。现在，他迫切地想听到安心如的声音。可惜那边是忙音。

第十五章 遭到陷害

安心如正在健身房挥汗如雨。她边跑步,边跟张连英通电话。"心如,少澜下飞机给我发了一条短信就关机了。他说他要游历一段时间。这怎么行!少澜很喜欢你,只有你才能劝他!"张连英一直没有联系上张少澜,有些着急。提起张少澜,安心如的神色变得黯淡。那个从小跟自己相依为命的孩子终究还是离开了。说不难受,那是假的。安心如现在已经进入魔鬼训练,晚上举铁,白天燃脂,像魔怔了一样,消磨着自己的体力。健身教练严厉指出,她这样是不科学的,可安心如根本不听。只有健身的时候,她才能真正平静下来,不再去回想张少澜最后的那个眼神。那个眼神盛着那么多的悲伤与眷恋。每个人都觉得安心如好了,又重新光芒四射起来,只有安心如知道,张少澜的牺牲让她心底积压了多少情绪。不把这些情绪随着汗水排出去,她早晚还会崩溃一次。她不敢承受再崩溃一次的后果。

张连英打断安心如的思绪,着急地又重复了一遍:"心如,你听到了吗?"安心如点了点头,想到张连英看不到,又淡淡地说了一句:"听到了。""你怎么想?"张连英忙问道。安心如张了张嘴,张连英着急的喘息声就在她的耳边。这是她的亲生父亲,安心如不忍心让这个老人失望,她想了想,轻轻地说:"我会考虑的,您别着急,也别催我,好吗?"

"好好!我知道我很过分,可是请你体谅我和他有十几年的感情……"张连英有一丝愧疚,明明安心如才是他的亲生女儿,可他却表现得更在乎张少澜。人非草木,十几年朝夕相处,又怎么会没

第十五章 ◆ 遭到陷害

有感情。从小养到大的孩子，一定是亲过十几年没见的亲生孩子的。安心如淡淡一笑，挂了电话。事情已经如此，无法改变。张连英抚养张少澜十几年，他们才是亲父子，而她其实对张连英来说还是很陌生的。

安心如调快跑步机的速度，疯狂地跑步。王耀庆的电话打了进来，安心如按下接听键，问道："老王，什么事？"王耀庆怔了一下。安心如什么时候开始这么随便地叫他"老王"？不过相对于"老板"，还是"老王"比较亲切，王耀庆勉强地接受了这个称呼。"没事，我问问你干什么呢。"听到安心如的声音，王耀庆弯起唇角，不自觉地笑了。

安心如在电话那一端微笑回答："我跑步呢。叶茂生说了，我演的是一个患有精神分裂症的女人，骨瘦如柴，我现在太胖了，要赶紧减肥。"当然，这只是原因之一，更大的原因是她需要精疲力竭来维持自己精神的稳定。她边跑边气喘吁吁地说："老王，你最近有点儿不务正业啊，都不怎么去公司，每天瞎忙什么呢？"

王耀庆想了想，张了张嘴，可话到嘴边，却不知道怎么告诉安心如。最终，他决定先把穆怀明今天说的话传达给警方，然后再择机慢慢让安心如接受当年那个惨烈的真相。警察一听到王耀庆的转述，立刻派人把穆怀明说的地址围了起来。

任谁都想不到温雨会藏在医科大学的家属楼里。温雨租的是一位教授的房子。这个教授出国交流学习，出面签租房合同的是她的弟弟。警察冲进屋里，把温雨带出来的时候，她的脸色已经蜡黄近黑。

097

她跟王耀庆眼神交汇的一瞬间，两人内心都产生一种熟悉感。毕竟这段日子以来，都是他俩在对决。温雨眯眼笑道："你以为你赢了？"王耀庆冷冷地反击："反正你没赢。"温雨嘻嘻一乐，说道："如果不是我身体不好，你早就死了。"王耀庆向前一步，幸灾乐祸道："你不是身体不好，而是中毒。"他的声音很轻，却足以传到温雨耳中，"是你的继子给你投的毒。"温雨的眼睛一下子睁大了，狠狠地盯着王耀庆，却不说话。王耀庆笑得开心，说道："你活不了多久了。不管你接不接受，都是这样。""我不信！我是他爸最爱的女人，是这个世界上对他爸最好的女人，他怎么敢！"温雨开始激烈挣扎，歇斯底里。

王耀庆笑得越来越开怀："你一会儿就知道了。"温雨的眼中划过一丝恐惧。她自己知道自己的身体，这次衰弱来得异乎寻常，并且来势汹汹，温雨不止一次怀疑过自己是不是快要死了。可真的从王耀庆口中听到她中毒的时候，温雨还是不愿相信。但她的理智告诉她，王耀庆说的是真的。温雨龇牙咧嘴地大喊："穆怀明，你爹饶不了你！"她表情狰狞，眼白发黄，昔日风情如今已经不再，彻底败在毒素的强大吞噬力下。

王耀庆抱着胳膊，解恨地看着温雨崩溃。这几天，她服用的毒药的剂量一定加大了，要不然她不会虚弱至此。李警官看温雨比王耀庆还来气，他狠狠地对温雨说："快走！"温雨马上要上警车的时候，还不忘回头对王耀庆龇牙说道："你等着，你很快就会完蛋！"突然，一个人穿着外卖制服，骑着电瓶车从远处驶来。本来谁都没注意到他，围观的人只是本能地让了让道。温雨的眼睛突然瞪大，开始挣扎。外卖骑手骑着电瓶车漫不经心地想绕开警车，却在经过的一瞬间猛一掉头，在距离二十米的地方直直地冲着警车而去。没等所有人反应过来，骑手掏出刀来，狠狠地捅进温雨的肚子里。

温雨大叫一声，吃痛地慢慢倒下。王耀庆离她很近，分明看到温雨的眼中有一滴泪滑下。"那是老头子的人。老头子，我这么爱你，你怎么舍得杀我？！你不是一直很宠爱我吗？"温雨咬牙问道。她的美貌已经不在了，可温雨不在乎。这个世界上，唯一让她在乎的就是那个男人，那个比她大二十多岁的男人。她曾经以为，她怎么疯狂都可以，他一定会包容她，给她收拾烂摊子。可曾经最值得她骄傲的爱情在她被抓的瞬间背叛了她。平生第一次，温雨的眼中出现了痛苦这种情绪。痛苦原来是这么难熬。不能让她一个人痛苦！凭什么！一定要拉个垫背的！温雨这么想着，抬头看着王耀庆笑笑："你的生命正在倒计时。老头子有仇必报，你把他害惨了，你真的完了。"

安心如皱着眉站在片场，无所适从。叶茂生对她的表演依旧不满意。"你只演出了苦，没演出苦难。"叶茂生很不满意地说道。安心如咬着唇角，苦苦琢磨，真正的苦难难道不是这样吗？她把张少澜的离去和从小到大的经历都用上了呀。王吉过来拍拍她的肩膀："别着急，慢慢来。"安心如勉强笑了笑，却不知道怎么才能做到不着急，她根本毫无头绪。

王吉摇摇头,演戏这件事,他一窍不通,帮不上忙。他瞅了瞅片场的另一位女演员林月芝。林月芝也是他带的艺人,是他找叶茂生好说歹说塞进剧组的。这女孩是正经科班出身,可也不符合叶茂生的要求,被数落得眼冒金星,不知道手脚该放在哪里。王吉看着她不知所措的样子,想了想,给王耀庆打了一个电话。他同时带着三个艺人,难免顾不过来。这个林月芝一直不被公司看重,王吉也没精心带她,但好歹是他的艺人,看她落魄,就等于丢他王吉的脸。王吉想给王耀庆打电话说一声,这几天安心如的状态不错,他要专心带林月芝。

此时,王耀庆眉头紧锁,正在去公司的路上。他最近没理会公司的事,导致事务积压成山,有尚未看的投资计划,也有导演想拍的新片,原著和策划案都送到了他那里,却一直被他堆在案头。公司签了赵又迪,就等于得到了一尊财神,要知道赵又迪的宅男粉丝的消费能力简直强到爆。他又盯上了刘宇哲,这小子要是加以培养,绝对不会比张少澜差到哪儿去。说起张少澜,王耀庆倒是有几分感慨。秦逸飞打听过张少澜,据说他回美国后,一直在作画,画来画去,画上都只有一个人,那人有着妩媚的脸庞和明艳的笑。

王耀庆心里是感激张少澜的。虽说是情敌,但在最关键的时候,是张少澜把安心如拯救了出来。这份情不能不记。在等红灯的间隙,王耀庆停下车,掏出手机,正要给刘宇哲打电话,却接到了李警官的电话。"不是抓到温雨了吗,又打电话干什么?"王耀庆心里虽然这样想,但还是接通了电话。"王总,不好意思,温雨的案子还

第十五章 遭到陷害

得麻烦你。"李警官快人快语,"她死活不说穆老头躲在哪里。她说,只有见了你,她才会开口交代。""我又不是她爹。"王耀庆一想起这个女人就烦,开口一点儿都不客气。"你可比她爹亲多了,她亲妹妹都不见,就要见你。"李警官调侃道。王耀庆想了想,李警官在抓温雨这件事上尽心尽力,无形中给他解决了不少麻烦,李警官的忙应该帮。他点了点头:"我一会儿就到医院。"

温雨躺在医院里,摸着自己粗糙的脸。毒药的毒性已经给她留下了不可逆转的伤害。大家都认为她很虚弱。温雨笑了笑,她可不虚弱,被扎了一刀还大难不死,中毒了还意识清醒,这样的人哪里找。她期待地看着门口,那个男人还没有到。他不会不来了吧,温雨想。接着,她又摇摇头。他那么痴情,不会不来。温雨真不知道那个小丫头片子哪来那么大的魅力,穆怀明护着她,王耀庆护着她,张少澜也护着她。再看看自己,温雨黯然了。她没什么人护着,只有一个老头子。她把老头子当成人生导师,当成一生挚爱,可老头子把她当成快速消费品,她刚被抓,就要她的命。即便她没有害穆怀明,老头子也会这么做的。自己的男人,自己了解。他谁都不相信,他害怕温雨出卖他。"我会出卖你吗?"温雨喃喃道。

王耀庆到医院的时候,就看见温雨眼中的落寞深得像海,吞噬人心。按照温雨的要求,警察都守在外面。她住在一楼病房,窗外站满了警察;门口更不用说,就算温雨插上翅膀,也跑不出去。温雨正端着杯子刷牙。她嘴里有血,是牙刷粗糙的毛刺破了牙龈导致的。看到王耀庆一脸冷漠地迈步进来,温雨笑了笑,躺在床上,姿

101

态仍有几分当年的妩媚。"坐。"温雨指着空着的病床,淡淡地说。"你想干什么?为什么要见我?"王耀庆没有坐下,他站在温雨面前逼问道。"因为我想你,行不行啊?"温雨娇甜的声音衬得她那张脸更加憔悴。

"有话直说。"王耀庆失去了耐心。"想知道我家老头在哪儿吗?"温雨笑眯眯地问。"想。"王耀庆毫不掩饰地点了点头。"过来,吻我。"温雨勾了勾手指。王耀庆心里一阵厌烦,不由得往后退了一步。温雨现在面目狰狞,眼中偏执的寒光几乎化为有形,实在让王耀庆欣赏不来。温雨哈哈大笑道:"胆子真小,你以为我真想吻你?你凑上来,我都不干!"王耀庆突然觉得胸口一阵发闷,他插在裤兜里的手紧了紧,冷冷地看着温雨:"有话快说,没事我走了。"

温雨抬起头来,看着王耀庆,苦着脸说:"我只是想看看你到底对安心如好到什么程度。现在看来,你还真是关心她。"她又勾了勾手指,"我现在没有力气,你过来,我告诉你老头子在哪儿。"温雨的手一下一下刮着牙刷的毛,像是在玩逗猫棒的猫。王耀庆忍下心中的厌烦,俯下身子,凑到温雨脸旁。温雨突然抓着王耀庆的手。王耀庆皱着眉想把手从温雨的手中抽出来,却不知温雨突然哪来那么大力气,死死地捏住了王耀庆的手不放。"我很久没碰男人了。我出卖自己的男人给你,你安慰安慰我不行吗?"温雨仿若梦呓,声音绵软,但在王耀庆听来,却格外的刺耳恶心。

"你最好快说。"王耀庆淡淡地说。"我家老头啊,他在……"

第十五章 遭到陷害

温雨的手又开始不停地在王耀庆的指尖缠绕。突然，她猛地从杯子里把牙刷拿出来，牙刷的手柄不知何时被磨尖了！王耀庆心里一惊，手柄那段不单单有磨的痕迹，还有牙印，虽说不像刀般锋利，但足以致命。

王耀庆很清楚这些看着不起眼的东西杀伤力究竟有多大。王耀庆的眼神发冷。就凭这个女人，也想伤他？他冷笑了一声，可就在下一秒，王耀庆的眼睛慢慢睁大。只见温雨把牙刷递到王耀庆手中，抓着王耀庆的手，以迅雷不及掩耳之势直直朝自己的肚子捅去！她的肚子上早就有一个血洞，被整团整团从病号服上撕下来的破布塞着，才没有露出破绽。此时牙刷直直地捅进血洞里，破布被温雨扔向窗外。这一系列动作太快，等温雨做完，开始大声喊痛、血流不止时，王耀庆才反应过来，他被人陷害了。

温雨知道自己快要死了。她死死瞪着王耀庆，用尽全身的力气抓住他的手。人快死的时候，的确能迸发出不可思议的强大力量。王耀庆短时间内根本挣脱不开，更何况他根本不想挣脱。他皱着眉看着她疑惑地问："为什么？"

王耀庆一定想不通她为什么会借他之手杀自己，本来她就已经离死不远了。温雨突然想笑，她呵呵一笑，肺部剧痛，引起一阵咳嗽；一咳嗽，肺部更加剧烈地疼痛，像是一个死循环。对了，她的人生就是一个死循环。富足安逸的生活不是她想要的，她只想要老头。可老头只想要富足安逸的生活，却求之不得。温雨知道，她要是再不喊，就没有时间了。她使劲攥着王耀庆的手，深吸一口气，

103

女士不低头

张开嘴大喊一声："杀人啦！"痛，好痛。

温雨在意识模糊之前看着王耀庆，就想起了老头。他也像王耀庆这么帅，不，比王耀庆还帅。他比王耀庆多出一分成熟睿智，但骨子里的野性却和他一模一样。温雨至今都不后悔当初的出逃，也不后悔将所有人的命运改变，妹妹的、蒋柔的、张连英的、安心如的、张少澜的，包括现在王耀庆的。命运如果能改变，说明那一开始就不是他们的命运。而她遇上老头，却是冥冥中上天注定的事。老头要杀她，温雨很伤心。最终，老头还是不信任她，怕她出卖他。或者，他更爱他的儿子。不过无所谓，老头不爱她，她却爱老头。这是她最后能为老头做的事了。"老头，你看见了吗？"温雨心中默问。

温雨闭上眼睛，在极度痛苦中静静等待死亡。警察早已进来，温雨及时松了手，他们第一眼看见的是带有王耀庆指纹的牙刷插在温雨的肚子上。牙刷上面没有一个温雨的指纹。王耀庆觉得自己真笨，竟然没发现她的十指指纹早就被烫掉了。连李警官都震惊了。王耀庆将牙刷插进温雨的肚子，他要不是疯了，就是被陷害的！这是李警官的第一反应。他的第二反应是，就算王耀庆是被冤枉的，他也很危险了。医生、护士推走了温雨，王耀庆也被警察带走了。这一切发生得很快，几乎在电光火石间，但在温雨和王耀庆看来，时间仿佛被延长了。

王耀庆在公安局做笔录的时候得到消息，温雨死了。王耀庆原本是有机会做出反应的，但因为温雨的行为让他过于震惊，导致他没来得及做出反应。是的，温雨让他震惊了。这个女人真是一个恶毒的疯子。同时，她眼中的痴情也让王耀庆感到惊讶。她是想起她的老情人了吗？为什么她会笑得那么幸福？如果有女人愿意这么喜欢他，他绝对舍不得让她死。

王耀庆的律师张淮很快赶了过来。王耀庆疲惫地闭上眼，跟张淮说的第一句话是："准备文件，我要把股权转让给安心如。"这次的事无法善了，王耀庆心里是清楚的。如今他成了犯罪嫌疑人，公司那摊子事，以及一直在背后虎视眈眈的番茄文化，都是难题。

如果不是温雨那个决绝幸福的微笑，王耀庆可能还在犹豫，但现在王耀庆决定相信他的直觉，相信安心如的坚韧。更重要的是，他在面临危险的时候理应把身家财产托付给自己的女人。如果安心如没有守住他的东西，那就说明他没有拥有这些东西的命。要是他没事，他还可以再奋斗；要是他有事，安心如好歹还有点儿财产傍身……手续办得不算快，但也不慢。等安心如得知王耀庆出了事，又从张连英那里得到全部真相的时候，张淮已经来通知她这件事了。

安心如正在健身房健身。得知这些事情之后，她一屁股坐到了地上。张淮蹲在她对面，看着她叹了口气。安心如的脸色很差。她全身汗津津的，本来晶亮的眼睛又一次灰暗下来。伊娜站在安心如身边，她的脸色也不怎么好看，但比安心如强一些。她跟着安心如蹲下，紧张地拍着她的肩膀："老板那意思是让你把他的身家守住，你可不能垮了呀！""我什么都不会，怎么守住？！"安心如像一只愤怒的小兽般低声嘶吼，引来了健身房大部分人的注意力。

张淮严肃地盯着安心如，心想："这就是那个打不死的小强吗？"他对安心如的美貌没兴趣，只对她的韧性和聪明感兴趣，并且是不掺杂任何男女情感的兴趣。他斟酌了一下，才开了口："我是王先生的私人律师。股权让渡还没有办完，但公司已经决定聘任你为副总，暂代王先生主持公司大局。如果你需要，请随时联系我。"想了想，他又说，"如果王先生不在公司主持事务，公司会乱得超乎你的想象，这样一来，王先生拼搏多年的成果就保不住了，你要有心理准备。"安心如猛一抬头，看了看张淮，沉着一张脸说："你让我想想。"说着，她站起来走到安静的角落，沉思着什么。张淮看着她的背影，感到有些失望。他原以为能让王耀庆这么信任的人多少会有些与众不同。

伊娜不放心地跟过去，担心安心如会再次崩溃。她小心翼翼地看看安心如的脸，发现安心如正咬牙切齿地念叨着，像是在咒骂什么。伊娜的心猛地一沉："心如，你在跟谁说话？"看到伊娜惊恐的眼神，安心如没好气地说："你怕我又承受不住刺激，还要去住院？"伊娜老实地点点头："是的。"安心如瞥了她一眼："我敢吗？我要住院，老王那一亩三分地怎么办？""那你这是干什么呢？自言自语的，跟个疯子一样。"伊娜问得战战兢兢。"骂老天爷呢！刚让我好两天，怎么又没完没了地跟我死磕上了。"安心如恨恨地说，"我正跟他商量呢，能不能别折腾我，不行我给他修一座庙。"

第十五章 遭到陷害

伊娜有些无语了。

张淮见安心如迟迟不过来，内心的失望开始逐渐放大：终究还是年纪不大，撑不起事，王耀庆对她的那种没来由的信任大概是错的。他正准备回去通知王耀庆，安心如接不了这个摊子，就见安心如咬牙切齿地走过来说："以后有什么事情，还要请张先生帮忙。"她的眼神凶狠，像是被逼到绝路的狼，看着瘆人。张淮不自觉地点了点头："这是我分内的事。"他对上安心如那双凶狠的眸子，突然有了一个很奇怪的想法，这个女人和李渔期很像，细究起来，却又不知道是哪里像。

安心如送走张淮，默默地冲了澡，换了衣服，然后坐伊娜的车回了家。她在车上一言不发，开始伊娜还想逗她说话，后来发现不成功，也就放弃了。安心如下车上了楼，走进卧室，坐在梳妆台前，开始慢慢化妆，像是第一次参加试镜一样。很多事在她心里萦绕，可她不敢去想，怕耽误事，只能咬牙把它们锁在心底。她精心描画眉眼，涂红嘴唇，往苍白的双颊扑了些腮红，让自己看起来神采奕奕。安心如将头发夹成鬈发，拿出衣柜里唯一的一套套装。米白色的短西装和一步裙，搭配黑色衬衫，穿在她身上，让她看起来成熟而又干练。她穿上高跟鞋，拿起手包，走出卧室，给徐眉打电话："我需要你送我一趟。"

伊娜有些惊奇。安心如出来的时候气势十足，像极了之前到处自我推荐寻找工作机会的她。前段时间的颓废消失了，她那双眼睛重新充满了光彩。"你……你不是又受刺激了吧？"伊娜还是有些担心。安心如瞥了伊娜一眼,转眼又打电话给王吉:"王哥,秦逸飞每天还在保护我吗?""是啊,他只是不在你眼前出现而已。""你把他的手机号告诉我一下,说不定我用得着他。"

王吉告诉她秦逸飞的手机号,然后踌躇了一下,问道:"你现在来公司吗?"公司已经乱成一锅粥了,王吉不确定安心如现在来合不合适。王耀庆已经告诉他,让他协助安心如。王吉对王耀庆的决定还是有些不赞同的,这时候,能帮王耀庆稳住公司的人应该是他。可多年的兄弟如今面临牢狱之灾,王吉也不好再说什么。与王耀庆亲近的下属已经得到王耀庆出事的消息,并且把这个消息传了出去。这样一传十、十传百,没过多久全公司就都知道了。有艺人开始闹着要解约,也有经纪人要带着艺人跳槽,还有行政人员拿着一堆文件不知道找谁签字。

王吉忙得焦头烂额。他觉得安心如来了反而会添乱。"我现在就去。"安心如稳稳地说。王吉皱了下眉,她来了,他还得照顾她。他知道安心如懂事聪明,但她毕竟还是一个小姑娘,这摊子事儿,她不一定能担得起来。王吉分神的工夫,安心如已经挂了电话。王吉怔了一下,盯着手机看,突然觉得安心如说话的语气变了。不仅前段时间的颓废不见了,就连以前逢人笑三分的客气也没有了。她变得锐利,甚至咄咄逼人。徐眉也有这种感觉。她驱车赶往安心如的住处,心里盘算着安心如怎么了。

安心如此刻把自己关在了卧室里。眼泪不停地往下流,弄花了妆容,她只能边擦边补妆,可后来妆已经补得没法看了。安心如索

第十五章 ♦ 遭到陷害

性洗了把脸,素着一张脸,往床上一倒,像个木偶一样,一动不动。只要她一闭上眼睛,悲伤和愤怒就像黑暗的海洋,夹带着尖锐的咆哮,从四面八方向她袭来。生平第一次,她全心全意地憎恨这个世界。她奉养的养父是她的杀母仇人,她连去找他报仇的机会都没有。张连英和警察的电话是前后脚到的。安民夫妇作为鱼饵已经失效,双双被抓。安民觍着脸,还想让安心如给他找一个好律师。他说,生恩不如养恩。安心如直接告诉警察,他死了也与她无关,然后挂了电话。

安心如不知道自己能做什么,该做什么。她应该去放把火,杀个人?干什么都无所谓,只要能找个出口把心里那片黑色的海洋发泄出来,让她别再疼痛、愤怒、憎恨,想毁了世界,又想毁了自己。然后张淮来了。她要去给王耀庆收拾后院了。王耀庆身陷囹圄,后院不能着火。她不能哭,不能犹豫,不能让人觉得她不行。那是老王的身家。现在她谁都信不过,毕竟这个世界谎言太多、龌龊太多。老王为了她变成这样,这份身家只有由她看着,他才能放心。安心如感觉当初碎裂的盔甲又一点一点回到了她的身上,变得坚硬厚实。与以往不同的是,盔甲上还长出了尖利的刺,抵抗着这个世界。

耀庆娱乐的办公大楼里,经纪人李月如气势汹汹地在大厅大闹:"老板都被抓了,还扯着艺人不让走是哪门子道理!"她身后站着一个绝艳的少女,吸引人不自觉地看她。少女低头缩脖不敢说话。王吉冷冷地说:"李月如,别趁乱起不该起的心。老板还会回来,何况这个艺人是老板看中签下的,不是你发掘的,你只是带她而已。""哎哟,老板都不在了,你给谁表忠心呢?"李月如冷笑道,"你爱怎么想就怎么想,我的艺人今天走定了。""番茄文化给了你多少好处?"王吉抱着膀子冷冷地问。

李月如的表情一滞,旋即竖着眉毛嚷道:"你管得着吗?人往高处走!"她冷冷地叫嚣,"王耀庆都垮台了,他犯的可是杀人罪啊,肯定出不来了!他眼里不是只有安心如吗?我估计安心如这次跑得比谁都快!没亲爹亲妈教养,就知道勾引爷们儿,哼哼,能有什么义气!""李月如,公报私仇是吧?当初你就差脱光了勾引老板,老板也不搭理你,偏偏喜欢安心如,你快气疯了吧!"王吉冷笑着说。周围议论纷纷:"李月如还干过这事儿?看着挺矜持的一个人啊!""人不可貌相,谁知道呢?"

李月如脸上青一阵白一阵:"王吉,你个血口喷人的东西,你这么维护安心如,是不是你也跟她好上了?""啪!"一个响亮的巴掌在大厅响起。安心如眼神狠戾,盯着李月如,森冷得像一匹狼:"要滚就抓紧滚,别弄脏我的地儿!"

一个巴掌把吵吵闹闹的大厅彻底打安静了。安心如今天有些不一样,这是所有人的想法。平时她见人三分笑,可今天她嘴唇紧抿,眼睛里全是挑衅的锋芒,仿佛一个爱惹事的流氓。李月如尖叫一声,捂着脸喊道:"安心如,你敢打我?!"话音未落,她就扑上去,伸手想扯安心如的头发。安心如往后一躲,仗着反应灵敏,抽冷子照她脸上又是一巴掌。

李月如气得头发都要竖起来了,不管不顾地往安心如身上扑,

第十五章 遭到陷害

被同事们半真半假地架住。徐眉往安心如身前一站，抱着胳膊冷冷地看她。李月如这才冷静下来。徐眉的身手，看过前段时间视频的人都知道，她不想自讨苦吃。安心如走到李月如身边，冷冷地看着她："你抓紧走，艺人给我留下。"说着，她扫了一眼那个瑟缩的绝艳少女："我对你有印象，是最近新签的潇潇吧。"潇潇颤抖着点了点头。

"你跟我到办公室来。"安心如转身就走。李月如在后面叫嚣，安心如头也不回，停住脚步嘱咐："徐眉，把她拉出去，让人力资源部和财务部给她结算办离职。"潇潇站在李月如身边，看看安心如，又看看李月如。她是农村出身，没考上大学，就来城里找工作。在夜总会上班的第一天，就差点被城里的有钱人给灌死。她知道他们想带她走，说好久没见过这么嫩的。她怕极了，是在一旁的王总拯救了她。他走到她身边，淡淡地对那些人说："这人我看上了，我要签她。"潇潇就这样被带到了公司，有了住的地方，每个月还有钱花，可她还是害怕。城市里的一切都像是她从未见过的怪兽，试图吞没她。她有时候会远远地望着王总的身影。那个男人身材高大结实，面容好看，潇潇不自觉地想站在他身后，让他保护。

李月如只会骂她笨，骂她出身不好，骂她不自爱。其实潇潇根本不想走，可她不知道自己能干什么，唯一愿意收留她的就是李月如。李月如在大厅闹的时候，样子好可怕，像是村里最泼辣的妇女。就算在村里，潇潇家也是最胆小的人家，遇见这样的人是绝对不敢惹的。然后安心如来了，她打了李月如，还叫李月如滚，并且让自已跟她走。潇潇又看看李月如,她已经被架出去了,但仍在叫骂:"潇潇,你等什么呢?快过来啊!"潇潇再看看安心如,又急又大的步子,冷冷的眼神,有点儿像王总。她听说安心如是王总的情人,那她跟着安心如,是不是就算是跟着王总了,而且还有机会离王总更近一步?

潇潇咬着牙,生平第一次跟人说了"不"。她回头对李月如小声地说了一句:"不。"然后,她看着安心如的背影,握着拳头小跑着跟了上去。李月如在她身后疯狂地叫骂,她已经听不清楚了。安心如径直走进王耀庆的办公室,秘书不知所措地给她倒了杯茶:"这是王总喜欢喝的金骏眉。""谢谢,以后我就喝这个。"安心如淡淡地说,头也不抬,指了指沙发,对潇潇说了声"先坐"。秘书更加不知所措,搞不清楚状况。

这时,王吉的声音从大厅传来:"安心如现在是咱们的副总,王总已经交代人力资源部办了手续,今后她将暂代王总管理公司。"全公司一片哗然。"王哥,王总真出不来了?""王哥,不是应该你来主持吗?你和王总最亲近,再不济也有其他人啊!公司管理层呢?""王哥,这日子没法过了,我要解约!"安心如听到这儿,拍了一下桌子,大步走到办公室门口:"要解约的,准备好解约费,再过来跟我谈!"

说完,她掏出手机给刘宇哲打电话:"宇哲,我们公司想签你,你看怎么样?"来的路上,安心如已经给他打过电话了。刘宇哲耸耸肩膀,说道:"签呗,反正我信你。"刘宇哲有底气,毕竟他爸爸有钱,即便雪藏,他也不怕。不一会儿,赵又迪也来了。她看到安心如,打了个招呼:"姐,今天是霸道女总裁范儿啊!"安心如笑着点了点头:"先进我办公室坐,一会儿找你有事。"人们面面相觑。刘宇哲有潜力谁都知道,不少经纪公司想要签他。赵又迪更不用说了,在现在当红的小花旦里,数她在宅男中人气最好,甚至好过安心如。安心如这么快就收服了两个上升潜力无限的年轻艺人,虽说不至于能镇住所有人,但也足够让人一愣。

安心如又一指随之而来的伊娜:"从今天起,你就是公司的金牌经纪人了。你负责带赵又迪。"伊娜苦着脸,低低应了一声"嗯"。这一下子,众人的议论声更大了。伊娜就是一个三流经纪人,要人脉没人脉,要能力没能力,要经验没经验,这样的人怎么配当金牌经纪人?伊娜自己也讪讪的,低着头不敢看众人。她这不就是典型的"一人得道,鸡犬升天"吗?安心如对着众人大声说:"我这个人不懂什么运营,什么都得学。我知道现在人心不稳,但我可以承诺,愿意帮我的,我也愿意提携一把。"她又看了看公司几个有经验的经纪人,"愿意教我的,能在这里跟王总同舟共济的,我安心如更会大礼相拜。"

安心如手里捏着一把汗。现在去计较什么专业不专业,在这群老江湖眼里完全就是关公门前耍大刀,非把人全都折腾走不可。人一旦都走了,耀庆娱乐就完了。外界再一落井下石,就回天乏力了。如今之计,她只能耍一把浑不惇,装一次傻子,玩任人唯亲的招式。世界上有的是喜欢投机的人,看到伊娜这样水平的人都能因为亲近安心如，而获得带赵又迪的机会，又得到了金牌经纪人的待遇，自然会有人心动。趁着老板不在，暂代他的又是一个容易哄骗、以关系亲近来决定利益的傻子，总会有人想要从傻子身上占便宜，等占够了再离开。安心如在心里苦笑，她这是把自己当成鱼饵了，但没办法，现在只有用这个办法才能留住部分经纪人和艺人。

她的目光向公司边上站着的一拨人扫去。他们一直都没有说话，只是冷眼旁观。这群人是公司的精英，占便宜他们不感兴趣，在这个危难时刻，要想留下他们，需要的不是装傻充愣，而是私下里的另一种交易了。还有一拨人，去意已定，波澜不惊。这是自身有本事，走哪儿都不怕，早就跟别的地方谈好交易，留不住了的。对待他们，安心如不想得罪。江湖留一线，日后好相见。还有一拨墙头草，留不留意义不大。瞬间，安心如在心里把所有人分了四拨。先把想占便宜的人留下，其他几拨，一会儿再说。安心如环视众人的时候，伊娜正被众人环视着，浑身不自在。安心如在来的路上就已经交代她了，这事儿不接也得接，她只能无奈地接受众人的打量。她低着头嘟囔："扮猪吃老虎，干吗带上我？"

王吉远远地看着安心如。头发打了发蜡，眼神冷漠，嘴角抿着，套装一丝不苟，她在模仿王耀庆，而且模仿得还不错。临危受命，在这么短的时间内，她能想出分而划之的办法，已经很不错了，总比在大厅里煽情或者威胁众人别走的好。她这是在变相地对那些举棋不定的人说："我人傻钱多，快来！"上钩的人不会少，至少能维持住局面。潇潇坐在办公室，看着门口安心如的背影，听着她讲话，莫名有了一种亲近感：她，好像王总啊！

王耀庆进了看守所。穆怀明看见他的时候，眼睛一眨，突然发出一阵狂笑声："你怎么进来了？"王耀庆坐在硬板床上，低头扒拉送来的大白菜炖豆腐和馒头，头也不抬地说："你后妈送我进来的。""那娘们儿最后还是赢了？"穆怀明神情复杂，不知是幸灾乐祸还是佩服。"她拿命把我换进来了。"王耀庆淡淡地说。"她死了？"穆怀明错愕了一下。"你不是早就想她死了吗？"王耀庆瞥了他一眼。"这娘们儿真死了，也挺没劲儿的。"穆怀明往后一靠，"其实她是唯一爱我老爹的人了。""你不爱？"王耀庆咬着馒头，还行，是温的。

穆怀明耸耸肩："我妈就是他杀的，我怎么爱？老头防着我，怕我杀他，可心里又爱我，矛盾着呢。"他看着天花板梦呓般说道，"我本来准备在带着小丫头走之前，跟他彻底翻脸，结果被你破坏了。"王耀庆看了一眼穆怀明，没有说话。看守所地方虽然小，但也不至于这么巧合就把他们俩关在了一起。这里面肯定有问题。穆怀明突然跳到地上，看着王耀庆，神情亢奋："你住在我身边，可要小心，一不小心就会出意外的……"王耀庆躺在床上，看似放松的肌肉紧绷着："谁出意外，真不一定。""我光脚的不怕穿鞋的，你家大业大。"穆怀明嘻嘻一笑。"我的家业都给了安心如，我也光脚了。"王耀庆也笑道。"那小丫头摆弄你的买卖去了？"穆怀明一愣，旋即笑了，"可惜我看不见她不按常理出牌的样子了。"王耀庆也沉默了。安心如能应付得来吗？

"安心如能应付得来吗？"同一时间，也有人嗤笑着说出了这句话，这个人就是李渔期，她低头漫不经心地看着自己的红指甲，感慨道，"王耀庆真是大方啊。""吃醋了？"江祖英笑眯眯地看她。"我只吃你老婆的醋！"李渔期抿着嘴笑，脑海里却闪过了安心如那张脸。吃醋，有一点儿，但不多，反而期待更多一些。毕竟已经过去那么多年了，人是要向前看的。耀庆娱乐是一块大肥肉啊，这个纷乱的时候，正是趁火打劫的时候。想想耀庆娱乐的实力，再想想安心如那张略显稚嫩的脸，李渔期笑得越来越开心……

这半天里，给王吉打电话的、给伊娜打电话的，或是拐弯抹角来找赵又迪的人，都不少。个个都是带着条件和要求来的，当然同舟共济的漂亮话也没少说。

安心如坐在办公桌后笑了笑，准备把她当猪宰的人还真是不少，不过总算留住了不少人。至于那些冷眼旁观、不打算趁火打劫的，安心如就亲自一个个找上门。没别的，人家有真本事，现在顶梁柱不在了，作为一个一知半解的半吊子，安心如总得出点儿血来表示诚意。

安心如管这叫作对专业的尊重。尊重的代价是股份，虽然不会很多，但至少是个意思。当然，安心如背后还有张准给她出主意：在合同上写明，如果业绩上涨到一定比例，股份也会增大。这帮人原本就跟王耀庆关系不错，给股份，也只是帮他们长面子。至于去意已决的，那是早有二心，安心如认为，就是王耀庆现在回来了，也留不住。他们每一个人，安心如都客客气气地代老王致谢、恭送，

第十五章 遭到陷害

目的只有一个,求江湖再见时能放过他们。

最棘手的是公司那帮鼓动着经纪人跳槽的重要艺人。安心如资历浅,如今却暂代老王管理公司,让那些艺人打心眼里接受不了。他们闹着要走,多半是在发泄不满。安心如没有出面,她要是出面,恐怕更是起反作用。这些艺人们的赚钱能力不小,粉丝也不少,各个都能独当一面,而且他们也并不是真的想走。如果把他们放跑了,那老王出来一定会疯的。安心如把头埋在胳膊里,痛苦地呻吟了一声,然后抬起通红的眼睛,满脸茫然地发呆。任她有多大的心气、多强的气场,人家都不在乎,这可怎么办?她朝王吉绝望地说:"没有办法留下这些人了吗?"王吉也没有办法,只无奈地摇摇头:"他们资历都挺老的,不乐意听你的,这也正常。"安心如叹了口气,实在是没有头绪,只能先把这件事放下。

第十六章 幕后黑手

她转而面对潇潇,又再次被潇潇惊艳了一下。潇潇身边的赵又迪也正目不转睛地盯着潇潇,就差流口水了。这个女孩真美啊!这是安心如和赵又迪共同的心声。安心如甚至觉得,即使放在20世纪90年代的香港女星中,潇潇也不会输给任何人。只是她眼神中透着小心翼翼,影响了她的气场,导致整体减分。安心如冲潇潇笑了笑,说道:"别害怕,我不吃人。"潇潇显然没觉得这是一句笑话,反而又往后缩了缩。

安心如无奈地翻了一个白眼。如果连跟人说话的勇气都没有,那怎么指望她能成为巨星。安心如站起身,准备出去找人问问老王最近的投资计划。潇潇一看她要走,急忙站起身,怯怯地问了声:"王总会回来吧?"安心如诧异地转身,潇潇正直勾勾地看着她,眼中的迫切显而易见。安心如突然感到一阵不舒服:潇潇难道对老王有意思?"你很关心他?"不知道为什么,安心如这么问了出来。潇潇吓得后退了一小步,嗫嚅着不知道该说什么。"这丫头在夜总会第一天上班,就差点儿被别人灌死,是王总把她救出来的。"王吉在安心如耳边低语。安心如又上下瞄了潇潇一眼,在心里再次感叹,真美啊!

"你很关心王总?"安心如又逼问了一句。"我是他救的……"潇潇低语。

安心如心里的异样感又升了起来。她对老王不只是有意思,好像感情还很深。突然,安心如想起了看过的一个电视节目,那上面拍了几只刚出生的小鸭子,它们第一眼看见的是一只大狗,从此就坚定不移地把大狗当作妈妈，走哪跟哪。老王不会是在不知情中被人当成大狗了吧？"王大狗！"安心如被自己的这个猜想逗笑了。她再看潇潇，虽然还是很不舒服，但多少自我排解了些。不过就是一个弱女子把老王当成精神支柱了，老王也是做好事。这么想着，她扯扯嘴角，对潇潇说："王总会回来的，但在这之前，你得听我的。"安心如的语气有点儿冷，莫名地让潇潇觉得很像王耀庆，她忙不迭地点点头。

就算安心如不说，潇潇也会跟在安心如身边，不为别的，就为安心如和王耀庆的这份相像能让潇潇感到亲切满足。安心如扫了潇潇一眼，转头走出办公室，心里的不舒服用了好半天才压下去。她从王耀庆秘书那里拿到投资计划。公司今年计划投拍两部电影，一部是商业大片，一部是叶茂生的文艺片。安心如拿到文件后傻了眼。她以为叶茂生是因为后来自己声誉得以恢复才让她回到剧组的，没想到居然是老王的投资在给她撑腰。安心如看着投资金额，这么大的一笔钱，完全不是拍一部文艺片能花得完的。她越看越生气，最后索性"啪"的一声合上文件，坐在战略部的办公室里大口喘气。

安心如受到的是双重打击。第一重打击是因为王耀庆。王耀庆为了她，默默做了这么多事，而他自己却还被关着。安心如不是律师，无法进看守所探视。她觉得自己挺没用的，除了连累老王，基本没做过什么事。第二重打击是因为叶茂生。她一直以为是自己的专业水平不错，获得了叶茂生的青睐，没想到最后还是钱在作怪。安心如摸了摸自己的脸，有些发烫。原来她又自作多情了一回。她合上文件，气势汹汹地站了起来。王吉在一旁担心地问："你不是要找叶茂生算账吧？""我拿什么理由算账？你情我愿的事。"安心如狠狠地说。

安心如咬牙切齿地大步往回走。她一定要演好这部片子，让叶茂生看看，姑奶奶不用钱也照样行！安心如走进办公室，仍在生气。一旁的赵又迪跟安心如混得熟了，也不管她脸色差，自顾自问了声："姐啊，你真把伊娜给我了？我可受不起啊！"安心如瞥了瞥赵又迪，"扑哧"一声笑了："你想要，我还舍不得给呢！"她看了看紧闭的门，低声说，"过几天就给你换一个最好的，你看林若怎么样？"

林若是公司仅次于王吉的经纪人，安心如用股份把他留下了，但他手下两个艺人仍闹着要走。那两个艺人带头闹事，一看就是不好顺毛的刺头。安心如爽快地叫张淮处理违约事宜，算出了违约金，交给两人。本来这两人是要趁火打劫，可没想到安心如反过来狮子大开口跟他们要巨额违约金，一时气得冒烟。大约是看安心如年轻，两人嚣张跋扈，扬言绝不给钱，还反过来要索赔。安心如倒是好整以暇地抱着胳膊，直接一句"法院见"送了客。反倒那两人面面相觑，没了主意。这件事让公司的一部分艺人暂时也安分了，但还有一部分艺人仍是安心如的心头大患。不过不管怎么说，林若留下是好事。

安心如本来就打算让林若带赵又迪和刘宇哲。近水楼台先得月，也正好给刘宇哲那小子创造点儿条件。赵又迪倒是听说过林若的大名，人虽冷面，但本事大。一听是林若带她，赵又迪满意地点点头。接着她又不动声色地指指一边的潇潇，冲安心如做了个鬼脸，用口型问:"她爱上你了?"安心如瞪了赵又迪一眼,无奈地叹了口气。潇潇像粉丝一样坐在沙发上,一会儿偷偷瞟安心如一眼,看到安心如的视线看过来,又赶紧把头低下。安心如饶是个女人,都被她那张绝艳的脸弄得心"怦怦"乱跳。"潇潇啊,你在看什么?"安心如咳嗽一声,和颜悦色地问。潇潇忙低下头,过了许久才扭扭捏捏地说:"你好像王总。"

安心如当即黑了脸,扔下文件就走出了办公室。赵又迪目瞪口呆地盯着潇潇,半天才说:"你知不知道她是你们王总的女朋友?""我知道。"潇潇点头,"我就是喜欢看着王总,我知道我配不上他的。"赵又迪再度目瞪口呆,这丫头看着胆小,可说的话却不像是一个胆小的人能说出口的。她看看门外的安心如,眨了眨眼,这是老王给自己招的桃花债?安心如在门外运了半天气,使劲劝自己:公司现在没有顶梁柱,不能意气用事。这个潇潇长得漂亮,她还得用她。她自我安慰了半天之后,才回到办公室,黑着脸对潇潇说了句:"以后不准这么看我了啊!"说着,她低下头看秘书拿来的报告。

最近电影市场饱和,很多投资人都血本无归。电视剧市场虽然依然红火,但剧要火,就得有明星加持,而一线明星的片酬又实在惊人,弄得投资方压力很大,风险也很大。一时间,耀庆娱乐也不敢轻易投资。安心如敲打着桌面,陷入了沉思:有什么办法可以绕过这两个市场,趁老王不在的时候大赚一笔,稳定军心?想着想着,安心如脑海里不由得浮现出王耀庆那张冷漠又帅气的脸。他现在在干什么呢,是不是天天在担心她会把公司搞垮?

王耀庆现在一身是血,拿粗布床单一点儿一点儿地擦拭,仍在流血的嘴角上弯,浮现出一丝冷笑。穆怀明终究还是棋差一着,现在趴在地上起都起不来。看守所里的其他人看这两个阎王打架,早就齐齐贴墙站着,不敢吭声。俗话说,"横的怕不要命的",两个不要命的打起来,很容易误伤啊。王耀庆看着在地上躺着痴痴发笑的穆怀明,越看越觉得气不打一处来。看守所里每天都是白水煮白菜加大馒头,王耀庆时常饿得眼冒金星。今天的菜刚送来,穆怀明对着王耀庆的饭盆就吐了一口,瞬间激怒了王耀庆。王耀庆坐在硬板床上,看看自己长长的指甲和里面的污垢,突然庆幸安心如不能来探视他,要不然她看到自己现在这么狼狈,那他可真是无地自容了。

安心如,她在干什么呢?公司这一堆事,会不会把她压垮?"安心如在干什么呢?"这世界上唯一和王耀庆一样"惦记"安心如的,恐怕只有李渔期了。她坐在西餐厅里,举着杯,对着对面的男人微笑。"她能干什么,忙着留人呗。"男人的眼睛死死盯着李渔期的胸脯,咽了口口水。"那我刚才说的事,你考虑得怎么样了?"李渔期媚笑勾人。"你这是要釜底抽薪,翻耀庆娱乐的船啊!"男人眯着眼,依旧死死盯着李渔期的胸脯,笑嘻嘻地说。

王耀庆不在,旗下艺人被别人抢走资源是可以预料的事。尤其是番茄文化抢得最多,引得耀庆娱乐内部抱怨连连。安心如在公司愁眉不展。并不是谁都能取代王耀庆的位置,他就像一面旗,旗不

第十六章 幕后黑手

倒,宵小不敢觊觎耀庆娱乐;一旦旗倒,四面八方的人都想上来吃一口耀庆娱乐这块大肥肉。安心如看看办公室外来抱怨的人和求解约的人越来越多,眉头皱得紧紧的。

她再看看身边,潇潇一脸诡异地盯着她不放,从一大早就坐在这里观察她。安心如露出一个自认为温和的笑容:"潇潇,你不饿不渴不上厕所?"潇潇摇头。"那你不想出去和同事聊聊天?"潇潇摇头。"你坐在这里看我,不累吗?"潇潇笑笑,怯生生地说:"不累。"安心如崩溃地扶额,抬头看看门外躁动不安、对她怒目而视的人,心里没来由地一阵烦躁。她一拍桌子,打电话通知秘书:"开会!"

公司会议室里很快坐满了人,有些人没地方坐,直接站在了原地。这些人有的是艺人,有的是经纪人,看到安心如进来,他们半是为难半是诉苦地发泄:"小安啊,我们本来说好的电影角色,临定妆前一天被抢走了啊!""你那算什么,我们艺人本来说好上西北卫视的晚会,在后台被通知临时撤换了!""呵呵,我的电视剧拍到一半,导演来通知我要换人,把我的镜头全部剪掉了。""你们起码有片可拍,我们现在连经纪人都不知道去哪里了,好像跟人跑了,把我们当拖油瓶甩了。""呵呵,我们的艺人死活要解约,解约费已经给公司了,我现在属于半失业啊。""我们倒是艺人、经纪人都在,可是没工作,管什么用?"

众人抱怨着,突然目光一致盯紧安心如:"安总,当初你可是说了,公司不会有事的。""就是,你自己算算,现在丢失了多少资源，被强行换了多少次，又被挖了多少次墙脚？""没本事，不作为，就不要占着那个位置，有能者上啊！"角落里一个冷漠的声音说道。其他人的攻讦，安心如都皱眉咬牙听着，是她没挡住这一拨进攻，现在殃及池鱼，总得让池鱼讨个说法。可这个声音让她听了心里很不舒服，感觉这个声音里没有众人都有的抱怨、怒气，反而很平静。

这么期待自己下台？安心如看向声音的出处，旋即释然。这是王耀庆一手带出来的人，都说他的行事风格是最像王耀庆的。安心如坐上这个位置，他应该是最不服气的一个。"沈毅，我知道你现在对我很不满，我也没有料到会遭遇大规模的围攻。但这件事我已经在跟进、处理，很快会给大家一个交代。"安心如淡淡笑着，模式化地说着。"呵呵，要是处理不了呢？我们一帮人都喝西北风？"沈毅不依不饶道。"相信我，能处理得了。"沈毅的咄咄逼人让安心如有些不适，她忍着心里强烈的不舒服，仍然轻笑着回答。

"你要经验没经验，要人脉没人脉，要钱没钱，凭着一张嘴许诺，谁会相信？到时候公司一倒，你卷钱一跑，我们怎么办？"沈毅撇了撇嘴。众人一听，情绪更是激烈，所有火气全冲着安心如去了。安心如坐在转椅上，笑容慢慢隐去，黑了脸，却一句也不反驳，不知道在想什么。伊娜当然忍不住，挽起袖子就跳进战场，跟众人你一言我一语地大吵起来。"你觉得心如不行，你倒是上啊！可惜老板看不上你！""你不也是就会抱怨吗？你作为一个经纪人，能让手下艺人丢了活儿，够厉害的！""你被踢出剧组那是因为你的

第十六章·幕后黑手

演技没有让导演满意！那是你自己没本事！"

安心如听得直皱眉，伊娜简直是火上浇油。她从背后狠狠掐了伊娜的肥腰一把，用武力强行胁迫伊娜闭嘴。王吉在一旁也听不下去了："老板还会出来，安总只是暂代，你们只要熬到老板出来，照样跟以前一样锦衣玉食、吃香喝辣。老板亏待过你们吗？"搬出王耀庆的名字，倒是让闹腾的众人暂时安静了片刻。只有沈毅，脸上还带着不屑的笑容。安心如慢慢站起身来，盯着沈毅看了半天，也笑了。她笑得意味不明，让沈毅心里感觉毛毛的。安心如清清嗓子，红唇轻启，眉间带了一抹厉色："各位的心情，我都懂。可各位老实想想，你们是不是在迁怒于我？"

安心如环视四周，人人都没有好脸色，怒视着她，仿佛她是千古罪人。蓦然间，她的火气也升了起来，安心如冷然说："王耀庆如果不出事，现在我们就是一对了，他的公司不交给我打理，难道交给你们？你们怎么这么自来熟？"她的大胆言语让会议室瞬间又议论纷纷，她却没多在意，只咄咄逼人地望向沈毅，"说白了，你们是他的员工，我是他的爱人，他的公司不给我，给你们，是他傻了，还是你们傻了？"她低头看看自己的红指甲，语带嘲讽，"别太不把自己当外人了。你才能大、本事大，自己去创业呀，老想着拿别人的基业扬名立万，算什么东西！"

安心如的话说完，沈毅脸上红一阵白一阵，眼中几乎喷火。他张口想说话，可又没有什么立场，只得恶狠狠地盯着安心如。其他人的反应没有沈毅那么大，但多多少少有怀有私心被说中的，一时也不再叫嚣，都看着安心如，等她下面的话。安心如看了一阵自己的指甲，表面漫不经心，脑子却转得堪比发动机。过了一分钟，眼看人们等得不耐烦了，她才慢慢抬起头来："你们被抢的那些东西，本来就是我看不上的。他们就算不抢，我们也不要了。"人们面面相觑，对视的眼神里满是震惊和不屑。

这丫头空有其表，不值得依赖。她根本不清楚耀庆娱乐在这轮狙击里已经伤筋动骨，可能不太缓得过来。有几个人已经撇嘴笑了出来，包括抱着膀子冷眼看安心如的沈毅。"丢了的资源足够养活一家小娱乐公司了。"沈毅冷冷地说。安心如斜眼瞥他一眼，一步不让："我饿不着你就行，这些东西真不是你该想的，你也不是决策层。"然后她又开始看指甲，一副若有所思的样子。"那你怎么让我们饿不着啊，安总？"有人耐不住性子，喊出了声。

这时，王耀庆的秘书走进会议室，在安心如耳边低语了一番。安心如边听秘书报告，边压抑着自己的表情不要太过狰狞，但她心里已经烧起了一把火。在耀庆娱乐投资的电影上映期间，番茄文化私下与 BLH 影业集团达成了某种协议，导致 BLH 旗下全国的影院给耀庆娱乐这部电影的排片数极少，并且大部分还排在了午夜场。这部电影因此血本无归。虽说这是一部低成本电影，并不能让耀庆娱乐伤筋动骨，但它背后的意义不言自明。有人已经拿出刀叉，迫不及待、不顾吃相地想要吞下耀庆娱乐了。

"李渔期！"安心如磨着牙，愤怒地低叫这个名字。不管是资源被抢，还是电影没排片，又或是被挖墙脚，哪件事都少不了番茄

第十六章 幕后黑手

文化的影子。李渔期是番茄文化的二当家,又是王耀庆的前女友,这件事要是没有她的参与,才是怪事。安心如又气又急,却又不能让人看出来。她低着头,用头发挡住脸,快速地想着遏制事态恶化的法子。电影、电视剧、时尚,这些资源,耀庆娱乐以前都有,可耀庆娱乐之前太依赖王耀庆这个人,耀庆娱乐的繁荣几乎都是以外界对王耀庆的认可做基础的。

所以王耀庆一倒,耀庆娱乐就被各界当肥肉开始瓜分。安心如摇摇头自言自语:"不行,这些传统路线都不能走,不然会死得很快,撑不到老王出来。"她心里隐约有一点儿亮光,一直在提醒她往哪个方向走,可一时又没有一个详细的思路。安心如烦躁地扫了一眼会议桌,上面放着笔记本。几乎是同时,安心如想起了自己前段日子大量做笔记的时刻。那时候她就研究过,以后的战场可能不再是传统的院线、电视机,而是转移到互联网,甚至已经越过电脑,直接到达手机。那些轻易上亿的点击量,那一场场明星演唱会直播的付费量,网上越来越长的广告视频,节目和电视剧里无孔不入的品牌方,相对宽松火爆、更容易捧红一个人的网络节目。

盯着那些网络综艺、演员、网红的自媒体们,每一篇文章的阅读量都能轻松破十万。那个战场早已预热好,就等开打了。而目前和耀庆娱乐作对的几家老牌经纪公司、影视娱乐公司都没有大规模、成建制地进军这个领域。安心如豁然开朗:"我们不去跟他们拼那些老资源,我们的战场在网络上!"她嘴上说得坚决,心里却一直在祈祷老王的家业能在她手上保住。在传统领域上,她拼不过那帮老狐狸，那就转型到一个新的领域上拼一拼。等到大家都站在同一起跑线上时，她未必会输。安心如心里颇有柳暗花明之感，不管怎么样，走一条没有人堵截的康庄大道，眼前当然是一片豁亮。她正得意得想哼一首歌表达下此时的心情，突然秘书急匆匆地走过来，在她耳边轻声说："股东们突然都到齐了，面色不善，指名要见你。"

"安小姐，反正事情就是这样了。"温青山摊手结束谈话，微微眯着眼，打量着她的领口，仿佛拥有透视眼一样。安心如这个丫头太嫩，不如李渔期成熟可口。温青山一想起那一晚上的滋味，就不由得要流口水。李渔期是个尤物，把股份转让给她，对于温青山的事业来说没有什么影响，但对于温青山个人来说，想到以后他会一直享受李渔期的服务，温青山就满意地笑了。其他小股东们也都有将股份转让的意思，毕竟王耀庆都被抓了，耀庆娱乐摇摇欲坠，现在还有人出良心价收购股权，算是不幸中的万幸了。更何况他们这帮人都以温青山马首是瞻，将股权卖给番茄文化是温青山的意思，他们没有必要为了被关起来的王耀庆去得罪温青山。

今天他们来耀庆娱乐这事，是提前商量好的。一部分人负责唱黑脸，痛骂王耀庆私德不修被抓，导致耀庆娱乐摇摇欲坠；一部分人负责唱红脸，劝说安心如接受耀庆娱乐快要被番茄文化吞并的事实，加快番茄文化的吞并步伐。安心如冷漠地看着这些唱作俱佳的股东，你方唱罢我登场，想尽办法让她主动携耀庆娱乐向番茄文化投诚。安心如都气乐了。挖耀庆娱乐墙脚，让耀庆娱乐人才缺失，

第十六章 幕后黑手

内部人心动荡；在排片上排挤耀庆娱乐，让耀庆娱乐的投资收益减少；收购耀庆娱乐的股份，伺机吞并。安心如坐在会议桌旁，手抖个不停，她自己都不知道这是气的，还是怕的。要是老王出来了，他的耀庆娱乐却变成了李渔期的，不知他会不会气死？毕竟耀庆娱乐是老王一砖一瓦建立起来的，是他的心血。安心如闭上眼，李渔期那张艳丽的脸浮现在脑海中，挥之不去。

她猛然又把眼睛睁开，问一旁的王吉："李渔期搞这一手，是因为吃我的醋吗？"王吉觉得安心如问了一个很蠢的问题，他连白眼都懒得给安心如了，因为耀庆娱乐现在面临的是成立以来最危急的情况，王吉满脑子都是如何渡过危机。王吉刚才试着给他比较熟悉的几个生意场上的朋友打了电话，结果完全指望不上。安心如和他都没有王耀庆说动人家投钱救场的能力。再说，就现在这个局面，谁能保证他们找来的是朋友，还是比李渔期更贪心的豺狼？他的脑海中此刻也浮现出李渔期的脸，她那双灼灼有神的眼里面满满的全是对名利的渴望，让王吉感到心惊。原来，不知不觉中，当年只是想要成为明星的女人已经有了让耀庆娱乐风雨飘摇的实力。

王吉陷入沉思，完全忘了要回答安心如的问题。直到安心如不耐烦地又问了一遍，王吉才苦笑着说："你可真低估李渔期了。她的人生只有一个目标：名利。老王没有那个魅力让李渔期为他这么煞费苦心。"王吉的回答，让安心如一时不知是喜是忧。原来人家不是嫉妒她得到老王的喜爱，只是单纯地想要扩大事业版图。安心如双手捂住脸，又是一声呻吟。还想着要是李渔期是出于嫉妒，说明李渔期对老王有感情,她就可以对症下药,以情动人。结果人家是个超级事业狂,目标不是儿女情长,而是星辰大海。安心如左思右想,好像不管怎么做,他们都陷进李渔期的包围圈中出不来了。她狠了狠心,咬牙道:"这是逼着我长征突围啊!"

王吉怔了一下,看看安心如。这女人又想到什么了?安心如站起身来,先是对股东们微微一笑,红唇轻启,说出"送客"两字。安心如的笑容仿佛带刺一样,让股东们浑身不自在,不自觉地抬起头望向精神支柱温青山。温青山倒也知道自己不厚道,但就他已拥有的身家地位来说,已经很少有人敢忤逆他。安心如充满狠劲儿的眼神倒是勾起了他的一丝兴趣。他想了想,咳嗽一声,说道:"安小姐晚上是否有空?鄙人倒是知道几个解决危机的法子。"安心如嗤笑一声,还没说话,一旁的伊娜就开始骂道:"你是不是傻?你把股份都撤了,现在开始请吃饭?谁跟你吃,谁是孙子!"温青山的脸色一变,却又忍耐下来,换上自认为风度翩翩的笑容,依然看着安心如:"也许我还可以再度注资。"

安心如无奈地嗤笑一声,看了他一眼:"大哥,你背叛耀庆娱乐的时候,就注定是我的敌人了。你就别在这里卖弄你的笑容了,耀庆娱乐上下没人欢迎你。"温青山的脸腾地红了一下。他狠狠地瞪了安心如一眼,眼神阴森。安心如耸耸肩,毫不躲避地跟他对视,怒意竟然更盛。"你不愿意陪,有的是人愿意。跟李渔期比起来,你就是一根柴火棍!"温青山恨恨地骂了一句,转身走了。伊娜目瞪口呆地看着安心如:"这个李渔期,什么人都陪,为了达成目的,不择手段啊！"她这句话倒像是提醒了安心如。安心如快步走回办公室，招手叫王吉过去，关上门问："为什么李渔期的秘密到现在没有曝光过？按说明星没有什么隐私，任何事都会被报道。"

王吉愣了一下，这才反应过来她说的可能是李渔期和江祖英的事情。王占深深地看了她一眼，揣度着她的想法，斟酌着说："因为当时撞破的人是时任她男朋友的人，老王。"接下来的话，王吉没有说。安心如脸色有些不好看。她想了想，慢慢地说："老王把这事儿压下去了？""对。"王吉干脆地说。安心如的眼神也开始不善。她咬着牙不知在想什么，想了一会儿，突然冷笑一声，说道："现在耀庆娱乐由我接手，规矩就该变一变。"说着，安心如开始拨号码，电话一通，她忙说道："逸飞，帮我一个忙，现在开始查李渔期，把她查个底朝天！"一旁的王吉一听，有些担心：这么多年，王耀庆一直压着这件事，不让任何人报道，但现在安心如显然是要违背老王的意思。

王吉想了想，看着安心如问道："你这样不是违背老王的……"安心如利索地打断他："我这是围魏救赵！不然耀庆娱乐会被她整垮！"说完，安心如一脸义正词严地踱到桌子后面坐下，眉头紧皱，像是赌气般的不说话。过了十来分钟，安心如才振作了精神，叫来了潇潇，和颜悦色地问她："潇潇，你想不想红啊？"潇潇眨了眨眼睛，摇了摇头。安心如的脸当即便垮下来了。这丫头不会说假话，她说不想红，那肯定是不想红。安心如想了想，又问："潇潇啊，想不想一直跟我待在一个办公室啊？"潇潇的眼睛当时就亮了，目光炯炯地盯着安心如:"是待在王总的办公室吗?"安心如脸一黑,咬了咬牙回答:"是的。"潇潇激动得直点头。安心如强忍着拍桌子起身走人的欲望,又说道:"那你去参加一个节目好不好……"

王耀庆在看守所意外地打了好多个喷嚏。一身是伤的穆怀明看着同样一身是伤的王耀庆,笑得阴森森的:"抵抗力下降,是因为你长时间不睡觉。你撑不了多久了,等你忍无可忍、闭上眼熟睡的时候,就是我要你命的时候。"王耀庆冷哼一声,话都懒得说,开始闭目养神。穆怀明像是在跟他说话,又像是在自言自语:"哎,老王,你说那小丫头现在干吗呢?她会不会想起我们?""她会想起我,但早就忘了你是哪根葱。"王耀庆冷冷地回答。穆怀明诡异地笑了,然后看着王耀庆说:"就因为你这句话,你死定了。"他用低得不能再低的声音,像是说给自己听:"小丫头不会忘记我的……"

安心如现在唯一不会忘记的人,只有李渔期一个了。她在本子上写满了李渔期的名字,然后对照电话本不断地打电话,打完一个电话,涂黑一个"李渔期",折腾了一个多小时,才长舒一口气冷静下来。她喝了口水,润了润嗓子,看了看备忘录,已经只剩最后一个电话了。这是一个老熟人,安心如熟练地拨通了他的电话。"王哥,我是安心如啊,有一件事情想求你,你带我去见见《永夜记事》那个作者呗。对,谈合作,想拍他别的小说,还是你当导演,怎么样?不走别的渠道,直接网上播放……"挂了电话,安心如又抬头问王吉:"沈毅是不是特别擅长在网上造势?"王吉点了点头,回答道:"公司好几个艺人的形象都是他打造出来的。"

安心如想了想,叫来秘书:"去把沈毅叫来。"秘书应声走了出去。王吉皱眉说道:"沈毅一看就被收买了。""只要他能为我所用,管他有没有被收买,现在这种局面,只能不拘一格用人才了。"安心如苦笑道。王吉不赞同地看着安心如:"你是不是赌徒毛病又犯了?"安心如摇摇头,苦笑道:"我不敢拿老王的身家去赌。我是实在没办法了,只能死马当活马医。"过了一会儿,沈毅走进来。看到安心如年纪轻轻,娇小的身躯坐在曾经象征耀庆娱乐最高管理权的办公室里,沈毅一脸不屑。

安心如看到他也气不打一处来,心里不停压着火,控制自己的表情,尽量和颜悦色。她刚要开口说话,秦逸飞的电话就打了进来:"心如啊,告诉你一个意外情况。"安心如精神一振:"你说!""李渔期老是去郊外一座庙里,两三个月去一回,一去就半天。"秦逸飞嬉笑,"难道她还是一个俗家弟子?"安心如听了,也有些困惑。李渔期也不是什么善男信女,难道是坏事做多了,要去上上香,求佛祖不要拿雷劈她?秘书这时候走进来:"安总,番茄文化的人来了,说他们现在是第二大股东,要求见您。"

安心如脸一沉,匆匆嘱咐:"继续查,查个底朝天!"她刚挂电话,就看见沈毅不屑又得意的眼神。安心如望着他轻轻一笑:"你主子来了,你就这么高兴?""你骂谁呢?"沈毅当即就站了起来。安心如正要说话,张淮匆匆推门进来:"心如,好消息,李警官说有个法医界的专家能证明王总无罪,那个专家现在在国外讲课,很快就会回来!"安心如眼看着刚刚还气焰嚣张的沈毅开始惊慌失措。与此同时,王吉接了一个电话,是叶茂生打来的:"老弟啊,心如不能再请假了,让她抓紧来剧组。还有,星光慈善晚宴快要举办了,到时候我会和心如一起去,借机宣传电影,让心如好好准备一下。"王吉正要答应,转眼突然想到,星光慈善晚宴是李渔期每年必到的宣传战场。这两个人碰面,可以预测必定火花四溅。

"具体什么情况,你好好说。"安心如深深地吸了口气,聚精会神地盯着张淮,尽量忽略自己"怦怦"乱跳的心脏。"那个专家擅长从伤口的细节判断和模拟受害人和犯罪者当时的站位和动作,如果他回来,那王总出来就指日可待,所有的证据都不算什么了!"作为王耀庆一直以来的律师,张淮和王耀庆的关系不浅,他明显很高兴。"咳咳!"安心如张嘴正要说话,却因为过于激动,被口水呛咳嗽了。她手忙脚乱地找水,大口喝进去。她被呛得眼圈通红,有些不敢相信这么快就会有好消息。"那位法医什么时候能回来?"安心如擦擦呛出来的眼泪,问道。"据说,如果没有临时邀约,他很快就要返程。"张淮掩不住地兴奋。

安心如和王吉互相看看。自从王耀庆出事,他们俩就有了微妙的不和。安心如的很多决定,王吉并不同意,但看在王耀庆的面子上,他才违心同意。而安心如对王吉的态度心知肚明。他们不再是携手在演艺路上披荆斩棘的战友,但此刻王耀庆的好消息把他们又拉到了一起。他能出来,太好了。感觉天塌了又有个子高的顶了。这几天的工夫，所有人都只有一个想法，以前看着王耀庆轻而易举就处理了所有事情，以为管理耀庆娱乐是一件很容易的事，现在只想问问他到底是怎么做到的。安心如最为疑惑：明明应该是焦头烂额啊！她转头去看坐在一旁的沈毅。

沈毅的脸色已经变得苍白。他和安心如对视着，一时不知该说什么。王耀庆是他在耀庆娱乐唯一服气的人，至于其他人，他连王吉都不服。可如今，耀庆娱乐竟然由一个小丫头掌权，还公然把他最好的朋友李月如赶跑了。沈毅不服，想不到王耀庆也开始任人唯亲。他想证明王耀庆的决定是错的，而且错得很离谱。所以，他没有拒绝找上门来的番茄文化。他决定在公司推翻安心如这个小丫头，让王耀庆后悔：他没有把这一拨跟着他打天下的老人放在眼里，是错误的！可这一切的前提是王耀庆被关在里面。沈毅打听过，王耀庆是犯罪嫌疑人。虽然有一些证据让这件案子看起来疑点重重，但这些证据里没有一个可以直接证明王耀庆无罪，反而王耀庆的指纹是他杀人的最大证物。这么错综复杂的案件，王耀庆一时半会儿是不会出来的。

但现在，这个前提被改变了，王耀庆很有可能要出来了。沈毅的汗顺着脑门流了下来。他不敢想象王耀庆出来以后，自己该怎么面对他，他又会怎么处置自己。似乎到现在，沈毅才想起来，这是王耀庆的私人公司，即便王耀庆想把它折腾黄了，只要给足遣散费，也没什么不可以的。

安心如静静地坐在那里，欣赏沈毅的表情变化，精彩，解气。

沈毅这个人是肯定不能留了，但现在可以让他将功赎罪，站好最后一班岗。在老王的威压之下，他不敢不卖命。"公司现在需要在宣传造势上有天赋的人，我知道你被收买了，但我希望你能把最后一班岗站好。"想来想去，安心如还是决定跟沈毅实话实说，"王总不日就要出来，你自己也清楚，现在的刑侦技术肯定能证明他的清白。你现在帮我大忙，到他出来的时候，我不会说出你今天的背叛。"安心如看着沈毅，静静地说。这样掐尖好强的人，一是要捧他，说他重要；二是要告诉他仍有人能治得了他。安心如说完，沈毅几乎没有考虑，对安心如微微一点头："有需要的时候来找我。"说完，连寒暄都没有，沈毅就转身出门。即使王耀庆要出来，沈毅也没法改变对安心如的不屑。不过一个小丫头，仗着男人才坐在那个位置上，在沈毅看来，安心如不值得他给予一点点的尊重。他在等着安心如今后倒霉，他好抱着胳膊看王耀庆后悔。

安心如凝视着沈毅走出去的背影，紧紧攥着手里的笔。很快，他会知道他的轻视和背叛会让自己多么后悔、难堪。安心如咬着牙想道。王吉走过来打断她的暗想，提醒她慈善晚宴的事情。安心如想了想，突然抬头问王吉："之前那些品牌方是不是都透露出合作意向了？"安心如说的是在她面临身世风波时，纷纷要求撤换她的品牌方。当时品牌方们咄咄逼人，王耀庆连钱都准备好了，是张少澜用自己永久退出娱乐圈的一番发言，奇迹般地将安心如的声誉挽回来，并产生了娱乐圈艺人翻身的经典案例。王吉点了点头："现在你的声誉恢复，粉丝基础强大，口碑又好，再加上你之前发起的公益活动效果良好，所有品牌方都不敢也不想随意更换你，怕落得落井下石的名声。"

安心如点点头。她接不接代言无所谓，但现在公司困难重重，如果她的星路走宽了，也许能起到表率作用。最重要的是，公司账上用来周转的钱已经也不多了，如果她自己有进项，就可以贴补进去。王吉接了一个电话，匆匆走到一边说完，然后又迅速回来："一直给你送衣服和包包的那个品牌的品牌方说，晚上可以借给你他们这一季最新的礼服，请你挑选。"安心如点了点头。

时尚业一向跟娱乐业紧密结合。只要是出名的艺人，总会有品牌送包、送衣服、送化妆品，出席活动会有品牌借衣服、借首饰，甚至搭配造型师过来，让艺人更加凸显自家衣服、珠宝。安心如之前之所以在时尚圈发展不是很好，甚至不如赵又迪，主要是因为她满脸商业大片性感女配的长相，和风波不断的演艺生涯，让品牌方很有顾虑。直到她出演叶茂生的文艺片，流出来的片花和定妆照显示了她不俗的演技，而且她长久合作的街拍品牌被她带货带得在网上的销量暴涨，其他她代言的产品，销量也都有不俗的提升。别说品牌方品位高，那只是他们用以证明自己的品牌昂贵得合理的手段，也是品牌继续昂贵下去的借口。毕竟商人逐利，从品牌诞生之初到现在，并不是为了让普罗大众仰望它的品位，而是为了明晃晃的钞票。现在在全世界，几乎所有的时尚奢侈品牌都有了越来越接纳当红艺人和网红的趋势。谁能带得动货，谁就是品牌方的心头好。所以，安心如正式进入品牌方们的视野。安心如为这个进步开心，这代表着她的身价将大幅度提升。

但她暂时没有时间去挑选礼服。她叫来徐眉，驱车去找王诺。《永夜记事》的作者麻将熊又出了一部新书，在网络上隐隐有爆火的趋势。安心如找人打听过了，麻将熊属于网络文学一流作家，这样的作者，基本上版权都是自己的，不是全盘听从网站的。听王诺说，麻将熊又是一个讲义气的人，上次安心如视频风波正劲的时候，麻将熊还曾经在网上为她仗义执言。安心如打算去碰碰运气。记得那时候她刚刚出名，还没有这么多风波的时候，她曾经写满了整整一本笔记本来分析这些网络小说，哪些适合改编，哪些粉丝多，哪些内容有爆点。那时候，她梦想能从网络小说中异军突起，突围进一线明星阵容，没想到如今她要靠这个来挽回耀庆娱乐的颓势。

王诺和麻将熊正在办公室里喝茶。一部网络电视剧拍下来，两个宅男先成了好朋友。看安心如进来，王诺笑指着麻将熊说："他一直把你当女神。"麻将熊一下站了起来，紧张得手脚都不知道该往哪里放，宅男本色毕现。安心如笑着走过去，朝麻将熊伸出一只手："我对您是真的久仰！"麻将熊红了脸，伸出一只手和安心如握手。两人落座。王诺看看安心如："你不是对麻将熊的作品进行了透彻的分析吗，现在本人就在这里，说说看？""那我就献丑了。"安心如看看麻将熊镜片后面期待的眼神，清了清嗓子，说道，"先从《永夜记事》里我演的角色说起吧……"

安心如很庆幸她从前做过功课。从《永夜记事》到麻将熊的新作《昼伏》，安心如一路侃侃而谈，夹杂着对其他作品的看法，把

第十六章 幕后黑手

整个网络小说界的大神们盘点了一个遍。麻将熊的眼睛越来越亮，看安心如的眼神越来越有光彩。说到最后，他简直要鼓掌喝彩。安心如趁机看着麻将熊，诚挚地说："我想把你所有的作品都搬上互联网，让更多的人知道那些人物的喜怒哀乐、聚散离合。我对传统内容没什么兴趣，只致力于推动网络IP影视化。"麻将熊深深地看着安心如，那双眼睛里有狂热的光芒隐隐闪现。他重重地点了一下头："我非常荣幸能配合你。"

安心如忍下心里的雀跃，给了他一个感激的微笑。随后，她转头跟王诺说道："这次导演还是你，第一男主角依旧是刘宇哲，第二女主角依旧是我，第一女主角换成我们公司新人，还有赵又迪客串参演，怎么样？"王诺听到阵容，眼睛一亮，很感兴趣。他犹豫了下，说道："我要求，不能因为各种原因随便给我的剧组塞一两个人，尤其是那种不会演又娇气，场下比场上戏还多的人。"安心如失笑。听王诺这口气，八成是他最近被哪个有后台的人折磨了。她摇摇头，说道："我不会给你塞一两个人，我会给你塞一个剧组的人！"耀庆娱乐是要进军网络市场的，所有耀庆娱乐的明星和项目都要一窝蜂涌进这个市场。看着王诺目瞪口呆的表情，安心如开心地笑了。这时电话响了，安心如看也没看是谁，就接了起来。

"安小姐这么开心？"一个柔媚的声音传过来。安心如顿时僵住，是李渔期。"什么事？"安心如一脸严肃，淡淡地说。"我可在你公司等了你半天，安小姐，耀庆娱乐的茶水都快被我喝光了。"李渔期不紧不慢地说。糟了！安心如一拍脑门。一时忙碌，安心如把番茄文化来人的事情忘了。"你有什么事？我现在已经在往回赶了。"安心如站起身来。"没事，我来查查账，看看耀庆娱乐最近的发展情况。"李渔期微微一笑，"安小姐，不介意吧？"安心如冷着脸没说话。番茄文化二当家来耀庆娱乐查账，巡视业务，是觉得耀庆娱乐还不够乱吗？

李渔期坐在待客室，面带微笑地看着耀庆娱乐的大厅。这个地方是王耀庆一手建立的，不得不说，一想到它会成为自己的，李渔期就有一种兴奋感。王耀庆不只是她的前男友，更是业内最强的存在。将耀庆娱乐收入囊中，代表着自己的实力又提升一步，李渔期转头看着窗外。很久以前她就发誓，这辈子一定要强大到让人不敢欺侮。她付出了很多代价，陪了很多男人，踩着这些男人的肩膀一步步走到了今天的地位。对于自己的成就，李渔期很满意。她看了看门口，安心如还没有来。李渔期不紧不慢地笑笑，没关系，她有的是时间等她。

一路上，安心如的脑子都在不停地转。怎么能让李渔期利索地走人呢？此刻，她脑子里一团乱麻，没有头绪，只知道李渔期绝对不能以巡视的姿态出现在耀庆娱乐。安心如愁眉苦脸，一时没有办法，就把电话打到了秦逸飞那里："李渔期的事，你到底查出来没有？""我正要给你打电话！"秦逸飞的声音里有一丝兴奋，"李渔期是来见这里的一个小孩。""小孩？"安心如猛地振作了精神，"什么样的孩子？""高高瘦瘦的，十几岁的样子，长得挺清秀的。"秦逸飞照实描述。"难道是她的孩子？"安心如急忙问道。"但李渔期没有跟他很亲密。"秦逸飞又有些矛盾,"她每次过去跟他聊聊天,就匆匆走了。如果是她的孩子,也不至于这么生疏啊。"

安心如咬着下唇,想了想,跟秦逸飞说:"继续查,她俩肯定是有关系的,总不可能是她闲着没事去看风景吧。"秦逸飞答应一声,挂了电话。安心如呆坐片刻,捂着额头,又是一声呻吟。想到李渔期坐在公司,安心如就觉得如坐针毡。王耀庆怎么招惹了这么一位姑奶奶!

王耀庆此时并不知道自己当初招惹了一位"阎王"回来。他意识模糊地躺在床上,满头大汗,脸红口干,昏昏沉沉的。之前和穆怀明打斗,被穆怀明拿一片不知从哪找来的铁片划伤后,从来不生病的他突然发烧了。他眼前一片模糊,什么都看不清。隐隐约约听到有人在他耳边说话,他却听不清说的是什么。"王耀庆,趁你病,要你命,哈哈!"那个声音好像离他很远,又像是在他耳边,飘来荡去。王耀庆抬抬手,像挥苍蝇一样,想把声音挥开,却怎么都无法如愿。一只手慢慢放在他脖子上,讨厌的声音又响了起来:"我说过,你在这里要小心,你怎么就是不听呢?"那只手的力量渐渐加重,王耀庆觉得喉咙被勒疼了,他挣扎着想发出声音,却只有嘶哑的出气声。本能告诉他,他很危险。王耀庆想挣扎,却怎么都无法起身。眼前一片黑暗,喉咙很疼,身体很沉,王耀庆很累。

李渔期的笑声出现在他的脑海里:"对不起,我要的你给不了。我想飞翔,而你总想落地。"她转身就走,鲜红的唇,红得那样决绝。"不要走!"王耀庆发不出声音,只能在心里无声地嘶喊。李渔期听不到他的呐喊,走得头也不回。她走得太快,王耀庆追不上她。漆黑中,又一个窈窕的身影来到他的面前,同样的艳丽,同样的红唇,同样的野心。"你是李渔期吗?"王耀庆想要接近她,来抚平自己的心伤,却怕旧伤未好,又添新伤。"我是安心如。"红唇一开一合,带着笑意。"你会变成李渔期吗?"王耀庆执着地问。红唇的主人不回答。她像当初的李渔期一样,无所不用其极地往上爬。王耀庆有些失望,又有些在意料之中。她和李渔期本来就很像啊,她们走的应该是同一条路。可后来这个纤瘦的身影并没有照那条旧路走,而是走了更加艰难的一条路,她变得越来越不像李渔期了。她的养父母拖了她的后腿,她应该像李渔期那样一脚蹬掉啊;她那个经纪人一点儿用都没有,她应该像李渔期那样立刻换掉啊。可她没有。她固执地背着这些人,咬紧牙关,缓慢地向上爬,爬三步,退一步。可她没有甩下任何人,哪怕手脚并用,血肉模糊。默默地观望她流血流泪后,王耀庆下定了决心。

"你不是李渔期,是安心如。"王耀庆在心里默默地说,"我的安心如。"咽喉上那只手越来越用力,王耀庆放弃了挣扎。他很累。从李渔期离开的那天起,他就拼上了性命,要站在让李渔期后悔的高度让她仰视。他学会了冷酷,学会了绝情,学会了狡猾,学会了原本不会的一切。可他很累,该歇歇了。远处那是谁?是安心如吗?是她。她站在倾盆大雨里,对着老天爷大喊大叫,她眼中全是不忿,全是反抗,全是不服。她回过头看着他,满身是伤,却喃喃地反复念着一句话:"不低头,我绝不低头!"

第十六章 幕后黑手

王耀庆突然觉得身上的疲惫感一点儿一点儿地消散。他的安心如那么纤弱，却直直地挺着腰杆，站在大雨里怒视着所谓的命运。而他比她强壮许多。王耀庆看着安心如，绽出一抹笑容，向她伸出手去："安心如，我的安心如。"他的最后一丝疲惫消失了，猛然睁开了眼睛！

穆怀明疯狂地盯着他，手放在他脖子上慢慢使力。王耀庆全身无力，双手抓着穆怀明的手，却使不上力，只能眼睁睁看着他狰狞地笑着，越来越用劲。"你要死了。再也见不到小丫头了。"穆怀明得意扬扬地说。王耀庆死死地盯着穆怀明，脑海里还回荡着安心如的声音："老板！耀庆！老王！"猛地，王耀庆双腿蹬住床柱，像兔子蹬鹰般，咬牙屈腿使劲一蹬，整个人猛地向上蹿去。穆怀明一愣，手稍微一松，王耀庆趁机双手抓住穆怀明的手腕一错，手肘狠狠地撞上穆怀明的胃。穆怀明吃痛地一放手，王耀庆如饿虎一样扑在他身上，双眼充血，一拳一拳，像疯了一样打在穆怀明的脸上、咽喉上、太阳穴上。这时候不把他打到动弹不了，一会儿还会有恶战。王耀庆自知他的体力撑不到第二场打斗。他用光了全身力气，不一会儿，穆怀明就蜷缩在地上动弹不得，嘴里冒着血沫，嘶嘶地笑着。狱警赶来，拉开两人，穆怀明被拖出去验伤。他一边被拖着，一边盯着王耀庆笑："你真顽强。"

王耀庆回他一笑："你差点得逞了。"如果不是他想起安心如的话。眼看穆怀明被拖出去，王耀庆虚弱地往床上一靠，面无血色，闭上眼睛，脑中仍有安心如的影子。此时此刻，她在干什么呢？

第十七章 正面交锋

安心如此时已经回到了公司。她一脸寒霜,大步走到会客室,坐在李渔期对面,一句客气话都不说。李渔期始终面带微笑,看着安心如的到来,仿佛主人在迎接客人。她甚至拿了一瓶矿泉水给安心如:"累了吧?"安心如不接茬,随手把水放在一边,扬着下巴冷冷地说:"说吧,你到底想得到什么?"李渔期眼神里有一瞬间的怔忪。安心如这个样子太像王耀庆了。不过很快,李渔期摇头把这种错觉甩开,淡淡地笑道:"我要耀庆娱乐,这很明显。""为什么?私仇,还是公事?"安心如还是冷冰冰的。

"不管你信不信,我对王耀庆和你没有任何意见。"李渔期客气地笑笑,"今天换成别家公司出事,我一样会出手。""为什么?"安心如身子前倾,逼视着李渔期,皱起眉头,看上去更像王耀庆,"你已经拥有很多了。"李渔期摇摇头,说道:"不够。远远不够。"她对着安心如笑笑,"你也是从底层爬上来的,你难道不知道那种每个晚上都睡不着,仿佛身处丛林,只要闭上眼或者一疏忽,就可能被撕成一条一条,被猛兽吞进肚子里的恐惧感吗?"安心如怔住了。她不由得点头。

李渔期说的简直再形象不过了。这种感觉就是安心如之前每晚睡不着、辗转到凌晨的常态。"可你已经是一线明星了。"安心如压住心中的认同感,淡淡地说。"不够,远远不够。"李渔期摇摇手指,笑得妩媚动人,"当戏子不是我的追求。我要做的是操控戏子的人。"她递给安心如一支烟,被安心如婉拒后,转过烟头,自己点上,姿态优雅地吐出一口烟,"戏子是被人提着线的木偶,不

第十七章 正面交锋

安全。我要做提线的人。""可你已经是番茄文化的第二大股东了。"安心如现在对李渔期的行为感到很费解。

"野心是一头怪兽，一旦养大，就要做好有一天被它吞噬的准备。"李渔期的笑容不变，仿佛在说天气变化般随意。安心如深吸了一口气："最后一个问题：你爱过王耀庆吗？"李渔期怔了一怔，笑得有些不自然："想听真话？"安心如一摊手："当然是真话。""我比你更爱他。"李渔期笑容变淡，眼睛眯起，迷恋地看着窗外，仿佛外面有天下最美的风景。"呵呵。"安心如轻轻一笑。李渔期仍然看着窗外："可野心和恐惧真是怪兽啊，它们会附上你的身，鞭笞你、奴役你，等你想回头时，已经身不由己。"

安心如骤然站起身，双手插兜，看着李渔期，目光越来越锋利："别让野心背锅。我的野心不比你小，可你干的事，我一件都干不出来。"李渔期的眼睛猛然一眯，旋即又笑了："你有没有发现你在成长？现在的你，和与张少澜炒绯闻时的你，已经不同了。"她继续说，"你越来越像王耀庆了。"安心如冷冷一笑，说道："我很庆幸。他们都说我会像你，幸亏我不像你。"说完，她转身就走，只丢下一句话，"对不起，我是一对无赖带大的，我的本性就是无赖。你把我逼急了，我只能对你耍无赖了。"

说话间，安心如走到了门口，突然转身对李渔期嫣然一笑，艳光四射。她晃了晃手里的钥匙："这间屋子的隔音非常好，你喊破喉咙也不会有人来救你。在我想出对付你的办法前，我只能把你关在这里了。""你！"李渔期猛然起身，大步向门口走来。可惜她还是慢了一步，安心如已经把门关上一半，笑得畅快肆意："员工下班后，我自然会放你出去。"不管李渔期说什么，安心如一概听不见。她反锁了门，靠在门上长舒一口气。让李渔期在公司到处走动，扰乱军心，这个险，安心如不敢冒。她的道行没有李渔期深，这个她是知道的。想来想去，只能来横的了。

王吉快步走来，向门里努了努嘴："这尊太岁，你打算怎么解决？"安心如干脆利索地回答："我把她锁在里面了，等员工下班后再开门。"王吉像上演慢动作一样，缓缓睁大眼睛，嘴唇抖了半天，突然哈哈大笑："你已经从不按常理出牌发展到乱拳打死老师傅了？"安心如却是一脸疲惫，闭上眼睛又深吸一口气。王吉看了看安心如发白的脸色，收敛起笑容。她终究还是一个小姑娘，压在肩膀上的担子太重，她应该很累吧？王吉突然想起，自从他认识安心如开始，她就一直是负重前行。养父母的债、穆怀明的威胁、王耀庆被抓，中间还穿插着大大小小的麻烦，命运从来没给这个姑娘露过好脸，总是打一巴掌给个甜枣，而这些甜枣还得安心如自己拼命去求。如果安心如是小说女主角的话，那这部小说的作者一定是后妈。

就在这一瞬间，王吉因为安心如主持耀庆娱乐而产生的不满渐渐消散。安心如一肩挑起了常人不敢挑的担子，用尽全力去守护王耀庆的公司，他还能有什么不满呢？就算耀庆娱乐被她弄垮了，兄弟几个重新再来就是了。这次把秦逸飞也拉进来，他就不信，他们几个还打不下一片江山来。王吉的眼神恢复了当初的温和。他拍了

第十七章·正面交锋

拍安心如的肩膀："累了就去办公室睡会儿。"

王耀庆的办公室是个套间,有一张床,他有时喝酒应酬之后,处理公务前,会在上面小憩。这几天,安心如一有时间就躺在那张床上,盖着王耀庆衣帽柜里的外套,仿佛在汲取王耀庆的能量。安心如想了想,点了点头。她还真需要休息一下,这几天实在是太累了。她迈步往办公室走,走到一半时,张淮来电话了。"心如,王耀庆出事了。"张淮劈头盖脸就来了这么一句,惊得安心如路都差点儿没走稳。"他出什么事了?!"安心如声音发抖,引得王吉也快步走到她身边,侧耳一起听电话。"他被破铁片划伤,高烧不退,又遭到穆怀明的袭击,差点儿窒息,现在破伤风和肺炎并发,而且发现得晚,一直处于昏迷状态。"张淮语气严肃地说。

安心如的手开始抖。她突然发现,某些时候,人的血是凉的。就像此刻,凉血流过手背的血管,让她的手也变成凉的。安心如皱着眉、歪着头,突然从王吉外套的兜里掏出烟来,取出一支点上。从前被养父母的不靠谱弄得生死不能、极度烦躁时,安心如会吸烟。可名气涨起来后,她就戒了。现在,安心如熟练地点上烟,就在公司大厅里,大口大口地吞云吐雾。来往的员工频频注视她,她的神情隐在烟雾中看不清楚。张淮听不到她说话,又问道:"我是他的律师,有探视资格。你有没有什么话要我带给他?"安心如大大地吸了口烟,将烟掐灭在电梯旁的垃圾桶里,深吸了一口气,声音低到几乎不可闻:"告诉他,对不起,我连累了他。""没有别的了?"张淮试探着又问了一句。"有。"安心如的双眼充血,狠狠磨牙。

151

她看着大厅挂着的王耀庆和明星们的合照,上面的那个男人凤眼微挑,眼神深邃,仿佛在注视她。

安心如的声音慢慢放大,渐渐坚定起来:"告诉他,我活着一天,耀庆娱乐就活着一天!"张淮愣了一下。安心如的声音不像一个明星的声音,倒像是一个赌徒的,一无所有,什么都敢赌的赌徒。看来王吉说得对,安心如真有一股江湖气。张淮答应着挂了电话。安心如紧紧攥着手机,攥得手心都冒汗了。她快步往办公室走,经过王吉身边时,低声地说:"给我接广告,有多少接多少。"她脚步不停,经过秘书身边的时候,快速吩咐:"去把潇潇给我叫来。"紧接着,她走进办公室,坐在桌前,挨个打电话,把赵又迪、刘宇哲、王吉手下的林月芝叫来开会。她想了想,又把公司一个已经过气的男演员吴远南也叫了过来。这几个人有的不在公司,但接到电话,纷纷赶了过来。

安心如叫来秘书:"公司的金牌经纪人,林若、王吉这个水平的,全部都叫来,我要开会。"秘书一脸为难地说:"他们有些人只有王总才请得动……""不来的,让他们自己给我打电话请假!"安心如说道,语气不容拒绝。她想了想,拨通了刘大美的电话:"大美,帮我一个忙,从现在开始,把李渔期插足她老板婚姻的事情爆到全网皆知!""这是要跟她开打了?"刘大美的语气里透着一股兴奋。"对!"安心如斩钉截铁地回答。"那是不是她的所有事都能爆出来?"刘大美更加亢奋地问。"你还知道什么?"安心如边在记事本上写着什么,边问。"我有一个同事是李渔期的同乡。据

第十七章 正面交锋

她说,当年她家乡有一个女孩被人侮辱了,之后就变得疯疯癫癫的,那件事她老家很多人说跟李渔期有关。"刘大美兴奋地说。"怎么有关?"安心如愣了一下。"李渔期以前特别喜欢跟社会上的小混混在一起,都说那女孩被侮辱,是李渔期把她骗过去的!"刘大美兴奋得无以复加。

"这件事是真是假?要是假的,你是要负法律责任的!"安心如强压住心里的错愕,告诉自己一定要冷静。"我也不知道,就是道听途说。"刘大美的兴奋劲被安心如一泼冷水,瞬间消失了。安心如沉吟了一下,下定了决心:"先报道她插足婚姻的事。你能上照片吗?""能啊!那个江祖英的老婆在国外,据说就是被李渔期排挤得远走他乡的。我有李渔期和江祖英的亲密照,以前王总一直压着不让发。"刘大美急忙说。"你是被老王压住不发,那其他人怎么也不发?"安心如有些疑惑地问。"李渔期花了大价钱,把消息都压下来了。"刘大美嗤之以鼻,"可没少花钱啊。"安心如冷笑一声:"老王是老王,我是我。现在我让你发,不只要发,还要把事情闹大。"刘大美答应一声,难掩兴奋,挂了电话跑去准备。

安心如看着手机想了想,拨通了秦逸飞的电话:"逸飞,我有关于李渔期的一条线索,恐怕要麻烦你去她老家查一查了……"她打电话这会儿,潇潇已经进了办公室,像往常一样,坐在安心如身边,痴迷地看着她,仿佛在透过她看别人。安心如运了好几次气,才和颜悦色地对潇潇说:"潇潇,我想让你参加一个综艺节目,行吗?"潇潇却答非所问:"会客室里那个人是王总的前女友?""是的。"

153

安心如的脸沉了下来。潇潇又开始想老王了？"王总喜欢你和她那种女人，是不是？"潇潇轻轻地问，用的却是肯定的语气。

安心如看看潇潇那双绝美的眼睛，记不得是哪位作家说过一句话："美则美矣，没有灵魂。"她的眼神要不是这么呆板，那二十年后，也会有人记得她的绝色。而现在，潇潇就像一个纸上画的美人，美是很美，终究没有灵气。潇潇见安心如不回答，又追问了一句："王总是不是就喜欢你们这样的女人？"安心如点了点头："目前来看，是的。"潇潇也点点头，呢喃着："我明白了。"她缓缓抬头，看着安心如，眼中突然绽放炽烈的光彩，神态决绝而不顾一切。"我也要变成你们这样的女人，怎么做才可以？"她轻轻地问，却让听者一下就意会出话里的坚定。

安心如被潇潇震撼了。刚刚还在感慨她美得没有灵魂，转眼间，她的眼中仿佛有两团火在熊熊燃烧。她这两团火刚点着，安心如就感到一阵窒息。这女人美得出尘了！她不再是那个苍白无神的画中美人。她有了灵魂，眼中有了神采。这炽烈的神采让她成为顶尖的美人，连温雨没中毒时的容颜都无法赶上她的一半。安心如怀着复杂的心情看着潇潇这个情场和职场上的劲敌，和颜悦色地回答："第一步，你要照我的安排来，我会让你红……"潇潇轻轻点点头，看着安心如的眼睛，将她讲的每一个字都深深烙在心上，直至再也不会褪掉。安心如和潇潇说话的工夫，赵又迪、刘宇哲进来了。安心如坐在那里，静静地看着他们走进来，清了清嗓子，说道："你们俩给我打个头阵怎么样？公司要全面转型，你们就是表率！"

第十七章 正面交锋

安心如坐在办公桌后，定了定心神。安心如已经很久没有这种没有退路的感觉了，她觉得自己可能是被折磨惯了，竟然对这种感觉怀念起来。她叫来开会的艺人基本都到了。赵又迪和刘宇哲是必到的，最近事多，什么活都没给他们安排，他们的话题度已经降了下来。难得他们不急不躁，就算急躁也不写在脸上，没有催过安心如一次。伊娜苦着脸跟在赵又迪身后。她也知道，她就是安心如安排的一个榜样，只是用来告诉众人，听话的人有肉吃，不听话的人会饿死。这几天因为这件事，伊娜在公司简直成了过街老鼠，灰溜溜的，基本上人人喊打。因此，她更是打不起精神来安排赵又迪的演艺事宜。

安心如对伊娜心里有愧，都不敢看她那双幽怨的眼睛。她看看沙发上坐着的艺人。林月芝和吴远南也来了。这是比较听话的两个艺人，虽说没什么天分，但胜在安分。潇潇坐在离安心如最近的地方，依然双眼放光，抿着嘴角像是要上战场。说实话，她那种不顾一切的神情让安心如有些不安。连赵又迪都察觉到了，偷偷捅捅伊娜："那小美人是不是打了鸡血？"伊娜耸耸肩，没好气地看了一眼安心如："谁知道呢，估计是安心如又给人家瞎诌什么了。"安心如听见伊娜的话，哭笑不得。

几年的友情估计要尽了，伊娜看她的眼神着实不善啊……她咳嗽一声，清了清嗓子，却意外地看到了潇潇眼中的痴迷。安心如无奈地转过脸，倒是刘宇哲好奇地问："你怎么那样看心如？""她说话前先轻咳的样子，和王总好像……"潇潇感叹道。除了安心如，所有人都皱了皱眉，这小粉丝也太迷恋王耀庆了，都开始从王耀庆的女朋友身上找他的影子了！没错，现在所有人都已经盖棺论定，安心如就是王耀庆的女朋友了。安心如无视潇潇的话，看了看其他艺人，说道："我这段时间事情多，没顾上你们。现在，我有件事情想说一下，耀庆娱乐要转型，你们都是打头阵的。公司会在资源上最大限度地向你们倾斜。我对你们的要求只有一个：出彩，想尽办法出彩。"

赵又迪和刘宇哲跟安心如经常在一起，大概知道一些。潇潇对这件事漠不关心。只有林月芝和吴远南面面相觑。安心如看着他们，想了想，对他们解释得详尽了些："公司之前的重心是培养传统艺人，在电影、电视剧上发力，但现在我想要在网络综艺上占个头筹，第一拨试水的就是你们。不管是宣传，还是包装，我都会不遗余力地帮助你们。"林月芝想了想，有些怯生生地开口："安总，你也是艺人，为什么你不参加？我听说你的电影要宣传了……"

安心如挑了挑眉。这个林月芝不是她印象里那个一扒拉一动的算盘珠子啊。这样其实也不错。她叫吴远南和林月芝的用意，就是让公司的人看看，虽然一个过气了，一个是木头，但只要按照她的安排来，同样能红起来。但在对他们的包装上，安心如也是有些头疼。太老实死板的人不适合现在娱乐至死的风气。不过，林月芝要是有分析判断的能力，那就好办多了。她不用事无巨细，连上节目做什么动作、出什么效果，都要跟她交代了。

安心如笑了笑，说道："我接这部电影的时候，耀庆娱乐还是王总坐镇，我也不知道有一天我会坐在这里啊。"她顿了顿，环视着这几个人，"但我是肯定也要上节目的，你们放心。"她看看这几个人，继续说道，"别觉得只有电影、电视剧才能赚钱，网络综艺的亲民特质更有可能让你们赚钱，让你们红起来。你们要是在观众心里挂上了号，电影、电视剧会求着来找你们的。"几个人都点点头，不管是甘心，还是不甘心，起码没提出任何异议。毕竟是公司主推的第一拨人，公司推的力度小不了，怎么样也不吃亏，更别说吴远南已经过气，林月芝没什么起色，潇潇根本不在意这些。跟这几个人谈好了，安心如又从秘书那里得知，林若、沈毅、王吉，还有几个业绩好、人脉广的经纪人也都已经到了。安心如诧异了一下，她没想到他们都能来。

而门外，几个经纪人矜持地互相点点头，都望着办公室的门。这个女人又要做什么不按常理出牌的事情，这是几个人一致好奇的。每次这个女人有什么动作，总是会牵连很多人，而且她极其容易上脸，上次打李月如两巴掌的事，很多人现在想想还是心有余悸。疼不疼不说，掉面子啊！安心如深深吸了口气："把他们都叫进来。"

几个人精鱼贯而入。安心如坐在椅子上，一个个打量他们的神色。他们没有一个是省油的灯。除了王吉，这帮人都存着看她好戏的心思。安心如一点头，说道："坐。"等几人坐下后，安心如不多言，直截了当地说，"我要让艺人进军网络综艺，你们都去找找有什么便于宣传的好节目，拿回来我们一起讨论，根据手下艺人的特点给他们重新包装定位，尽量喜闻乐见一点儿、讨喜一点儿，想办法让艺人上网络综艺。公司会全力配合宣传。"几个经纪人都愣了一下，满心探究地看了看安心如。

沈毅之前倒戈过，尤其不相信安心如把他找来会安好心。他顿了顿，说道："我们手下的艺人都是身价比较高的，综艺节目是不是有点儿掉价……""问他们要观众缘、粉丝和名气吗？要的话，就去。"安心如直接打断他。沈毅的脸沉了一下，又说道："现在综艺节目说话行事有点儿跳脱啊，我手下艺人不太适应……""去学啊。没有办法变得跳脱，也可以包装成别的人设。呆萌也好，高冷也行，人设那不多了去了。"沈毅还想说什么，安心如歪了歪头，斜眼瞅着他，笑眯眯地说了一句，"李渔期被我关在会客室了。"沈毅脸一僵。他正在奇怪，李渔期怎么没来耀庆娱乐扰乱军心，原来是被关起来了。

这个疯女人，怎么什么都敢干！沈毅抿着嘴，决定不说话了，免得这女人又发疯。安心如满意地看到沈毅闭嘴，这才看着其他人："公司要转型。原来的盘太大，我接手不了，所以我选择了我最擅长的项目。但你们放心，我也不是无的放矢，网络综艺、网络电视剧可发挥性更大，而且群众基础更广，表现好了，立刻能上热搜。天天表现好，天天上热搜。"她喝了口水，接着说，"哪怕你是扮小丑，只要扮到全国皆知，也会有人为你量身定做小丑题材的电影。"王吉点了点头，又看着林若。林若不置可否。

安心如叹了口气，说道："你们都是人精，也知道我为什么把伊娜提得那么高。为了这事，伊娜都快跟我翻脸了。"她苦笑着，

第十七章 正面交锋

继续说,"林若,赵又迪这个艺人,我一开始就想给你带的。"林若的眼睛亮了一下。赵又迪一看就是要成为一线女星的,每个经纪人都会对她感兴趣。安心如对他的反应很满意,笑眯眯地说:"现在,你和你的团队来为赵又迪设计一个新的形象,让她全国皆知吧。"

安心如又看看王吉:"刘宇哲这小伙子怎么样?"王吉还没说话,另一个经纪人向满插嘴说道:"我想带刘宇哲,这事我跟王哥已经说了。"王吉点点头:"向满和刘宇哲挺谈得来。"

安心如看看向满。他年纪不大,一身嘻哈打扮,不像经纪人,倒像一个明星,想来他和刘宇哲年龄相仿,可能更谈得来。安心如点点头:"我听说过你,怪招频出,很有办法。刘宇哲就拜托你了。"

该说的事情说完了,安心如一口气喝完一杯水,看着坐在一旁的潇潇,表情有点儿无奈。潇潇简直像是黏上她了,时刻炯炯有神地注视着她。安心如最近也已渐渐习惯,没有一开始那么排斥了。她苦中作乐地想:"情敌之间这么和谐,也是不容易啊。"说起情敌,她又想到了李渔期。安心如给秦逸飞发了一条短信:"逸飞,尽快。"虽说安心如看着胸有成竹,但对于李渔期,她心里还是极度忌惮的。从出道到现在,她从没见过像李渔期这么目标明确的人。对名利的追求,李渔期简直像唐僧取经那样虔诚。谁要挡了她的路,她就遇佛杀佛,遇魔杀魔。安心如甚至有些怕她。谁能不怕一个冷血的机器人呢,尤其是一个会杀人的机器人?她摇了摇脑袋,收起心思,又在纸上写写画画。这只是个小开始,后面还有很多事情要做。她心中暗暗对王耀庆说道:"老王,等你出来的时候,我要让你看到一个崭新的事业王国。"王吉突然敲门进来,打断了安心如的思路:"心如啊,明天就是晚宴了,你快把李渔期放了吧,不然到时候她该坏你事了。"

安心如没把王吉的话当回事。她低头看看备忘录,拿起电话,打给叶茂生:"叶哥,给我推荐几个靠谱的团队呗,能做综艺的。""你要做综艺?"叶茂生有些诧异地问。"现在活儿不好干了,我得转型啊。"安心如叹了口气。"可你跟电视台关系硬吗?你的综艺能卖出去吗?"叶茂生语带质疑。他知道安心如想一出是一出,但电视台的水深几何,她大概不太了解。

安心如笑着摇摇头:"我要跟各大视频网站合作。"互联网就这点儿好,点击量最大。只要观众爱看,你哪怕是个普通人,也能成神;观众不喜欢,你就算是一线大明星,也不惯着你,不像电视、电影圈,论资排辈太严重,加上这个规则、那个规矩,简直让人头疼死了。叶茂生顿了顿,了悟地说:"了解了,你这是要开辟新战场啊。"安心如说道:"还是叶哥了解我。""要什么样的团队?"叶茂生很欣赏安心如这个后辈,他这么一说,就代表答应帮忙。"就要俗的,老百姓喜闻乐见的。雅到观众接受不了的,坚决不要。"安心如这点很坚持。叶茂生有些不赞同地说:"怎么也得来两个撑得起大台面的吧?"安心如摇了摇头:"我就一俗人,雅不起来。"

虽说谁都想做阳春白雪,可事实证明,人们更喜欢油盐酱醋、下里巴人。尤其是听麻将熊讲完网络文学界的一个业内轶事后,安心如更加坚定,一定要走俗气路线。那件轶事说来也简单,网络文学界的一个大佬经营着网络文学生意,却总觉得出版文学才真正高端大气上档次,对网络文学带着三分鄙视,仰望着那些严肃文学、出版文学。心里有了偏向,行事自然也会拐弯。后来,他手下原本是网络文学界航母的网站,作者怨声载道,骨干纷纷倒戈,一个行业旗帜硬生生地被他弄倒了。想到这里,安心如笑了:"叶哥,你就给我找几个俗人吧,老百姓也有三俗的权利啊。"叶茂生哭笑不得地答应了下来。

挂了电话,安心如又从电脑上翻出一堆文件来,打包发给了王诺。从拍《永夜记事》开始,安心如所有做过的功课都在这里了。每一个文档都有望成为大热IP,而现在还没出头的网络电视剧物美价廉。王诺是一个戏痴,安心如对他的水平有信心。虽说他没有叶茂生大导演的水准,可他胜在执着,肯下苦功,关键还不在乎金钱。对于现在的耀庆娱乐来说,最后一点太重要了。安心如呼了一口气,身子往后一靠,靠在椅背上,拿着手机拨出一个电话,闭上眼睛养神,等着电话接通。太累了。安心如觉得现在死撑耀庆娱乐的每一天,都像在打仗,打得骨头都要散架了。

"心如啊!"张连英的声音传来。安心如听到声音,睁开眼,却不知该怎么称呼张连英。叫"爸",她叫不出来。她到现在仍然姓安,也不觉得张心如这个名字好听;叫"张先生",更怪异,电话那头是她的亲生父亲,这声"张先生"她怎么都叫不出来。她还是老办法,先咳嗽两声:"咳咳,您这几天还好吗?""还好还好,我在联系最好的医生给少澜看脚……"说到一半,张连英止住话头,小心翼翼地说,"心如,我对少澜好,你会不会生气?"

安心如低着头,没说话。过了两秒,她笑了起来:"您是一个好父亲,这是少澜的福气,也是我的福气。"最起码,想到她的亲生父亲是张连英,不是安民,安心如心里开心了许多。安民的案子已经移交检察院了。张淮说,很可能是无期徒刑。安心如一直把这件事压在心里,不敢去想。一想到她为了杀母仇人拼死拼活赚钱,安心如就想狠狠抽自己两个大嘴巴子。对于父爱,安心如已经很生疏。所幸张连英对张少澜展现出父爱,让她有了点儿安慰。原来这个世界上真有父爱,而她的父亲就是个很有父爱的人啊。这真是一个很大的安慰,即便张连英的父爱不是给她的。

安心如又笑了笑,问道:"少澜怎么样?"张连英叹了口气,回答道:"还是每天画画。"还有一句话,张连英没有说。张少澜画的,反反复复都是同一个人——安心如。安心如没说话。等忙完耀庆娱乐的事,她或许应该去看看张少澜……但眼下,还是耀庆娱乐的事最要紧。安心如咳嗽一声:"那个,我想求您一件事……"

挂了张连英的电话,安心如看看表,下班时间已经过了。她算算时间,李渔期也该想上厕所了。虽说把她关起来这样的手段太低级,像是小孩子赌气,但安心如还是莫名地觉得很解气。她一路走,一路哼着歌,走到待客室,拿钥匙来开了门。在安心如的预计里,李渔期应该扑过来就扯她的头发的,但她一开门,愣了一下。李渔期出乎意料地坐在椅子上一动不动,仿佛安心如只离开了一分钟。她的安静倒把安心如镇住了。李渔期今天化了淡妆,她坐的地方正好被阳光照到。阳光淡淡地照在李渔期的脸上,美得让安心如都快窒息了。听到动静后,李渔期转过脸来,脸上竟然带了泪痕。

安心如眨了眨眼:"你哭了?"李渔期笑笑:"我哭是一件很奇怪的事吗?"安心如咂巴了下嘴:"千年老妖精也会哭?"李渔期站起来,失笑:"老妖精也是由小妖精变的,也会怀念下当小妖精的日子。"她走到安心如面前,笑得有些落寞,"等你变成老妖精时,你就会知道。"此刻的气氛有一种诡异的和谐,安心如和李渔期竟然像老朋友般平和地聊天。安心如深深地看了一眼李渔期,犹豫了一下,最终还是问了出来:"你把自己变成这样,值得吗?"

李渔期还是一脸落寞,"扑哧"一笑,走了出去。走到门口的时候,她突然回过头:"我想王耀庆了,很想很想。"安心如的脸色冷了下来:"你还是快走吧,不然我会忍不住关你一辈子。"李渔期笑得淡淡的:"你知道我为什么不介意你关我这么久吗?"安心如摊手:"因为你仰慕我?""因为我很久没有空闲下来了。我每天都在搏斗,已经快把从前的我忘记了。"她转过身子,慢慢走出去,"谢谢你把我关起来。这几个小时,我一直在想王耀庆——往事很美。"

安心如笑了笑:"往事再美,也不及当下。"李渔期身子一僵,什么都没说,慢慢地走了出去。安心如凝视着李渔期的背影,突然觉得她们有些时候其实还挺像。潇潇幽幽的声音从安心如身后传来:

"她跟你不像。"安心如被潇潇吓了一跳,回过头濒临崩溃地低喊:"你没有别的事情可干了吗?"潇潇摇摇头。安心如严肃地问:"你的生命里除了王总,就没有别的事情了吗?"潇潇又摇摇头。"你知不知道我和王耀庆的关系?"安心如绝望了。"我知道。"潇潇这次点了点头。"那你还老是惦记他?"安心如这次是真的被潇潇打败了。"他救了我,他是我心里的天和地。"潇潇难得说出这么长的句子。

安心如皱眉打量她:"你是不是空闲的时候喜欢看言情小说?"潇潇又点点头。"言情小说都是骗人的。"安心如嗤笑道,"现实中哪有那些好事。""我以前也不信,我觉得饭都吃不饱的时候,哪有什么情不情。"潇潇的声音有些迷离,"可我遇到王总以后才知道,那些书里写的都是真的。"安心如烦躁地挥挥手:"你随便吧,反正不要再跟着我了。"她急急下楼,徐眉已经在楼下等了她十几分钟。明天就要参加晚宴,今晚她才腾出时间去借礼服。

好在品牌方最近看好安心如,王吉说,他们有意让安心如代言包包,所以给安心如准备了几套不错的礼服。安心如挑了一件金色及地单肩鱼尾礼服,踩着白色高跟鞋,手拿白色手包,站在试衣镜前一看,样子不错,中规中矩。安心如现在没心思在装扮上一鸣惊人,只是为了电影宣传,穿得不出格就足够了。她还有更重要的事,要去和张连英吃饭。张连英和温雪在城里最好的日料店等着安心如。比起刚出道时的明艳照人,安心如现在一身运动服,素颜朝天,扎着丸子头,显得普通了些。

张连英看到安心如眼下一片青,有些心疼:"这么累就不要干了,张家又不是养不起你。"安心如看了看温雪。温雪依旧面无表情,看上去很冷淡。听到张连英的话,她抬起眼皮看了他一眼,又迅速低下头。安心如笑了笑,冲着张连英摇了摇头:"无功不受禄。"张连英有些受伤地说:"我是你的父亲。"安心如点点头:"也是张少澜的。现在他脚不好,更需要你。"张连英眼神黯淡了一下。不知为何,安心如和他就是没法像一对亲父女那样亲密无间,总是隔着一层屏障。

他想为安心如做些事,可之前怎么跟安心如提,也得不到安心如的回应。张连英看了看安心如那张带着疲态的脸,现在安心如需要他这个父亲,他暗自握了握拳,这件事一定要给她做得漂漂亮亮⋯⋯

时间过得飞快,转眼一天过去了,安心如该去参加慈善晚宴了。例行化妆打扮后,安心如坐着晚宴主办方的车,准时到达会场,挽着叶茂生的胳膊下了车。安心如今天的金色礼服颜色正,款式大方。安心如露出单边肩膀,白皙的皮肤配上朱红色的唇,很是亮眼。但最让人眼前一亮的是她的头发。精心做出来的短发造型配合她的浓眉,莫名有了些英气。她挽着叶茂生的胳膊,缓缓走到会场,已经有粉丝跑到酒店外应援。

看到安心如,两边举着灯牌的粉丝激动地尖叫起来,声势丝毫不输一线女星,甚至要超过她们。一线女星现在基本还是传统思维,活在大银幕或者电视里，远离观众，隔三岔五地在社交媒体上发个自拍，太高高在上，自然不及安心如跟粉丝一路捆绑、慢慢走来的情分。参加晚宴的明星多，导演、制片人也不少，看到因为安心如而产生的声势，不免侧目。是不是花钱请来的粉丝，其实一看表情便知道。不少人暗暗心惊，现在的安心如已经不好打压了。也有人开始动脑筋想着合作了。

安心如踏上红毯，言笑晏晏，一直走到门口的主持人那里。主持人按照提前准备好的台词，匆匆问了几句，敷衍地夸赞一下安心如的装扮，便准备让她进场。但一旁等候的记者就不那么好对付了。"安小姐，王耀庆王总杀人这件事，你有什么看法？""安小姐，你和王总的关系什么时候这么深了？他连公司都能托付给你？""安小姐，你在娱乐圈地位急升，是不是王总给你策划的，包括张少澜那件事？"问题一个接一个，并且一个比一个尖锐。哪一个都需要长篇大论才能解释得清，而且很容易掉进陷阱。安心如面上笑容不变，内心也是咬牙切齿。

最先开口抛出尖锐问题，引得其他记者唯恐报道落后他人，变成集体无意识为难安心如的人，她记得是金茜莎以前御用的记者，经常给金茜莎发通稿。安心如从前就对他们印象深刻。叶茂生不耐烦地推开记者的话筒，皱眉道："这里是慈善晚宴，你们应该关注慈善！"结果可想而知，记者们根本不听他的。远处缓缓又开来一辆主办方的车，停在红地毯门口。车门打开，李渔期走下车，一身白色落地长裙，头发盘起，袅娜娉婷，与安心如同样的红唇，因为

第十七章 正面交锋

安心如剪了短发,反而显得李渔期更加性感。

安心如憋着的那口气全化成了神秘微笑,用最低声淡淡地对为首的几个记者说:"看,你们的主子来了。"记者们不由得回过头去,只见李渔期正向这里走来。叶茂生示意安心如趁这个机会赶紧进去,安心如却站着不动。叶茂生又拉拉安心如的胳膊,安心如依然微笑着站在那儿,等着李渔期。此刻主持人也觉得不对劲儿,低声劝道:"心如,咱们该进去了,按惯例是你进去,她过来接受采访,之前没有两组艺人在这里碰头的例子啊。"

安心如看了看主持人,笑得有些霸道:"之前没有例子,今天就开个先例!""你俩的地位也不一样啊。"主持人也有点儿生气。安心如转头眯着眼睛看了她一眼:"《八卦乐翻天》是你主持的吧?"主持人红着脸,点了点头,不再说话。《八卦乐翻天》是著名的反安心如基地,凡是安心如有什么好事,一律不报;凡是安心如有什么坏事,哪怕只有针尖大,也大肆渲染地报道好几天。这个主持人没少说安心如的坏话,安心如记得清清楚楚。主持人无话可说,低下头,心中暗暗吃惊。娱乐圈诸人在外界避免情绪化是正常的,身为娱乐圈人,她心里非常清楚。刚才安心如看她的眼神,正常而陌生,她差点儿以为安心如从来不看她主持的节目。这么能藏事的人,应该不好得罪吧?

说话间,李渔期走近了。李渔期看到安心如站在那里,直直地看着她,眼中闪过一抹诧异,旋即微笑说道:"心如是在等我吗?"安心如点了点头。李渔期又笑笑:"等我有什么事?"安心如扫了

167

扫围观的记者,各家都有。今天的事,不能善了。这晚宴本来就是一直跟番茄文化交好的《RL》杂志办的,当初它家就带着金茜莎跟安心如打擂台。安心如来之前就没打算在这晚宴上抢到什么风头,与其如此,不如先声夺人。安心如盯着李渔期,又看看各家记者,笑了笑:"现在时间还早,不如在这里开个发布会吧。"记者们都是一愣,有人率先开口问道:"请问心如,你要在这里开新闻发布会?""对。"安心如点了点头,又转头看看已经开始要抓狂的叶茂生,"叶导,你来不就是为了宣传电影吗?"叶茂生黑了脸,看着安心如不作声。安心如过去拉着李渔期的手,笑眯眯地说:"李小姐也一起听听?毕竟你也是当事人。"

李渔期面色变了一下,但很快收敛好,对安心如微微一笑:"安小姐敢说,我就敢听。"安心如清脆地笑了一声:"这有什么不敢说的。"她环视了一下记者,"不过就是一个前女友不甘心追求者另有所爱的故事。"她这话一出,经常和番茄文化合作的那几家之外的其他记者像是荒漠里的人看到了清泉,乞丐看到了金矿,眼睛恨不得冒出绿光,急忙往前挤。要不是有保安,可能安心如此刻都要被他们踏在脚下了。李渔期笑容不变,嘴角的微微抽搐只有安心如能看得见:"安小姐,自信是好事,可过于自信,就是抬举自己了。"

安心如冷哼一声:"那你来解释解释,为什么你身为一个明星,却拼命想要收了王耀庆的公司,让我和王耀庆无路可走?"李渔期张了张嘴,还没等她说话,安心如又一句话堵住了她,"别说你不

第十七章 正面交锋

知道这件事,你是番茄文化第二大股东,和江祖英的关系又那么好。"安心如的这句话在记者堆里又引起了一阵骚动。江祖英,番茄文化掌门人,和李渔期关系好?哎呀,这可是能爆料一周的大新闻啊!仿佛看到奖金在眼前招手,记者们纷纷又往前挤。有人已经开始想要发问了,安心如抬起手阻止他,眨了眨眼:"现在是发布会,记者提问环节在后面。"

李渔期笑了笑,说:"说起来,商场上互相合并,很正常啊。"她对着安心如眨眨眼,"在商言商这一点,心如现在也要学学,毕竟王耀庆把耀庆娱乐交给你掌管,咱们以后打交道的机会会很多。"她的余音悠长,安心如却耸了耸肩:"你不用那么意味深长地看着我,打不打交道还不一定呢!"她又看着记者说道,"我也不知道为什么,你早不合并,晚不合并,非要等王耀庆和我在一起才合并。"她淡淡地扫了李渔期一眼,接着说,"我更不知道你哪里来的怨气,毕竟是你背叛王耀庆在先……"记者群里"轰"的一下炸了。

李渔期背叛王耀庆?大新闻啊!记者们都要开心到爆炸,就连和番茄文化交好的几家记者都屏住了呼吸,期待不已。李渔期脸色变了,安心如却像个精神分裂症患者似的,转而说起了别的:"你们江总也不陪你来啊?他老婆孩子都去了国外,按说有大把时间呢。""安心如,你这是诽谤。"李渔期终于忍不住了。有人突然发现,李渔期拉下脸来后,眼神不是一般的阴狠。

安心如笑了笑,说道:"诽不诽谤,自在人心。"她环视了下记者,"回去都看看大美娱乐哈,现正在如火如荼报道中。"说完,

169

她挽着叶茂生，转身款款走进会场。安心如抢先进了会场，可李渔期就没那么幸运了。记者们一则被这大新闻一震，还没反应过来；二则忙着看大美娱乐，才放跑了安心如。现在看看李渔期也想跑，记者们不干了，一股脑蜂拥而上，将李渔期团团围住："李小姐，请问江祖英妻子孩子去国外跟你有关系吗？""安心如说的这件事，和你变成番茄文化第二大股东有什么关系？""番茄文化最近对耀庆娱乐做出的动作，是否因为私怨？"

李渔期被围在其中，苦不堪言。吞并耀庆娱乐，本来是李渔期的战略计划。江祖英薄幸，说不定什么时候，她在番茄文化的地位就会发生变动。就算江祖英爱她如珠如宝，番茄文化现在开始走下坡路，也已不再能满足李渔期的欲望。如果她把耀庆娱乐握在手里，起码在江祖英变心的那天，她有足够的资本保证自己不会退场。可现在让安心如这么一说，李渔期被钉死了是公报私仇。这还不算什么，安心如这一公开宣布，不知有多少人要去查江祖英和李渔期的关系。这对李渔期的形象绝对是个灾难！李渔期的眼神越来越阴冷，对记者的提问视而不见，紧紧咬牙，盼咐保镖过来开了一条路，走进会场。

记者们谁都采访不到，只得打开手机，细细研究大美娱乐。娱乐圈又有一段时间没有超级大新闻了。之前频繁占据头条的是安心如，今天，头条已经悄悄换成了李渔期。第三者上位该有的照片、小视频，一个不缺。王耀庆被抓后，李渔期企图吞并耀庆娱乐，并代表番茄文化来到耀庆娱乐的事也被曝了出来，还配有李渔期在耀庆娱乐端坐的照片。其实网友们已经被安心如的连番新闻霸榜锻炼得承受能力很强了，李渔期当第三者这件事实在不能算是爆炸性新闻。可关键是这事关系到安心如。李渔期背叛在先去当第三者，王耀庆和安心如两情相悦，李渔期带着当第三者得到的权势，趁着王耀庆被抓，反过来报复，安心如独木难支。

多么好的一出坏女人欺负有情人的大戏！多么容易代入，多么容易挑动感情，多么适合宣泄平时的不如意！李渔期就这样成了炮灰，被网友们骂得体无完肤。不少营销大号和网站开始转载大美娱乐的新闻。不仅如此，当年李渔期花钱压下来的事情，现在都被各家媒体放了出来。眼看大美娱乐要拔得头筹，这件事又已经曝光了，为了抢占注意力，娱乐记者们也拼了。反正李渔期当年也没有跟他们签什么保密合同。就这样，李渔期的消息像插了翅膀一样，飞向了网络的各个角落。

第十八章 围魏救赵

李渔期进来的时候,已经预料到了这个后果。她和安心如不是一桌,只是相隔不远。虽然以安心如的地位,现在还不能坐在李渔期这桌,但她那桌已经隐隐有和李渔期平齐的趋势。李渔期第一次不再温柔微笑。她看着安心如的眼神仿佛在看案板上的一条鱼。恰好,安心如看她也如是。如果眼神能杀人,现在撕破了脸的两个人可能已经同时倒下了。晚宴循例先颁奖。李渔期常年捐款做慈善,年年当仁不让地被选为"最佳公益女星",今年也不例外。

每年明星慈善晚宴都会有粉丝投票决定"最佳公益新人奖"奖项人选。今年因为安心如在网上号召粉丝做公益,不管《RL》杂志如何不乐意,安心如还是稳稳以票选第一的身份获奖。主持人宣布李渔期获奖,她上台领奖的时候,已经彻底掩饰了情绪,仪态大方,娇艳妩媚,款款地走上台。她说了什么,安心如没记住,只盯着那张红唇一开一合。赵又迪与她同桌,安心如凑近到赵又迪身边低声说:"你看这女人跟我哪里像?我怎么一点儿都看不出来?"

赵又迪嘻嘻一笑:"她可跟你不像。"她瞅瞅安心如清爽利落的短发,"她比你漂亮。"安心如没好气地瞥了赵又迪一眼:"胳膊肘往外拐,净说大实话。"几句话间,李渔期讲完感言下台。主持人又叫安心如上台领奖。两人擦肩而过,眼神交汇,火花四射。李渔期笑得矜持高贵,嘴唇微张,在安心如耳边轻轻说道:"王耀庆怎么看上一个无赖!"安心如笑得自在,淡淡地回她一句:"总比之前看上你要好。"李渔期咬咬唇,径直走向自己的座位。

安心如转身上台,按事先背好的稿子说完感言,笑眯眯地下台,

第十八章 ◆ 围魏救赵

心里却一直在惦记一件事：秦逸飞为什么还不来？秦逸飞此刻被拦在会场外面，手里拉着一个蓬头垢面的女人，眼珠子转来转去，想着进去的办法。没人会让这么两个明显不受欢迎的人进入。秦逸飞实在没办法，只好掏出手机给安心如发短信："我进不去啊，保安不让。""等我，我去接你们。"安心如从手包里掏出手机，回了一句。"你不能来，你要是来了，大家就都知道是你设的局了。"秦逸飞一看，赶忙回复。"豁出去了。她穿鞋，我光脚。"安心如很快回复，接着起身，冲李渔期笑一笑，转身走出了会场。

李渔期看着安心如的背影，心里莫名开始发慌。这个女人真是有些无赖，逼急了连场面上的客气都不愿维持。那天安心如把她关起来的时候，她还觉得安心如有些孩子气，不像传说中的那么狡猾。李渔期已经很久没有一个人安安静静地回忆过去，她所有的空闲时间都被江祖英霸占，那死胖子生怕她给他戴绿帽子，防得太紧。正好安心如给了她一个机会，让她能好好想想曾经的自己是怎么一步一步走到今天的，失去了什么，得到了什么。她并没有因为这个跟安心如生气。可今天不一样，李渔期算看出来了，安心如简直就是浑不懔，什么都能豁出去，逼急了，估计连泼妇打架的招数都能使出来。她几乎敢肯定，安心如还有后招。李渔期想了想，也随之站起来，跟着安心如往外走，可走了没两步，就被相熟的人拉住说话。等她说完话时，已经看不见安心如的影子。

安心如提着裙子，也不管什么形象了，小跑着来到会场门口。秦逸飞正费尽唇舌跟保安解释，他是拉这女人进去找人的。保安听都不听,已经开始不耐烦地推搡他们。秦逸飞一瞪眼,伸手把保安往后推了几步。保安一看秦逸飞还反过来要横,很快就招呼了安保经理来。安保经理比秦逸飞还要横,上来就指挥着保安强行赶人。秦逸飞梗着脖子,跟保安比画上了。自从退伍后,他还没被人推过。本来他脾气就暴,也就王耀庆能给他钉子碰,其他人的气他可不受。眼看秦逸飞和保安要比画上了,突然一声凄厉的尖叫让他们同时住了手。秦逸飞带来的女人抱着头蹲在地上,尖声大叫着,声音可怕得让所有人心里直发颤。她仿佛要把嗓子喊破、喊出血一样,全身抖得像筛糠,抱着头眼泪鼻涕一起流,感觉人马上就要昏厥过去了。

秦逸飞急忙跑到女人身边喊道:"灵灵,你怎么了?"他抬起头,磨着牙问她身边的保安,"你把她怎么了?"保安也慌了:"我就推了她一把!别的什么都没干!"灵灵的尖叫一声高过一声,很快就把记者们都唤来了。秦逸飞赶忙抓着她的胳膊想把她扶起来,没想到灵灵惨叫一声:"别碰我!"便没头没脑地到处乱冲,撞倒了一个摄影记者,镜头砸在地上一声巨响。她的力气大得吓人,像是把吃奶的力气都用上了,接着又撞倒一个保安,冲上红地毯。保安们连忙上去拦她,可是一碰她,她就像发了疯一样,连踢带咬,拿头撞人,一时之间,要是不伤她,还真拦不住她。安心如就在此时出来了,看到眼前的一片乱象。

记者像是看见羊的狼一样,绿着眼睛找各种角度拍着那个疯女人,那个摄影记者都来不及抱怨自己的相机掉地上了,就变戏法一样拿出手机连拍。保安们四处围堵着疯女人,女人一声声尖叫,现

第十八章 围魏救赵

场乱成一团。安心如赶紧往前走了几步,女人看到安心如,眼睛一亮,像是溺水的人看到了救命稻草,拼命跑到安心如身后,抓住她的腰瑟瑟发抖,嘴里哭叫着:"男人!男人要抓我!"安心如走出来时,满眼的决绝与冷酷。可就在女人躲到她身后,哀声哭泣的一瞬间,她身子一僵,满脸矛盾。女人惊惧交集,抖得像风中落叶。众多记者和保安都站在安心如面前,虎视眈眈地看着她。女人死死地抓住安心如的腰,抓疼了安心如。"救救我,怎么没人来救救我!"她绝望地哭泣、低喊,仿佛经历着人世间最恐怖的一幕,心胆俱裂。

安心如的眼神来回闪烁,在女人又一声痛苦叫喊后,她闭上眼睛,长叹一声,再睁开眼时,将女人护在怀里,如同护着一个孩子。她看着秦逸飞,哑着声音说:"算了,放弃吧。"秦逸飞深深地看了看安心如身后惊恐至极的灵灵。一路上他都费尽心思,碰都不敢碰她,可被一个保安弄得功亏一篑。但看着灵灵那双眼睛,他怎么都无法说出"让计划继续"这样的话。怎样的苦难才能让她那双清秀的眼睛充满这样的惊恐?

秦逸飞点了点头,拨开拍照的记者,上前几步,柔声问:"我送你回家,好吗?"灵灵又是一声尖叫,手死死拧着安心如的胳膊,使劲往安心如的怀里缩。安心如看看灵灵,咬了咬牙:"我带她上车。""你不还得参加晚宴吗?"秦逸飞问。安心如摇了摇头:"她快崩溃了,还是我安抚她吧。""安小姐,她是谁,跟你是什么关系?""她是有精神病吗?""看她岁数比你大,为什么她这么依赖你呢?"记者开始躁动起来。这个新闻比李渔期插足老板婚姻还

177

要有爆点。

　　安心如没说话，带着灵灵就往外走。灵灵紧紧抓着安心如，将安心如的胳膊抓得全是瘀青："他们都是男人，我害怕。你救救我！"安心如摸摸灵灵的头："放心，我保护你。"灵灵那双无助的眼睛让安心如实在无法继续原计划。她在秦逸飞的帮助下，从记者群中艰难地穿过去。记者们此刻也看出来，这个女人似乎非常恐惧男人的触碰，齐齐让开一条道，却仍然满心希冀地看着安心如，希望捕捉一个大新闻。安心如现在只想快点儿带她离开这里。她有些讨厌此刻的自己，明明看不起李渔期的不择手段，可现在利用灵灵的她不也成了和李渔期一样的人？

　　就算赢了李渔期，这样的赢法又有什么意思？她不由得把灵灵拥得更紧、走得更快。可惜天不遂人愿，记者群中突然有人喊了一声："李渔期也出来了！"安心如只觉得灵灵的身子僵了一下，然后缓慢地转过身子。下一秒，灵灵一把推倒安心如，"嗷"的一嗓子朝李渔期冲了过去。李渔期看到有人飞扑过来，本能地想躲，却在看清来人的同时呆在了那里。她眼中的惊恐比刚才的灵灵不遑多让。

　　灵灵像一颗子弹一样撞上来，将李渔期直直撞倒，扑在李渔期身上，照着她的脸狠狠地一口咬下。所有人都惊呼起来。镁光灯"咔嚓咔嚓"响个不停。安心如和秦逸飞快地跑上去，想把灵灵从李渔期身上拽开，却怎么也拽不开。灵灵的嘴角直冒血，喉咙里发出野兽一般的呼噜声。秦逸飞看李渔期已经疼得要晕过去了，实在没办

第十八章 围魏救赵

法,咬了咬牙,狠了狠心,一掌劈在灵灵后颈上。灵灵呆了一下,软软地倒在李渔期身上,再没有了动静。安心如把灵灵扶起来,秦逸飞把她横抱在怀里,快步向外走去。

一堆记者此时没了顾忌,蜂拥而上,把安心如团团围住:"安小姐,这是怎么回事?""这女人是谁?""你把她带到这里干什么?"有机灵的记者想起了李渔期,匆匆跑到李渔期身边连珠炮般发问,想弄明白为什么那个疯女人看见她就像看见杀父仇人一样。可李渔期现在什么都回答不了。她躺在地上,眼睛直直地看着天空,比灵灵还要像个疯子。记者们的问题,她像是没听见,眼睛直勾勾的,仿佛天上有馅饼要掉下来。过了好几分钟,一滴眼泪从她眼角静静地掉了下来。安心如被记者围着,烦不胜烦,回身一指李渔期:"有什么事,你们问她。"

说完,她提起裙角,从记者的包围中撞开一条路,急急跑了出去。此刻,她脑海里全是灵灵惊恐的眼神。"老王,我好像做错事了……"安心如边跑边在心里默默地说。

王耀庆此刻在看守所的单间里,看着安装着栅栏的小窗户。外面的天开始阴下来了。想起张淮刚才跟他说的话,王耀庆的拳头握得死死的。李渔期,这个女人真的是没救了。连他一手打下的江山,她都想吞。这就不是没有安全感可以解释的了。她现在已经变成了一个怪物,再也不是当初他爱的那个娇俏女人了。不,王耀庆苦笑,也许当初她就是一个怪物,他爱上的只是她那层画皮。不知道安心如会怎么对付李渔期,她能不能应付得来。毕竟,安心如和李渔期

179

骨子里不一样，她不像李渔期一样心狠手辣，她会吃亏吗？

王耀庆开始疯狂地盼望那位专家能早日回国，证明他的清白，让他快点儿出去。他不在，安心如一个人撑得很辛苦吧。

安心如站在路边，双手捂着脸。徐眉正在开车接她的路上。安心如如同困兽一样在路边兜圈子，礼服的下摆全是灰土。那个女人，千万不要有事啊！安心如平生第一次如此后悔。她暗暗发誓，这种不择手段的行事既是她平生第一次，也是最后一次。但愿那个可怜的女人没事。她掏出手机，打电话给秦逸飞："告诉灵灵的姑姑，灵灵我会送到医院治疗，直到她好转为止。"

"那你得准备一大笔赎身费。"秦逸飞愣了一下后回答。不知道是不是安心如的错觉，平时嬉皮笑脸却从来不外露情绪的秦逸飞此刻跟她说话的声音中带有一丝暖意。"我带她来这里，她姑姑都讹了我好几万。"秦逸飞看了一眼不省人事的灵灵，淡淡地说。"多少钱我都给，我想让她好起来。"安心如直接撂下一句话。安心如受不了灵灵惊恐的眼神，受不了她的乞求，更受不了造成她如此痛苦的是不择手段想对付李渔期的自己。

"李渔期毁容了。"这是晚宴后所有媒体的大标题。安心如带了一个疯女人来，疯女人不让男人碰，看见李渔期像看见仇人一样扑上去就咬……这件事可以挖的噱头太多了。可每家媒体都不约而同地选择了保守报道。老记者们用丰富的经验和敏锐的直觉感觉到这件事不简单，集体选择就事论事地报道。安心如此时顾不上舆论，她正守着灵灵，等待她醒来。秦逸飞在旁边说："反正我能查出来的就是李渔期曾经和他们老家一堆小混混的老大成天混在一起，那小子那时候在当地有点儿势力，看灵灵好看，就把她糟蹋了。当时李渔期也在。之前李渔期跟灵灵关系挺好的，后来灵灵看见李渔期就想上去拼命。"

"没报警？"安心如盯着灵灵紧锁的眉头问。"灵灵爸妈老实巴交的，那小混混在当地又有点儿势力，被吓唬住了。"秦逸飞叹了口气，"那俩老人活活被气死了，灵灵后来被她姑姑养着，成天挨打受骂。我这次带她走，她姑姑根本不在乎我带她去哪，拿钱就答应了。"安心如又看了灵灵一会儿，低声问道："我是不是做错了？"秦逸飞看看安心如，有心安慰几句，可灵灵紧皱的眉头又让他失去了安慰安心如的心思："你确实做得不妥当。我也有错，我没想到能把她刺激成这样。"

安心如烦躁地捂住额头："算了，还是光明正大地跟李渔期死磕吧，哪怕我败光老王这点儿家业，也不干这亏心事。"秦逸飞又抬头看了安心如一眼，像是说给她听，又像是说给自己听："王耀庆看上你，确实有道理。"安心如勉强笑笑，转身走了出去。她要去公司，要忙的事情很多。几个经纪人人脉都不差，不出几天，就给艺人们找到了合适的网络综艺。吴远南作为一档名叫《口无遮拦》的节目的嘉宾，第一次亮相就让人印象深刻。他也知道这是他翻身的最后机会，把从前的偶像包袱全部丢掉，一张大嘴什么都敢说，一夜加冕"老司机之王"。

林月芝性格有点轴，王吉安排她去了一档运动挑战的节目。她的轴在平时为她的人际交往添了不少麻烦，但在这档节目里，却成了亮点。不少人叫她"拼命三娘"。潇潇是安心如最担心的。她脑袋里除了王耀庆，简直空无一物。可她的相貌实在是太让人着迷了，不捧她，安心如觉得可惜。安心如亲自给她挑了一个节目，一档老明星教新人学演戏的节目——《我真的会演戏》。这档节目每期都会上两个最亮眼的新星，关注度足够。而潇潇半途辍学，对节目中这种上学考试的设计也很感兴趣。最重要的是，即便潇潇反应迟钝些，但这毕竟是教学节目，也不会引起太大的反感。

　　安心如想得周全，连潇潇被观众嫌弃时该怎么给她发通稿都想到了，却唯独没想到潇潇会一炮而红。首先，是因为潇潇实在美得连女观众都着迷。其次，因为潇潇是真的认真去听课。虽然她的天资不怎么样，可她没少下苦功，观众都是能看出来的。潇潇每次都拿着录音笔把老师讲的东西记下来，等上下一节课的时候，她能生生把老师上节课说的每句话都背出来。对于她的表现，连老师都震惊了。他真没想到现在还有明星上节目是真的想学东西。安心如也没想到世界这么小，潇潇参加节目那几期的老师就是国内电影节的主席、曾经给欧怀当过说客的宋明。

　　一开始，安心如还担心宋明会为难潇潇，可看了两期，安心如就放下心来。不管之前宋明和安心如是不是有过节，但在对待潇潇这个学生上，宋明颇有前辈风范，教得尽心尽力。他和潇潇教学相长，倒成为这个节目的亮点。已经有人透露出合作意向，想邀请潇潇去演一部古装片的第二女主角，同时参演这部片的还都是最近很火的明星。

至于赵又迪和刘宇哲，他们去参加的是一档恋爱真人秀。这类节目一般都是在演戏，但赵又迪和刘宇哲本来就熟，刘宇哲又卖力追求赵又迪，在这档节目里戏假情真，连带着感染得赵又迪也认真起来。网友们称他们为"又哲夫妇"。一时之间，"又哲夫妇"吸粉无数，不少品牌找上门来，两人的代言费用也随着节目的播出而水涨船高。

秦逸飞对"又哲夫妇"的出现颇为焦虑，可他被醒来的灵灵缠住手脚，也只能私下抱怨两声。灵灵醒来后，就住在了安心如和伊娜那里。安心如要去剧组拍戏，还要配合叶茂生宣传电影，自己又接了一堆广告，每天忙得脚不沾地。伊娜每天跟着赵又迪，同样人影都找不着。只有秦逸飞能看着灵灵。只要秦逸飞不碰触灵灵的身体，灵灵也不怎么发病。伊娜和徐眉似乎都很喜欢灵灵，毕竟这个女人现在的智力退化到了儿童水平，长得又不难看，每天坐在家里对着她们笑得一脸纯真，很是讨喜。

知道灵灵的来历后，徐眉挽起袖子就想去找那几个人算账，被安心如拦住。伊娜对安心如拦着徐眉的举动很不满，抽空给安心如打了一个电话。电话里，伊娜劈头盖脸地就问："心如，我记得你不是怕事的人啊。""什么意思？"安心如刚拍完最后一场戏，坐在椅子上休息。"灵灵那事儿，你干吗拦着徐眉？"伊娜直截了当地问道。"那你想让徐眉干什么？去卸了那个浑蛋的胳膊，被警察抓走？"安心如皱了皱眉，反问道。"要抓也不是抓徐眉，是抓那帮浑蛋和李渔期啊！"伊娜愤愤不平地说，"这事总不能就这么算了啊！"安心如摇了摇头，说道："你呀，你还是跟刘大美抓紧把婚结了，回家生孩子吧！"她喝了口水，擦了把汗，边翻着自己密密麻麻的行程表，边接着说道，"都这把岁数了，又经历过这么多事，你怎么就学不会稳住自己呢。""什么意思？"伊娜兴奋起来，"听你的意思，你还有后招？"

安心如看了看对她招手的叶茂生，匆匆说道："回去查查近十年的新闻，是不是记者一开始报道得越谨慎，背后查得越仔细？别小看记者，那帮人个个都是福尔摩斯，还是有话语权的福尔摩斯。"说完，安心如挂了电话。十年内娱乐圈的大小新闻，安心如闲时都一一查找出来看过。事实证明，新闻报道一开始越谨慎，越不信口开河，就证明记者们越有可能准备挽起袖子在背后"放大招"。没有一次例外。记者们对新闻的敏锐度比一般人要高得多。只要一眼，他们就知道哪件事值得好好调查一番，哪件事报道个噱头就行了。

这件事，安心如准备交给这帮记者去挖掘。毕竟大部分记者都是新闻专业出来的，报道真相、维护正义这种事，谁年轻时没梦想过呢。天天报道娱乐新闻，从明星的喜怒哀乐中混饭吃，应该不是他们的初衷吧。有些事交给有话语权的人，会更加好办。转眼间，安心如担纲女主角的第一部电影已经拍完了。杀青宴上，叶茂生喝得满脸通红，举着酒杯和安心如碰杯："其实心如啊，王耀庆进去对你来说是一件好事。"安心如一下沉了脸："什么意思？"叶茂生打了个酒嗝："嗝！"他咽了口口水，接着说道，"从前，你只能演出苦恼的感觉，根本演绎不了女主角那种苦难深重又无从反抗的感觉。"安心如想了想，确实是。叶茂生一开始对她的演技几乎是隔几天就挑剔一回。"那跟老王有什么关系？"安心如介怀，追问道。"嗝！自从老王进去以后，你算是把'苦难'俩字演活了！"叶茂生使劲拍拍安心如的肩膀，大声说道，"你彻底开了这窍。现在的你演我的戏，我绝对不会再挑你了。"叶茂生说得口沫横飞，"所以说，苦难让人成长啊！"

安心如苦笑了一下："我宁愿不成长。"叶茂生没听到她这句话，仍自顾自地说："你也别怨我在你出事的时候不联系你。这部片子我寄予了太大希望，简直就像我的孩子一样。当时谁都以为你翻不了身了，谁敢用你啊！那不是跟自己过不去，是跟我的孩子过不去！"安心如笑着又把她和叶茂生的酒杯斟满，轻轻举杯："叶导，我理解。庆祝我们现在合作愉快！"与此同时，麻将熊、王诺、潇潇几个人在不远处的另一家饭店里也举着酒杯："合作愉快！"

麻将熊的另一部小说《武道至尊》也要开拍了。投资方是耀庆娱乐。安心如没有别的要求，只有一条，让潇潇演戏中的傻丫头。傻丫头这个角色是安心如和麻将熊商量后加上的。加她的初衷纯粹是为了捧红潇潇。相貌惊艳的傻女，时不时有些呆萌段子，使这个角色相当讨喜，并且贴合潇潇的性格。王诺和安心如有过一次愉快的合作，交情不错。虽说安心如没说别的，但王诺也知道耀庆娱乐现在内外交困。他选角的时候，大部分角色都在耀庆娱乐的艺人里挑选,被业界戏称为"耀庆娱乐剧组"。

有安心如拍《永夜记事》的成功在前,现在又是投拍麻将熊的其他作品,这本书还有那么多书迷,自带关注度,耀庆娱乐不少二、三线艺人都想进剧组。安心如倒没有铁面无私,该介绍给王诺的,她一个不落全都介绍过去了,毕竟肥水不流外人田。但安心如跟王诺明言,这只是给他多提供一些选择,最终的决定权在他。王诺考虑到现在耀庆娱乐的困难,照单全收。这部剧的投资也不大,能省的地方,王诺和制片人都省了。

宋明为了潇潇拍的第一部戏,私下里经常来探班。安心如一想到当初欧怀专门去剧组看她自己的事,就放不下心来。她想着,物以类聚,人以群分,宋明当初能替欧怀来给伊娜做说客,那说明他跟欧怀关系很好。这老头别是打着潇潇的主意吧。安心如越想越担心,抽空叫王诺牵线跟宋明吃了一顿饭。宋明头发花白,但仍看得出来年少时的高大帅气,当年风靡全国的偶像即便老了,也依然风度翩翩。一落座,宋明未语先笑:"我在医院见你的时候,怎么都想不到你能有现在这样的成绩。"

"我运气好。"安心如也笑笑。"这可不是运气的事。"宋明端起茶杯抿了一口,"我是眼看着你一次次化险为夷。命运不可能这么长久地眷顾一个人。"他对安心如竖起了大拇指,"你很强悍。"安心如笑笑,没说话,静等服务员上菜。等到服务员退出包厢,安心如直接开门见山,问道:"您为什么那么喜欢潇潇?"宋明神色如常地夹菜，一点儿都不意外安心如的问题，就像是意料之中："你怕我像欧怀那样晚节不保？""欧怀从来就没有过节操，您和他关系那么好，应该知道。"想想后来欧怀将伊娜视作洪水猛兽的态度，安心如冷冷一笑。

宋明被安心如噎了一下，忙喝了口茶顺了顺，这才失笑："你这丫头，一语双关啊。"他正了色，看着安心如，一本正经地继续说，"我跟欧怀不一样。他是我的老朋友，有些事，我没办法，只能帮他。但在私生活上，我可以保证我很检点。""那您为什么对潇潇格外不同？"安心如穷追猛打。"我要告诉你，我单身了一辈子，现在后悔年轻时没有生一个孩子，你信不信？"宋明突然看着安心如的眼睛说道。安心如愣了一下。"您到这个岁数，才开始想要孩子？那为什么是潇潇？"安心如始终还是放不下心来。"她性格有点儿愣，有点儿呆。"宋明想起潇潇，不由笑得很慈祥，"我睡不着的时候，总是想着我要是当初生了孩子，那孩子会是什么样。"他神色开始恍惚，"不论男女，一定很漂亮，身上有股牛劲儿，执拗得像我一样。"

安心如静静地看着宋明，心里充满疑惑。宋明脸上写满了向往，不似作伪。可潇潇除了一张脸漂亮，没有什么优点，他怎么会无缘无故地把潇潇当成孩子？宋明看着也不像是父爱泛滥的人。难道有诈？宋明一看安心如充满疑惑的眼神便乐了："还在疑心？"安心如点了点头："世态炎凉，人心难测。"宋明淡淡地笑着："那孩子学得很刻苦，有股拼命的劲头。我问过她为什么这么拼，她说她想变成你和李渔期那样有本事的女人。"安心如听到潇潇把她和李渔期相提并论,不由苦笑。这确实是潇潇能说出来的话。宋明看了看安心如的脸色,又说道:"我问她为什么想变成你和李渔期这样的女人,她说她要让王耀庆喜欢她。"他摊手笑了,"这孩子就这么大大方方地说出来了。"

安心如苦了脸。潇潇这是要把她的目标告诉全世界啊!"她已经觊觎老王很久了。"安心如也无奈地摊手。"可你还是在为她操心。"宋明看着安心如。"她是我的艺人,我就要为她负责。再说,她不还没插足吗?老王也没出来。等他出来了,潇潇真插足了,我再对付她也不迟。"安心如淡淡地说。宋明哈哈大笑:"现在的年轻人真有意思。"他收了笑容,"你知道我为什么喜欢她吗?她身上有种我年轻时的牛劲儿,为了让王耀庆喜欢,她是拼了命地跟我学啊。我把她当女儿,不管你信不信。将来你要为难她,我也不会干看着。"

安心如跟着笑笑,不说话。如果宋明所说是真的,那潇潇算是合了宋明的眼缘,是她的造化。可如果宋明说的是假的……毕竟宋明的演技可是公认的高啊。她端起茶杯,以茶代酒,敬宋明:"但愿您是潇潇的贵人。但我跟潇潇的经纪人也打好招呼了,您不可能和她单独相处,也不可能在晚上八点以后见到她,更不可能和她到酒店、私宅这些地方。这点请您谅解。"宋明脸上有了一丝不快:"你说的那些地方,我根本不会带她去。我都多大岁数了。"但想想安心如为潇潇费的心,他又收起了不快,"你在保护你的情敌,这点我佩服你。"安心如笑了笑:"公是公,私是私。她是我的艺人,保护她是我的职责。"

一顿饭下来，安心如放了心，暂时算是和宋明一饭泯恩仇。回头她打电话给潇潇："以后对宋明要尊敬一点儿，但记得不要越线，绝对不能单独和他在一起，听到没？"潇潇随意应了一声，忙着问安心如："王总什么时候能出来？"安心如沉默了一下，那股不快又升了起来。一个绝世大美女惦记上自己的男人，是个女人心里都会不舒服。"他快出来了。"安心如随意说完，匆匆挂了电话。潇潇愣了一下，旋即绽出一个绝美的笑容。那个刻在她心上的男人终于要出来了吗？潇潇赶忙又开始形体训练。他喜欢有本事的女人，她要变得有本事……

李渔期一直没有露面，对于灵灵这件事也没有任何回应。网友们初时还议论纷纷，可无奈这件事所有人都在冷处理，渐渐地，事件也就平息了。倒是江祖英和她的关系被媒体抓住大做文章，把李渔期和江祖英如何相识，江祖英何时挖到李渔期，他的老婆孩子又是何时出了国，以及两人在私宅相会的所有时间点都列了出来。这种事情，要说花钱买媒体闭嘴，也只能买到一两家。剩下的媒体，只要有一家先报道，其他媒体就会像草原上的狼一样一窝蜂扑上来，将当事人啃得渣都不剩。

现在王耀庆不在，没有人压着这件事，大美娱乐就在安心如的授意下成了那个先行者。李渔期的名誉受到了损害，但她在圈里年头长，不至于伤到根本。本来这只是一个导火索，安心如的大杀器是灵灵，可灵灵现在已经让安心如动了恻隐之心，她不准备再用灵灵这张牌了。可李渔期这边，反扑是必定的。她一直没有露面，未必就是躲了起来。安心如一直提防着她反击。除了提防李渔期，安心如这几天也在忙着制作网络综艺、网络电视剧的事。电影盘子太大，安心如动不了。

电视剧要想上卫视，没有明星大制作拿不下来，安心如同样没把握，也没有那么多资金。可网络综艺、网络电视剧就不一样了。网络综艺一周一集，可以让艺人拥有足够的关注度，比起电视台来，节目尺度又略大，能更贴近观众口味。大部分网络综艺的制作成本也不高，只要能抓住话题度和观众看点就行。不少过气艺人和新人靠着网络综艺，身价水涨船高。对于安心如来说，网络综艺是最好的一条路。网络电视剧也一样，不需要大成本、大制作，只要演员事先制造点儿噱头吸引眼球，再搬出有名的网络小说，基本就能盈利，要是宣传得好，也能造出不少新星。

现在各大视频网站和APP竞争激烈，不像电视台那样讲究人情，你有好节目、好剧、好宣传、好看点，网站就会给你好的推荐。安心如是打算这条路走到黑了。她找的团队都是年轻人，个个都是段子手风格，走年轻人路线相当拿手。跟她谈好合作的网站也是以年轻人为目标用户。很快，好几个不同品类的真人秀已经快速立项，并开始制作了。耀庆娱乐的艺人们看到吴远南和林月芝翻身的例子，说不眼馋是假的。这次公司发福利，自家制作的节目每个人都不能少，不少人争先恐后要参加。除了被番茄文化重金挖走的几个人，

第十八章 围魏救赵

其他人暂时安分了下来。

安心如变成了香饽饽，每天都有人来找她毛遂自荐。她忙得脚打后脑勺。一方面，公司的网络综艺和网络电视剧进行得如火如荼，除了麻将熊的书，还有几本也已洽谈好，准备投入制作；另一方面，她也在发展自己的演艺事业。她不是王耀庆，单靠她的本事，无法服人。她自己如果地位不够，对内就没有说服力。安心如拍的文艺片已经结束，按流程该送到国外A级电影节参展了。她现在彻底变成了广告女王。

自从剪短头发，安心如的五官轮廓深邃了起来。加上她在公益方面的成就已经得到慈善晚宴的肯定，她的命运又像电影里演的一样多舛，自带某种传奇性，还有叶茂生的文艺片在手，品位也够了。她平时穿搭得也好，带货功力一流，只要是她穿的单品，都能迅速大卖。虽然这些畅销背后有她粉丝出的不少力，但不管怎么说，时尚圈没有理由不敞开怀抱迎接她。毕竟再奢侈的品牌也不是为了拯救众生而生，他们的本质也还是商人，生来就是要赚钱的。谁带货带得好，谁就是时尚圈的新宠，就这么简单。安心如手里握着一线品牌的腕表、保养品和彩妆的代言，甚至还有高级定制的代言，一下子她的形象高端大气上档次起来，代言费已经比肩一线女星。来找她代言的饮料、食品这些快消品也都换成了一线品牌。安心如已经被人们誉为"新生的一线小花旦"，至少在代言和粉丝这两块，她当之无愧。

潇潇的演技提升了不少。她一根筋，琢磨东西反而专心，进步速度着实不慢。现在潇潇又参加了一档真人秀，是旅游节目。她的美颜为她涨了不少粉丝。旅游过程中面对吵架，她的不参与、不理睬让更多人喜欢上了她。本来真人秀的导演还一直在找安心如诉苦，抱怨潇潇丝毫不会吵架抓热点，会影响收视率，可所有人都没有想到潇潇这个性格居然误打误撞让她红了起来。毕竟明星吵架看过太多，观众早就没有兴趣了。请她去试镜的古装剧剧组也确定让她演第二女主角。剧组宣传已经打出去了，重点宣传潇潇的相貌与原作中倾国倾城的第二女主角极其相似。这给潇潇又带来新一轮关注度。

安心如觉得，现在潇潇要是参加当初那个宅男女神的评选，会是稳稳的第一。没事的时候，潇潇还是喜欢到公司，带着迷之微笑坐在安心如身边，静静地看她办公。安心如被她看得心里毛毛的，几次问她："潇潇啊，最近没遇上合眼缘的男艺人？"潇潇摇摇头，又问："王总还不出来？"安心如快被她气死了，只能当她是透明人，假装看不见、听不着。私下里，安心如自己也有些忐忑，潇潇长得实在太美，她如果再开了窍，不再木木呆呆，会有男人不对她动心吗？王耀庆当初带她出来，会不会就是被她的美貌俘获了？

王耀庆对潇潇动没动心，安心如不知道，但刘宇哲肯定是没动心。他一把推开办公室的门，大步走进来，看都不看潇潇一眼，愤愤地喊："我不干了，让她爱跟谁谈恋爱跟谁谈，我是不跟她谈了！"安心如揉了揉太阳穴，看看手腕上的表，努力让自己不龇牙咧嘴，木着脸看着刘宇哲："我还有半小时就要出发去王诺的剧组里客串出演，你有什么事情快点说。"刘宇哲苦着脸低下头，像是才看见潇潇,急躁地说:"你往那边点儿,我坐这儿!"潇潇往旁边挪一挪,把位置让出来。刘宇哲坐在安心如对面,气急败坏地说:"赵又迪最近又跟秦逸飞打电话,两人还神神秘秘的,说什么都不跟我说,你说她是不是变心了?"安心如使劲握拳,才能忍住把笔筒砸到刘宇哲头上的冲动:"她变什么心?你们谈恋爱了吗?你们那是真人秀,你还记得吗?"

刘宇哲愣了一下,又梗着脖子喊:"可我们都知道我们是来真的啊!"安心如冷哼一声:"是吗?我怎么不知道?""你看不出来呀!"刘宇哲气恼地低喊。安心如翻了个白眼:"我真是上辈子造了孽。我已经忙得要疯了,还要管你们这点儿破事!"她直接拨了个电话出去,按了免提键,"又迪,你和秦逸飞神神秘秘通电话干什么,为什么不告诉刘宇哲?"赵又迪愣了一下,大喊道:"那个人跑去找你告状了?真行!灵灵大姨妈来了,秦逸飞打电话问我哪个牌子的卫生巾好,这种事我能告诉他吗……"赵又迪语速快,安心如想关免提已经晚了,情急之下只能挂了电话。她冷冷地看着刘宇哲:"满意了?"刘宇哲的脸红扑扑的,咳嗽了一声:"咳咳,满意了。""能圆润地离开吗?"安心如彻底没了好脸。"好嘞!老佛爷!"刘宇哲一秒变狗腿,站起身就小跑出去。安心如在他身后喊:"给你安排的那部古装剧好好拍,那个角色特别容易吸引粉丝!"刘宇哲头也不回,挥挥手示意知道了,径直走出了公司。

安心如无奈地摇了摇头,眼中却有一丝向往。她好久没有和伊娜、赵又迪、刘宇哲、徐眉这几个人开玩笑了。不知不觉,她的所有生活都被工作占据了。安心如叹了口气,喃喃自语:"老王,你什么时候回来啊?回来替替我啊。"潇潇一直坐着看安心如和刘宇哲说话,这时才冷不丁出声:"我也挺想他。"

她的一句话成功让安心如恢复状态,无语地撇嘴,打电话给秦逸飞:"以后灵灵有什么事,你找我。灵灵怎么样?"秦逸飞大汗淋漓,抹了把汗:"突然从电视上看到婴儿广告,又抽风了。"安心如一着急站起身来:"她没事吧?""没事,我让她睡了。"秦逸飞舒了口气,点了一根烟坐在沙发上休息,"我当年可是顶级的私家侦探啊!现在成了一个老妈子。""你辛苦了哈!"安心如赶紧致谢。秦逸飞摇了摇头:"知道李渔期最近在干什么吗?"安心如冷哼一声:"不知道,反正是在憋坏水。"秦逸飞的声音里带着些不解:"她在庙里。一直都在庙里,天天看着那个小孩上学放学,打坐念经。""她是幡然悔悟啦?"安心如稀奇起来。"不知道,不过这件事你准备什么时候让灵灵知道?"秦逸飞看了看沙发上睡不安宁的灵灵,不自觉地用手抚上她的眉头,替她抚平皱起的纹路。

"过段时间吧,我怕刺激到她。"安心如想了想,说道。安心如挂了电话,仍然感到有些好奇。李渔期这是去烧香拜佛,求因果报应不要降临在她身上吗?安心如突然很想看看此刻的李渔期在干什么。

没想到李渔期自己送上门来了。秘书走进门,说道:"安总,李渔期和江祖英来了。按例今天是股东会,王总以前都是要讲讲耀庆娱乐近况的。"安心如冷了脸,站起身就走了出去。李渔期素着脸,

第十八章 围魏救赵

脸上很明显有两道疤，齿印已经褪去，伤痕还在。看见安心如，她不再微笑，只是直勾勾地盯着她，眼中意味不明，但绝对不是善意。安心如也没有客套，指指会议室："走吧。"说着，她在前面带路，可意外地听到江祖英的声音在后面响起："你叫什么名字？"

"潇潇。"跟着安心如走出办公室的潇潇答道。安心如冒了火，她停下脚步，回头看着江祖英："开不开会？不开就滚！"江祖英的小眼睛里冒出一丝寒光："安总派头好大！你是不是对你的股东太不礼貌了？你要知道，你那些小股东的股份都被我收了。"安心如眯着眼睛打量了江祖英一眼，还是那句话："不开滚蛋！别骚扰我的人！"江祖英寒了脸，大步往会议室走。安心如反而落在了后面，跟李渔期并排了。自从承担起照顾灵灵的任务，安心如对李渔期彻底没了好感，跟她说话也不再客气。"带着情夫耀武扬威来了？小心他看上新人，甩了老人。"安心如看着前方，状似不经意地说。

"先操心你的公司吧。"李渔期轻轻地说，随后她顿了顿，张了张嘴，最终问道，"灵灵在你那里？""对啊。"安心如挑衅地看了她一眼。李渔期低下头，半天不语，快走到会议室门口时，她突然死死抓住安心如的胳膊："把她给我！我可以说服江祖英不为难你，我还可以给你钱，只要你把她给我！"安心如吃了一惊，侧脸打量着李渔期。她的神色有些狂乱，望着安心如的目光充满渴望。安心如狠狠甩开了李渔期的胳膊："现在后悔了？晚了！"说着，她头也不回地走进会议室。江祖英大大咧咧地坐在会议室，腿跷到桌上,点着烟,将会议室弄得烟雾缭绕。"腿放下。"安心如冷着脸。"我是股东。"江祖英斜眼瞟了安心如一眼。

"我是大股东。"安心如冷淡依旧,"腿放下!不然我叫徐眉来教你正确的坐姿。"经过和穆怀明的一战,徐眉已经在圈子里出了名,她的实力江祖英清楚。好汉不吃眼前亏,江祖英骂骂咧咧地将腿放下,恶狠狠地盯着安心如:"我今天是来告诉你,不管你做什么决定,我都会行使否决权。"他看看李渔期,李渔期淡淡地说:"按公司规定,大的决策需要重要股东投票决定。现在我和老江都是股东,我们否决你的所有决定,请你撤回你所有的投资。""你们是不是疯了?"安心如靠坐在椅背上看着他们,"这就是你们跑过来的目的?说一堆废话?""强弩之末,别死撑着了。"江祖英笑了笑,心里却有些惊讶,安心如和王耀庆的动作越来越像了。不知为何,她的眼神也像王耀庆一样,无形中给人以压力。

安心如身子前倾,双肘撑在桌上,盯着江祖英:"恐怕你要白跑一趟了。"她淡然叫秘书递过来一份文件,扔到江祖英面前,"第一,耀庆还有别的股东。当初有三个股东的股份你们没有吞下,现在他们的股份属于张连英先生。"江祖英呆了一下,连忙起身拿起文件翻看,脸上慢慢变色,沉着脸不说话。李渔期凑在旁边看了看,眼睛一眯,笑得有些不屑:"我忘了你还有一个富豪亲爹。安小姐还是一个富二代。"安心如抱着胳膊不耐烦地皱眉:"少阴阳怪气。就算富二代也比你不择手段好;再说,我穷的时候也比你有骨气一百倍。""你说话最好谨慎点儿,你将会为你说的话负责。"李渔期的声音冷飕飕的。"我负责,每一句话我都负责。"安心如摊摊手。

江祖英冷笑道:"就算如此,现在你和你亲爹,我和李渔期,我们仍然是二对二。""你等下,我打个电话。"安心如慢条斯理地拿起手机,拨通了张连英的电话。还没等安心如说话,张连英像是讨好又像是邀功的声音传来:"已经都谈妥了,股东的股权都转让给我们了。番茄文化的股东比耀庆娱乐的多,江祖英和李渔期的股份以前是大头,但爸爸把其他股东的股权全收购了,现在我们是大股东。"安心如沉默了一会儿,才问道:"让你吃了不少亏吧?""那点儿亏,我吃得起!"张连英给安心如帮了忙,内心的愧疚感稍微减轻,说话也没那么生分了。"谢谢爸。我会想办法还回来的。"安心如有些生疏地飞速叫了声"爸",就挂了电话。留张连英看着手机发愣:"她刚才……好像叫了声'爸'?"

江祖英和李渔期警惕地看着安心如。打了几回交道,他们也知道安心如行事刁钻。尤其是李渔期,更是对安心如有忌惮。江祖英侧脸打量着安心如:"你打这个电话,不是想跟你亲爹拉家常吧?""当然不是。"安心如像是得了精神分裂症,刚才阴霾遍布的脸突然变得灿烂无比,"你知道什么是围魏救赵吗?""什么意思?"李渔期深知安心如行事风格飘忽,不可预料,却又总是能造出大杀器。她审慎地问:"你对番茄文化做了什么?""对呀。快回去看看吧,别在我这里耀武扬威了。"安心如笑眯眯地说道。

第十九章 获得清白

番茄文化的股权争夺拉锯战颇为费事,让江祖英焦头烂额。张连英死咬着股份不松口,还给江祖英和李渔期找了不少麻烦。毕竟现在他才是大股东。直到江祖英答应把耀庆娱乐的股份全部还给安心如,张连英才松了口,番茄文化回归平静。可惜当初耀庆娱乐的遭遇在番茄文化身上也发生了一回,有几个人趁乱出走。伊娜听说安心如找张连英帮忙,颇为惊讶:"你不是单打独斗惯了吗?""我现在也学会求助了。这个世界上只有超人和蜘蛛侠才有能耐单打独斗。求助也是一种本事。"安心如心情好,多说了几句。"这是谁教你的?"伊娜更加惊讶地问。

"赵又迪最近怎么样?"安心如试图转移话题。当初是王耀庆结结实实给她上了一课,教会她成熟的人从来不提倡单打独斗。想起王耀庆,安心如一阵落寞。她当初不知道,现在她坐在这个位置上,才知道打理一家公司有多忙。他还能惦记着她的大小事,真是有心了。伊娜听安心如声音低沉,就知道她想起王耀庆了。她故作轻松地说:"又迪没什么事,就是跟刘宇哲一天吵三回。"这两人到底是不是假戏真做,谁也不知道,但是现在他们的确是公认地亲密,已经很多人拍到赵又迪和刘宇哲一起吃饭逛街唱K,看样子关系不一般。安心如笑了笑。这些最初的朋友总能让她在最疲惫的时候笑起来。现在看看,命运真是对她不错,有老王,有朋友,亲爹虽然不亲近,但也关心她。

安心如发现自己最近想谁来谁。她正在想王耀庆,张淮的电话就打进来了:"心如啊,告诉你一个好消息,那个专家回来了!""真

第十九章 获得清白

的？"安心如兴奋得差点儿蹦起来,"现在已经到了吗?我去给他接风?"张淮笑了:"人家不会去的。现在警察已经把人接走了,可能会以最快的速度去做鉴定。"安心如激动得嘴唇都哆嗦了:"需要我做什么?""你带句话给王总,他估计就挺高兴了。"张淮的声音透出笑意。打了多年交道,他也盼着王耀庆好。现在安心如的身体极度透支,每天睡觉时间不超过四个小时,这些他都听王吉说过。即便王吉不说,看她出现在电视上,脸上总是一副浓妆艳抹的样子,粉底涂得厚厚的,张淮也能猜到她有多疲惫。

安心如觉得自己眼泪都要掉下来了,终于盼到这一天,终于有见到他的机会了。王耀庆离开的这段日子,安心如才发觉,原来他已经在不知不觉中住到她的心里,再也拔不出来了。几乎每一天,安心如都是在回忆王耀庆中度过,从而支撑自己扛下去。现在,曙光总算到来了。

安心如的曙光到来了,可李渔期的黑暗降临了。前段时间,记者一直没动静,只有几个小网站拿灵灵在慈善晚宴上的出现做噱头。

李渔期心里隐隐不安,可安心如另辟蹊径,试图带着耀庆娱乐闯出包围圈,吸引了李渔期大部分的注意力,加上李渔期心里的愧疚感被灵灵的出现勾了起来,这么多年没敢见灵灵,猛然一见她狼狈不堪、疯疯癫癫的样子,李渔期前所未有地后悔当初。她在庙里待了好几天,每天吃斋礼佛,心里的阴影却越积越重,一时竟然打不起精神去应付记者。而今天,记者将她的伤疤一把撕开,把从前的腐烂猛然暴露在了世人面前。大幅大幅的报道,证据翔实,语言谨慎，却掩不住令人惊诧崩溃的事实：性感女星李渔期疑似犯罪！报道的语气审慎，但呈现出来的往事却是血淋淋的。

当年，李渔期因为家贫在学校受尽欺负，只有一个好朋友，叫灵灵。人们都说，她们是学校的两朵金花，都很漂亮。李渔期不堪欺侮，找了颇有势力的混混老大当男朋友。李渔期试图给灵灵也介绍一个那样的男朋友，被灵灵拒绝了，这件事她们的同学都知道。有一天，灵灵放学去了李渔期和男朋友租住的房子里玩。有几个同学做证，说是李渔期邀请灵灵去的。两个女同学还说，记得李渔期跟灵灵说："我做什么，你都不会怪我，是不是？"灵灵在里面待了五六个小时。当年的邻居说曾经听到惨叫，有的人想去看看，李渔期拦在门口，说他们在里面闹着玩。

李渔期的男朋友在当地无恶不作、人人恐惧，既然李渔期说没事，也就没人敢去较这个真了。第二天，灵灵就疯了，极度恐惧男人，更加憎恨李渔期，看到李渔期就要上去拼命。后来李渔期辍学，离开家乡，进入演艺圈闯荡。灵灵的事，她父母本来想报警，被李渔期的混混男友带人恐吓一番后，老实巴交的老两口怕灵灵死于非命，竟然咽下了这口气。几个月后，灵灵的肚子大了起来。老两口一口气没转过来，生生憋屈死了。灵灵被她姑姑领走，却不怎么上心照看她。灵灵的孩子生下来后，她姑姑本来准备扔到河边，却被一个神秘人带走了。那个人是谁，她姑姑最近拿了记者的钱才开口，就是李渔期。而李渔期一有空闲就要去郊外的寺庙烧香拜佛，那个寺庙里有个十来岁的孩子跟李渔期很亲近……

第十九章 获得清白

从头到尾，没有一个记者写过李渔期犯罪，但种种事实，他们罗列得清清楚楚。看过报道的人都会明白李渔期干了些什么。联想到之前李渔期插足江祖英家庭的新闻和在慈善晚宴上见到李渔期就发疯的灵灵，网上的议论像洪水一般朝着李渔期袭来。有人到番茄文化楼下，往门上砸臭鸡蛋，弄得番茄文化臭味熏天；有人发动网友签名，要求李渔期滚出娱乐圈，两天内签名高达近百万；有人自愿组成调查团，去李渔期的家乡调查这件事，然后发现这次记者们做了一件良心事，他们的报道句句属实；有人开始一遍一遍地把这件事发给各地公安局的社交账号，要求对这件事立案。没有公关公司愿意接单给李渔期扭转局面，这活没法做呀。有家公关公司的老总说了一句："我们是扭转声誉的，但绝不包庇犯罪。良心这个东西，我们也有。"

记者们终于在爆出新闻的同时，行使了一回他们的使命：匡扶正义，报道真相。有位有资历的娱乐记者是最先到李渔期家乡调查的，他和刘大美相熟，在一起吃饭的时候感叹："想不到有生之年还能在生活的压力下，实现一回当初的理想，做一个真正的记者。"

李渔期躲进了庙里。古寺香火缭绕，她诵经礼佛，虔诚无比。她给灵灵的孩子起名"李念灵"。李念灵的户口问题、学费、生活费都是李渔期负责。多年来，她对庙里供奉良多，和住持也算熟悉。住持不看新闻，并不知道李渔期最近有多火。一直以来，他只知道李渔期是一个演员。他很奇怪，为什么李渔期从来不肯抬头看看佛祖，在佛像面前，永远低着头。佛祖又不是怒目金刚，他慈眉善目，怜

203

悯天下所有可怜之人。这次李渔期来，干脆连大殿都不敢进去，只是一遍遍在外面磕头。

　　住持有心问她原因，却找不到机会和她说话。她不停地拉着念灵说话。念灵长得很漂亮，骨子里有股同龄人没有的牛劲儿，沉默执拗。李渔期絮絮叨叨地跟念灵说了好几天的话，让念灵请假陪她。"念灵啊，阿姨让你每天替阿姨诵经上香，你到底做了吗？""是不是你诵经上香时心不诚啊？""念灵，你再去给阿姨上炷香，去给阿姨诵经祈福，好不好？"李渔期像是魔怔一样，喃喃地说。"为什么必须是我？"终于，念灵开口了。

　　"什么？"李渔期一愣。"庙里和尚很多，为什么从小你只让我为你祈福？为什么必须是我？"念灵又说了一遍。"因为你是小孩，你心诚啊！"李渔期低下头，避过念灵那双肖似故人的眼睛。念灵什么话都没说，站起身去上香，边走边轻轻地说："老师说做错事逃避是最不可取的。"李渔期猛然睁大眼睛。他是不是知道什么了？不可能！这事刚发生，她就没收了他的手机，让他请了假，不去学校。他不会知道的！

　　李渔期就这么一直发呆，直到念灵被住持叫去睡觉。她鼓起勇气，想去佛殿看看佛祖，却被偏殿的金刚吓住了，转身狼狈逃出去，眼角一滴泪掉到了佛殿前。她没有办法啊！当年她只是想找个人保护自己，不要再任人嘲笑欺侮而已！眼看她的保护伞对她失去了兴趣，她害怕啊！一旦他抛弃她，她回到学校，只会受到更加严重的欺负！他看上灵灵，也不是她愿意的！她要是不把

第十九章 ◆ 获得清白

灵灵叫去，她就会挨打呀！这愧疚她背了十多年，灵灵的孩子是她养大的，灵灵的姑姑一直收着她的钱，她已经尽了自己的所有能力去忏悔！不是说放下屠刀，立地成佛吗？杀孽深重的人，佛祖都能原谅，更何况是她？！

李渔期用被子蒙住眼睛，看着被子里的一片黑暗。人生第一次，她觉得自己无路可走。这就是因果报应吗？后来，那个浑蛋与人打架，把人打成重伤，进了监狱，现在应该还没出来。现在轮到她了吗？李渔期睁着眼睛到天亮，等着念灵再来给她诵经，平息她的恐惧。可念灵没来，警察来了。老家的公安局立案了。

李渔期被带走的消息不胫而走，安心如很快看到了报道。此时，她和王吉正在办公室里捏着手机，等着张淮打电话。那个专家回国后立刻投入工作，现在正在鉴定。

安心如看完报道，给秦逸飞打了一个电话："逸飞，去庙里看看灵灵的孩子，不行就把他接走吧。"王吉横了她一眼："哪头轻哪头重，你分不清啊，大姐？你先等老王这事的结果出来，行不行？"安心如抿了抿嘴，依旧说了一句："现在记者肯定要包围那孩子了。"说完，她挂了电话，安坐在椅子上，捏着手机不说话。王吉在办公室里转圈子，时不时抓一把头发。实在焦虑得没办法了，他开始没话找话："你对付李渔期那招挺狠啊！""我只是让她得到惩罚。"安心如淡淡地说。"你打算怎么安置灵灵？"王吉又问。

205

"她需要回老家配合调查,可能到时候那孩子也得做鉴定。等这事一完,我就把灵灵接回来,送去治疗。"安心如边想边说。"你这把包袱往自己身上扛的毛病什么时候能改改?"王吉皱眉,不赞同地问。"灵灵是我让秦逸飞接出来的,我就得负责。"安心如看看王吉,有些不怀好意地说,"你把这话跟徐眉重复一次?"王吉耸耸肩、不说话。他知道徐眉喜欢灵灵,跟她说这话不是找死吗?两人有一茬没一茬地说话,直到潇潇进来。安心如挑挑眉:"你不是在剧组吗?"

潇潇除了在拍古装剧,还在宋明徒弟的电影里客串出演一个挺出彩的角色,是宋明拉下老脸亲自介绍的。潇潇的确对了宋明的眼缘,宋明对她还真挺不错。听到安心如发问,潇潇轻轻地说:"我请假了。"说着,她坐在了沙发上,并且很久都一动不动。安心如有些气闷地问:"你是来打听王耀庆的消息吧?"潇潇点点头,不说话。安心如火气上来,看着王吉说:"王耀庆真的和她没关系?怎么她比我还上心王耀庆的事?"潇潇比安心如漂亮,比安心如执着,对老王也不比安心如差。她在安心如心里是一个劲敌,是让安心如真的起了提防之心的人。面对潇潇,安心如心里无比烦躁。

王吉佩服地看了一眼潇潇,摇了摇头,说道:"老王就是看这丫头好看,试试能不能捧红。他心思全在你身上。不过我挺佩服你的,潇潇。"他转而对潇潇说道,"你这股痴情偏执劲儿,一般人是没有的。"潇潇笑笑,不说话,如老僧入定般盯着安心如的手机看。安心如叹了口气,不去看她,也发起了呆。不知过了多久,张淮打

第十九章 获得清白

电话过来了,安心如忙接起来,听他说道:"鉴定做完了,过几天出结果!""那专家怎么说?"安心如焦虑地问道。"他没说什么。但我看老李的神色,应该是好结果!"张淮兴奋地说。老李就是在温雨案子里一直和王耀庆共同追踪温雨的李警官,他对王耀庆的印象不错。

安心如松了一口气,往后一靠,看着天花板,什么话都不说。王吉着急了:"张淮说了什么,你倒是说啊!"安心如不说话,任王吉急得团团转。等了一会儿,她才慢慢绽开笑容:"报告还没出,但应该是好消息。"王吉一声欢呼,差点儿跳起来。想了想在公司太跳脱不妥当,他开了办公室的门,一溜小跑就出了公司,自己找地方庆祝去了。潇潇静静地站在安心如面前:"王总什么时候出来?"安心如瞥了她一眼:"不管他什么时候出来,都不是你的人,你还是专心拍戏去吧。"潇潇抿抿嘴,走了出去。走到门口,她转过身来:"我比你更喜欢王总。""你快走吧!"安心如捂着脸,胡乱挥着手,"你再不走,我可能会揍你……"

等待的日子总是漫长的。明明只是三四天,可在安心如看来,仿佛过了三四个月。终于,王耀庆被证明无罪,要出来了。

安心如五点就起来,洗漱化妆。最近实在是睡眠少、压力大,让安心如的美貌打了不少折扣,皮肤干燥粗糙,眼底大大的黑眼圈,嘴唇干裂。要不是五官没变,她几乎称不上好看了。对着镜子,她叹了口气:"还是转型幕后好了。"说完,她无奈地开始上妆,打算化大浓妆。她最近瘦了不少,体重刚到九十斤,穿上牛仔裤,黑T恤，整个人显得更纤细了。安心如把头发梳理好，下楼去了。此时，王吉已经在楼下等着了。他看了一眼安心如："怎么化这么浓的妆？"

安心如撇撇嘴："我现在这个颜值，已经撑不起淡妆了，万一再被潇潇比下去呢？"王吉心情好，开起了玩笑："你全盛时期也没她好看啊！放心，老王看上的是你的内在美。"安心如翻了一个白眼，不得不承认这个不会说话的男人说的都是实话。她看着窗户上自己的影子，心里有些忐忑。不知不觉，已经这么久没见王耀庆了。她把公司带向了这么一个方向，王耀庆会满意吗，会不会怪她无能又乱出主意？带着纷杂的疑虑，安心如一路坐车到了看守所门口。远远地，一个高大的人影站在那里。安心如不由咬住了嘴唇，心跳也开始加快。

王吉加快速度，很快开到了那人面前。有棱有角的脸庞，墨眉，凤眼，薄唇，虽说头发凌乱，胡子拉碴，可那股冷冷的气质却没变。王耀庆静静地站在那里，看着他们。

爱一个人是什么感觉？应该就是安心如现在这样吧，心里又酸又甜，只是看着那个人站在那里，就忍不住幸福得想微笑，渴望靠近，却又怕靠近了会哭得一塌糊涂。王吉停了车就跑下去，给了王耀庆一个熊抱。可安心如却突然感觉自己怯怯的，远远地冲王耀庆笑了笑。王耀庆招招手，让安心如过去。

安心如一步步走近他，看着他依旧俊朗的脸庞，唇边带笑，眼中却蓄满了眼泪。王吉自觉地走开，让王耀庆和安心如独处。王耀

第十九章 · 获得清白

庆仔细看着安心如。即便厚重的粉底也遮不住她的憔悴,她整个人像是老了几岁。他就那么把一摊子事扔给她,累坏她了吧?听张淮说,安心如每天连轴转,连觉都不睡,硬是把耀庆娱乐守住了,没让别人占便宜。而且她还给了李渔期一个漂亮的反击。他轻轻摸了摸安心如的头发,千言万语,最终汇成一句话:"你瘦了。"

安心如鼻子发酸,眼泪模糊了视线。她想着应该从何说起:汇报耀庆娱乐的情况,告诉他李渔期的旧事被她挖出来了,还是告诉他,她很想他?最终,安心如的眼泪掉了下来,哽咽着说:"你也是。"

王耀庆一把将安心如拥在怀里。她瘦弱的肩膀一耸一耸,眼泪打湿了他的衣裳。最终,命运还是公平的,曾经在感情上失去的,安心如全给他弥补回来了。他没有看错人,也没有爱错人。安心如静静听着王耀庆的心跳,平缓而有力,仿佛在告诉她,这一切都不是在做梦,这个男人是真的回来了。

两人相拥了很久,直到王吉忍不住咳嗽一声,他们才如梦初醒地分开。安心如难得红了脸,说话有些不自然:"现在我们去哪儿?"王耀庆拥着她上车,把王吉赶到后座:"到我家。"王吉眨了眨眼:"怎么就回家了?先把逸飞他们都叫上,找个地方喝两杯庆祝庆祝啊!"王耀庆轻轻一笑,说起了别的:"穆怀明前两天转到监狱去了,他的罪已经定了,一大堆,够他把牢底坐穿了。"

穆怀明走时疯狂大笑,仍然不忘在楼道里大声嘶喊着威胁王耀庆:"王耀庆,你把老头子的独生子弄到监狱里了,你要倒霉啊!"

王耀庆连话都懒得回他,跟他做情敌,才是最倒霉的事。安心如并不关心穆怀明。她咬了咬唇,指着王耀庆额角的伤疤:"你这是怎么了?"王耀庆抓着她的手捏了捏:"不小心碰的。"和穆怀明那三百回合大战,还是不要说了。

车不一会儿开出城郊,到了市里。王耀庆在辅道上停了下来,回头跟王吉笑了笑:"就这儿吧,你可以下车了。""你不是开玩笑吧?"王吉瞠目结舌。"不是。"王耀庆认真地摇了摇头。"王耀庆,你个重色轻友的东西!枉费我一大早就起来接你!"王吉站在道边,指着绝尘而去的车大骂。王耀庆看着后视镜,忍着笑,一路加速。安心如同样张口结舌:"你就这么把他扔下了?"她掏出手机给徐眉打电话,"徐眉,王吉被王总扔在看守所往西第一条辅路上了,那里不好打车,你去接接他?""不去,当电灯泡就要有被抛弃的自觉。"徐眉打了一个哈欠,"我还要睡觉呢。"

安心如无奈地挂了电话,心里默默祝福王吉能尽快打到车。突然,她想起一件事:她还没去过王耀庆的家呢。王耀庆捏着安心如的手指,问道:"在想什么?""想你家该是什么样子。"安心如老老实实地说道。"你觉得应该是什么样?"王耀庆轻笑着问。"干净、简约,偏冷淡风。"安心如想象着他的风格,说得王耀庆哭笑不得。

很快,安心如就为自己的直觉点了个大大的赞。王耀庆的家,还真是偏冷淡风。白色墙壁、黑色真皮沙发、黑色玻璃面的茶几、黑色餐桌椅、乳白色的床、白色衣柜……房子里基本只有两种颜色:

第十九章 获得清白

黑色和白色。家具样式简约，没有什么装饰，简单得让人怀疑这是样板房。"喜欢吗？"洗完澡，刮了胡子的王耀庆站在安心如身后，温热的呼吸撩拨着她的耳垂。安心如不由咽了口口水："太简单了些。""那以后你来布置，你想怎么样都可以。"王耀庆伸手从后面环住安心如的腰，在她耳边轻轻说。

低沉磁性的声音让安心如的心"咚咚"乱跳。她的脸一红，正想转过身去，却被王耀庆猛地打横抱起，惊得她轻叫一声。"我想你，心如，很想。"王耀庆低头，不容拒绝地看了她一眼，抬脚大步向卧室走去。一室旖旎，香软痴缠……

安心如和王耀庆整整消失了一天一夜，才携手出现在公司。安心如素着脸，头发也没有打理，更没有穿她在公司常穿的套装，直接穿着前一天的T恤、牛仔裤到了公司。跟她相熟的人都挤眉弄眼，这一看就是夜不归宿了。更别提伊娜那个大嗓门，看见安心如就开始喊："心如啊，昨晚你去哪儿啦？我一个人好害怕啊！"大家一听，更加盯着安心如不放，都忘了上前慰问他们的老总。安心如斜了伊娜一眼："刘大美每天晚上都陪你，你怕个鬼！"这句话直接把所有人的注意力吸引过去了。大大咧咧的伊娜和清秀苗条的刘大美？这可是大新闻啊！伊娜的脸腾地就红了，站在赵又迪身后不说话。

赵又迪和刘宇哲早早就到了公司，等着王耀庆和安心如。看到伊娜吃瘪，赵又迪忍着笑走上前，刚想跟王耀庆说话，一个人影突然挡在了她面前。这个人就是潇潇。潇潇咬了咬下唇,痴迷地看着王耀庆:"王总,你回来了?"王耀庆看着她微微一笑:"回来了。"潇潇又使劲咬了咬下唇,想要说话,却不料安心如拉着王耀庆快步走向办公室,边走边说:"我还要向你交代公司的很多事。"他们直接越过潇潇走远。王耀庆心里有些诧异:安心如怎么突然很紧张?她跟潇潇不对付?潇潇转身看着王耀庆的背影,想了想,跟了上去。赵又迪在后面没好气地说:"人家正甜蜜呢,你跟着进去算什么?"潇潇顿了顿脚步,仍然跟着王耀庆的背影走了。

刘宇哲叹了口气,一唱三叹:"问世间情为何物啊!"赵又迪斜眼看着刘宇哲:"羡慕?"刘宇哲忙正色道:"不敢不敢,我有你就够了!"他上前给赵又迪揉着肩膀,小声说道,"我只是感叹潇潇在走一条注定没有结果的路。"赵又迪瞪了潇潇的背影一眼,哼了一声:"上赶着当第三者,落得什么结果都是活该。"潇潇把刘宇哲和赵又迪的话都听进去了。她的脚步却没停,仍旧追着王耀庆到了办公室。她没有理想、没有兴趣、没有信仰,只有一个精神支柱,就是王耀庆。她不在乎王耀庆有没有女朋友,会不会接受她,她只是想离王耀庆近点儿,再近点儿……

办公室里,王耀庆看着安心如最近的成绩。网络综艺都已经上线,搞笑的、恋爱的、旅游的、运动的、烧脑的,应有尽有。几乎所有耀庆娱乐的艺人都有参与,安心如给他们每个人都立了人设,针对不同节目出了行为模型。照着做的艺人几乎都引起了观众的兴趣和讨论,涨了不少粉丝。能放得开的、机智的艺人,身价都涨了,

第十九章 获得清白

代言和电视剧没少接。安心如的网络电视剧计划也都在进行中,古装的、现代的、悬疑的、爱情的、玄幻武打的,计划列得清清楚楚。这些剧的剧中角色同样被耀庆娱乐的艺人包圆。现在已经有很多过气老人重新回暖,新人出头的也不少,原来红的都更红了。

"你现在是超级经纪人啊?"王耀庆笑眯眯地看看安心如,掩不住眼中的骄傲。他不是没有自信的小男人,自己的女人越强,他越喜欢。安心如也笑眯了眼:"我还是耀庆娱乐的大股东。"张连英说要把他的股份转给安心如,她没要,毕竟张连英的钱也不是大风刮来的。这次虽然说是纯帮忙,但基本上是张连英出钱出力。安心如受了益,自然不能白占便宜,怎么也要让张连英获得该有的回报,以后再谈股份的事。不过就光凭王耀庆给她的股份,安心如现在也拥有绝对的话语权。

王耀庆看着安心如翘起的嘴角,眼中不觉带上了一丝宠溺:"那我现在是给你打工了?""我开玩笑的,你不会以为我不还你了吧?"安心如眨了眨眼。她还真没想霸占老王这一亩三分地。王耀庆笑着摇了摇头:"我不看重这个,谁拿着都一样。"他欺身上前,咬了一下安心如的耳朵,弄得安心如起了一身鸡皮疙瘩,才说道:"反正我们是一体的。"安心如立刻红了脸,正要说什么,响起了敲门声。王耀庆皱着眉,有一股被打断的恼火:"进来。"

潇潇推门进来:"王总。"王耀庆看是潇潇,笑了一下:"你有事吗?"潇潇已经走了进来:"我平时没事都是在这里待着的。"王耀庆挑了挑眉,看看安心如:"她为什么会在你办公室待着?"

安心如无奈地撇了撇嘴角："对你望眼欲穿呗。"她看了看潇潇，实在是对她有些佩服，"你日思夜想的王总回来了，你有什么想说的？"安心如实在佩服自己，为什么肚量会如此之大。"我……我不想说什么，我就想在这儿坐着。"潇潇被王耀庆一看，有些慌乱，走到平时常坐的位置坐下。"你没有别的地方可以去吗？"王耀庆把安心如的话当作玩笑，并没有放在心上。他轻轻皱了一下眉："李月如去哪儿了？"

　　"李月如带着潇潇闹事，被我一巴掌打跑了。潇潇换经纪人了。"安心如摊摊手，"但我觉得我才像她的经纪人。"王耀庆的脸黑了下来，暗自咬了咬牙，嘴上却淡淡地"哦"了一声，看了看潇潇，跟安心如商量道："这丫头挺老实的，她爱坐着就坐着吧。"安心如的脸微微一沉，旋即咬了咬唇，点了点头："行吧。"她没再管潇潇，转而和王耀庆讨论起业务上的事情。两人讨论正酣，根本没顾得上看潇潇。潇潇坐在沙发上，痴痴地盯着王耀庆。他长得真好看啊，个子又高，跟以前言情小说上的描述一样。最关键的是他还救了她，带她跳出了火海。潇潇的目光带上了迷恋。她不想要占有他，只是想跟随他，一直在他左右……

　　王耀庆和安心如最后讨论的结果是，耀庆娱乐从前的业务归王耀庆管，安心如专心打理网络这一块。他拍拍安心如的肩膀："我做梦都没想到我们有一天会成为同行。"安心如抬头，笑得眯起了眼："一切皆有可能。"她突然扫到角落的潇潇，收起笑容，淡淡地说，"潇潇，你怎么还在这儿？"潇潇正痴迷地看着王耀

第十九章 ✦ 获得清白

庆,猛然听到,吓了一跳:"我在看王总。"王耀庆有些莫名其妙,摸了摸脸:"你看我干什么?"潇潇站了起来,小心翼翼地走近王耀庆,抬头仰望着他,眼中闪耀着仰慕的光:"王总,你真好看。"王耀庆一愣,本能地往后退了一步,回头看着安心如,问道:"这是怎么回事?"

安心如冷笑道:"她是你的小粉丝。"王耀庆仍然没往心里去。他又往后退了一步,揽着安心如的肩膀,对潇潇说:"时间不早了,你没事就先去吃饭吧。"潇潇看了看王耀庆紧拥着安心如的手,神色如常。她抿着嘴,像是想要说什么,又没法说出口一般。王耀庆探询地看了看她:"还有事?"潇潇眼中泛出疯狂的光,突然扑上前去,踮起脚尖在王耀庆的脸上轻轻一啄:"我很想你。"她转身就跑出了办公室,身后响起安心如崩溃的叫声:"潇潇,你给我回来!"

安心如简直要疯了。她一想起刚才潇潇亲了王耀庆,就忍不住咬牙切齿。安心如抬头看看王耀庆,他正捂着脸发愣。安心如恨恨地说:"你跟潇潇到底什么关系?"王耀庆惊诧地摊了摊手:"大姐,我最无辜好吗?我是被袭击的那个!"安心如看着王耀庆那双无辜的眼睛,强行把气忍下去:"这个女疯子喜欢你喜欢得要死了!"王耀庆这才开始把安心如的话当真。他皱眉仔细地回想了一下,认认真真地看着安心如的眼睛,说道:"你要相信我,我真的不知道她对我有意思,我也没有挑逗过她!"安心如被王耀庆的严肃脸逗乐了,"扑哧"一笑,旋即正色道:"不许靠近她,

215

你们的距离最少保持三米。""我现在跟她解约都行啊！"王耀庆力证清白。

安心如摇了摇头，说道："不用，公私要分明。她最近挺红的。"安心如说的是实话。潇潇最近势头很猛，频繁上热搜。剧组每流出她一张剧照，就要上一回热搜。她的粉丝涨速快得可怕。而且潇潇除了安心如，还有宋明给她铺路。宋明半辈子的人脉几乎都用来给潇潇铺路了，潇潇手上握着大把资源，弄得安心如几乎要怀疑潇潇是不是自带女主光环。想到这件事，安心如抬头问王耀庆："宋明这个人怎么样？"王耀庆没想到安心如的思维跳转得这么快，呆了一呆才照实回答："他虽然和欧怀关系不错，但作风并不像欧怀。起码我知道他不花心。"王耀庆想了想，又加了一句，"就是单身了一辈子，老了开始后悔没生孩子，还想过领养，后来因为年纪太大不了了之。"

安心如稍微放下心来，点了点头。秦逸飞打来电话，安心如这才想起李渔期的事她还没有告诉王耀庆。正好刚刚潇潇没关门，安心如看见王吉经过，连忙大叫："王哥！王哥！你来一下！"王吉假装没听见，冷着脸走过去。架不住安心如锲而不舍地大叫"王哥"，王吉沉着一张脸走进来："什么事？"王耀庆笑了："你怎么越老心眼越小了？"王吉怒目看向王耀庆："我把你扔在道边打车打了两个小时才有人接单，你试试？"安心如忍俊不禁地接起电话，对着话筒应了一声，才跟王吉说："你跟老王说说李渔期和灵灵的事。"接着，她对着话筒说，"什么事啊，逸飞？"王耀庆听到安心如叫

第十九章 获得清白

逸飞,这才想起来秦逸飞似乎没来接他。他昨晚忙着跟安心如独处,一时没想起这件事,现在探询地看着王吉,问道:"怎么又跟李渔期扯上了?"王吉递给王耀庆一根烟,自己也点了一根,深深吸了一口,又吐出一口烟,才说道:"这事儿说来话长了……"

"这件事是真的?"王耀庆深吸了一口烟,淡淡地吐出去。他的眉头紧锁,眼中全是不相信。王吉理解他的感受,毕竟谁都不愿意承认自己曾经爱过的人这么不堪,尤其是像王耀庆当年那样深爱过。王吉同情地看着王耀庆:"警察都立案了,你说是不是真的?"王耀庆转过身,走到窗台前,看了看楼下像蚂蚁一样的人潮,良久,才叹了口气:"这么说,不是因为我当年无能,她才背叛我?"王吉淡淡地回答:"现在看来,她本来就是为达目的不择手段的人。"

王耀庆突然自嘲地笑笑:"那她当年跟我在一起,也不是为了感情,而是利用我?"王吉皱了皱眉:"也许有过几分真心吧。毕竟她待你和待别人还是不同的。"王耀庆看着窗外没说话,直到安心如打完电话回来。安心如看看王耀庆落寞的神情,低声问王吉:"都说明白了?"王吉点点头。安心如清了清嗓子,说道:"老王,李渔期老家那边正在调查这件事,灵灵和那个孩子要回去配合调查,我得回去送送他们。"王耀庆掐灭了烟,说:"我陪你。"安心如顿了顿,问道:"你确定?"王耀庆淡淡地说:"我去看看她当年造下的孽。"安心如无言地转身,率先走下去。

在路上，王耀庆一直不说话，直到快到安心如家楼下，才淡淡地问："那女孩还有治好的可能吗？"安心如摇了摇头："谁都不知道。我咨询过医生，吃药可以缓解这个病的症状，但病根在心里，谁都不敢保证能完全治愈。""她的孩子一直住在庙里？"王耀庆又问。"呵呵，李渔期一直让那孩子诵经礼佛，也许是想给她赎罪。"安心如嗤笑一声。王耀庆又沉默了。等车停好，安心如要下车时，王耀庆才轻轻地说了一句话："我真庆幸后来遇见了你。"安心如顿了顿，回头冲他一笑，如暴雨后怒放的鲜花。王耀庆凝视着安心如的背影，摇了摇头。当初他怎么会觉得安心如和李渔期像呢，她们明明是两种人，走的也是两条路。李渔期是踩着别人的肩膀往上走，安心如却是自己手脚并用开辟出一条路。她们从来都不相同。

王耀庆下了车，跟在安心如和王吉的身后上了楼。秦逸飞冲王耀庆轻轻扬扬下巴："多年的兄弟，这次没接你，下次你出来，我肯定去！"王耀庆没好气地瞪了他一眼，看了看客厅坐着的老和尚和沉静的半大孩子。秦逸飞介绍道："这是灵灵的孩子，叫李念灵。"说起他名字的时候，秦逸飞嫌恶地皱了一下眉，接着介绍，"是这位大师把他带大的。当地警察在楼下车里等我们，我们马上就要一起回去。"安心如先跟大师打了一声招呼，然后蹲在李念灵身边，有些踌躇，不知怎么跟这孩子说话。该说什么呢，"出钱把你养大的那个阿姨当年逼疯了你妈，现在你要回去配合警察让她蹲监狱，你亲爹蹲在监狱里，他强暴了你妈？"

第十九章 获得清白

安心如无法说出口。想来想去,她摸了摸李念灵的头发:"阿姨是在你这个岁数明白一个道理的:这个世界不好玩,它每天最大的乐趣就是捉弄人,玩死你不偿命。要想不被它玩死,就要咬紧牙关跟它对着磕。越是想让我们倒下,我们越是要站得稳稳的!"大概是常年接触佛经的缘故,李念灵的眼睛很深沉,根本不像一个孩子的眼睛。他点点头,用稚嫩的嗓音轻轻说:"有生皆苦,保持本心,这个道理我知道。"安心如诧异地看看李念灵,再抬头看看带他来的老和尚。这个老和尚面目沉静,微微一笑:"没事不惹事,事来了也不怕事,女施主说的是这个意思吧?"

安心如眼中浮现赞赏,这一老一小有意思。她的担心消散了不少。安心如站起身来,转身看着秦逸飞,问道:"灵灵呢?"秦逸飞指指里屋:"躲在里面不出来,连我去叫,她都不出来。"顿了顿,他又说,"她可能是不想走,想留在这里。"安心如叹了口气,迈步进去,见灵灵蹲在墙角低着头,仿佛雕像一般一动不动。王耀庆跟着安心如进去。灵灵听到脚步声,抬头一看,一个高大男人正眼神锐利地看着她,顿时开始恐惧。安心如忙打手势叫王耀庆出去,她蹲在灵灵面前,轻声问道:"你不想走?"灵灵点点头。

"那最近我们都不在,你一个人在家会挨饿的。"安心如眼珠一转,说道。"我能做饭,也能要饭。"灵灵倔强地说。安心如叹了口气,继续说:"我们都要走,你不跟我们走?"灵灵定定地凝视安心如一眼:"你在骗我!"她重新低下了头,"我不走!"秦逸飞倚着门栏叹气:"她对谎言真话分得很清,像测谎仪一样。"

219

灵灵现在对秦逸飞彻底失去了戒心,看着他满是依赖和无助:"我不走,好不好?"秦逸飞一个跳脱的大老爷们儿,不知为什么,对灵灵就是有无限的耐心:"你不走,我就陪你耗着,耗到你跟我走为止。"他走到灵灵面前蹲下,手扶着灵灵的肩膀,看着灵灵,"不管去哪儿,我都会保护你的,相信我。"灵灵看看秦逸飞,又低下头:"那我也不走。"

秦逸飞挫败地看着天花板:"警察同志已经劝了一早上,现在口干舌燥败下阵来,我也没招了。看你了,心如。"安心如一时也拿灵灵没了办法。她问秦逸飞:"伊娜她们没办法?""伊娜、徐眉、赵又迪,能来的都来过了,能打电话的也打过电话了,谁都没办法。"李念灵突然站在了门口:"阿姨,能让我试试吗?"安心如惊讶地抬头,就看见李念灵那双乌黑的眼睛定定地看着她,沉静异常。老和尚在客厅缓缓地说:"让念灵试试吧,他会忽悠人。"安心如被弄得哭笑不得,可现在实在没有别的办法,无奈之下,她决定让他试试。

李念灵走到灵灵身边。因为是小孩,灵灵并不特别排斥。他靠近灵灵,在她耳边低语了几句。灵灵眼睛睁大,身子凑过去,在李念灵耳边也低语了几句。李念灵又重新在灵灵耳边低语。秦逸飞和安心如都看傻了,就这么看着他们这对从未谋面的母子窃窃私语。半晌后,灵灵站起身,拉着李念灵的手嘻嘻一笑,乖顺地跟着李念灵走了出去。秦逸飞受了不小的打击。灵灵平时是很听他的话的,怎么不一会儿就倒戈了。他看看安心如:"怎么回事?"安心如摊

第十九章 ✦ 获得清白

手："我怎么知道？"不管怎么说，反正灵灵是神奇地跟着李念灵上了警察的车，回了老家。秦逸飞提着大包小包，开车跟在后面。

安心如知道他照顾灵灵很上心，也就不怎么担心了。倒是伊娜和徐眉都有些落寞，毕竟灵灵平时就像一个在上学的小姑娘一样乖顺，激发了她们照顾别人的女性本能。可考虑到灵灵回去是让李渔期接受法律制裁，她们倒还盼着灵灵回去。至于李渔期，已经第一时间被传唤回去了。现在江祖英都不怎么在公开场合露面了。自己的情妇是一个罪犯，这事儿怎么看都不好看。

第二十章 听从内心

王耀庆慢慢转过了这个弯，就算李渔期当初是利用了他，那也是她的本性，不是他的错。何况现在他的麻烦已经不是李渔期，而是潇潇。她现在蹿红的速度已经超过了大部分新人，又有安心如的运作和宋明的保驾护航，可以说是顺风顺水。粉丝们也习惯了潇潇有些呆的性格。用她们的话说，八面玲珑的人看着不放心。比如现在已经臭名远扬的李渔期，谁都没想到她是那样的人。可是潇潇除了呆，还有一项特点：一根筋，学名偏执。

有记者去探班的时候采访她，本来是随意问了一个问题："你的理想男友是什么样？"潇潇对着镜头，无比坚定地说："王耀庆那样的。"记者的敏锐触觉立刻开始伸展，试探着问："他知道你的心意吗？"潇潇很老实地回答："他有女朋友，他女朋友对我很好，可我还是想离他近一点儿。只要近一点儿就好。"网络上因此事掀起了一阵小风潮。潇潇这种疑似第三者的言论让不少女人无法接受，破口大骂。而更多的人在猜：王耀庆和潇潇有没有实质性的关系？王耀庆的女朋友是谁？毕竟王耀庆和安心如的关系只有小范围的人知道，还没达到众人皆知的地步。

潇潇现在已经把安心如惹得像一个狂躁症患者，每天都想暴揍王耀庆。她时不时看看王耀庆，冷哼一声，弄得王耀庆小心翼翼，不知道安心如想干什么。在安心如第 N 次冷哼的时候，王耀庆"啪"地合上文件，站到安心如面前："叫潇潇回来，跟她解约。"安心如呆了一呆，想想潇潇在镜头前美得不可方物的样子和她那双执着的眼，不由得又哼了一声："她现在那么红，你舍得？"王耀庆叹了口气:"作为商人,我舍不得,但作为你的男人,我不想再看你阴阳怪气的。"安心如盯着王耀庆看了一会儿,突然懊恼地揉了揉头发:"我是不是有点儿像精神病?"

王耀庆被安心如的小动作逗笑了。他双手撑桌,定定地看着安心如的眼睛:"你吃醋,我才放心。要是你没反应,那我得担心你是不是不喜欢我了。"安心如把头埋在臂弯里,烦躁异常:"其实我不怕她比我美,我怕她的痴情。我要是一个男人,我可经受不住。""痴情的人多了,不止她一个,但能为我扛起重担、为我承受压力一步不退的,就你一个。"王耀庆低低地在安心如耳边说道,"我承认一个美女的痴情会让男人有虚荣心。可我已经历过太多事,不是毛头小子了。我认定了你,那只能是你。对我而言,其他人的感情只是负担。"王耀庆接着说道。

安心如闻言,抬起头来,像一个小女孩一样患得患失:"你说的是真的?"王耀庆抓住安心如的手,按在自己的胸口:"用你的心去判断,是不是真的。"安心如红了脸,迅速收回手,嗔了他一眼:"信你一次。"王耀庆轻声笑了:"晚上去我家?做饭给你吃。"安心如红着脸轻轻点头。自从潇潇闹出这件事之后,她拒绝了王耀庆所有的邀请,他们已经很久没有私下见面了。

说曹操,曹操到。潇潇这时候敲门进来。王耀庆的脸立刻沉了下来:"潇潇,我有事想跟你说,这几天你忙,我一直没有机会。""我知道。你要拒绝我。"潇潇安静地说,"我没想过你能接受我,我只是想离你近一点儿。"

王耀庆一时被她的光明正大打败了，平生第一次感觉到无力。安心如用力把怒气压下去："你知道他不喜欢你吗？""知道。"潇潇点头。"那你为什么对着记者那么说？"王耀庆责问道。"我喜欢你，别人问我，我就说了实话。"潇潇老实回答。安心如皱起眉，看着潇潇说不出话来。事实上，她都开始佩服潇潇了。这种单纯只是因为爱着一个人所以去努力的深情和执着，也只有在小说里才能见到吧。安心如也败下阵来。她看了看王耀庆，后者一直在担心地看着她，没有看潇潇一眼。安心如深吸一口气："你喜欢谁是你的自由，我管不着。但从今天起，这个办公室你不能随便进来，我的男朋友你不能随便靠近，明白了吗？""可我只是想看看他……"潇潇神情开始慌乱。"你从网上下载照片去看。"安心如干脆利索地说。"求你了！"潇潇简直六神无主，脸都白了。

王耀庆挫败地叹了口气："我什么都不会给你，我只想和安总正常生活。谢谢你喜欢我，可你的喜欢对我是一种困扰。"他走到门边，打开了门，"以后有事，让你的经纪人来找我。"潇潇的眼泪一滴滴掉了下来。她张嘴喃喃地说着什么，可是没人听清。王耀庆只是执着地站在门边，等她出去。潇潇慢慢走了出去，一边走，一边留恋地回头望着王耀庆。王耀庆看了看她，决绝地关上了门。安心如站在王耀庆身后，犹豫着说："是不是有些残忍了？""那你准备把她叫回来？"王耀庆挑眉问道。"不行！"安心如头摇得像拨浪鼓。王耀庆搂着安心如的腰，低头在她唇边呢喃："我心眼很小，三个人太挤，放心吧……"安心如猝不及防被吻住，眼睛睁得大大的，感觉自己快要窒息了……

叶茂生的电话打断了两人的缠绵，王耀庆生气地看了一眼安心如的手机，然后没好气地拿给她。安心如被王耀庆的表情逗笑，呼吸不稳地接起电话："叶导，什么事？""你准备准备，跟我参加棕榈电影节，我们的电影入围了好几项提名！"叶茂生兴奋异常。安心如一时没反应过来："不是开玩笑吧？""谁跟你开玩笑，快快快，抓紧准备！"叶茂生止不住笑意。安心如挂了电话，怔怔地回过头看着王耀庆："我那部文艺片入围了棕榈电影节奖项提名。"王耀庆也愣了一下，旋即笑了："等我给你找一个好的造型团队，到时候让造型团队给我也做一个造型。""你做造型干什么？""我是投资方，让叶导也带我去啊！"王耀庆揽住安心如的腰，"大家不都在猜谁是我的女朋友吗？就别让他们猜了，曝光吧……"

王耀庆做事一向有效率，很快，安心如就有了自己的造型团队，造型师叫米拉。安心如要带作品参加国际 A 类电影节之一的棕榈电影节，消息一放出来，她代言的高定品牌的品牌方就把这季新款礼服送来了。安心如的短发剪得不错，米拉没有再动。她给安心如挑了一款红色短款礼服和一件水蓝色及地长裙，前者设计奔放，后者高贵内敛。平时穿的私服，米拉也准备好了，都是流行潮牌出品的，年轻随性。安心如被米拉一捯饬，形象大变，性感又时尚。米拉看着安心如感叹："你敢于改变形象剪短发，很能跟上潮流。像我以前合作的李渔期就不行，万年不变的长发大波浪，看都看腻了。"

安心如笑笑,想起秦逸飞前两天打来的电话。李渔期已经被正式批捕。她从前的混混男友和灵灵,分别和李念灵做了亲子鉴定,李念灵就是灵灵和他所生。那个混混为了减刑,主动招供。虽然当时的物证已经没有了,但其他证据还是可以证明李渔期有罪。灵灵和念灵很快就会回来。安心如还是有些担心:念灵的出生并非灵灵所愿,她甚至不是清醒的,这对母子该怎么是好呢?

米拉打断了她的思绪,指着一旁的王耀庆说:"看看王总的形象如何?"安心如看向一边,王耀庆一身合身的燕尾西装,里面穿着白衬衫,脚上穿着黑色皮鞋。西装剪裁极佳,显露出他的长腿优势,又让他带有几分贵气。王耀庆冲安心如眨眨眼:"行吗?"安心如将李渔期的消息压在心底。这个人带来的不快已经随着她的伏法全部过去了。安心如轻轻吹了一声口哨:"芳华绝代啊,王总。"

在安心如启程去棕榈电影节现场之前,秦逸飞已经带着灵灵和李念灵回来了。看到秦逸飞大包小包像一个家庭妇男一样,王耀庆偷偷跟安心如感叹:"你能看出来这家伙曾经是顶尖的私家侦探,在部队时是兵王吗?"安心如摇摇头:"现在更像托儿所阿姨。"她好奇地问王耀庆,"你们三个,到底谁更厉害一些?"王耀庆毫不犹豫地说:"王吉。"安心如想想王吉在徐眉面前噤若寒蝉的样子,不禁掬了一把同情泪。

李念灵拉着灵灵的手上楼。安心如跟王耀庆偷偷感叹,这孩子沉静得像一个老人。在佛祖眼皮子底下长大的,真是不一样。秦逸飞却不太喜欢李念灵。他私下跟安心如说:"当地公安说能让他改姓,他却偏偏不愿跟着灵灵姓徐。"安心如看看李念灵,沉默了一会儿才开口:"如果我养父母从小能靠谱些、和蔼些,我可能也不想改变身世。"她干巴巴一笑,"我现在不也还是姓安吗?有些烙印不是那么容易就能除去的。"秦逸飞低着头,不知在思考什么。安心如清了清嗓子,问他:"说吧,你为什么对灵灵这么上心?"秦逸飞迅速扫了灵灵一眼,回了安心如一个困惑的表情:"我也不知道。"他努力想理清思绪,"一开始是同情,后来是觉得她没我不行,再后来,就习惯了。"安心如给他总结了一个词:"缘分呐!"

李念灵走了过来,跟安心如鞠了一躬:"阿姨,我要回寺里了。""不是让你在这里住着吗?"安心如看看秦逸飞,后者同样一脸不知情。"我在俗世住不惯,还是回寺里自在。"他静静地说。"那你上学怎么办呢?"安心如蹙着眉问。"我在寺里住的时候也没辍学。"念灵一本正经地回答。"我可以给你转一所好学校。"秦逸飞不自觉地用跟成年人商量的口吻说。"不用了。"李念灵摇了摇头,"我追求的大道,学校教不了。""那谁能教得了?"安心如不赞同地问。李念灵看了看客厅里的徐灵灵,转过头来对安心如说:"一花一叶,一草一木,都可为师。"他又看看秦逸飞,"我会常来看我妈的,麻烦你照顾她。等我长大,我会补偿你的。"秦逸飞摆了摆手,没说话。李念灵转身向外走去,走了几步又回头看安心如:"谢谢你!"安心如微微一笑,看着李念灵走到徐灵灵身边跟她耳语,灵灵笑嘻嘻地听着,看着异常开心。

王耀庆不知什么时候站在了她身后:"这小子不是一般人。"

安心如点了点头："感觉他早晚会成为传奇，被写进哪本书里。"王耀庆已经给灵灵安排好了医院，手续很快办妥。没过几天，她就住了进去。

　　很快，王耀庆就带着安心如，和剧组人员一起上了飞机，参加电影节。安心如是第一次参加电影节，难免紧张，好在有王耀庆陪着她，参加酒会也好，和同行交流也好，都不功不过，没出大差错。走电影节开幕红毯的时候，安心如算是在国内的粉丝圈出了一把风头。一身燕尾服的王耀庆揽着红色礼服的安心如，两人若有若无的亲密被国内媒体发现。有记者问到安心如和王耀庆的关系，王耀庆大大方方地说："她是我女朋友啊！"

　　他这一句话被国内媒体大书特书，粉丝圈也轰动异常。一则安心如本身就是接二连三上头条的话题女王；二则有潇潇告白王耀庆这件事，很多粉丝开始热烈讨论安心如和潇潇谁更好。讨论的结果基本都是，潇潇比安心如貌美，安心如比潇潇气场强大。至于李渔期，早已成为过去，被抛弃在故纸堆里。秦逸飞打来电话，说李渔期已经被定罪判刑。他说李渔期一夜白头，憔悴不堪，最后的挂念是李念灵。安心如叹了口气，叮嘱秦逸飞不要把这个消息告诉李念灵，就让李渔期安安静静地消失好了。对于网上讨论的"潇潇美过安心如"这件事，安心如一笑了之。既然笃定王耀庆的心在她身上，那潇潇美不美，又有什么关系呢？

　　安心如是带着轻松自在的心情去参加电影节的，每天负责换上代言品牌的礼服，打扮得美美地出席各种活动。可叶茂生不是。不管是走红毯，还是参加影展，又或是最后的宣奖，全程他都无比紧张。对于安心如的轻松，叶茂生很羡慕："你心真大。"安心如笑笑不说话。她已经紧张了二十多年。直到现在，她才有了自己的事业，不用担心衣不蔽体、饭不够吃；有了同过甘、共过苦的爱人，不用担心背叛。有生以来，她第一次知道什么是放松。至于什么获奖不获奖，安心如真的不想去操心。毕竟没有压力，一派轻松的感觉，好新奇，好舒服。奖项公布的那天晚上，全国的娱乐媒体都在关注电影节。安心如和王耀庆双手紧握，笑盈盈地坐在台下，旁边是一脸紧张的叶茂生。

当颁奖嘉宾宣布最佳电影奖是叶茂生的《苦难》时，安心如发现她突然来情绪了。怎么起身拥抱的叶茂生，怎么捂脸痛哭，她一概不记得了。她只记得眼泪不听指挥地往下落，她哭得稀里哗啦，大概吸引了全场所有的镜头。安心如自己都觉得很奇怪，明明之前一派轻松，恨不得把前二十几年所有的疲惫都一扫而光，可听到自己主演的电影获奖时，所有的记忆就像电影片段一样在她脑海里一一回放。每一个惊惧难眠吃安眠药的夜晚，每一次咬牙逼迫自己忍着疼往上爬的关头，每一回疲惫得走不下去，却化好妆光鲜亮丽地出现在世人面前的痛苦……它们是那么清楚地出现在安心如的脑海里，如同烙印在了那里。安心如本来是想笑的，却不自觉地低语："我是真没过过几天好日子。"然后，她哭到难以自制。

从叶茂生上台，一直到叶茂生从领奖台下来，安心如都在哭，不停地哭，哭到王耀庆差点儿带她离场去医院。所有奖项都宣布完的时候，安心如才止住眼泪。叶茂生表情尴尬地问："你是因为没得影后才哭吗？"安心如摇了摇头，把鼻涕眼泪擦一擦，挤出一个笑容："我是想炒作。"叶茂生摇头苦笑："好好的气氛全让你破坏了。等着吧，肯定有不少人说你炒作。"叶茂生多少知道点儿安心如的经历，他想了又想，拍拍安心如的手背，"深陷苦难的时候，你所有的精力都用在与苦难对抗上；只有脱离苦难了，你才有时间去落泪。你哭，是因为你终于走出来了。"安心如点点头，看看一边的王耀庆，终于收住了眼泪，破涕为笑："这轮炒作怎么样？"王耀庆伸出右手，比出一个"6"的手势……

"安心如没有得影后，在颁奖礼上疑似炒作""安心如的造型过于西化，没有中国女人的含蓄"……所有这些言论都无法阻止安心如进入一线女星的行列。现在，她站在了娱乐圈最高的位置上，有了俯视一切的资格。代言费猛涨、片酬猛涨，都拦不住蜂拥找来的品牌方和影视剧制片人。安心如爬到了她从前仰望不到的地方，但她还是喜欢在耀庆娱乐办公。安心如越来越意识到她的兴趣不在台前，而在幕后。从一开始包装运营自己时，她对这块的兴趣就比当明星大。现在王耀庆把他被关起来时失去的资源又捞了回来。安心如在网络综艺、网络电视剧造星上势头迅猛。

李渔期被判刑，番茄文化股份被张连英紧握大半，江祖英元气大伤，耀庆娱乐成为行业第一。王耀庆甚至已经找人联系到江祖英，准备吞并番茄文化。风水轮流转，古来皆如此。唯一能跟安心如媲

第二十章 听从内心

美红的速度的，就是潇潇。她的美貌就是最大的利器，杀伤力巨大。她对王耀庆的表白，和王耀庆牵手安心如这两件事，不时被人相提并论。可安心如已经不再生气，尤其是在参加电影节回来后，王耀庆的心在她这里，她有什么可气的。

最近安心如和王耀庆蜜里调油，两人每天都一起吃晚饭，然后回王耀庆那里过夜。这晚，王耀庆在湖边西餐厅约了安心如吃西餐。两人吃完后，看湖边夜色美，便携手逛逛。"心如，你以后是怎么打算的？"王耀庆揽着安心如的肩，替她挡住湖上吹来的风，淡淡地问。"我打算慢慢退居幕后，去学制作，以后全力造星。最近我又想到一个好项目……"安心如眼睛一亮，开始滔滔不绝。"不是，我是问你对我们的关系怎么看！"王耀庆揉着太阳穴，哭笑不得。"呃！"安心如脸红了一下，"我是在认真地跟你交往啊！""然后呢？"王耀庆貌似有些紧张。"什么然后呢？"安心如完全一头雾水。

王耀庆叹了口气："什么时候结婚、生几个孩子之类的，你没想过吗？"安心如呼吸一滞，老实摇头："没想过。"她看着王耀庆受伤幽怨的眼神，赶紧补上一句，"你想过啊？"王耀庆有些不满地别过头："要两个孩子就好，以后男孩学物理，女孩学中文。""噗！"安心如实在没忍住，笑了出来，"你成天就在想这个啊？""有什么好笑的？"王耀庆的脸在月光下有抹可疑的红。安心如连忙正色看向前方："没什么，你想得很周全！"

她说完，突然眯起了眼睛。前面好像有摇摇曳曳的光亮，还有好几个人影，看着好眼熟。安心如又眯眼仔细看看。光亮好像还形成了一个图案，貌似是一个心形？她狐疑地看了一眼王耀庆。这个傻子不会是在网上搜了一个求婚招数，准备依样画瓢来一次吧？千万不要啊！她可不愿站在围成心形的蜡烛堆里，哭得傻兮兮地看他单膝跪地啊！安心如艰难地开口问道："前面那是……怎么回事？"王耀庆一脸神秘："你走过去不就知道了？"安心如心里一阵咆哮，却不愿意驳了王耀庆的面子，只得无奈地被王耀庆拉着快步走去。她走近一看，果然！

一堆烛火围成心形，赵又迪和刘宇哲在护着烛火，伊娜和刘大美傻乎乎地牵着一堆气球，徐眉抱着胳膊冷眼看王吉怀里的两只白鸽，秦逸飞什么都不干，蹲在一边抽着烟吹风……安心如的眼泪都流下来了。王耀庆温柔地替她擦干眼泪："别哭，从今天起，这样的感动你每天都会有。"安心如闻言，眼泪掉得愈加汹涌。王耀庆却不管不顾地单膝跪地，伸手在上衣口袋里掏出一个小盒子。安心如内心咆哮得堪比羊驼："我不要这么傻啊！"

王耀庆一脸深情地看着安心如，眼神真挚，隐隐泛着泪光："做我的妻子，好吗？我们生儿育女，不离不弃。我会保护你、照顾你，让你今后的生命再没有任何苦难。答应我，好吗？"安心如定定地看着王耀庆，一时无话。看着看着，她的眼泪模糊了双眼。这回她不是气的，而是王耀庆的眼神那么真诚，他的语气那么坚定，他说的那句"让你今后的生命再没有任何苦难"让她那么渴望与坚信。求婚仪式土得掉渣无所谓，王耀庆傻兮兮的无所谓，她素颜无所谓，

第二十章 听从内心

既然已经认定了是他,既然携手走过了风雨,既然她爱他……那有什么理由不答应呢?

安心如伸出手,接过王耀庆递过来的戒指,轻轻哽咽着:"我愿意。"伊娜和刘大美发出第一轮欢呼,赵又迪和刘宇哲发出第二轮欢呼,王吉和秦逸飞笑得欣慰,连徐眉脸上也不觉带上了羡慕。他们这一对终于要尘埃落定了。安心如的指尖距离那枚戒指只有一厘米,越过这一厘米,她就是王耀庆的妻子王太太。戴上这枚戒指,她就有一个属于自己的家庭了。所有人都满怀期待地看着她的手指离那枚戒指越来越近,直到她碰触到戒指……

"咔嚓。"一个奇怪的声响从灌木丛里传来。女人们都没在意,可王耀庆、王吉、秦逸飞都在一瞬间变了脸色。刹那间,王耀庆一把将安心如拽扯到自己身后,王吉扑倒徐眉,秦逸飞从另一个方向扑向灌木丛。紧接着,传来"砰"的一声巨响。王耀庆睁大了眼。经过在部队无数次的训练,让他拥有了对子弹的速度与方向进行判断的本能——子弹是朝他而来的。没等他有所行动,电光火石间,斜刺里蹿出一条人影,动作快得像野兽一样,挡在王耀庆身前。血光弥漫了王耀庆的双眼,他的眼睛血红,看着怀里瘦弱、纤细的人,那张绝美的容颜已经变得煞白。

"潇潇!"王耀庆大喊一声,声音夹杂着痛苦。子弹穿过了致命的位置。王耀庆的手脚一片冰凉,这个女人要死了。她刚才那么快地扑过来,是用了多大的潜能?为什么要用全部的潜能来救他?他何德何能?灌木丛里传来激烈的打斗,两个人影一前一后飞快地跑远。王吉和徐眉警惕地在周围搜寻，看还有没有别的危险人物。

其他人都惊恐未定地围着王耀庆，看着他怀里的潇潇。潇潇嘴里开始喷血，衬得那张脸美得诡异。安心如跌跌撞撞地爬过来，声音抖得厉害："潇潇！你挺住，我打120！"潇潇艰难地看了安心如一眼，使劲扯动嘴角，露出一个笑容。安心如见潇潇张了张嘴，浑身止不住地抖，边拨号边问："你说什么？"刘大美带着哭腔说："她对你说'谢谢'！"潇潇感激地看看刘大美，又转过去看王耀庆。安心如用最快的速度报警、叫救护车，浑身抖得上下牙打战。

潇潇直勾勾地看着王耀庆的脸，又低头看他手里死死握着的戒指，渐渐失焦的眼神中仍可看出艳羡。安心如泪流满面，指着戒指喊道："快给她戴上！"王耀庆眼泪也掉了下来，他急急地把戒指给潇潇戴上，与此同时，他的泪水滴到潇潇脸上。潇潇试图擦掉王耀庆的眼泪，可手抬不起来，只能徒劳地动动手指头。"别哭。"她无声地说道，"我舍不得。"王耀庆点点头，可眼泪还是止不住地掉到潇潇脸上、唇上、眼角，和她的眼泪混为一体。他哽咽得像一个孩子，轻轻将潇潇瘦弱的身体环住："你真傻。"潇潇挣扎着动动脖子，引起一阵咳嗽，血雾从她嘴里喷出来。安心如顺着她的视线，赶紧抓住她的手抬起来，让她看着手上的戒指。潇潇盯着戒指，笑眯了眼睛，然后把头往后一仰，再没了动静。

安心如傻傻地坐在地上，烛火把她的脸映得一片惨白。"你真像王总。""我只想离他近一点。""我喜欢王总，很喜欢。"潇潇说过的话一句一句在安心如耳边响起。那张美到脱俗的脸白得像

第二十章 ◆ 听从内心

纸,那双动人的眼半睁半合,潇潇像是睡着了。只是这次,安心如知道她不会再醒过来当自己的情敌了。

杀害潇潇的凶手被秦逸飞捉住了。王耀庆在他脚上绑了石头,想要将他沉湖,直到被王吉打晕才作罢。秦逸飞和王吉把凶手送到公安局。负责办案的还是李警官。没几天,李警官就通知了王耀庆,凶手是穆怀明父亲的人。穆老头身系大案,警察一直在通缉他。现在他又背上了一条人命,全城警察都疯了一样在找他。穆老头身边最凶悍狡猾的手下一见苗头不对,都离开了他,动手的这个是一个菜鸟。李警官他们循着踪迹,找到了穆老头。他坐在轮椅上,半死不活,被抓到时还在哈哈大笑。

"一家疯子!"李警官狠狠地骂道。可就是这一家疯子让安心如和王耀庆陷入了最深的痛苦中。潇潇的葬礼很快举行。她没什么朋友,至于家人,王耀庆几乎花光了积蓄,将他们安顿好。她的后事是安心如和王耀庆操持的。王耀庆为她选了城郊风景最秀丽的墓地。安心如为她选了墓志铭——她把生命嫁给了爱情。王耀庆那枚戒指仍牢牢套在潇潇的无名指上。网上发起了轰轰烈烈的悼念潇潇的活动,这个活动是宋明红着眼圈主持的。网友们都要求王耀庆给潇潇一个交代。王耀庆写了四个字发在网上:"刻骨铭心。"

办完潇潇的后事,王耀庆好几天没去公司。安心如去他家找他的时候,看见一地的酒瓶子,王耀庆胡子拉碴地坐在沙发上,醉得东倒西歪。"你说她为什么要替我去死?""因为她爱你。"安心如冷静地说。"我宁愿她不爱我!"王耀庆低声嘶吼,"这样她就不会死。"安心如没有说话,她低头开始收拾酒瓶。

王耀庆又开了一瓶伏特加,举着瓶子往嘴里灌酒,酒从唇角流下来,打湿了他脏兮兮的衬衫。安心如默默地走上前,去抢他的酒瓶。王耀庆紧攥着不放,红着眼圈看着安心如:"别管我,让我喝。"安心如看着他满脸的胡茬,松开了手,走到酒柜旁拿了一瓶伏特加并打开,然后走回王耀庆身边坐下,说道:"一起。"两个人拿着酒瓶,大口喝着酒,看着关着的电视,谁都不说话。电视屏幕里映出两人的身影,面无表情,漠然灌酒。安心如和王耀庆从清晨喝到下午,一直喝到谁都喝不动,昏沉睡去。

一觉醒来,已是凌晨,安心如看看锁着眉头睡着的王耀庆,一脸茫然。她想说什么、做什么,却觉得怎么说、怎么做都无力。最终,安心如转头离开。上午,安心如洗漱好来到公司,王耀庆已经坐在了办公室中。他头发梳理得一丝不乱,胡子全剃干净了,穿着黑色西装,神情冷漠。王耀庆仿佛回到了安心如和他初识的时光,一时之间让安心如有些恍惚。那时候,张少澜的脚还没瘸,潇潇还活着,她还不知道这个世界上有李渔期和温雨这两个人。那时候她的对手只有金茜莎,现在想想,她甚至开始怀念金茜莎。安心如突然不明白她进演艺圈有什么意义了,除了钩心斗角,除了生离死别。王耀庆抬头看到安心如,一时不知该做什么表情。只要看到安心如,他就会想起那只戴在潇潇无名指上的戒指,沾了血的戒指。他勉强对安心如笑了笑,安心如回他一个更勉强的笑容。

第二十章 ◆ 听从内心

潇潇成功地让王耀庆永生永世都忘不了她,也让安心如不断怀疑自己是不是不如潇潇爱王耀庆。从此以后,潇潇成为他们之间抹不去的隔阂、横亘在两人中间的大山。安心如转头走回自己的办公室,坐在皮椅上发呆。张连英匆匆走进安心如的办公室,问道:"我刚从美国回来,听说你遭遇了枪击?"安心如无力地笑笑:"都结束了。"张连英犹豫了一下,还是问了出来:"有一个喜欢王耀庆的女孩为了救他而死?"安心如点了点头,低下头捂着额头不语。张连英看了一眼开着办公室门的王耀庆,商人的直觉让他感觉到一丝异常。

"王耀庆不是很喜欢你吗?他怎么半天都没朝你看一眼?"张连英担忧地问道。"您别问了。"安心如摇了摇头,深吸一口气,勉强笑笑,"我们可能要完了。""因为那女孩挡在你们中间?"张连英还是止不住担心,问了一句。"嗯。"安心如点了点头。张连英皱着眉说:"要是她还活着,王耀庆肯定是喜欢你的。可关键是她死了,还是为王耀庆死的,只要是有感情的人,都难过这个坎。"说着说着,他都开始觉得棘手。"关键是,那女孩是我带出来的,我对她也有感情。"安心如压在心里的抑郁太重,实在是不吐不快。

潇潇对她无声地说"谢谢"的样子,一直萦绕在安心如心头。潇潇每天像一个小叫花子一样,怯生生地坐在办公室看自己办公,痴迷地盯着自己的一举一动,那段日子安心如总是记忆深刻。潇潇活着的时候没感觉,现在安心如才发现,不知不觉间,这个一根筋的女孩已经牵动了她的神经。只要安心如想起潇潇,她就没法心无芥蒂地跟王耀庆在一起。

张连英看着安心如痛苦的神情，一阵揪心的疼。"你别担心！爸爸给你想办法！"张连英斩钉截铁地说完，转身出了门。之后的几天，安心如和王耀庆都淡淡的，连见面都尽量避免。他们都变回了工作狂，每天晚上在公司拼命加班。他们的办公室门是相对的。深夜的时候，公司只有他们两人的办公室的灯光亮着，隔着走廊，遥遥相望。大概过了一个礼拜，安心如实在困倦，关上电脑准备回去睡觉。她下楼的时候，发现徐眉身边站着一个熟悉的身影，高挑修长。安心如不由得放慢了脚步，不敢相信地走过去一看，那人美得雌雄莫辨，一双桃花眼勾人心魄，似笑非笑地看着她："我以为这辈子都见不到你了。"

"小圆子！"安心如惊呆了。张少澜一拐一拐地走上前来，给她一个大大的拥抱，在她耳边轻轻地说："再见你，怎么感觉恍如隔世。""因为发生了太多事。"安心如闭上眼，放松了疲惫的身体。张少澜开着车来的，他让徐眉先走，自己送安心如回家。安心如坐在车上，看着张少澜的侧脸。他的气质平和了，也成熟了。虽然他俊美依旧，却不再像年轻小伙子，反而有了一些艺术家的气质。"你回来是为了……"安心如开口问道。"你。"张少澜看了她一眼，笃定地说。"我？为我干什么？"安心如惊奇道。"带你走。"张少澜趁着等绿灯的时间，盯着安心如憔悴的脸，说道，"现在的我和从前不一样了，而王耀庆却这么冷淡地对你。我要带你走。"

"可我给不了你想要的东西。"安心如喃喃地说。她不愿意

第二十章 听从内心

让张少澜再失望一次。"我和潇潇一样,爱上了,就不管那么多。"张少澜淡淡地说。安心如凝视着张少澜:"哪怕我什么都不能给你?""对。"张少澜点了点头,"只要我爱了,努力争取了,就死而无怨。"安心如低下头,不说话。张少澜看了看她,伸手替她拢拢发丝:"你不用着急答应。也许你现在需要散散心。我现在定居在希腊,那里风景很美,你去住几天,好好想想以后的事,怎么样?"

不得不说,张少澜的话很有诱惑力。离开这里,去异国他乡,独自待几天,好好想想以后的路怎么走,这个建议对现在的安心如来说,简直像沙漠里的人看到绿洲一样。安心如低下头,过了一会儿,才看着张少澜:"你让我想想。"张少澜点了点头,不再说话。到了安心如楼下,张少澜开门下车,突然笑了:"你还记不记得你找娱乐记者在这里偷拍我?"安心如也笑了:"你站在这里抽了差不多一包烟。"她看着张少澜那双深邃的眼,轻叹道,"现在想想,真像是上辈子的事啊……""再让我抱抱,可以吗?"张少澜轻轻说道。安心如望着那张依稀还有幼时痕迹的脸,点了点头。

张少澜紧紧地将她抱在怀里,喟叹道:"我真的好想你。"安心如伸出手来,拍拍张少澜的后背,没有说话。不远处,王耀庆坐在车里,神色不明地看着这一幕。安心如今天走得早,王耀庆没有看到对面的灯光,有些不适应。他不由得站起身,也合上文件下了楼。楼下只有徐眉在,王耀庆看了看车里,没有安心如的影子,便上前询问。徐眉对王耀庆最近冷淡对待安心如的事情意见很大,幸灾乐祸地告诉他，安心如跟着张少澜走了。王耀庆一听，急忙开车来到安心如家楼下，比张少澜到得还早。他眼睁睁地看着安心如投进张少澜的怀抱，怒火升起，开门就要下车。

可门打开的一瞬间，安心如转身上了楼。只剩张少澜站在车旁，边抽烟边看着安心如卧室的窗户。王耀庆关上门，走到张少澜面前，问道："你回来干什么？"张少澜看见王耀庆出现，感到有些意外，旋即淡淡一笑，回答道："接心如去希腊。""她现在跟我在一起。"王耀庆冷冷地说，拳头已经握紧。"是吗？"张少澜嗤笑，"我以为你爱上潇潇了呢！"王耀庆二话不说，挥拳就打在张少澜脸上。张少澜的嘴边立刻流出了血。他擦擦嘴，低头看着手上的一抹血，笑了笑，猛然挥出一拳打在王耀庆脸上。两个男人你来我往，拳拳到肉，最后纠缠成一团，滚倒在地。

"你爱心如，为什么要冷淡她？"张少澜气喘吁吁地问，"你不珍惜她，还要霸占她？""你懂什么！你知道我天天看着她却不能亲近有多痛苦吗？你又没有背上一条命！"王耀庆咬牙切齿地说。"我就是背上全世界，也爱谁就是谁！"张少澜挨了一拳，有些龇牙咧嘴地说。两人不知翻滚了多长时间，直到双方都精疲力竭，躺在地上。张少澜看着夜空，突然笑了起来："过气明星和娱乐圈大佬打成一团，现在要是有记者在场，他们得高兴死。"王耀庆绷着脸说："知道自己过气，你就该走远点儿。""我是走远了，可是你对她珍惜了吗？要不是我爸说，我都不知道她输给了一个死人。"张少澜冷笑道。

第二十章 ◆ 听从内心

"你说话小心点儿。"王耀庆冷了脸。"我不跟你废话了,我要准备接心如走了。"张少澜一骨碌爬起来,上了车,绝尘而去。王耀庆静静地坐起来,在张少澜的车尾气中,不知道在想什么。

第二天,王耀庆消失了。谁都不知道他去了哪里。安心如看着他的办公室,叹了口气。也许她的存在让他难做了。那么,就这样吧,所有的深情付诸一笑,到此为止吧。

安心如叫来王吉和秘书,开始交接工作。所有的工作,安心如都捋得清清楚楚,一项一项地跟他们交接。王吉好几次都觉得不对劲儿,可是一问安心如,她就岔开话题。伊娜、徐眉、赵又迪和刘宇哲也都闻讯赶来。可安心如对谁都不松口,只是微笑着不说话。这时候又没人能联系上王耀庆,所有人只得眼睁睁地看着安心如这样。安心如最后一项工作是之前就确定下来的。

《苦难》在国内上映了,虽然票房一般,但口碑不错。这部电影同样入围了国内电影节的多个奖项,其中有最佳女主角奖,安心如成为奖项角逐者。电影节的主席是宋明,她已经答应要出席。对此,安心如什么都不准备,只是木然地上班工作,下班听张少澜跟她描述希腊的某个小镇如何清静优美。连礼服都是米拉去挑选的,安心如没有发表任何意见。赵又迪和伊娜她们把所有的办法都用尽了,可安心如却一直是心如死灰的样子。王耀庆又彻底不见了人影。一时间,耀庆娱乐都有些死气沉沉的。只有张少澜脸上带着笑容。安心如,他从幼时就喜欢的人,终于要跟他走了。这一次,他有足够的能力保护她、照顾她了。

张少澜知道，安心如并不开心，可那又怎么样呢。有很多感情是点点滴滴慢慢培养起来的。张少澜有信心，只要安心如跟他走，他就有时间、有办法让安心如彻底爱上他。有时候，他感觉自己有点儿像潇潇，只是他比潇潇幸运，他的执着有了回报。看着手上的机票，张少澜慢慢笑了。安心如终归属于他了。

安心如去参加电影节那天，下着绵绵细雨。她挽着叶茂生的胳膊，走在红毯上。粉丝们冒雨为她举着灯牌。安心如拒绝了记者们拍照的要求，在别的演员诧异的眼神中，走近了她的粉丝。这是她的后盾、她的朋友、她的贵人，可她却从来没有好好看一看他们。安心如走到他们近前，对他们露出一个大大的微笑。那是一张张稚嫩、真诚、热情的脸，每一张脸上的笑容都那么好看。看到安心如冒雨走来，粉丝们非常激动，忍不住蹦起来，个个把手伸长，希望和安心如握握手。

安心如耐心地一个个握过去，那些冰凉的手却莫名给她传递着温度。直到主办方一次次催促，安心如才跟粉丝们挥挥手，回到红毯上。有些粉丝激动地哭了起来。安心如笑着对他们大声喊："谢谢你们，真的谢谢你们！"转身，她走进了会场。当初，就在这个地方，她和李渔期一起参加了慈善晚宴。灵灵也是在这个地方像终极武器一样出现，把李渔期送进了监狱。现在灵灵出了院，每天吃药，恢复得不错。秦逸飞对她很好，他还带她去了几次寺庙。李念灵诵经给她听，效果很不错，灵灵的精神状态稳定了很多。

伊娜和刘大美共同投资了一家新媒体公司,不再单纯做娱乐新闻。伊娜有了自己的生意,总算开始变得靠谱。赵又迪和刘宇哲已经对外公开两人的恋情,粉丝们抗议无效后,也只能接受。徐眉和王吉仍然一个愿打一个愿挨,也越来越好。公司业务和艺人的安排,安心如已经规划到年底,只要不出大问题,应该可以经营得很好。

现在只有她要转身逃跑了。她看了看身后,那个一直在背后支持她的男人还是毫无音讯。安心如从来没想过自己会受情伤,也没想过情伤是这么痛苦,这么难治愈。她更没想过她会为了一个男人,逃避到千里之外的异国他乡。她已经跟张少澜挑明,她是去散心,很快就要离开希腊,到别的国家游历。张少澜有些失望,安心如是清楚的。既然不能给他爱情,何必让他怀有希望。她不想因为自己受伤,再去伤到他,毕竟那是她儿时最重要的人。安心如脸上挂着得体的笑,心里想着离开的事,缓步走了进去。

今天的她,一身黑色裤装,红色高跟鞋,如果忽略她脸上的落寞的话,看上去挺帅气的。安心如坐在座位上,看着台上主持人插科打诨、知名歌星上台献歌,然后开始颁奖。一个个奖项,伴随一阵阵欢呼,人们意气风发地上台领奖。颁到最佳新人奖时,底下一阵轰动。宋明亲自上台了。他一身黑西装,严肃地站在台上,拿着话筒,看了看安心如所在的方向,然后微不可察地点了点头。安心如回他一个微笑。

这老头是真对潇潇有感情,潇潇走了,他悲恸了很久。他看着台下,清了清嗓子,说道:"各位,本来今年的最佳新人奖有一个有力的争夺者,她虽然只演了一部电影,但这部电影几乎是她本色出演。她把主角对爱情的执着演得淋漓尽致。"宋明身后的大屏幕上出现了一张绝美的脸。所有人都知道这是前段时间被害的新星——潇潇。安心如眯着眼,看着屏幕上的那个女孩。现在,安心如对潇潇完全没有了原来的气恼,只有佩服。潇潇活得太纯粹了,不像圈里的其他人,追名逐利,拜高踩低,为了往上爬招数频出。潇潇自始至终只有一个愿望,那就是离王耀庆近一点儿。安心如甚至想,如果王耀庆早点儿爱上潇潇,是不是就不是今天这个局面了。

她摇了摇头,打断自己的胡思乱想,正好听到宋明说:"这是一个纯粹至极的女孩,也是一名优秀的演员。现在,我建议为了这名新星的逝去,为了演艺圈失去这个人才,我们默哀一分钟。"台下鸦雀无声,不管认不认识潇潇,所有人都低头默哀。只有安心如抬头看着潇潇的照片,对着她的眼睛默默地说:"潇潇,你看见了吗?这么多人在悼念你。"她苦笑了一下,"你不会在乎吧。毕竟王耀庆没来。"接下来的颁奖,安心如一直恍恍惚惚,仿佛听到王耀庆投资的一部片子得了最佳编剧奖……

她神游天外,没注意听台上在说什么,谁上来了,谁下去了。直到一阵欢声雷动,叶茂生起身拥抱她,周围涌上来好多人,认识的,不认识的,嘴里说着"恭喜",个个都上来拥抱她。安心如定了定神,看着台上的大屏幕,上面写着最佳女主角奖。她有些发蒙,这意思是她真的得奖了?安心如站起身来,往台上走。都要退出演艺圈了,还给她一个影后奖项,安心如只觉得她的生活简直太魔幻了。颁奖嘉宾把沉甸甸的奖杯递到安心如的手里。安心如看了看奖杯,又看了看台下的同行们。不管之前竞争多激烈,她想,离开后,她还是会想他们。这个斗智斗勇、既靠长相更靠大脑的圈子,看着光怪陆离,却是最容易出奇迹的地方。安心如突然发现,不知不觉间,她已经爱上了这个圈子,就在她决定走之前。

安心如清了清嗓子,决定给自己一个漂亮的转身。不管今后她在哪个领域打拼,她都会怀念这段经历。安心如望着台下,微笑说道:"我因绯闻出名的时候,绝不会想到有一天会站在这里。"台下所有人都笑了起来。以安心如现在的地位,她可以很轻松地把当初的绯闻说出来,"一直以来,我绯闻缠身,以为自己最先领到的奖应该是绯闻女王。"她又淡淡一笑,"可现在,这个奖拿在手里,我自认无愧。"安心如环视台下,"绯闻中的那个女主角是我,戏弄老艺术家的那个女主角是我,'秀空门'的那个女主角是我,养父母爆出丑闻的那个女主角是我,被劫持的那个女主角也是我。"

她举起奖杯,接着说道:"是这一次次经历糅合起来,成就了今天的安心如;是过去的所有苦难让我知道怎么去演绎苦难,让我拿到今天这个奖。我对老天爷给我安排的命运万分感谢,是它造就了现在台上的安心如!"底下掌声响起,安心如静待掌声结束,看着叶茂生笑了笑,"我感谢叶导和团队,感谢曾做过我参演的网络电视剧导演的王诺,感谢一直对我不离不弃的朋友们,感谢把我从低谷拯救出来的张少澜。"提到张少澜,台下掌声更加热烈,安心如等了一会儿,咬着下唇,慢慢说道,"我更感谢一个在我生命中最重要的人。也许今后我不会再见到他,我只能在这里表达,这个人就是我的老板,王耀庆。"

台下有些骚动。王耀庆不是安心如的男朋友吗,怎么被她介绍得这么生疏?什么叫今后不再见?安心如要解约吗?主持人看势头不好,笑着救场:"你是故意说给你男朋友听的吗?叫老板是你们两人的小情趣?"安心如笑着摇摇头:"他不再是我男朋友了。我也要离开……"安心如"离开"两个字还没有说完,突然被一个清冷的声音打断:"她说的是我即将成为她的丈夫。"

过道尽头出现了一个湿漉漉的身影,高大地立在那里。那双深邃凤眼一眨不眨地看着安心如。"王耀庆!"台下又开始议论纷纷,"两人是闹别扭了吧?那也不至于在颁奖礼上说啊!"不少人想起了刚才默哀过的潇潇。据说,潇潇就是为了救王耀庆而死的?那还真是挺棘手的事。

安心如彻底愣在那里,眼睁睁地看着王耀庆一步步走近。他的头发不停地往下滴水,水滴落到了脸上。他擦都不擦,只是目不转睛地看着安心如,仿佛他一眨眼,安心如就会消失。王耀庆大步走上台,侧身在她耳边低语:"我去给潇潇守墓七天,这是我最后能为她做的事了。我想清楚了,感情这件事和恩情无关。她救我,我很感激她,可我宁愿时光倒流,死在那晚,也不愿停止爱你。"安心如眨了眨眼,大脑一片空白。

王耀庆从主持人手里拿过话筒,说话的声音有些颤抖,眼神定在安心如的身上。他从口袋里掏出一枚草编的戒指:"我过来得匆忙，没时间买戒指，只能拿这个求婚了。心如，在我们最困难的时候，你对我不离不弃，现在我求你继续不离不弃。"安心如的大脑还是一片空白，只有王耀庆那双眼睛直直地盯着她，里面仿佛盛着千言万语。安心如的手开始发抖。张少澜的机票已经订好，现在还是全国直播，潇潇刚才还在大屏幕上对着她微笑，而王耀庆忐忑却坚定地看着她。

安心如心里有些乱，索性闭上了眼，捂着额头说："你让我想想，我现在心里很乱！"主持人已经从震惊中回过神，意识到这届颁奖礼可能要在电影节历史上画下浓墨重彩的一笔了。他来了精神，轻轻地喊："嫁给他！嫁给他！"台下的人暂时忘了激烈的竞争，也跟着主持人喊道："嫁给他！嫁给他！"声浪越来越大，可安心如却像老僧入定一样，半天不表态，也不睁眼。谁都不知道此刻的安心如在经历什么。

一个性感妩媚的女人，牵着一个小小的女孩，正在安心如脑海中冲着她挥手道别。"你们是谁？""我们就是曾经的你啊！""你们要去哪里？""你的苦难已经过去，心结也要打开了，我们是时候离开了。""你们离开，我怎么办？""你已经可以应对恐惧，应对坎坷，应对所有的一切了。""可我连现在这种情况都无法应付。""问问你自己的心，你到底想怎么做？不要考虑任何人、任何事，只听从你的心。""我的心，我的心……"安心如咬着唇，她心里出现的是一个男人，那人正站在电梯里静静地看着她。

那是她第一次碰到王耀庆。那个男人就那么静静地站在那里，抹不掉、推不走。她想起王耀庆的话:"我宁愿时光倒流,死在那晚,也不愿停止爱你。"安心如的眼中渗出了泪水。她突然发现,不知从何时开始,她已经不再把流泪当作弱者的行为了。流泪对于她来说,不再是恐惧的象征。安心如任眼泪狂流。她睁开眼睛,眼前雾蒙蒙一片,唯有王耀庆的眼睛像星辰一样亮在她眼底。"如果时光倒流,我宁愿是我救了你,也不愿你挣扎在痛苦里。"她将眼泪拭干,微笑着说,"我感谢潇潇救了你,但如果我不是在你身后,我也会救你。我不比她爱你少一点儿。"

台下的人听懵了,但他们顾不得去想这段话是什么意思。他们发现了一件新奇的事:一向冷酷的王耀庆也会红了眼圈。"那你现在愿意嫁给我吗?"王耀庆举着那个草编的戒指,带着些微鼻音问道。安心如没说话,直接接过草环,戴在手指上,举起来一笑:"好看吗?"王耀庆的声音被台下的欢呼声淹没,安心如没听清楚。她只看到王耀庆那张帅脸在她眼前无限放大,直到和她唇舌交缠,久久不分……张少澜拿着手机,看着颁奖礼的直播。

张连英打来电话:"少澜,别伤心……"张少澜摇摇头,说道:"没关系。起码心如现在是开心的。"他的眼中一片黯然。都在说时光倒流,其实最想时光倒流的是他啊。如果时光倒流,他会在张连英来的那一天牵起安心如的手,撒腿就跑,有多远跑多远,就算流浪,也绝不分开。可惜时光永远不会倒流,张少澜也永远没有机会告诉年幼的自己,比起后来失去安心如,在孤儿院受的那些苦真的不算什么。他看着拥吻的安心如和王耀庆,慢慢地关上视频,编辑了一条短信，点击了发送键，然后关了手机，上车去往机场。安心如被王耀庆吻得晕头转向，被他搂着走下台，连奖杯都忘记拿。还是主持人追下来，递到王耀庆手里的。

那条短信静静地待在安心如的手机界面上，直到颁奖礼结束后的酒会上，才被安心如打开。"心如，我已远走，勿念。你听从心声，我很高兴。余生我会一直把你刻在心里，并祈祷下辈子早点儿遇到你。如果真有下辈子，我不会再撒那个让我后悔终生的谎。小圆子。"安心如拿着手机，闭上眼不忍再看，手越攥越紧。

王耀庆走过来，拥着安心如，瞥了一眼手机，什么都没说，只轻轻在她额头上一啄："在想什么？"安心如睁开眼，将头靠在王耀庆怀里，低声说道："在想我们以后要生两个孩子，儿子学物理，女儿学中文。"酒会上的觥筹交错仿佛离他们很远。

安心如和王耀庆站在窗边，一抹月光轻轻照在两人身上，温柔如水……